AF398358

David Seinsche ist Jahrgang 1982 und arbeitet als selbständiger Software-Berater. Er schreibt und veröffentlicht bereits seit vielen Jahren erfolgreich Romane im Thriller- und Krimi-Genre, macht aber auch immer wieder Ausflüge in die Phantastik und Mystery, die als Beiträge zu zahlreichen Anthologien erscheinen.
Beheimatet in der nordischen Wildnis, genießt er die dortige Ruhe und entwickelt stetig neue literarische Ideen.
Seine Romane, Novellen und Kurzgeschichten wurden bisher bei Weltbild, dp Digital Publishers, Atlantis und dem Ashera Verlag veröffentlicht. Weitere Romane sind in Vorbereitung. David Seinsche wird durch die Agentur Ashera vertreten.

DAVID SEINSCHE

TIEF UNTER DEM SCHNEE

EIN FINNLAND-KRIMI

Erstausgabe April 2025

Copyright © 2025 dp Verlag, ein Imprint der
dp DIGITAL PUBLISHERS GmbH
Made in Stuttgart with ♥
Alle Rechte vorbehalten

Tief unter dem Schnee

ISBN 978-3-98778-492-7
E-Book-ISBN 978-3-98778-494-1

Covergestaltung: Anne Gebhardt
Umschlaggestaltung: Christin Peulecke
Unter Verwendung von Abbildungen von
© stock.adobe.com: © Johannes , © Likanaris, © BloomArt,
© peangdao
elements.envato.com: © freedomnaruk
Lektorat: Astrid Pfister
Satz: dp DIGITAL PUBLISHERS GmbH
Druck und Bindung: Books on Demand GmbH, Norderstedt

Prolog

Mika rieb sich die behandschuhten Hände und ballte sie abwechselnd zu Fäusten. Vor seinem Mund bildeten sich bei jedem Atemzug kleine Dampfwölkchen. Obwohl er eine dicke Winterjacke mit Pelzkragen trug und darunter einen Wollpullover und zwei Shirts angezogen hatte, während seine Beine in einer Thermohose und schweren Stiefeln steckten, war es empfindlich kalt. Es war zwar erst etwa vierzehn Uhr, aber die um diese Jahreszeit ohnehin nur spärlich scheinende Sonne schickte sich bereits an, hinter dem Horizont schlafen zu gehen. Der dreiundvierzigjährige Mann, der mit vollständigem Namen Mika Koskinen hieß, war am frühen Morgen aufgebrochen, um das kürzlich zur Abholzung freigegebene Waldgebiet nahe der finnischen Kleinstadt Lieksa zu erkunden. Während er sich einen Weg durch den fast kniehohen Schnee bahnte, ging er im Geiste noch einmal das Gespräch mit seinem Vorgesetzten durch, das er am gestrigen Tag geführt hatte.

»Warum muss ich ausgerechnet jetzt das Gebiet erkunden?«, hatte Koskinen gefragt. »Du weißt genauso gut wie ich, dass wir im Winter nicht abholzen.«

»Die Zeiten ändern sich«, hatte sein Chef geduldig erwidert. »Wenn die Russen nicht die Ukraine angegriffen hätten, müssten wir nicht unsere eigenen Wälder abholzen.«

Aufgrund des russischen Angriffskriegs und der daraus resultierenden Sanktionen der Europäischen Union durfte Finnland seit geraumer Zeit kein Holz mehr aus dem Nachbarland importieren. Da die Menschen aber heizen mussten und die Strompreise im Winter generell deutlich stiegen, gab es keinen anderen Ausweg mehr, als die eigenen Bestände anzugehen.

»Also, willst du den Job jetzt oder nicht?«, hatte ihn sein Chef gefragt.

»Natürlich«, hatte Koskinen gesagt.

Er bekam zwar ein Festgehalt, aber das war vergleichsweise gering. Und da er sowohl für seine geschiedene Frau als auch für seinen kleinen Sohn Unterhalt aufbringen musste, konnte er die Prämie gut gebrauchen, die ihm dafür gezahlt wurde, dass er im tiefen Winter in den Wald ging. Trotzdem hätte er jetzt viel lieber in seiner heimischen Küche gesessen, einen heißen Kaffee getrunken und sich auf die Feierlichkeiten des morgigen Unabhängigkeitstages gefreut. Unabhängig allen Verdrusses nahm er seine Arbeit sehr ernst und prüfte gewissenhaft die zahlreichen, eng zusammenstehenden Bäume. Von seinem Urteil hing es letzten Endes ab, ob sie sich lediglich als Heizholz eigneten, oder ob man sie gegebenenfalls für die Herstellung von Strommasten oder gar teuren Möbelstücken verwenden konnte. Dies würde dem Waldbesitzer ebenfalls mehr Geld einbringen, und da Koskinen eine ehrliche Haut war, bemühte er sich, ein objektives Urteil zu treffen. Immer, wenn er einen Baum fand, der gut gewachsen war, nahm er eines der roten Stoffstücke aus seiner Umhängetasche und band es gut sichtbar an den Stamm, damit später derjenige, der die Abholzung vornahm, Bescheid wusste. Koskinen schritt kräftig aus und stapfte weiter. Laut der Meteorologen handelte es sich bei diesem Winter zwar um einen der wärmsten seit über dreißig Jahren, aber dennoch hatte das Thermometer in seinem Auto bei der morgendlichen Abfahrt fast minus zwanzig Grad angezeigt.

Er betrachtete gerade eine besonders schön gewachsene Birke, als er beinahe direkt daneben Schleifspuren im Schnee entdeckte.

Vermutlich irgendein Tourist, der mit seinem Motorschlitten hier durchgerauscht ist, dachte er abfällig.

In jüngster Zeit hatte der Tourismus in der Region wieder zugenommen, denn nach dem offiziellen Ende der Pandemie hatten einige Menschen die Chance ergriffen, den erdrückenden Städten wenigstens für eine kurze Zeit zu entfliehen. Koskinen konnte das gut verstehen. Er war einmal für zwei Wochen aus familiären Gründen in der Hauptstadt im Süden des Landes gewesen und hatte jede einzelne Minute davon gehasst. Der Lärm, die Enge, die schlechte Luft, all das hatte dafür gesorgt, dass er sich schnell nach seiner Heimat im Osten Finnlands gesehnt hatte. Während er weiterhin die Spur im Schnee betrachtete, stellte er fest, dass sich fast in der Mitte ein dünner roter Strich befand.

Wahrscheinlich Öl oder Bremsflüssigkeit, dachte er.

Er schüttelte missbilligend den Kopf über so viel Unachtsamkeit und folgte der Spur mit seinem Blick. Einige Meter entfernt sah er etwas Größeres auf der Schneedecke liegen. Kurzentschlossen stapfte er dorthin, ging in die Hocke und hob es auf. Es war ein Wollschal.

»Der gehört hier aber nicht hin«, sagte er halblaut.

Koskinen nahm den Schal und steckte ihn in seine Umhängetasche, um ihn später im Fundbüro abzugeben. Nur zwei Meter weiter entdeckte er einen einzelnen braunen Lederhandschuh.

Was die Leute so alles im Wald verlieren, dachte er mürrisch.

Auch diesen Gegenstand nahm Koskinen an sich. Er stand auf und wollte gerade einige Dehnübungen machen, um seinen Rücken zu entlasten, hielt aber mitten in der Bewegung inne. Zwischen zwei Fichten, ausgestreckt wie jemand, der einen Schneeengel machen möchte, lag ein nackter Mensch mit dem Gesicht nach unten.

»Hey, Sie«, rief er.

Als sich der Mann – anhand der Statur ging er davon aus, dass es sich um einen handelte – nicht regte, trat er vorsichtig an ihn heran und stupste ihn versuchsweise mit der Stiefelspitze an. Noch immer bewegte sich der am Boden Liegende nicht. Koskinen zog sich einen Handschuh aus und berührte den Mann vorsichtig an der Schulter. Erschrocken darüber, wie eisig sich die Haut des Fremden anfühlte, zuckte er zurück. Daraufhin wühlte er in seiner Tasche und fand schließlich sein Funkgerät. Mit zittrigen Fingern drückte er die Sprechtaste.

»Zentrale, hier Mika Koskinen«, sagte er.

»Hier Zentrale«, kam sofort die Antwort. »Was ist denn los?«

»Ihr müsst sofort herkommen.«

»Warum?«

»Hier liegt jemand.«

»Wie bitte?«

»Stell keine dummen Fragen«, verlangte Koskinen. »Ruf die Polizei. Ich habe ... ich ...«

»Mika, hast du getrunken?«

»Verdammt, hier liegt ein Toter!«

Am anderen Ende der Leitung herrschte kurzes Schweigen, das nur vom Knistern des Funkgeräts unterbrochen wurde.

»Wiederhole das«, verlangte die Zentrale schließlich.

»Ich habe einen toten Mann hier.«

»Verstanden. Wo bist du momentan?«

»Im Waldstück bei Lieksa. Schau in den Unterlagen nach, da steht die genaue Adresse.«

»Alles klar. Ich schicke sofort jemanden.«

»Schicke lieber alle ...«

Kapitel 1

Innerhalb von nur einer Stunde wimmelte es im Wald von Uniformierten. Die Polizisten waren gerade damit beschäftigt, das Gelände abzusperren und mit Generatoren betriebene Flutlichter aufzustellen, als ein Mann in Zivil zu ihnen trat. Er war etwa einen Meter neunzig groß, schätzungsweise Mitte dreißig und trug eine gut gefütterte Winterjacke, deren Kapuze so weit in sein Gesicht ragte, dass man nur den Kinnbereich erkennen konnte. Bei ihm war eine Frau, die ihm etwa bis zu den Schultern reichte und rund zehn Jahre jünger war als er. Sie trug ebenfalls eine Winterjacke. Beide waren zusätzlich in Schneehosen und mit Handschuhen gekleidet.

»Jussi Valo«, stellte sich der Mann vor und zeigte einem der Uniformierten seine Dienstmarke. »Das ist meine Partnerin Saari Larson. Wer ist hier der Leitende?«

»Marko Heikkinen«, antwortete der Polizist und zeigte auf einen Kollegen. »Dort drüben.«

Er deutete auf einen Mann, der sich etwa zwanzig Meter entfernt mit jemandem unterhielt, der zwar nicht in eine Uniform gekleidet war, aber dennoch offiziell aussah.

»Moi – Hallo«, sagte Valo, als er und Larson zu dem Beamten traten. »Leiten Sie diese Untersuchung?«

»Zumindest, bis die Kollegen von der Kripo übernehmen«, antwortete Heikkinen.

»Das sind wir. Wir wollen uns aber auf die Leiche konzentrieren und würden Ihnen daher gern die gesamte Organisation überlassen. Ist das in Ordnung für Sie?«

»Natürlich.«

»Das ist gut«, sagte Valo und nickte. »Was haben Sie bisher herausgefunden?«

Heikkinen zückte einen Notizblock. »Ein Waldarbeiter namens Mika Koskinen hat bei seiner Tour einen Leichnam entdeckt. Er hat daraufhin seine Zentrale verständigt, die wiederum uns angerufen hat.«

»Was hat dieser Koskinen denn hier gemacht?«

»Er hat die Abholzung vorbereitet.«

»Um wen handelt es sich bei dem Toten?«

»Das wissen wir noch nicht«, erklärte Heikkinen. »Die Spurensicherung hat die Leiche noch nicht angefasst. Das hier ist übrigens Tuomas Karppinen«, sagte er und zeigte auf den offiziell wirkenden Mann. »Er leitet das Team der Spurensicherung. Tuomas, was haben deine Leute bisher herausgefunden?«

»Wollen Sie die lange oder die kurze Fassung?«, fragte Karppinen.

»Bitte im Schnelldurchlauf«, verlangte Valo.

»Die Leiche ist männlich, nackt und liegt mit dem Gesicht nach unten im Schnee. Eine schmale Blutspur führt einige Meter durch den Wald, verschwindet dann aber. Dazu haben wir Schleifspuren gefunden, die darauf hindeuten, dass der Mann bereits tot war, bevor er hierhergebracht wurde.«

»Gibt es Fußspuren?«

»Interessanterweise nicht. Bei diesen Lichtverhältnissen ist es aber nicht ganz leicht, etwas zu entdecken. Was wir allerdings haben, sind ein Schal und ein Handschuh. Koskinen hat beides gefunden, bevor er den Leichnam entdeckt hat.«

»Sind beide Gegenstände in unserem Gewahrsam?«

»Ja«, bestätigte Karppinen. »Wir bringen sie mit allem anderen Material ins Labor, um sie eingehend zu untersuchen.«

»Gut. Suchen Sie bitte weiter«, sagte Valo. »Und überprüfen Sie auch den weiteren Umkreis.«

»Keine Sorge, wir machen so etwas nicht zum ersten Mal«, beschwichtigte ihn Karppinen. »Wenn wir etwas finden, werden wir es selbstverständlich genau protokollieren.«

»Danke. Haben Sie ein Problem damit, wenn wir uns die Leiche ansehen?«

»Warten Sie bitte noch so lange, bis wir Fotos gemacht haben.«

»Wie lange wird das dauern?«

Anstatt zu antworten, wandte Karppinen den Kopf zur Seite und pfiff laut durch die Zähne, woraufhin sich eine Frau zu ihnen gesellte. Der Leiter der Spurensicherung erklärte ihr, was er brauchte. Sie nickte zur Bestätigung und verschwand in Richtung des Fundorts.

»Zehn Minuten«, erklärte Karppinen, wieder an die Polizisten gewandt.

Als die Fotografin zurückkam und ihnen bestätigte, dass ihre Arbeit getan sei, bedankten sich Valo und Larson und gingen zu dem Leichnam hinüber, dicht gefolgt von Marko Heikkinen.

»Saari, willst du?«, fragte Valo seine Kollegin. »Du könntest etwas Übung gebrauchen.«

Larson, die erst kürzlich zur Kriminalpolizistin befördert worden war, tauschte ihre Winter- gegen Einmalhandschuhe aus Gummi aus, ging wortlos in die Hocke, schob sich die Kapuze vom Kopf, was ihre zu einem lockeren Pferdeschwanz gebundenen blonden Haare zum Vorschein brachte, und betrachtete den Toten von Nahem. »Anhand der Verfärbung seiner Haut würde ich sagen, dass er bereits seit einiger Zeit hier liegt.«

»Genauer bitte«, verlangte Valo.

»Wenn man die momentanen Temperaturen miteinbezieht, schätze ich, dass er irgendwann in der vergangenen Nacht gestorben ist.«

»Da stimme ich dir zu. Noch etwas?«

»Offensichtlich ist er nackt. Aber warum?«

»Das ist eine gute Frage«, erwiderte ihr Kollege.

»Vielleicht war er in der Sauna und hat dann einen Spaziergang gemacht, bei dem er sich verlaufen hat?«

»Im Umkreis von mehreren Kilometern gibt es keinerlei menschliche Behausungen. Es ist zwar nicht auszuschließen, dass es sich um einen Ortsunkundigen handelt, aber jeder Finne weiß, dass man sich nicht allein in den Wald wagt, vor allem nicht, wenn man sich in der Gegend nicht auskennt. Warum sollte er außerdem nur einen Schal und einen Handschuh bei sich haben? Nebenbei bemerkt: wo sind die Fußspuren? Es hat seit gestern Mittag nicht mehr geschneit, also müsste doch etwas zu sehen sein. Diese Schleifspuren, von denen Karppinen gesprochen hat, sind ein eindeutiger Hinweis darauf, dass er nicht selbstständig hierhergekommen ist. Und die schmale Blutspur ... Ich würde also zumindest von Totschlag ausgehen. Pack mal mit an, ich möchte wissen, wen wir hier eigentlich haben.«

Nachdem sich auch Valo Gummihandschuhe übergezogen hatte, fassten sie den Leichnam an den Füßen und am Oberkörper und drehten ihn vorsichtig auf den Rücken.

»Perkele – Verdammt«, fluchte Valo, als er den Leichnam erkannte.

»Perkele«, pflichtete Larson ihm bei.

»Das ist doch ...«

»Tuomas Karhu«, vervollständigte sie den Satz.

»Wer ist das?«, wollte Heikkinen wissen.

»Karhu ist, besser gesagt, war ein Lokalpolitiker in Nurmes«, erklärte Valo. »Er setzt sich für die Modernisierung der Stadt ein und ist damit schon öfter bei den Traditionalisten angeeckt.«

»Was denkst du?«, fragte Larson ihren Partner.

Valo atmete langsam aus. »Ich denke, dass wir ein ernsthaftes Problem haben. Siehst du den Schnitt an seinem Hals?«

Tatsächlich zog sich ein sauberer, aber auf den ersten Blick erkennbar tiefer Schnitt über die gesamte Halsbreite des Toten.

»Er ist nicht erfroren, er ist verblutet«, stellte Valo fest. »Wäre nicht zufällig dieser Waldarbeiter hier vorbeigekommen, wäre Karhu wahrscheinlich irgendwann von den Wölfen gefressen worden.«

»Keine Blutlache«, sagte Larson analytisch. »Das heißt, er wurde definitiv woanders getötet und dann hierhergebracht. Aber auf welche Weise?«

»Sag du es mir«, forderte Valo sie auf. »Der Täter kann sicher nicht fliegen.«

»Eine Möglichkeit wäre, dass er auf einem Schlitten hierher transportiert wurde.«

»Die Spuren sind eben und ziemlich breit. Ein Schlitten würde zwei parallele Furchen hinterlassen.«

»Eine Plane?«

»Du meinst, Karhu wurde darin eingewickelt und dann hierhergezogen? Gut möglich. Ich tippe eher auf ein Schneemobil. Das würde auch erklären, warum es keine Fußspuren gibt.«

»Der Täter scheint mir kein Profi zu sein«, meinte Larson. »Sonst hätte dieser Koskinen den Schal und den Handschuh nicht gefunden.«

»Wir werden uns beide Gegenstände genau ansehen, sobald die Spurensicherung sie freigibt. Vielleicht gehörten sie ja gar nicht Karhu«, sagte Valo.

In diesem Moment kam die Fotografin hinzu. »Platz machen bitte«, sagte sie.

Valo und Larson taten wie verlangt, während sich die Frau über den Leichnam beugte und die Vorderseite aus diversen Winkeln fotografierte.

»Machen Sie bitte auch Fotos von seinem Hals«, verlangte Valo.

»Ich verstehe meinen Job«, gab sie schroff zurück, ohne auch nur eine Sekunde von ihrem Tun abzulassen.

Als sie schließlich fertig war, ging sie ohne ein weiteres Wort davon.

Valo begab sich in die Hocke, um sich den Leichnam genauer anzusehen. »Die blauen Flecken an seinem Oberkörper deuten auf einen Kampf hin«, murmelte er und zeigte darauf. »Siehst du? Hier.«

»Vermutlich hatte er eine Auseinandersetzung, bevor er getötet wurde. Denkst du, dass er den Täter gesehen hat?«

»Nicht unbedingt«, antwortete Valo. »Die Flecken könnten auch etwas älter sein. Und wir wissen nicht mit Sicherheit, wie lange Karhu schon hier liegt. Natürlich könnten es auch Leichenflecken sein. Er hat längere Zeit auf dem Bauch gelegen, wodurch sich Blut ansammeln kann. Das werden die Rechtsmediziner untersuchen müssen. Und sie sollen sich den Schnitt besonders gut ansehen. Ich will wissen, ob der Täter ein Messer oder eine Sichel hatte ... ob das Mordwerkzeug scharf oder eher stumpf war ... das volle Programm eben.«

»Ich veranlasse, dass Karhu nach Kuopio in die Rechtsmedizin gebracht wird«, bot Larson an.

»Gut.« Valo nickte und stand auf. »Ich möchte jetzt mit diesem Koskinen reden, solange seine Erinnerungen noch frisch sind.«

»Ich finde heraus, wo er sich gerade aufhält.«

»Das übernehme ich selbst, du hast genug mit Karhu zu tun. Wir treffen uns am Auto.«

Valo drehte sich um und stapfte los.

Er spielte gerade mit seinem Feuerzeug, als seine Kollegin zu ihm trat.

»Wo geht es hin?«, fragte sie.

»Nach Lieksa.«

Larson nickte. Es war nur logisch, dass Koskinen zur nächsten Polizeistation gebracht worden war, und die befand sich nun mal im nur wenige Kilometer entfernten Lieksa, obwohl streng genommen eigentlich die Polizei von Nurmes zuständig war, denn das Waldgrundstück befand sich auf dem Gemeindegebiet der Kleinstadt. Valo steckte sein Feuerzeug weg und stieg auf der Fahrerseite ein, während es sich Larson neben ihm bequem machte.

Obwohl sie sich nur wenige Kilometer außerhalb der Ortschaft befanden und es bereits dunkel war, war die Straßenbeleuchtung noch immer nicht eingeschaltet. Wie die beiden finnischen Inspektoren wussten, war dies den Sparmaßnahmen geschuldet, die aufgrund des Ukraine-Krieges und der damit verbundenen Stromrationierung verhängt worden waren. Valo hieß diese Maßnahme gut, denn schon seit Jahren war er der festen Überzeugung, dass es unsinnig war, Straßen zu beleuchten, wenn doch sowieso sämtliche Fahrzeuge eigene Scheinwerfer besaßen und zudem rund um die Uhr eine Lichtpflicht herrschte.

»Hast du schon mit Nurmes gesprochen?«, fragte Larson vom Beifahrersitz aus.

»Ja.«

»Werden wir nachher noch mit Karhus Frau reden?«

»Natürlich«, bestätigte Valo. »Aber die Nachricht vom Tod ihres Mannes wird Katia Turpeinen überbringen. Sie als studierte Psychologin kann das besser als wir.«

»Ich hatte schon das eine oder andere Mal mit Katia zu tun, als ich noch in der Ausbildung war. Eine interessante Frau.«

»Wenn du mich fragst, hat sie echt was drauf«, pflichtete Valo ihr bei. »Kurz, nachdem ich hierher versetzt worden war, hatte ich mit ihr eine Unterredung. Sie wollte wissen, wer ich bin und was ich davon halte, ins

Hinterland geschickt worden zu sein. War ein wirklich interessantes Gespräch. Ich möchte übrigens, dass du die Befragung von diesem Koskinen leitest.«

»Glaubst du, dass ich das kann?«

»Glaubst du es denn?«, fragte er herausfordernd.

»Durchaus«, antwortete sie selbstsicher.

»Du wirst das bestimmt grandios machen. Außerdem bin ich ja auch noch da, falls du nicht mehr weiterwissen solltest. Und wenn es ganz schlimm für dich wird, gehst du einfach raus und heulst eine Runde.«

»Vielen Dank auch«, sagte Larson ironisch.

»Ich helfe gerne«, gab Valo grinsend zurück.

Hinter dem Ortsschild von Lieksa, das sich am Ostufer des Pielinensees befand, fuhren sie in den Kreisverkehr und danach einige Hundert Meter später nach links auf die Kainuuntie ab, um bald darauf in die Urheilukatu einzubiegen. An einem für die Öffentlichkeit freigegebenen Parkplatz befanden sich sowohl das Polizeirevier als auch die Stadtbibliothek. Während die Bücherei in einem aus rotem Backstein erbauten Gebäude untergebracht und auf den ersten Blick als Ort der Kultur erkennbar war, war die Polizei in einem dreistöckigen Haus beheimatet, das einem Wohnblock für die soziale Unterschicht glich.

»Bist du dir sicher, dass wir hier richtig sind?«, kommentierte Valo den schmucklosen Bau.

»Ich kenne mich hier aus«, erwiderte Larson. »Die Polizei drängt seit Jahren darauf, endlich ein neues Revier zu bekommen, das nicht wie ein sozialistischer Bau aus den Achtzigern anmutet, aber der Stadtrat stellt sich noch quer.«

»Lass mich raten: Es geht um die Finanzierung.«

»Messerscharf kombiniert.«

Valo schob die Tür des Polizeireviers auf und ließ seiner Kollegin den Vortritt. Drinnen fanden sie sich in einer äußerst schlicht gehaltenen Vorhalle wieder, an deren anderem Ende ein Empfangsschalter eingerichtet war. Der Platz hinter der vor dem Schalter angebrachten Plexiglasscheibe war verwaist, und ein kleines Schild wies darauf hin, dass der diensthabende Polizist in wenigen Minuten wieder zur Verfügung stehen würde. Valo und Larson blieben vor dem Schalter stehen und warteten. Als sich nach ungefähr fünf Minuten noch immer niemand für sie zu interessieren schien, verlor Valo langsam die Geduld. Er wollte seiner Partnerin gerade vorschlagen, auf eigene Faust loszuziehen, als ein Uniformierter aus einem Hinterzimmer trat.

»Moi – Guten Tag«, begrüßte sie der Beamte.

»Moi«, gab Valo zurück. »Mein Name ist Jussi Valo, meine Partnerin heißt Saari Larson. Wir sind Kriminalinspektoren aus Nurmes und möchten mit Mika Koskinen sprechen. Er befindet sich momentan hier in Gewahrsam.«

»Einen Moment«, bat der Uniformierte hinter dem Schalter, tippte einige Befehle in seinen Computer ein und studierte den Bildschirm. »Zimmer drei-null-eins«, sagte er schließlich. »Wisst ihr, wie ihr dort hinkommt?«

»Zweiter Stock?«, fragte Larson.

»Ganz genau. Und dann die erste Tür links.«

»Wo ist der Aufzug?«, wollte Valo wissen.

»An eurer Stelle würde ich lieber die Treppe benutzen, die ist verlässlicher ... am anderen Ende des Flurs.«

»Wird Koskinen betreut?«

»Ein Kollege ist bei ihm.«

»Danke.«

Die beiden Ermittler durchquerten den mit Linoleum ausgelegten Gang und passierten dabei mindestens acht Bürotüren, bis sie schließlich das Treppenhaus erreichten. Die Stufen waren aus grobem Beton und uneben, was darauf hindeutete, dass sie in die Jahre gekommen und obendrein sehr oft benutzt worden waren. In der genannten Etage angekommen, fanden sie das Zimmer, in dem sich Koskinen aufhielt, klopften an die Tür und traten dann ein. In dem Raum sah es aus, wie es in einem Verhörzimmer anscheinend immer aussah: Die Wände waren nackt, und in der Mitte des Raums stand ein schwerer Holztisch mit zwei Stühlen, die allesamt am Boden festgeschraubt waren. Im Gegensatz zu den aus amerikanischen Filmen bekannten Verhörzimmern gab es hier allerdings keinen Einwegspiegel. Stattdessen waren in allen vier Ecken Kameras befestigt, und über dem Tisch hing ein Mikrofon an einem langen Kabel. Auf einem der Stühle saß ein Mann, den Valo aufgrund seiner Arbeitskleidung als Mika Koskinen identifizierte. An die Wand gelehnt befand sich ein Mann in einem schlecht sitzenden Anzug. Die beiden Neuankömmlinge stellten sich vor.

»Viljami Salo«, nannte der Anzugträger seinen eigenen Namen. »Ich hatte mich schon gefragt, wann ihr kommen würdet.«

»Wir möchten allein mit Koskinen sprechen«, erklärte Valo.

Salo breitete die Arme aus. »An mir soll es nicht liegen. Für den Fall, dass ihr etwas braucht, bleibe ich vor der Tür.«

Ohne eine Antwort abzuwarten, verließ er das Zimmer und zog die Tür von außen zu.

»Hallo Mika«, sagte Larson in der typisch finnischen Art, das Gegenüber mit dem Vornamen anzusprechen. »Wie geht es Ihnen?«

Als Koskinen nicht antwortete, setzte sich die Ermittlerin ihm gegenüber. Sie legte ihre Hände flach auf den Tisch zum Zeichen, dass sie keine Bedrohung darstellte.

»Ich bin eine Kriminalinspektorin aus Nurmes«, fuhr sie fort. »Mein Partner und ich sind hier, um mit Ihnen über Ihren Fund im Wald zu sprechen. Ich verstehe, dass Sie verstört sind. Was Sie erlebt haben, ist nur schwer zu verdauen. Aber ich möchte, dass Sie mit mir darüber reden, denn ich will herausfinden, was passiert ist. Schaffen Sie das?«

»Ich denke schon«, sagte Koskinen leise.

»Gut. Als Erstes möchte ich, dass Sie mir erzählen, warum Sie heute im Wald waren.«

»Ich untersuche Waldgebiete auf ihre Tauglichkeit«, antwortete der Mann. »Ich prüfe, welche Bäume gefällt werden sollen. Der Bereich, für den ich zuständig bin, wurde kürzlich von der Waldbehörde zur Fällung freigegeben.«

»Mitten im Winter? Soweit ich weiß, wird so etwas doch eher im Frühling veranlasst.«

»Ich habe die Regeln nicht gemacht«, erwiderte Koskinen.

»Schon gut. Gehört das Gebiet dem Staat, oder befindet es sich in Privatbesitz?«

»Soweit ich weiß, gehört es einer Privatperson.«

»Seit wann üben Sie diesen Beruf aus?«

»Seit ungefähr drei Jahren«, sagte Koskinen.

»Was haben Sie vorher gemacht?«

»Ich war Lehrer an einer Grundschule.«

»Das ist doch ein ziemlich angesehener Beruf. Warum haben Sie ihn aufgegeben?«

»Als mich meine Frau verlassen und meinen Sohn mitgenommen hatte, konnte ich den Anblick von Kindern einfach nicht mehr ertragen.«

»Wie fühlt es sich an, wenn man allein durch den Wald geht?«

»Friedlich«, erklärte er. »Man ist mit sich und der Natur allein, kann sich ganz seinen Gedanken hingeben und die frische Luft genießen. Außerdem hält es fit.«

»Das kann ich mir vorstellen«, pflichtete ihm Larson bei. »Begegnen Ihnen hin und wieder Menschen, wenn Sie Ihrer Aufgabe nachgehen?«

»Selten«, meinte Koskinen. »Manchmal gibt es Spaziergänger, aber das Gelände ist normalerweise recht unzugänglich und liegt abseits der Wandergebiete.«

»Erzählen Sie mir davon, wie Sie die Leiche entdeckt haben. Lassen Sie dabei bitte nichts aus, denn jedes Detail kann wichtig sein.«

In den folgenden Minuten erklärte der Waldarbeiter, was sich genau zugetragen hatte.

Als er geendet hatte, sah Larson ihn nachdenklich an. »Was haben Sie gefühlt?«

»Ich rede nicht gerne über meine Gefühle.«

»Niemand von uns tut das«, gab sie zurück und spielte dabei auf die finnische Eigenart an, Fremden gegenüber stets reserviert zu sein. »Aber für unsere Ermittlungen kann es interessant und wichtig sein. Ich verspreche Ihnen, dass ich niemandem davon erzählen werde, sofern es nicht unerlässlich ist.«

»Na gut«, lenkte Koskinen ein. »Ich war verärgert, als ich die Kleidungsstücke fand.«

»Sie meinen den Schal und den Handschuh?«

»Ja. Und dann noch diese rote Spur. Ich dachte zuerst, es wäre Öl oder etwas Ähnliches. Der Mensch zieht die Natur seit Ewigkeiten mit seinem Tun in Mitleidenschaft. Ich finde oft Müll, der achtlos weggeworfen wurde. Einmal habe ich sogar ein Eichhörnchen aus einer Aludose befreien müssen.«

»Du meine Güte«, sagte Larson mitfühlend.

»Als ich diesen Mann nackt im Schnee liegen sah, dachte ich zuerst, dass er betrunken sei. So etwas kommt ja immer wieder vor. Ich beugte mich also herunter und fasste ihn an. Dann merkte ich, dass seine Haut eiskalt war. Ich wäre am liebsten davongelaufen.«

»Und doch haben Sie die Geistesgegenwart besessen, die Polizei zu rufen. Das haben Sie sehr gut gemacht.«

»Danke«, murmelte Koskinen schüchtern.

»Was haben Sie dann getan?«

»Ich habe gewartet.«

»Bei der Leiche?«

»Etwas entfernt davon.«

»Das war sehr mutig«, lobte ihn Larson. »Sie haben absolut richtig gehandelt. Was ist dann passiert?«

»Als die Polizei kam, gab ich mich zu erkennen und wurde hierhergebracht.«

»Wurden Sie gut behandelt?«

»Ja«, bestätigte Koskinen.

»Jussi, hast du irgendwelche Fragen?«, wandte sich Larson an ihren Kollegen.

»Im Moment nicht«, antwortete Valo. »Mika, einer unserer Kollegen wird sich um Sie kümmern. Sie werden in ein Hotel gebracht und dort versorgt werden. Wenn Sie psychologische Betreuung wünschen, werden wir Ihnen gerne jemanden zur Verfügung stellen. Ansonsten bitten wir Sie, in den kommenden Tagen nicht zu verreisen.«

»Warum darf ich nicht nach Hause fahren?«

»Weil Sie als Finder der Leiche gleichzeitig als Verdächtiger gelten.« Eilig schob er hinterher: »Machen Sie sich darüber aber keine Gedanken, es handelt sich hierbei um schlichte Routine.«

Koskinen nickte. »Wissen Sie schon, wer der Tote ist?«

»Wir sind noch nicht sicher«, log Valo.

»Warum darf ich nicht verreisen?«

»Weil wir vielleicht später noch Fragen an Sie haben. Wenn Ihnen selbst noch etwas einfällt, rufen Sie uns bitte sofort an. Saari, hast du eine Visitenkarte dabei?«

»Natürlich«, antwortete seine Partnerin und zog ein kleines Pappkärtchen aus der Tasche, welches sie Koskinen über den Tisch zuschob.

»Was wird aus meinem Auto?«, wollte der Waldarbeiter wissen.

»Was soll damit sein?«

»Es steht noch am Waldgebiet.«

»Wir werden selbstverständlich veranlassen, dass Sie es wiederbekommen. Aber Sie werden bestimmt verstehen, dass wir Ihren Wagen vorher untersuchen müssen. Haben Sie sonst noch Fragen?«

Koskinen schüttelte langsam den Kopf. Valo ging zur Tür, schob sie auf und flüsterte dem wartenden Beamten einige Worte ins Ohr, bevor er sich wieder dem Waldarbeiter zuwandte.

»Kommen Sie bitte«, sagte er auffordernd. »Herr Salo wird Sie fahren.«

Koskinen stand auf und verließ das Zimmer.

»Was denkst du?«, fragte Larson, als sie mit Valo allein war.

»Natürlich können wir noch nichts ausschließen, aber mein Gefühl sagt mir, dass er nicht lügt. Er wirkt authentisch auf mich.«

»Oder er ist ein guter Schauspieler.«

»Natürlich ist er verdächtig, schließlich befinden wir uns erst am Anfang der Ermittlungen.« Valo warf einen Blick auf seine Armbanduhr. »Lass uns nach Nurmes fahren und einen Plan entwickeln.«

»Alles klar, Boss.«

Der Inspektor zwinkerte seiner Partnerin zu. »Übrigens hast du die Befragung wirklich gut durchgeführt.«

»Danke.«

Salo streckte den Kopf herein. »Braucht ihr zwei noch irgendetwas?«

»Was machen Sie denn noch hier?«, wollte Valo wissen. »Ich habe Ihnen doch gesagt, dass Sie für Koskinen ein Hotel besorgen und ihn hinbringen sollen. Wo ist er jetzt?«

»Unten am Empfangsschalter, wo er auf mich wartet.«

Der Kriminalbeamte bedachte den anderen Mann mit einem missbilligenden Blick. »Passen Sie nur auf, dass er nicht einfach geht. Aber wenn Sie schon einmal hier sind, will ich, dass Sie dafür sorgen, dass sein Wagen vom Waldgebiet abgeholt und zu den Forensikern gebracht wird.«

»Wird gemacht«, antwortete Salo und verschwand wieder.

Valo drehte sich zu seiner Partnerin um. »Wollen wir?«

»Nach dir«, erwiderte sie.

Nurmes zählt mit rund achttausend Einwohnern zu den größeren Städten Nord-Kareliens und befindet sich am Kopf des Pielinensees, einem der größten Gewässer des Landes. Nach einer halbstündigen Fahrt waren Valo und Larson am Polizeirevier in Nurmes nahe des Marktplatzes angekommen und saßen nun in ihrem gemeinsamen Büro. Valo trank einen Schluck von seinem Kaffee und genoss das warme Gefühl in seiner Kehle.

»Wie gefällt es dir hier eigentlich?«, wollte Larson wissen.

»Ziemlich ruhig«, antwortete er.

»Du meinst langweilig.«

»So könnte man es auch ausdrücken«, gab er zu. »In Helsinki war immer etwas los. Als ich hierherkam, war es daher für mich ein mittlerer Schock.«

»Warum hast du dich dann für die freie Stelle beworben?«

»Habe ich gar nicht«, widersprach er. »Mein Vorgesetzter war der Ansicht, dass ich hier gut aufgehoben wäre, weil einer der hiesigen Ermittler in Rente gegangen ist und ich viel Erfahrung mitbringe. Ich vermute aber eher, dass er mich ausgewählt hat, weil ich alleinstehend bin.«

»Du wärst gern wieder in der Hauptstadt, oder?«, fragte Larson.

»Ich stamme von dort. Es war immer etwas los. Und wenn mal kein Fall anstand, gab es genug Möglichkeiten, seine Freizeit abwechslungsreich zu gestalten.«

»Wo bist du aufgewachsen?«

»In einem Vorort«, antwortete er. »Wenn mir langweilig war, bin ich mit meinen Freunden in die Stadt zum Hafen und habe die Schiffe beobachtet. Manchmal sind wir auch zum Flughafen gefahren und haben davon geträumt, einfach in ein Flugzeug zu steigen und wegzufliegen.«

»Hast du noch Kontakt zu deinen Leuten?«

»Die meisten sind ins Ausland gezogen, weil sie dort bessere Jobs gefunden haben. Manche auch wegen der Liebe.«

»Das beantwortet nicht meine Frage«, warf Larson ein.

»Um ehrlich zu sein, haben wir uns mit der Zeit aus den Augen verloren. Mit dem einen oder anderen telefoniere ich hin und wieder, aber das war es auch schon.«

»Gibt es wirklich keine Freundin, die auf dich wartet?«

»Nein«, erklärte er. »Die einzige Frau, die ich wirklich geliebt habe, wollte von mir nichts wissen.«

Als er Larsons mitleidigen Blick auffing, fuhr er schnell fort. »Ich hatte natürlich mehrere Beziehungen, aber es war nie etwas wirklich Festes. Irgendwann habe ich dann beschlossen, dass mein Job für mich an erster Stelle steht.«

»Hier passiert nicht oft etwas«, wechselte Larson das Thema. »Allerdings hat die Sache mit dem Jagdverein damals für einen ziemlichen Wirbel gesorgt.«

»Du meinst die Geschichte vor zwei Jahren, als zwei Männer ermordet wurden und sich herausgestellt hat, dass der Vorsitzende des Jagdvereins dahintersteckte?«

»Das hat die Leute hier ziemlich erschüttert«, fügte Larson hinzu.

»Und dieser Ermittler hat meines Wissens auch nicht gerade dazu beigetragen, dass man von ihm begeistert war.«

»Du meinst Johannes Burgmeister? Der hat sich tatsächlich nicht viele Freunde gemacht.«

»Wo steckt er eigentlich mittlerweile? Der ist doch in Nurmes stationiert, oder?«

»Vor einigen Monaten ist er nach Kuopio ausgeliehen worden, um dort das Drogendezernat als Berater zu unterstützen.«

»Schade, ich hätte ihn gern persönlich kennengelernt.«

»Vielleicht hast du ja mal die Chance dazu. Wusstest du eigentlich, dass der Doppelmord zu einer Zunahme an Touristen geführt hat?«

»Typischer Hype-Tourismus«, kommentierte Valo.

»Hat auch nicht lange angehalten«, meinte sie. »Als die Touristen gemerkt haben, dass man hier nicht viel machen kann, sind sie weitergezogen. War den Leuten hier ganz recht. Wir lieben unser verschlafenes Nest.«

»Übrigens hat mir Turpeinen eine Nachricht geschickt, dass sie bei Karhus Frau war. Wir werden morgen selbst hinfahren und mit ihr sprechen.«

»Und bis dahin?«

»Wir schauen uns an, was über Koskinen bekannt ist.«

Valo öffnete seinen Laptop und rief die polizeiliche Datenbank auf. Nachdem er sich mit seinem Passwort eingeloggt hatte, tippte er die persönliche Kennziffer von Koskinen, die eine Art Ausweisnummer war, in die Suchmaske ein und klickte auf *Start*. Innerhalb weniger Sekunden bekam er reihenweise Dokumente angezeigt, unter anderem die aktuelle Anschrift, eine Aufstellung über die Finanzen, wie viel Steuern Koskinen bezahlt hatte und, was für Valo am Wichtigsten war, seinen Werdegang.

»Hier wird bestätigt, dass er Lehrer war«, erklärte er seiner Kollegin. »Seine Frau und sein Sohn wohnen laut der Akte inzwischen in Tampere, rund vierhundert Kilometer südwestlich. Ich speichere mal die Telefonnummer. Hier haben wir auch die Nummer seines Arbeitgebers.«

»Wollen wir da gleich anrufen?«, fragte Larson.

»Nein«, erwiderte er. »Wir werden bei seinem Chef vorbeifahren und uns persönlich mit ihm unterhalten. Morgen sprechen wir mit Karhus Frau, danach rufen wir Koskinens Ex-Frau an.«

»Einverstanden. Wo wohnt der Chef denn?«

»Warte ... Hier. Kuohatintie, nahe des gleichnamigen Sees.«

»Schöne Gegend«, kommentierte Larson. »Wenn auch etwas weit draußen.«

»Sag bloß, du hast neuerdings ein Problem mit der ländlichen Einöde?«, fragte Valo grinsend.

»Nein, aber ich finde es immer recht unpraktisch, wenn man im Wald wohnt und jeden Tag zur Arbeit in die Stadt muss.«

»Füllst du noch die Thermoskanne auf?«

»Klar, kein Problem. Ohne Kaffee gehe ich heute nicht mehr aus dem Haus.«

Valo brachte seinen Wagen zum Stehen und schaltete den Motor aus. Das Außenthermometer an seinem Auto zeigte an, dass es empfindlich kühl war, was hierzulande eine Temperatur von rund minus achtundzwanzig Grad oder sogar noch weniger bedeutete.

»Weißt du ...«, sagte er zu Larson, während er nach oben sah. »... eines der guten Dinge hier draußen ist der Sternenhimmel. In Helsinki ist die Lichtverschmutzung so hoch, dass man kaum etwas davon sieht.«

»Vergiss nicht das Nordlicht«, fügte seine Kollegin hinzu.

»Immer wieder ein Erlebnis«, stimmte er zu und wechselte dann das Thema. »Das müsste das Haus sein. Sieht recht schick aus.«

Das Gebäude war offenbar erst vor wenigen Jahren gebaut worden. Wie sie in den Unterlagen gelesen hatten, bestand die Fassade zwar traditionell aus dicken Holzstämmen, aber das *Innenleben* entsprach den aktuellsten Vorschriften. Zwischen der Außenfassade und den inneren Wänden befand sich eine dicke Schicht Isolationsmaterial, und auch die Fenster waren doppelt verglast, um die Wärme im Winter drinnen und im Sommer draußen zu halten.

»War sicher teuer«, kommentierte Larson.

»Gute Qualität ist immer teuer. Ich wette, dass er trotzdem einen Holzofen hat. Bei den Strompreisen wäre es finanzieller Selbstmord, so etwas nicht zu haben.«

Valo ging die drei Stufen zur Veranda hinauf und ließ den auf Brusthöhe angeschraubten Klopfer mehrfach vernehmlich gegen die Eingangstür fallen.

»Moi«, sagte er, als sich die Tür nach innen öffnete.

Der Mann, der geöffnet hatte, grüßte auf die gleiche Weise zurück.

»Sind Sie Veeti Haltinen?«

»Ja, und wer sind Sie?«

»Mein Name ist Jussi Valo, meine Kollegin heißt Saari Larson. Wir sind von der Polizei Nurmes und möchten Ihnen gerne einige Fragen stellen.«

»Um was geht es denn?«

»Um Ihren Mitarbeiter Mika Koskinen.«

»Was ist mit ihm?«

»Das würden wir gerne drinnen mit Ihnen besprechen. Hier draußen ist es ziemlich kalt.«

»Dann kommen Sie herein«, meinte Haltinen und schob die Tür weiter auf.

Er führte die beiden Beamten in die Wohnstube hinein. Wie Valo vermutet hatte, befand sich an einer Seite des Zimmers ein offener Kamin, in dem ein Stapel Holzscheite fröhlich brannte.

»Möchten Sie Kaffee?«, bot Haltinen an.

»Gern«, antworteten Valo und Larson unisono.

Der Hausherr nickte und ging in die angrenzende Küche. Während er dort beschäftigt war, sah sich Valo ein wenig um. Das Wohnzimmer war schlicht, aber gediegen eingerichtet. In der Mitte des Raums befand sich ein großer Holztisch mit einer daran angeschraubten Bank, auf dem sich einige Unterlagen stapelten. Ein kurzer Blick darauf sagte dem Polizisten, dass es sich um Firmenpapiere handelte. An den Wänden hingen mehrere Porträtfotos, die Haltinen in unterschiedlichen Lebensaltern zeigten. Auffällig oft war eine Frau zu sehen, die im gleichen Alter wie er zu sein schien.

»Setzen Sie sich bitte«, sagte Haltinen, der soeben aus der Küche kam.

In den Händen hielt er ein Tablett, auf dem drei Tassen standen, dazu eine randvoll gefüllte Kanne Kaffee, ein Schälchen mit Zucker, ein Kännchen Milch und ein Teller mit diversen Keksen. Er stellte eines nach dem anderen auf den Tisch und drapierte es so, dass sein Besuch problemlos alles erreichen konnte. Die beiden Beamten setzten sich nebeneinander auf die Bank. Haltinen schob seine Papiere zur Seite, zog sich aus einer Ecke einen Stuhl heran und setzte sich dann ebenfalls hin.

»Bitte, bedienen Sie sich«, forderte er seine Gäste auf.

»Danke«, sagte Valo und goss erst seiner Kollegin, dann dem Hausherrn und zuletzt sich selbst ein.

»Wo ist eigentlich die Dame des Hauses?«, fragte Larson.

»Die ist in Tampere und besucht ihre Schwester.«

»Dann haben Sie das Haus ja vollkommen für sich allein«, stellte sie fest.

»Sie sagten, dass Sie mit mir über Mika sprechen möchten. Was ist mit ihm?«

»Ich komme am besten direkt zur Sache«, übernahm Valo. »Mika war heute im Wald und hat dort den Baumbestand geprüft.«

»Das weiß ich, ich selbst habe ihn damit beauftragt«, erwiderte Haltinen.

»Dabei hat er einen Toten entdeckt.«

Haltinen blinzelte mehrfach. »Wie bitte?«

»Er hat eine Leiche gefunden.«

»Perkele«, fluchte Haltinen leise. »Wie geht es Mika?«

»Den Umständen entsprechend. Wir haben mit ihm auf dem Revier gesprochen und ihn dann in ein Hotel bringen lassen. Dort wird er momentan betreut.«

»Wissen Sie schon, um wen es sich bei dem Toten handelt?«

»Spätestens morgen wird es sowieso die ganze Stadt wissen, also gibt es keinen Grund, es Ihnen zu verheimlichen. Es handelt sich um Tuomas Karhu.«

»Der Politiker?«

»Genau der.«

»Du meine Güte«, sagte Haltinen und nahm einen Schluck von seinem Kaffee.

»Sie scheinen nicht gerade überrascht zu sein«, stellte Valo fest.

»Das ist meine Art«, erklärte Haltinen. »Ich lebe nach dem *Sisu*.«

Damit meinte er die finnische Art, Emotionen so weit wie möglich zu unterdrücken.

»Was halten Sie denn von Karhu?«, wollte Larson wissen.

»Ein netter Kerl, wenn Sie mich fragen. Er wollte die Stadt ins einundzwanzigste Jahrhundert bringen und hatte viele Pläne, um die Gegend touristisch zu erschließen. Sie wissen ja, dass wir hier gerade einmal das Bomba-Ressort haben, und das ist auf Dauer einfach zu wenig.«

»Sie finden es also gut, was Karhu vorhatte?«

»Definitiv«, bestätigte Haltinen. »Mit meiner Meinung bin ich allerdings recht allein hier, scheint es. Viele Leute finden es überhaupt nicht gut. Diese Rückständigen denken, dass alles so bleiben sollte, wie es ist.«

»Ich gehöre auch zu diesen *Rückständigen*«, merkte Larson spitz an, was ihr einen warnenden Seitenblick von Valo eintrug.

»Wirklich? Gerade Sie als junger Mensch sollten es doch begrüßen, dass sich etwas ändert und wir hier moderner werden.«

»Kommen wir wieder zum eigentlichen Thema zurück«, intervenierte Valo. »Wie gut kennen Sie Mika?«

»Wie man seine Mitarbeiter eben kennt.«

»Etwas genauer bitte.«

»Er hat vor etwa drei Jahren bei mir angeklopft und gefragt, ob ich Arbeit für ihn hätte. Zuerst war ich skeptisch, weil er keine Ausbildung für diesen Beruf hatte, aber dann habe ich mich entschieden, ihm eine Chance zu geben. Er hat von Anfang an gründlich gearbeitet und schnell gelernt. Nach nur zwei Monaten konnte ich ihn bereits allein losziehen lassen, und bisher gab es von niemandem Beschwerden.«

»Wie stehen Sie persönlich zu ihm?«

»Wir sind gute Kollegen. Ich achte bei meinen Mitarbeitern stets darauf, dass ein angenehmes, aber nicht zu persönliches Verhältnis besteht. Das ist für mich eine Sache des gegenseitigen Respekts.«

»Wissen Sie davon, dass er und seine Frau getrennt leben?«

»Ja«, bestätigte Haltinen. »Das war einer der Gründe, weshalb ich ihm eine Chance gegeben habe. Das, und seine kompetente und ehrliche Art.«

»Warum war ausgerechnet seine Trennung ein Grund für Sie, ihn einzustellen?«

»Ich habe selbst eine Trennung hinter mir und weiß, wie sich das anfühlt.«

»Also hatten Sie Mitleid mit ihm«, stellte Valo fest.

»So kann man es sagen.«

»Gibt es noch andere Mitarbeiter?«

»Momentan sind es nur Mika und ich.«

»Wer hat Sie eigentlich damit beauftragt, das Grundstück zu prüfen?«, fragte Larson.

»Das war Osmo Nurminen.«

»Der alte Osmo?«

»Kennst du ihn?«, fragte Valo.

»Ja, er ist ein Freund meiner Eltern. Ein netter Mensch, aber Fremden gegenüber verschlossen.«

»So habe ich ihn auch erlebt«, sagte Haltinen.

»Warum sollte Osmo seinen Wald abholzen wollen?«

»Das müssen Sie ihn selbst fragen. Ich habe nur den Auftrag bekommen, die Bestände auf ihre Tauglichkeit zu prüfen.«

Valo nickte. »Danke, Sie haben uns sehr geholfen. Wenn Ihnen noch etwas zu Mika einfällt, lassen Sie es uns bitte wissen. Sie erreichen uns auf dem Revier.«

»Natürlich«, bestätigte Haltinen.

Er begleitete die Beamten bis zur Haustür, verabschiedete sich und schloss die Tür dann von innen ab.

»Weißt du, wo dieser Nurminen wohnt?«, fragte Valo seine Partnerin.

»Etwas südlich von Nurmes. Ich kann dich hinlotsen.«

»Okay, dann lass uns gleich hinfahren.«

»Nach dir.«

Sie stiegen ein, fuhren zurück nach Nurmes und dann weiter südlich. Von der Landstraße aus bogen sie in einen schmalen Weg ein, der nicht asphaltiert war, sondern jedes Jahr mit Kies erneuert wurde. Jetzt, wo Schnee lag, war es trotz der mit Spikes besetzten Reifen nicht ganz einfach, den Wagen auf der Fahrbahn zu halten, denn der Weg war schmal, und nur mit Mühe passten zwei Autos aneinander vorbei.

»Du solltest etwas vorsichtiger fahren«, ermahnte Larson ihren Kollegen. »Die Straße ist nicht gerade gut gepflegt.«

»Keine Sorge, ich habe es im Griff«, erwiderte Valo selbstsicher, ging aber doch etwas vom Gas.

»Hier links, dann sind wir fast da«, sagte Larson.

Tatsächlich dauerte es nur eine halbe Minute, bis das Haus von Osmo Nurminen in Sichtweite kam. Auch dieses Gebäude verfügte über eine hölzerne Außenfassade, allerdings wirkte es im Scheinwerferlicht von Valos Wagen etwas heruntergekommen.

»Wie lange gibt es die Hütte schon?«, wollte er von Larson wissen.

»Mindestens neunzig Jahre«, antwortete sie. »Das Ding war schon alt, als Osmo noch ein Kind war. Und er ist immerhin auch schon fünfundsechzig.«

»Hauptsache er ist da«, sagte Valo und stieg aus.

Die Fenster waren dunkel, und auch sonst war kein Licht zu sehen. Versuchsweise klopfte er an die Tür und wartete.

»Vielleicht hätten wir uns vorher ankündigen sollen«, sagte Larson.

Im nächsten Augenblick flammte im Haus ein Licht auf, und die Haustür wurde geöffnet.

»Was wollen Sie?«, fragte ein stämmiger Mann mit Rauschebart und mürrischer Stimme.

»Osmo, ich bin es«, antwortete Larson und schob sich an ihrem Partner vorbei.

Sofort hellte sich Nurminens Miene auf. »Saari! Was machst du denn hier? Kommst du deinen alten Onkel Osmo besuchen?«

»So ähnlich«, erklärte sie. »Ich bin beruflich hier. Das hier ist mein Partner Jussi Valo.«

»Moi«, sagte Nurminen. »Kommt herein, ihr friert euch hier draußen noch den Hintern ab.«

Die Beamten folgten Nurminen ins Haus hinein in ein kleines Wohnzimmer.

»Ich bin gleich bei euch«, erklärte der Hausherr und ging in einen Nebenraum, der unschwer als Toilette zu erkennen war.

»*Onkel*?«, fragte Valo mit hochgezogener Augenbraue.

»Er ist nicht wirklich mein Onkel«, sagte Larson abwinkend. »Aber für mich war er immer wie einer.«

»So«, sagte Nurminen, als er sich zu ihnen gesellte, in den Händen ein Handtuch haltend. »Jetzt bin ich voll und ganz für euch da. Was gibt es denn?«

»Wir haben einige Fragen an dich zu deinem Waldgrundstück.«

»Was stimmt denn damit nicht?«

»Wir möchten gerne wissen, warum du Haltinen damit beauftragt hast, den Bestand auf seine Tauglichkeit zu prüfen. Du liebst doch deinen Wald.«

»Das war nicht freiwillig, das kann ich dir versichern«, sagte Nurminen mit düsterer Miene. »Diese Mistkerle von der Forstverwaltung haben mich dazu gezwungen.«

»Warum?«

»Weil sie Brennstoff brauchen. Anstatt sich auf Atomkraft zu verlassen, sind sie der Meinung, dass nur Holz die benötigte Energie bringen kann. Und nachdem die staatlichen Wälder unter Naturschutz stehen, gehen sie auf kleine Leute wie mich los.«

»Das tut mir leid.«

»Mir auch.«

»Aber kann man Sie wirklich einfach so dazu zwingen, Ihre Bestände herzugeben?«, fragte Valo.

»Scheint so. Ich bekomme zwar eine finanzielle Kompensierung, aber die ist mir schnuppe. Jedenfalls habe ich Haltinen gesagt, er soll den Wald nächsten Sommer prüfen.«

»Die Prüfung fand heute statt«, übernahm Larson wieder das Gespräch.

»Heute? Davon wusste ich nichts«, sagte Nurminen, von dieser anscheinenden Eile der Forstverwaltung offensichtlich überrumpelt.

»Es hat sich allerdings etwas ergeben, was nachhaltig Schwierigkeiten bereiten wird«, fuhr sie fort.

Nurminen schien sich wieder zu fangen, denn er setzte ein zwar unsicheres, aber unverkennbar hämisches Grinsen auf. »Haben die es etwa nicht hingekriegt, die Bäume richtig einzuschätzen?«

»Nein, das ist es nicht«, erwiderte die Polizistin und schüttelte den Kopf. »Es gab einen Todesfall. Tuomas Karhu wurde tot im Wald aufgefunden.«

Nurminen sah der Beamtin für einige Sekunden in die Augen. Seine Mundwinkel zuckten abwechselnd nach oben und unten, bevor er plötzlich den Kopf in den Nacken legte und laut lachte.

»Was ist daran so lustig?«, wollte Valo verwirrt wissen.

»Tut mir leid, aber das kann ich einfach nicht glauben. Ihr macht doch sicher Scherze«, erwiderte Nurminen noch immer lachend.

»Leider nicht«, sagte Valo ernst. »Karhu ist tot.«

Langsam erstarb das Lachen, und Nurminen sah die Beamten abwechselnd an. »Ihr meint das tatsächlich ernst, oder?«

»So wahr wir hier sitzen«, bestätigte Valo. »Haltinens Mitarbeiter hat Karhu tot im Schnee gefunden.«

»Wie ist das passiert?«

»Genaues wissen wir noch nicht, aber die Rechtsmedizin ist dran.«

Als Nurminen nichts dazu sagte, setzte sich Valo aufrecht hin. »Was denken Sie darüber, dass er tot ist?«

»Meiner Meinung nach hat er bekommen, was er verdient.«

»Wie meinen Sie das?«

»Man soll zwar nicht schlecht über die Toten sprechen, aber der Kerl war ein Emporkömmling. Kam aus der Großstadt hierher und wollte uns erklären, was wir zu tun haben. Als ob wir völlig verblödet wären und er der Heilsbringer. Wussten Sie, dass er die Region touristisch ganz groß rausbringen wollte?«

»Das ist uns bekannt.«

»Und auch sonst wollte er hier einiges umkrempeln.«

»Das ist doch ein hehres Ziel«, sagte Valo. »Etwas Schwung könnte Nurmes definitiv vertragen. Ich komme selbst aus der Großstadt, und ich finde, dass es hier unglaublich langweilig ist.«

»Und genau so wollen wir es hier haben«, sagte Nurminen eine Spur lauter. »Wir brauchen keinen *Schwung*, wie Sie es ausdrücken. Wir wollen unser Leben in Ruhe verbringen.«

»Und dabei riskieren, dass die Stadt stirbt?«

»Wie kommen Sie darauf?«

»Wenn Sie sich die Statistiken anschauen, werden Sie bemerken, dass die Einwohnerzahl in den vergangenen zwanzig Jahren stetig abgenommen hat. Die jungen Leute ziehen weg und kommen nicht mehr wieder, während die Alten zurückbleiben. Wollen Sie, dass Nurmes eines Tages eine Geisterstadt wird?«

»Jussi, bitte«, sagte Larson und legte ihrem Partner eine Hand auf den Arm. »Jetzt ist nicht der richtige Zeitpunkt für solche Diskussionen.«

»Du hast ja recht«, antwortete er. »Ich habe mich hinreißen lassen. Tut mir leid. Herr Nurminen, bitte akzeptieren Sie meine Entschuldigung.«

»Ist schon in Ordnung«, erklärte der ältere Mann. »Was werden Sie mit Karhu anfangen?«

»Wie ich schon sagte, er wird momentan rechtsmedizinisch untersucht. Dann sehen wir weiter. Für heute haben wir keine Fragen mehr an Sie. Aber ich möchte, dass Sie in nächster Zeit für uns erreichbar sind.«

»Selbstverständlich. Ich habe sowieso nicht vor, zu verreisen oder etwas dergleichen zu tun.«

»Ach, bevor ich es vergesse«, sagte Valo. »Hatte Karhu irgendwelche Feinde? Wissen Sie davon etwas? Abgesehen von Ihnen, meine ich.«

»Nun, so ziemlich jeder, der nicht seiner Meinung war«, sagte Nurminen. »Karhu konnte ziemlich unangenehm werden, wenn man ihm widersprochen hat.«

»Fällt Ihnen jemand Bestimmtes ein?«

»Nein.«

»Vielen Dank. Ich wünsche Ihnen eine gute Nacht, Herr Nurminen.«

Valo und Larson verließen das Haus, stiegen ins Auto und machten sich auf den Rückweg nach Nurmes.

»Was sollte das denn da drinnen?«, fragte Larson.

»Mir gehen solche Leute wie er auf den Keks.«

»Du scheinst zu vergessen, dass ich auch zu *solchen Leuten* gehöre.«

»Bei dir ist es etwas anderes«, sagte Valo. »Du bist nicht so ein Hardliner wie er.«

»Was lässt dich da so sicher sein?«

»Wenn du es wärst, würdest du nicht mit mir hier sitzen und ermitteln, sondern irgendwo in einer Waldbude am Herd stehen, während drei Kinder um dich herumsausen und das vierte bereits in der Mache ist.«

Obwohl Larson schlechter Laune war, musste sie doch lächeln. »Stell dir das einmal vor. Ich als Hausfrau und Mutter.«

»Jetzt komm bloß nicht auf Gedanken«, schalt er sie gespielt, wurde dann aber wieder ernst. »Wir wollen

Katia genug Zeit geben, sich mit Karhus Frau zu beschäftigen. Ich bringe dich nach Hause, und morgen besuchen wir dann Karhus Frau. Okay?«

»Klar, das machen wir so. Was hast du heute noch vor?«

»Ich werde einen vorläufigen Bericht über Karhus Tod verfassen, und dann würde ich gerne in die Disco gehen. Da es hier aber keine gibt, werde ich wohl mit meinem Buch in der Hand gemütlich einschlafen.«

»Klingt doch nach einem Plan.«

Den Rest der Fahrt verbrachten sie schweigend, bis sie vor Larsons Appartementhaus ankamen.

»Bis morgen«, sagte sie und stieg aus.

Valo wartete mit laufendem Motor, bis seine Kollegin durch die Haupttür des Gebäudes verschwunden war. Dann legte er den ersten Gang ein und fuhr los.

Kapitel 2

Valo wachte auf und versuchte, seinen Wecker auszuschalten. Schon zum dritten Mal innerhalb von fünfzehn Minuten klingelte er und spielte die Titelmelodie der *Mumins*. Die im schwedischen Original *Mumintrollen* genannten Fabelwesen waren bereits im Jahr 1945 von der finnlandschwedischen Autorin Tove Jansson erfunden worden und lebten im Mumintal irgendwo in Finnland. Praktisch jedes finnische Kind wuchs mit den *Mumins* auf und träumte davon, einmal mit ihnen auf Abenteuerjagd zu gehen. Valo war da keine Ausnahme gewesen. Und obwohl er es schon seit einiger Zeit vorhatte, brachte es das noch immer in ihm schlummernde Kind einfach nicht fertig, seine Weckmelodie zu ändern. Warum auch? Schließlich war das Titellied beschwingt und brachte gute Laune in den Morgen. Dennoch siegte sein Pflichtbewusstsein irgendwann über seine Schläfrigkeit, und nachdem er den Ausschalter seines Weckers endlich gefunden hatte, richtete er sich im Bett auf. Langsam wischte er sich den Schlafsand aus den Augenwinkeln und strich sich über das kurz geschorene Haupthaar, bevor er seine Beine über den Bettrand schwang und aufstand, um seine morgendlichen Dehnübungen durchzuführen. Er war zwar erst siebenunddreißig, aber bereits jetzt spürte er den fortwirkenden Verschleiß. Obwohl er sich im Sommer mit Nordic Walking und im Winter mit Spaziergängen fit hielt, wusste er, dass es nur noch wenige Jahre dauern würde, bis es ihm nicht mehr so leichtfallen würde, sich körperlich zu betätigen, und diesen Moment wollte er so weit wie möglich herauszögern. Barfuß tappte er ins Bad, wo die Fußbodenheizung lief, verrichtete seine Morgentoilette, wusch sich das Gesicht und putzte sich gründlich die Zähne. Da es besonders bei Kälte schnell passierte, dass seine Haut trocken und spröde wurde, trug er etwas Feuchtigkeitscreme auf und verrieb sie gleichmäßig im Gesicht und auf den Händen. Wie immer hatte er sich bereits am Vorabend seine Kleidung für den nächsten Tag herausgelegt, und so dauerte es nur wenige Minuten, bis er sich eine schwarze Cargohose, ein weißes Hemd und einen schwarzen Pullover angezogen hatte. Bevor er das Haus verließ, stellte er seiner Katze jeweils eine Schüssel mit frischem Wasser und Thunfisch bereit, schlüpfte in seine mit echtem Bärenfell gefütterten Winterstiefel und zog sich seine Winterjacke über. Laut der Werbung hielt dieses Kleidungsstück Temperaturen von minus vierzig Grad aus. Glücklicherweise hatte er das noch nie ausprobieren müssen, denn bisher war er nur bis dreißig Grad Celsius unter Null gekommen. Die Jacke war teuer, aber jeden Cent wert gewesen. Nachdem er sich noch seine dicke Wollmütze aufgesetzt und seinen Geldbeutel und seine Schlüssel eingesteckt hatte, verließ er die kleine Wohnung, die sich etwas östlich vom Stadtgebiet befand.

Mit dem Wagen fuhr er nach Nurmes hinein, hielt wie üblich am kleinen Kiosk gegenüber des Marktplatzes an und holte sich dort sein Frühstück.

»Guten Morgen Heidi«, begrüßte er die Besitzerin des Kiosks, eine blonde Frau von rund fünfundzwanzig Jahren.

»Jussi«, grüßte sie zurück. »Dasselbe wie immer?«

»Kyllä – Ja«, bestätigte er.

Kurz darauf hielt er einen großen Becher Kaffee und ein frisch belegtes Sandwich in den Händen.

»Hast du eigentlich schon über mein Angebot nachgedacht?«, fragte sie ihn über den Tresen hinweg.

»Weißt du, ich bin momentan ziemlich beschäftigt«, antwortete er ausweichend.

»Wie immer«, sagte sie seufzend. »Wenn ich nicht dein Typ bin, dann sage es mir einfach. Ich bin eine erwachsene Frau, ich vertrage das.«

»So ist das nicht«, erklärte er. »Ehrlich, ich würde gerne mit dir ausgehen, aber ich arbeite ständig. Erst gestern habe ich einen neuen Fall bekommen.«

»Du meinst die Karhu-Geschichte?«

»Woher weißt du davon?«

Als Antwort zeigte sie auf die Zeitungsauslage, wo die Titelseite der örtlichen Tageszeitung die Neuigkeit über Karhus Tod geradezu herausschrie. Daneben befand sich ein Foto, das ihn und Larson zeigte.

Die waren ja mal wieder schnell, dachte er.

»Du wärst ein guter Ermittler«, sagte er zwischen zwei Bissen von seinem Sandwich.

»Weil ich lesen kann?«

»Weil du dein Hirn benutzt.«

»Als ob das so schwer ist.«

»Du würdest dich wundern, wie viele Leute durch das Leben stolpern und keine Ahnung haben, was sie da eigentlich tun.«

»Klingt ja fast so, als würdest du die Menschheit nicht mögen.«

»Doch, ich mag die Menschen schon. Nur diejenigen, die ihren Verstand nicht benutzen, sind es, die ich nicht leiden kann.«

Er warf einen Blick auf die hinter dem Verkaufstresen an der Wand hängende Uhr. »Ich muss los. Bis morgen«.

»Moikka – Tschüss«, verabschiedete sie ihn.

Nur eine Fahrminute entfernt befand sich das Polizeirevier. Die Polizeistation von Nurmes beherbergte nicht nur die lokalen Sicherheitskräfte, sondern fungierte auch als Außenstelle des Einwohnermeldeamtes. Entsprechend gab es täglich viele Besucher, was wiederum dafür sorgte, dass der Parkbereich vor dem Gebäude bereits jetzt beinahe voll war. Glücklicherweise hatte Valo einen eigenen Parkplatz zugewiesen bekommen, als er aus Helsinki hierher versetzt worden war. Er fuhr den Wagen um das Gebäude herum und stellte ihn im Hinterhof ab. Als er ausgestiegen war, ging er zur Fahrzeugfront, öffnete eine kleine Klappe unterhalb der Stoßstange und offenbarte damit eine Steckdose. An der vor seinem Stellplatz befestigten Stromsäule nahm er eines der bereitgestellten Kabel und steckte es in die Buchse an seinem Auto ein. Die aktuellen Temperaturen waren zwar nicht extrem im Minusbereich, und sein Wagen verfügte überdies über eine Standheizung, aber er wollte lieber auf Nummer Sicher gehen. Durch den Strom wurde der Motorbereich warmgehalten, sodass der Wagen jederzeit fahrbereit war. Nachdem er fertig war und das Auto per

Fernbedienung verriegelt hatte, ging er zum Hintereingang des Reviers, gab dort den Zugangscode ein und drückte die Tür auf. Er fand sich im Kellerbereich des Reviers wieder und folgte einer aus grobem Beton gefertigten Treppe hinauf ins Erdgeschoss, wo sich das Büro befand, das er sich mit Larson teilte. Er wusste es zwar nicht mit Sicherheit, aber er ging aus Erfahrung davon aus, dass seine Partnerin bereits auf ihn warten würde. Als er die Tür öffnete, entdeckte er Larson, den Kopf auf die Hände gestützt.

»Wenig geschlafen?«, fragte er.

»Wie so oft.«

»Albträume?«

Sie nickte zur Antwort.

»Du solltest dich wirklich mal mit Katia Turpeinen unterhalten. Diese wiederkehrenden Albträume müssen doch eine Bedeutung haben.«

»Das mache ich, wenn ich Zeit dafür habe.«

»Das sagst du schon seit Monaten«, meinte er.

»So, wie du Heidi seit Monaten vertröstest«, gab sie zurück.

»Touché. Gibt es schon etwas von der Rechtsmedizin?«

»Nein.«

»Dann besuchen wir jetzt Karhus Frau.«

»Katia hat mir vorhin erzählt, dass sie gestern ziemlich aufgelöst war, als sie vom Tod ihres Mannes gehört hat.«

»Weißt du, ob jemand bei ihr ist?«

»Ihre Schwester wohnt ebenfalls in Nurmes.«

»Dann ist sie wahrscheinlich gerade bei Frau Karhu.«

»Stellt das ein Problem dar?«, wollte Larson wissen.

»Nein. Lass uns hinfahren.«

Das Haus von Tuomas und Riita Karhu befand sich im Stadtteil Laamila im Norden der Stadt. Es war ein großes Anwesen, das an zwei Seiten von Wald und an einer Seite vom Pielinensee umgeben war. Das Wohnhaus selbst war zweigeschossig und, wie Larson in den Akten herausgefunden hatte, erst im Jahr 2011, also vor dreizehn Jahren errichtet worden. Zu dem Anwesen gehörte eine Garage mit Platz für zwei Autos sowie ein Gästehaus.

»Teure Gegend«, kommentierte Valo, als er den Wagen auf das Grundstück lenkte. »Ich wusste nicht, dass Tuomas Karhu so vermögend war.«

»Du vergisst, dass Riita Karhu eine erfolgreiche Geschäftsfrau ist. Ihr gehört eine Modekette für Gutbetuchte.«

Er parkte den Wagen abseits des Rondells, welches den Vorhof zum Wohnhaus bildete. Dann stiegen sie aus und gingen zur Eingangstür. Der Klingelknopf befand sich unter einer Kunststoffabdeckung, damit er nicht festfrieren konnte. Valo drückte den Knopf in die Fassung hinein und lauschte dem wohlklingenden Geräusch, welches drinnen die Ankunft von Gästen ankündigte. Nur wenige Augenblicke später wurde die Haustür nach innen aufgezogen.

»Hallo?«, fragte eine Frau mittleren Alters.

Sie trug ein geblümtes Wickelkleid und einen Seidenschal, welcher ihren schlanken Hals umfloss. Ihr braunes Haar hatte sie zu einem lockeren Zopf geflochten.

»Huomenta – Guten Morgen«, sagte Valo und stellte sich und seine Partnerin vor. »Sind Sie Riita Karhu?«

»Nein«, antwortete die Frau. »Ich bin ihre Schwester. Emma Mäkinen.«

»Ist Riita zu Hause?«

»Ja. Als ich gestern von Ihrer Kollegin angerufen wurde, bin ich sofort hierhergekommen.«

»Denken Sie, dass wir mit Riita Karhu sprechen können?«

»Nun ja, Sie können sich sicher denken, dass sie ziemlich verstört ist. Sie hat Beruhigungsmittel eingenommen, um überhaupt schlafen zu können. Aber ich denke, dass es für einige Minuten in Ordnung ist. Kommen Sie bitte herein.«

Valo und Larson folgten der Aufforderung und betraten das Haus. Die Beamten streiften ihre Stiefel ab und folgten Mäkinen durch den ausladend breiten Flur. Valo pfiff leise durch die Zähne, während er die Einrichtung begutachtete. Der Boden bestand aus echtem Marmor, und die hölzerne Wandvertäfelung zeugte davon, dass es sich um Edelholz handeln musste, vermutlich Amaranth. Da er vor seiner Ausbildung zum Polizisten oft in einer Schreinerei gearbeitet und den dortigen Mitarbeitern geholfen hatte, kannte er sich gut damit aus.

»Bitte nehmen Sie Platz, Riita wird gleich bei Ihnen sein«, erklärte Mäkinen. »Möchten Sie Kaffee?«

»Gern«, antwortete Larson.

»Für mich bitte nur ein Glas Wasser«, sagte Valo.

Gemeinsam nahmen sie auf einem mit weißem Leder bezogenen Sofa Platz und sanken unwillkürlich einige Zentimeter ein. Kurz darauf brachte Mäkinen die gewünschten Getränke und verließ erneut das Zimmer. Valo betrachtete die Wände und sah zahlreiche Fotos des Ehepaars an unterschiedlichen Orten der Welt. Auf einem Bild posierten sie vor den ägyptischen Pyramiden, auf einem anderen waren sie vor der Skyline von Hongkong abgebildet, und auf einem weiteren standen sie inmitten eines weiten Feldes. Die Pflanzen waren nicht einmal hüfthoch und strahlten in einem starken Violett.

»Atacama«, sagte Mäkinen erklärend, die das Wohnzimmer soeben erneut betreten hatte.

In ihrer Begleitung befand sich eine Frau, die nicht älter als fünfzig, vielleicht einundfünfzig Jahre alt sein mochte, aber so verhärmt aussah, dass man meinen konnte, sie hätte die sechzig bereits weit überschritten. Unter ihren Augen befanden sich geschwollene Tränensäcke, die darauf hinwiesen, dass sie viel geweint und wenig geschlafen hatte.

»Hallo Riita«, sagte Valo, darauf bedacht, sanft zu klingen.

»Hallo«, sagte Karhu leise.

Mäkinen führte sie zu einem ebenfalls aus weißem Leder gefertigten Ohrensessel und half ihr, sich hinzusetzen.

»Es tut mir sehr leid, dass wir Sie stören müssen«, begann der Beamte. »Wir sind uns im Klaren darüber, welch schwere Zeit Sie gerade durchmachen.«

»Ist schon in Ordnung«, antwortete sie. »Was kann ich für Sie tun?«

»Wie Sie sich sicher denken können, sind wir hier, um mit Ihnen über Ihren Ehemann zu sprechen.«

»Was möchten Sie denn wissen?«

»Zuerst einmal interessiert uns, wann Sie ihn zuletzt gesehen haben.«

Die Frau antwortete nicht, sondern legte den Kopf schief. Als sie auch nach einigen Sekunden nichts sagte, kam Valo auf den Gedanken, dass die Frau vielleicht noch immer unter Schock oder Einfluss des Beruhigungsmittels stand, von dem ihre Schwester erzählt hatte. Das war nichts Ungewöhnliches, wenn man bedachte, wie plötzlich ihr Mann aus dem Leben gerissen worden war. Er wollte seine Frage gerade noch einmal stellen, als Riita Karhu endlich reagierte.

»Vor etwa einer Woche sagte er mir, dass er auf Geschäftsreise gehen und einige Tage wegbleiben würde.«

»Wann genau sollte die Reise denn losgehen?«

»Er ist vor drei Tagen losgefahren.«

»Hat er Ihnen gesagt, wo er hinwollte?«

»Nein«, antwortete Karhu. »Der Grund war irgendetwas politisches, aber mehr habe ich nicht erfahren.«

»Aber er wird Ihnen doch bestimmt gesagt haben, wo er hinfährt.«

»Er hat mir nie Genaues erzählt. *Das würde dich nur langweilen*, hat er immer gesagt.«

»Hat er sich denn wenigstens bei Ihnen gemeldet, als er angekommen war?«

»Ja, das macht ... machte er immer.«

»Sie müssen wissen, dass sich Riita immer große Sorgen macht, wenn ihr Mann allein unterwegs ist«, fügte Mäkinen hinzu. »Mein Schwager fand es zwar ein wenig lächerlich, aber er hat sie trotzdem immer angerufen.«

»Warum fand er es lächerlich?«, wollte Larson wissen.

»Weil er der Meinung war, nichts zu befürchten zu haben. Ja, es gibt stets missgünstige Leute, aber er sagte immer, dass er mitten in der Zivilisation sei und ihm darum nichts passieren könne.«

Wie wir ja gesehen haben, dachte Valo zynisch.

»Riita, was hat er Ihnen gesagt, als er Sie zuletzt anrief?«

»Er erzählte, dass die Fahrt ruhig gewesen ist und er gleich schlafen gehen würde.«

»Also ist er nicht geflogen?«

»Nein, er ist mit dem Auto gefahren.«

»Erinnern Sie sich noch, um welche Uhrzeit er losgefahren ist und wann er Sie angerufen hat?«

»Er ist irgendwann mittags los, aber genau weiß ich das nicht mehr«, antwortete Karhu. »Und angerufen hat er so gegen sechs Uhr abends.«

»Also ungefähr sechs Stunden Autofahrt, inklusive Pausen und Hotel-Check-in«, kalkulierte Valo. »Wer könnte denn wissen, wohin Ihr Mann gereist war?«

»Ich vermute, dass seine Sekretärin die Details hat. Tuisku bucht immer sämtliche Reisen für ihn.«

»Hat diese Tuisku auch einen Nachnamen?«

»Virtanen. Tuisku Virtanen.«

Larson notierte den Namen in ihrem Smartphone.

»Hatte Ihr Mann irgendwelche Feinde?«

»Einige«, bestätigte sie. »Vor allem die Traditionalisten. Wissen Sie, er wollte Nurmes modernisieren und ...«

»Das ist uns bereits bekannt«, fuhr Valo dazwischen, biss sich aber direkt im Anschluss auf die Unterlippe. »Tut mir leid, ich wollte nicht unhöflich sein.«

»Keine Ursache«, antwortete Karhu. »Das bin ich gewohnt.«

»Tuomas konnte sehr schroff werden, wenn etwas nicht nach seinen Wünschen lief«, erklärte Mäkinen. »Und zwar nicht nur geschäftlich, sondern auch privat.«

»Ist er Ihnen gegenüber je ausfällig geworden?«

»Mehr als einmal«, sagte Mäkinen. »Auch Riita gegenüber. Normalerweise blieb es aber bei einer kurzen Explosion.«

»Normalerweise?«, hakte Larson nach.

»In ganz seltenen Fällen wurde er wirklich laut, und für einige Stunden war er dann wütend.«

»Haben Sie vielleicht einen Namen für uns? Jemanden, der Ihren Mann regelmäßig auf die Palme gebracht hat?«

»Da sprechen Sie am besten mit Tuisku. Wie gesagt, mir hat er nie viel erzählt.«

»Was hat Ihr Mann eigentlich beruflich gemacht, wenn er nicht damit beschäftigt war, Politik zu betreiben?«

»Er brauchte keine andere Arbeit anzunehmen, da ich ihn immer finanziell unterstützt habe. Mein Geschäft läuft sehr gut.«

»Das ist äußerst großzügig von Ihnen«, sagte Valo.

»Es ist das Mindeste, was ich tun kann. Tuomas träumte immer davon, aus Nurmes eine moderne Stadt zu machen, und ich habe ihn gerne dabei unterstützt. Denn sonst wird die Stadt früher oder später aussterben.«

Valo warf einen kurzen beunruhigten Seitenblick auf seine Kollegin, die allerdings ganz entspannt blieb.

»Riita, haben Sie vielleicht die Adresse von Tuisku Virtanen?«

»Leider nicht, aber Sie finden Tuisku sicher in Tuomas´ Büro vor. Warten Sie, ich schreibe Ihnen die Adresse auf.«

Riita Karhu ließ sich von ihrer Schwester ein Blatt Papier und einen Stift bringen und notierte die Anschrift, bevor sie dem Beamten das Blatt reichte.

»Vielen Dank«, sagte Valo. »Sie haben uns wirklich sehr geholfen. Eine Frage habe ich allerdings noch. Besitzt Ihr Mann einen roten Schal und braune Lederhandschuhe?«

»Ja, warum?«

»Nur so. Vielen Dank nochmals. Emma, haben Sie etwas dagegen, wenn wir kurz mit Ihnen allein sprechen?«

»Riita, kommst du für eine Weile ohne mich zurecht?«

Die andere Frau nickte, woraufhin ihre Schwester ihr aufhalf und sie langsam aus dem Zimmer brachte. Kurz darauf erschien sie wieder im Wohnzimmer und setzte sich den beiden Beamten gegenüber.

»Was möchten Sie wissen?«, fragte sie.

»Wie standen Sie zu Tuomas?«, erkundigte sich Valo.

»Wir sind offensichtlich verschwägert, aber wir standen uns nicht unbedingt nahe. Ich fand ihn in Ordnung, aber ...«

»Aber?«, soufflierte Valo in die Pause hinein.

»Ich war mit einigen seiner Ansichten nicht einverstanden. Ich wollte es vor Riita nicht so offen sagen, aber ich fand immer, dass er schwer zugänglich war. Er hatte seine Ansichten und Vorstellungen, und wenn es zu Diskussionen kam, war er durchaus rechthaberisch, besser gesagt besserwisserisch. Seiner Ansicht nach waren alle, die nicht seiner Meinung waren, zurückgeblieben und dumm.«

»Ist er Ihnen oder Ihrer Schwester gegenüber jemals handgreiflich geworden?«

»Nein, aber das brauchte er auch nicht. Er war ziemlich intelligent und wortgewandt und schaffte es, allein durch Rhetorik die Oberhand zu gewinnen. Oder zumindest so lange zu reden, dass man irgendwann keine Lust mehr hatte, mit ihm zu diskutieren.«

»Ich kann mir nicht vorstellen, dass Sie oder Riita dumm sind«, erwiderte Valo.

»Danke«, antwortete Mäkinen.

»Vor allem, wenn man bedenkt, dass Ihre Schwester eine Modekette leitet«, fuhr er fort.

»Ihr gehört die Kette, aber sie leitet sie nicht«, erwiderte Mäkinen. »Das überlässt sie, sagen wir mal, Profis.«

»Wie war das, wenn er wütend war? Wie hat er sich wieder beruhigt?«

»Zumindest bei uns lief es immer darauf hinaus, dass wir auf ihn zugegangen sind und um Entschuldigung gebeten haben.«

»Hat er jemals eigene Fehler eingeräumt?«

»Nicht, dass ich wüsste«, sagte Mäkinen.

»Hat Riita ihn geliebt?«

»Sie hat es zwar nie explizit gesagt, aber ich glaube schon, dass es so war.«

»Woran machen Sie das fest?«

»Durch ihr Verhalten und die Art, wie sie ihn verteidigt und unterstützt hat.«

»Was machen Sie eigentlich beruflich?«

»Ich bin Assistentin in der Privatklinik drüben am Marktplatz.«

»Dann ist es ja umso besser, dass Sie sich um Ihre Schwester kümmern.«

»Möchten Sie noch etwas wissen? Ich möchte Riita ungern lange allein lassen.«

»Für den Moment brauchen wir nichts Dringendes mehr. Sie würden uns aber einen großen Gefallen tun, wenn Sie in nächster Zeit für uns verfügbar sind.«

»Ich habe nicht vor, meine Schwester in diesen Zeiten im Stich zu lassen. Sie finden mich hier, wenn Sie etwas benötigen.«

»Haben Sie vielen Dank.«

Gefolgt von Larson stand er auf und verließ das Haus.

»Was hältst du von Riita?«, fragte Larson, als sie beide wieder im Auto saßen.

»Ehrlich gesagt würde es mich nicht wundern, wenn sie ihren Mann getötet hätte.«

»Warum das denn?«

»Weil sie ihn finanziell unterstützt hat, wo sie nur konnte, und zum Dank hat er sie schlecht behandelt.«

»Denkst du, dass sie fähig ist, ihn zu ermorden und seine Leiche dann in den Wald zu schleppen?«

»Vielleicht nicht selbst, aber sie könnte jemanden beauftragt haben. Ich hatte vor einigen Jahren in Helsinki einen ähnlichen Fall«, erklärte Valo. »Ich möchte keine voreiligen Schlüsse ziehen, aber lass uns die Möglichkeit im Hinterkopf behalten.«

»Einverstanden. Wohin jetzt?«

»Zu seinem Büro.«

»Perkele«, fluchte er leise.

Sie waren zu Karhus Büro gefahren, nur um festzustellen, dass es verschlossen war. Die Jalousien an den Fenstern und der Eingangstür waren heruntergezogen, sodass sie keinen Blick hineinwerfen konnten.

»Und jetzt?«, fragte Larson.

»Warte.«

Valo zog sein Smartphone aus der Tasche und loggte sich in die finnische Polizeidatenbank ein. Dort gab er den Namen der Sekretärin ein und fand kurz darauf ihre persönliche Anschrift sowie ihre Telefonnummer. Er tippte die Nummer ein und lauschte dem Freizeichen.

»Hallo?«, sagte eine jung klingende Frauenstimme am anderen Ende der Leitung.

»Moi, mein Name ist Jussi Valo. Ich bin Kriminalpolizist. Frau Virtanen, ich möchte Sie bitten, in das Büro von Tuomas Karhu zu kommen.«

»Kann das nicht bis morgen warten? Ich habe heute Urlaub.«

»Leider nicht.«

»Na gut«, sagte Virtanen seufzend. »Ich bin in einer halben Stunde da.«

»Danke. Ich werde warten.«

»Sie klang nicht gerade begeistert«, merkte Larson an, nachdem Valo aufgelegt hatte.

»Es interessiert mich, warum das so ist.«

»Fragen wir sie nachher einfach. Kaffee?«

»Gern.«

Larson schraubte die Thermoskanne auf und füllte etwas von dem mitgebrachten Kaffee in zwei kleine Metallbecher, von denen sie ihrem Partner einen reichte.

»Bist du immer noch dabei, mit dem Rauchen aufzu-
hören?«, fragte sie.

»Ja. Sobald ich morgens den ersten Drang niederge-
kämpft habe, geht es eigentlich ganz gut. Ich denke,
dass ich meine Laune im Griff habe.«

»Das wird schon werden.«

»Hast du selbst mal geraucht?«

»Nein, und das ist auch gut so. Dass mein Opa an Lun-
genkrebs gestorben ist, hat mich gut genug abge-
schreckt. Du hast deine Laune übrigens ziemlich gut im
Griff.«

»Ich kann ja schlecht herumlaufen und die Leute an-
pöbeln. Das käme sicher nicht so gut an.«

»Wo du recht hast, hast du recht. Komm, wir vertreten uns ein wenig die Beine, bis Virtanen hier ist.«

Rund dreißig Minuten später saßen die beiden Beamten an einem langen, aber schmalen Tisch. Ihnen gegenüber hatte sich die Sekretärin des kürzlich verstorbenen Tuomas Karhu gesetzt und betrachtete ihre Besucher. Vor jedem von ihnen stand ein Becher mit
frisch aufgebrühtem Tee.

»Danke, dass Sie sich die Zeit für uns genommen haben«, begann Valo das Gespräch. »Wir wissen das sehr
zu schätzen.«

Virtanen nickte und ließ ein leichtes Lächeln über
ihre Lippen kommen. »Gern geschehen. Erzählen Sie
mir doch bitte, warum Sie so dringend mit mir sprechen wollten.«

»Ich sage es einfach frei heraus. Gestern wurde Ihr
Chef tot im Wald aufgefunden.«

Virtanen starrte den Inspektor über den Rand ihres Tees hinweg mit großen Augen an. »Wie bitte?«

»Tuomas Karhu ist tot.«

Die Sekretärin stellte langsam ihren Becher vor sich auf den Tisch, lehnte sich zurück und atmete mehrfach und langsam ein und aus.

»Geht es Ihnen gut?«, fragte Larson.

»Ich brauche nur einen Moment.«

»In Ordnung«, willigte Valo ein. »Wir bleiben bei Ihnen.«

»Ich möchte aber lieber allein sein«, erwiderte sie.

Valo fixierte Virtanen für einen Moment, bevor er nickte und sich an seine Kollegin wandte. »Saari, lass uns kurz vor die Tür gehen. Tuisku, wenn Sie Hilfe brauchen, sagen Sie bitte Bescheid.«

Draußen warf Valo einen heimlichen Blick durch die gläserne Fassade und konnte sehen, wie sich Virtanen in Richtung des hinter ihrem Stuhl befindlichen Aktenschranks wandte. Dort zog sie ein Döschen mit Tabletten hervor, öffnete es und nahm eine Pille heraus, die sie hastig in den Mund steckte und mit einem Schluck aus ihrem Becher herunterspülte. Dann lehnte sie sich wieder zurück und schloss die Augen. Im Geiste zählte er bis zwanzig, bevor er die Eingangstür erneut öffnete und, von Larson gefolgt, wieder in das Büro trat.

»Alles in Ordnung?«, fragte er.

»Ich ...«, hob Virtanen an. »Ich rede nicht so gerne darüber, aber ich leide manchmal unter Panikattacken. Mein Therapeut hat mir Pillen verschrieben, die mich ruhiger werden lassen.«

»Darf ich fragen, um welche Tabletten es sich handelt?«

»Neurodoron.«

»Wirken sie?«

»Meistens, ja.«

»Fühlen Sie sich bereit, weiter mit uns zu sprechen?«, fragte Valo. »Oder brauchen Sie noch etwas anderes?«

Virtanen atmete nochmals tief ein und aus. »Nein, es geht schon.«

»Gut«, sagte er und setzte sich hin. »Wie standen Sie zu Tuomas?«

»Er war mein Chef, wie Sie ja wissen. Ich arbeite bereits seit vier Jahren für ihn.«

»Wie gut kannten Sie ihn persönlich?«

»Nicht besonders«, gab sie zu. »Wir hatten ein angenehmes Arbeitsverhältnis, aber mehr auch nicht. Wir waren gute Bekannte, haben uns aber immer auf den Beruf konzentriert.«

»Hätten Sie gerne mehr gewollt?«

»Nein.«

»Sind Sie sicher?«

»Absolut. Er war verheiratet, und das ist für mich eine Flugverbotszone. Außerdem war er nicht mein Typ.«

»Erklären Sie mir das genauer«, forderte Valo sie auf.

»Ich mag Frauen lieber.«

Der Inspektor nickte verstehend. »Danke. Erzählen Sie uns doch bitte, wann Sie Tuomas zuletzt gesehen haben.«

»Das war vor ungefähr vier Tagen.«

»Was haben Sie da miteinander besprochen?«

»Es ging um die nächste Stadtratssitzung.«

»Um was genau?«

»Auf der Tagesordnung steht unter anderem die weitere Vorgehensweise bei der touristischen Erschließung der Region.«

»Wie soll die denn aussehen?«

»Sie wissen ja, dass sich die Gegend momentan ausschließlich auf das Bomba-Ressort konzentriert. Tuomas sah das als problematisch an und wollte unter anderem das Hotel am Marktplatz wieder in Betrieb nehmen lassen. Dafür suchte er seit einiger Zeit nach einem Pächter.«

»Gibt es denn Interessenten für diese, mit Verlaub, Bruchbude?«

»Einige«, erklärte Virtanen nickend. »Ich bitte Sie aber um Nachsicht, dass ich Ihnen die Namen dieser Interessenten nicht sagen werde. Es gab einige Gespräche, aber noch nichts Konkretes.«

»Dennoch möchten wir die Namen wissen. Tuisku, wir ermitteln momentan in alle Richtungen, und wir wollen dabei gründlich vorgehen. Bei so etwas kann letzten Endes alles wichtig für uns sein, auch wenn es scheinbar belanglos ist.«

Virtanen kaute kurz auf ihrer Unterlippe. »Also gut. Ich werde Ihnen eine Aufstellung zukommen lassen. Das wird aber etwas dauern.«

»Kein Problem«, sagte Valo. »Wissen Sie etwas über die Geschäftsreise, auf die Tuomas gehen wollte?«

»Er ist immer wieder unterwegs. Welche Reise meinen Sie konkret?«

»Laut seiner Frau wollte er vor drei Tagen verreisen, aber sie konnte uns leider keine Details nennen.«

»Vor drei Tagen, sagen Sie? Davon weiß ich nichts.«

»Aber Sie sind doch seine Sekretärin. Sie buchen doch bestimmt all seine Geschäftsreisen, oder?«

»Ja«, bestätigte sie. »Aber ich weiß nichts davon, dass er verreisen wollte.«

»Hmmm«, meinte der Inspektor. »Warum haben Sie heute eigentlich Urlaub?«

»Tuomas meinte bei unserem letzten Treffen, dass ich mir einige Tage freinehmen sollte.«

»Hat er einen Grund dafür genannt?«

»Ich bin alleinerziehende Mutter und habe einiges um die Ohren. Mein Sohn ist dieses Jahr in die Schule gekommen, und momentan gibt es einige Dinge dafür zu erledigen. Tuomas meinte, dass ich mich darauf konzentrieren solle, er käme schon zurecht.«

»Was denn zum Beispiel?«

»Die Schule hatte mich kürzlich darüber informiert, dass mein Sohn immer wieder den Unterricht stört und seine Aufgaben nicht erledigen möchte. Mir wurde deshalb empfohlen, eine psychologische Beratung für ihn zu finden. Können Sie sich vorstellen, wie schwierig es ist, einen Termin dafür zu bekommen?«

»Nein, das kann ich nicht«, gab Valo zu.

»Es ist viel Aufwand, aber das ist mir mein kleiner Engel wert.«

»Also wissen Sie nichts darüber, dass sich Tuomas anscheinend auf eine Reise begeben hat.«

»Wenn ich es Ihnen doch sage. Und ich weiß normalerweise alles über seine geschäftlichen Termine.«

»Wir möchten gerne einen Blick in seinen Kalender werfen, wenn es Ihnen nichts ausmacht. Außerdem möchten wir sein Adressbuch durchsehen.«

»Das ist in Ordnung. Soll ich es Ihnen gleich heraussuchen?«

»Das wäre sehr freundlich.«

Virtanen entsperrte ihren Computer und gab einige Daten ein. Als sie fertig war, drehte sie den Flachbildschirm so, dass sowohl Valo als auch Larson die Daten lesen konnten.

»Hier, sehen Sie?«, sagte die Sekretärin und zeigte auf den dritten Dezember. »Hier steht nichts. Ich markiere alle seine Geschäftstermine farblich. Bei Terminen hier im Büro verwende ich Grün, Meetings in der Region sind Gelb, und wenn er auf eine Reise geht, ist das in Rot markiert. Wie Sie sehen, ist der gesamte Tag frei, und auch die nachfolgenden Tage sind terminlos.«

»Finden Sie das nicht seltsam?«, fragte Valo. »Wenn ich mir den restlichen Kalender so ansehe, war Tuomas viel beschäftigt. Und ausgerechnet an diesen Tagen soll nichts gewesen sein?«

»Das kommt schon mal vor«, erklärte Virtanen. »Tuomas nahm sich zwischendurch gerne Zeit, um Unterlagen zu prüfen und wollte dabei nicht gestört werden.«

»Wie ist es mit seinem Adressbuch? Haben Sie das auch im Computer?«

»Ja«, sagte Virtanen. »Aber wir führen zusätzlich ein Heft, in dem wir alles handschriftlich notieren. Nur für den Fall, dass die Technik mal streikt.«

»Löblich«, sagte Valo. »Würden Sie uns dieses Heft bitte überlassen?«

»Das kann ich leider nicht tun, aber ich kann Ihnen gern eine Kopie anfertigen. Wie viele Seiten brauchen Sie denn?«

»Alle.«

»Das wird aber etwas dauern«, merkte sie an.

»Wir haben Zeit.«

Virtanen warf einen Blick auf die Bildschirmuhr. »Ich habe leider noch einiges wegen meines Sohnes zu tun. Ist es in Ordnung, wenn ich Ihnen die Kopie bis heute Abend fertigstelle?«

»Ja«, antwortete Larson und handelte sich damit einen scheelen Seitenblick ihres Partners ein. »Wir verstehen natürlich, dass Ihr Sohn wichtig ist. Wir leben selbst nach dem Motto *Die Familie kommt zuerst*. Stimmt doch, Jussi, oder?«

»Du hast natürlich recht«, erwiderte Valo und wandte sich wieder Virtanen zu. »Schaffen Sie es bis achtzehn Uhr?«

»Das sollte machbar sein. Ich bringe sie Ihnen aufs Revier, ja?«

»Nur, wenn es Ihnen keine Umstände macht.«

»Das schaffe ich schon.«

»Eine Frage habe ich noch«, sagte Valo. »Gibt es jemanden, der eine Antipathie gegenüber Tuomas hegt?«

»Sie meinen, ob ihm jemand Schaden zufügen wollte?«

»Ganz genau.«

»Mehrere Mitglieder des Stadtrats sind nicht gerade erbaut über seine Agenda. Und dann ist da noch der Verein zur Erhaltung der finnischen Tradition.«

»Von denen habe ich schon gehört«, sagte der Beamte. »Das sind doch diejenigen, die sofort aufschreien, wenn irgendetwas in der Stadt verändert werden soll, und sei es nur die Neu-Asphaltierung der Hauptstraße.«

Virtanen nickte.

»Haben Sie die Namen?«

»Die sind im Adressbuch. Wissen Sie was? Ich werde sie auf den Kopien farblich markieren, damit Sie es leichter haben.«

»Das ist sehr nett von Ihnen, vielen Dank.«

»Keine Ursache. Wenn es Ihnen nichts ausmacht, möchte ich jetzt gerne los. Mein Sohn wartet.«

»Wir wollten sowieso gerade aufbrechen«, antwortete Larson und stand auf. »Vielen Dank für Ihre Zeit und einen schönen Tag noch.«

Valo erhob sich ebenfalls, bedankte sich und folgte seiner Kollegin dann nach draußen.

»Was sollte das denn?«, fragte er Larson unwirsch.

»Das könnte ich dich auch fragen«, entgegnete sie. »Sie sagt uns, dass sie wegen ihres Kindes zu tun hat, und du übergehst das einfach.«

»Wir ermitteln hier in einem Mordfall, schon vergessen? Da haben wir nun mal keine Zeit, um auf gewisse Lebensumstände Rücksicht zu nehmen.«

»Falls du es noch nicht gemerkt hast, Karhu ist bereits tot.«

»Und falls es dir noch nicht in den Sinn gekommen ist, sein Mörder ist auf freiem Fuß.«

»Du hast selbst gesagt, dass wir nichts überstürzen sollen.«

»Dennoch dürfen wir nicht trödeln. Mit jeder Stunde, die vergeht, wird die Spur kälter.«

»Kalt ist es wirklich«, sagte Larson und zog ihre Jacke fester um sich.

Valo atmete langsam aus. »Lass uns aufs Revier fahren und uns aufwärmen. Bis wir das Adressbuch haben, gibt es immer noch genug zu tun.«

»Dann wollen wir mal Koskinens Frau anrufen«, verkündete Valo, als sie zurück im Revier waren.

»Lass mich das machen«, bot Larson an.

»Wie du willst.«

Sie nahm ihr Smartphone zur Hand und tippte die Nummer ein, die sie aus dem landesweiten Meldesystem herausgesucht hatte, aktivierte den Lautsprecher und hielt sich das Telefon ans Ohr.

»Laura Kovalainen, moi«, meldete sich eine Frauenstimme.

»Moi«, antwortete Larson und stellte sich vor. »Gehe ich recht in der Annahme, dass Sie die Ex-Frau von Mika Koskinen sind?«

»Ja, das stimmt«, erwiderte Kovalainen seufzend.

Anscheinend fand sie es nicht so gut, darauf angesprochen zu werden, dass sie einmal mit Koskinen verheiratet gewesen war.

»Haben Sie einen Augenblick Zeit für mich?«, fragte die Beamtin.

»Worum geht es denn?«

»Ich möchte mit Ihnen über Ihren Ex-Mann sprechen.«

»Was hat er denn jetzt wieder angestellt?«

»Nichts Schlimmes«, antwortete Larson vage. »Ich benötige nur einige Informationen über ihn.«

»Und warum rufen Sie mich deswegen an? Können Sie nicht direkt mit ihm sprechen?«

»Das habe ich schon. Es geht darum, dass noch die eine oder andere Frage offen ist, und ich hatte gehofft, dass Sie mir dabei helfen können.«

»Na gut«, gab sich Kovalainen geschlagen. »Was möchten Sie erfahren?«

»Zuerst einmal hätte ich gerne gewusst, wie er so als Mensch ist. Sie kennen ihn sicher gut, schließlich waren Sie einmal verheiratet.«

»Das ist schon Jahre her.«

»Aber Sie haben ein gemeinsames Kind. Da stehen Sie doch bestimmt in regelmäßigem Kontakt.«

»Wie man es nimmt«, erwiderte Kovalainen. »Er ist nicht unbedingt das, was man einen fürsorglichen Vater nennen könnte.«

»Inwiefern?«

»Er bezahlt zwar regelmäßig Unterhalt, aber ansonsten lässt er sich nicht oft blicken.«

»Hält er seine Besuchstermine nicht ein?«

»Doch, normalerweise schon. Aber die sind rar gesät, und wenn er hier ist, dann verbringt er nicht allzu viel Zeit mit Hugo.«

»Sprechen Sie weiter.«

»Er kommt, bringt ein Geschenk mit, spielt ein wenig mit ihm, und dann dauert es nie lange, bis die Situation eskaliert. Sie müssen wissen, dass Hugo sehr genaue Vorstellungen von seinen Spielen hat, und wenn sie nicht exakt so ablaufen, wie er es will, wird er wütend, fängt an zu weinen und schmeißt die Spielzeuge in die Ecke.«

»Wie alt ist er denn?«, wollte Larson wissen.

»Er ist vor drei Wochen fünf geworden.«

»Aber ist das nicht normal für Kinder in diesem Alter?«

»Doch, natürlich«, stimmte Kovalainen zu. »Aber gerade mit Mika ist es extrem. Dieser hat nicht sehr viel Geduld, und er kann sich nur schwer auf Hugo einlassen.«

»Warum, denken Sie, ist das so? Er war doch früher Lehrer.«

»Ich kann es Ihnen nicht sagen, weil ich es nicht weiß. Seit der Trennung ist Mika unnahbar. Er erzählt mir nur wenig, aber dafür lamentiert er viel. Er ist noch immer nicht über die Scheidung hinweg.«

»Ich kann mir vorstellen, dass es nicht so leicht ist, von jemandem verlassen zu werden, den man liebt.«

»Da mögen Sie recht haben, aber er ist ein erwachsener Mann und sollte es besser wissen. Und dass er mit Hugo nicht zurechtkommt, ist ganz bestimmt nicht meine Schuld.«

»Das habe ich auch nicht behauptet«, beschwichtigte sie Larson. »Darum soll es jetzt auch nicht gehen. Ich würde gerne wissen, wie sich Ihr Ex-Mann im Alltag verhält.«

»Mehr als das, was ich sehe, wenn er zu Besuch ist, kann ich Ihnen nicht sagen.«

»Wie war er denn früher, vor der Trennung?«

»Na ja ... Er war hilfsbereit, zuvorkommend und hat mir jeden Wunsch von den Augen abgelesen. Als ich ihm mitteilte, dass ich mich trennen möchte, ist für ihn eine Welt zusammengebrochen.«

»Warum wollten Sie sich denn überhaupt trennen?«
»Das ist eine sehr persönliche Frage.«
»Ich weiß.«
»Wenn Sie es genau wissen wollen: Er war *zu* nett.«
»Wie bitte?«
»Er ist niemals aufbrausend geworden, wenn ihm etwas nicht gefallen hat. Er war immer ruhig und hat stets versucht, eine Lösung zu finden. Und, wenn ich das so sagen darf, das hat sich bis ins Bett fortgeführt.

Er war immerzu äußerst zärtlich und vorsichtig. Sie als Frau können sicher nachvollziehen, dass das auf Dauer nervig sein kann.«

»Ich verstehe …«, sagte die Beamtin. »Und das war der Grund, weshalb Sie die Scheidung eingereicht haben?«

»Nicht nur das. Er war einfach verweichlicht. Hat sich immer untergeordnet und sich nie verteidigt. Er hat sich stets von anderen ausnutzen lassen, egal, wer es war. Das hat ihm auch damals in der Schule Schwierigkeiten bereitet.«

»Inwiefern?«

»Haben Sie Kinder?«

»Bisher nicht.«

»Heutzutage gibt es einige Eltern, die ihre Kinder auf ein Podest heben. Wenn das Kind etwas falsch macht, trägt immer jemand anderes die Schuld daran. Mika hatte keine Favoriten unter seinen Schülern, er war immer fair und hat Schularbeiten grundsätzlich unparteiisch bewertet. Wenn ein Kind eine schlechte Note bekam, und das kam natürlich immer wieder vor, dauerte es nicht lange, bis die Eltern vor seiner Tür standen. Einmal wurde sogar anwaltlich gegen ihn vorgegangen. Das hat ihm sehr zu schaffen gemacht.«

»Kann ich mir vorstellen.«

»Er hat sich einfach nie gewehrt.«

»Denken Sie, dass sich das geändert hat, nachdem Sie sich von ihm getrennt haben?«

»Das kann ich mir nur schwer vorstellen. Aber ich sehe ihn außerhalb der Besuchstermine gar nicht, darum kann ich das weder bestätigen, noch verneinen.«

»Wissen Sie etwas über seinen aktuellen Beruf? Denken Sie, dass er glücklich ist?«

»Keine Ahnung.«

Larson überlegte, ob es sich lohnte, noch weiter mit der Frau zu sprechen, und kam zu dem Ergebnis, dass dies nicht der Fall war.

»Laura, Sie haben mir wirklich sehr geholfen. Vielen Dank.«

»Verraten Sie mir noch, warum Sie so viel über ihn wissen möchten?«

»Das darf ich leider nicht.«

»Ich verstehe. Wenn Sie ihn sehen sollten ...«

»Ja?«, hakte Larson nach.

»Ach, nichts. Schönen Tag noch.«

»Ihnen auch. Auf Wiederhören.«

Larson beendete das Gespräch.

»Das sind einige wichtige Dinge«, sagte Valo. »Wir sollten das im Hinterkopf behalten.«

»Denkst du, dass er aus irgendeinem Grund wütend auf Karhu war und ihn getötet haben könnte?«

»Auszuschließen ist es nicht, obwohl ich den Eindruck habe, dass Koskinen nicht dazu fähig ist, handgreiflich zu werden.«

»Und jetzt? Wollen wir warten, bis Virtanen uns die Kopien vorbeibringt?«

»Das dauert zu lange«, erwiderte Valo. »Wir haben doch Zugriff auf das Zeitungsarchiv. Lass uns sehen, ob wir dort etwas über Karhu finden, was uns auf die Sprünge helfen könnte.«

Larson und Valo verfügten über jeweils einen eigenen Schreibtisch mit Laptop, Docking-Station und Flachbildschirmen, dazu kabellosen Tastaturen und Mäusen. Larson ging ins Internet und gab die Adresse der lokalen Tageszeitung ein, loggte sich in ihren Kunden-Account ein und rief anschließend die Suchmaske auf.

»Ich schätze mal, dass wir mindestens ein ganzes Jahr abdecken müssen«, sagte sie.

»Mach lieber zwei daraus. Die Mühlen der Politik mahlen bekanntlich langsam«, ergänzte Valo. »Vorschlag: Jeder von uns prüft ein Jahr und markiert alles, was direkt oder indirekt mit Karhu zu tun hat. Dann tragen wir es zusammen und gehen es später gemeinsam durch.«

»Ich hole uns noch Kaffee«, entgegnete Larson und verließ das Büro, nur um wenige Minuten später mit einem Tablett zurückzukehren, auf dem zwei große Tassen und eine dampfende Zwei-Liter-Kanne drapiert waren. Beide schenkten sich ein und machten sich an die Arbeit.

Da in den vergangenen Jahren einige Sparmaßnahmen auf Staatsebene eingeleitet worden waren, um der fortschreitenden Verschuldung Herr zu werden, befand sich die einzige für die Untersuchung von Leichen zuständige Abteilung Nord-Kareliens im rund einhundertfünfzig Kilometer entfernten Kuopio, mit etwa 123.000 Einwohnern die neuntgrößte Stadt Finnlands. Der Leichnam von Tuomas Karhu war, nachdem die Spurensicherung ihre Arbeit am Vortag vollendet hatte, dorthin transportiert worden und würde in Kürze obduziert werden. Der leitende Mitarbeiter der Rechtsmedizin, ein ergrauter Mann namens Heikki Halla, hatte gerade sein Besteck sortiert und den Kassettenrekorder bereitgelegt. Natürlich hätte er Zugriff auf die aktuellsten Aufnahmemethoden gehabt, aber ihm gefiel die althergebrachte und über Jahrzehnte erprobte Technik immer noch am besten. Er zog die gekühlte Schublade auf, auf der Karhus Leiche lag, schlug das ihn bedeckende Tuch zurück und sammelte erst einmal seine Gedanken. Währenddessen gesellte sich eine junge Frau zu ihm, die erst kürzlich ihr Studium beendet hatte und ihm nun assistierte.

»Noora, ist alles bereit?«, fragte er sie.

»Kann losgehen«, bestätigte sie.

Halla drückte den Aufnahmeknopf und begann mit der Obduktion.

»Heute ist der sechste Dezember 2024«, sagte er.

Obwohl er gerne Bandkassetten nutzte, war ihm natürlich klar, dass die Aufnahme im Nachhinein abgetippt und digital aufbereitet werden würde. Da er dem zuständigen Kollegen das Leben nicht schwerer als nötig machen wollte, achtete er darauf, deutlich und ohne Dialekt zu sprechen.

»Unser heutiger Gast heißt Tuomas Karhu. Er ist einen Meter achtundsiebzig groß und wog zu Lebzeiten dreiundachtzig Kilogramm.«

Er ratterte weitere allgemeine Informationen zu dem Leichnam herunter und ging dann dazu über, die Schnittwunde am Hals genauer zu untersuchen. Außerdem überprüfte er den gesamten Körper des Toten auf Prellungen, Blutergüsse und mögliche Knochenbrüche. Die gesamte Prozedur dauerte etwa drei Stunden, da Halla stets sehr gründlich vorging und nichts übersehen wollte. Schließlich machte er diese Arbeit schon seit über zwanzig Jahren und hatte einen Ruf zu wahren.

»So, was haben wir?«, wollte Valo wissen.

»Die Zeitungsberichte bestätigen, was wir bereits erfahren haben«, erklärte Larson. »Karhu hat konsequent versucht, die moderne Welt nach Nurmes zu bringen und ist dabei anscheinend recht skrupellos vorgegangen.«

»Das deckt sich mit meinen Recherchen.«

»Besonders hatte er es anscheinend auf die Traditionalisten abgesehen. Wenn ich das richtig verstehe, hat er so ziemlich alles schlechtgeredet, was dieser Verein vorgebracht hat. Er hat sogar versucht, das eine oder andere Vereinsmitglied persönlich in Misskredit zu bringen.«

»Hast du Namen?«

»Ganz besonders fällt mir dabei der Name Valtteri Järvinen auf.«

»Wer ist das?«

»Er ist momentan der Präsident des Vereins zur Erhaltung der Tradition, und er sitzt außerdem im Stadtrat.«

»Was ist das nur immer mit diesen Vorsitzenden?«, fragte Valo mürrisch.

»Ach komm schon«, wandte sie ein. »Nur, weil im Doppelmordfall der Jagdvereinsvorsteher der Schuldige war, heißt das doch noch lange nicht, dass alle Vorsitzenden Dreck am Stecken haben.«

»Wäre auch ein seltsamer Zufall. Nichtsdestotrotz werden wir ihn überprüfen.«

»Natürlich«, pflichtete Larson ihm bei. »Wenn ich das richtig sehe, müssen wir zumindest jeden, der namentlich genannt wird, checken.«

»Ich würde sogar so weit gehen, dass wir auch Karhus Befürworter unter die Lupe nehmen sollten. Vielleicht gibt es da jemanden, der sich übergangen fühlte, oder der aus irgendeinem anderen Grund mit Karhu im Clinch lag.«

»Was hältst du davon, wenn wir uns vorher einen Happen zu Essen besorgen? Ich sterbe nämlich vor Hunger.«

»Lust auf einen Burger?«

»Klar, immer doch.«

In fußläufiger Reichweite befand sich eine kleine Imbissbude, die nach Valos Meinung die besten Hamburger der Stadt verkaufte. Objektiv betrachtet, bedeutete das nicht viel, wenn man bedachte, dass es sich bei diesem Geschäft um das einzige in der Umgebung handelte, welches diese Art von Essen im Sortiment hatte. Es gab zwar noch eine Pizzeria, aber nach Ansicht des Beamten verkauften sie dort nur minderwertige Gerichte. Mehr als einmal hatte er deswegen bereits mit Larson diskutiert, denn sie war gegensätzlicher Meinung. Am Tresen der Burgerbude gaben sie ihre Bestellung auf, fanden in der Ecke einen Tisch mit zwei Stühlen und setzten sich hin.

»Ist dir eigentlich aufgefallen, dass wir ziemlich oft streiten?«, fragte sie.

»Ich würde es eher einen *engagierten Disput* nennen«, gab Valo zurück.

»Stört dich das denn nicht?«

»Nein«, antwortete er. »Ich habe lieber einen Partner, der eine andere Meinung hat als jemanden, der mir wie ein Dackel hinterherläuft.«

»Na, vielen Dank auch.«

»Du weißt, wie ich es meine. Als ich aus Helsinki hierher versetzt wurde, hatte ich Sorge, einen Speichellecker als Partner zu bekommen. Aber als du mir zugeteilt wurdest, wusste ich sofort, dass du nicht von dieser Sorte bist. Ich mag es, dass du mir Kontra gibst. Das hilft mir, einen offenen Blick zu bewahren.«

»Das hast du auch bitter nötig«, erklärte sie.

»Willst du damit sagen, dass ich engstirnig bin?«

»Nein, ich will damit ausdrücken, dass wir Polizisten sind. Wir können und dürfen es uns nicht leisten, voreilig zu urteilen.«

»Ganz richtig«, pflichtete Valo ihr bei.

»Denkst du, dass wir den Mörder schnappen werden?«, fragte sie nachdenklich.

»Ich glaube, dass es nicht leicht wird. Aber wenn wir uns weiterhin nicht beirren lassen, stehen die Chancen recht gut.«

»Burger mit Hühnerfleisch-Patty und Burger mit Rindfleisch«, rief der Inhaber der Imbissbude, ein dickbäuchiger Mann, dessen geflochtener Ziegenbart ihm bis zur Brust reichte, hinter dem Tresen hervor.

Valo stand auf und holte die Teller ab, auf denen neben den gigantisch wirkenden Hamburgern auch noch bergeweise Pommes drapiert waren.

»Mahlzeit«, wünschte er seiner Kollegin und biss herzhaft in seinen Burger.

Während des Essens schwiegen sie, da es einfach nichts zu sagen gab. Als sie ihr Mahl vertilgt hatten, stellten sie ihr Geschirr auf den dafür vorgesehenen Rollwagen, bedankten sich bei dem dickbauchigen Mann und gingen zurück zur Polizeistation. Es war windig und bedeckt, weshalb sie die Kragen ihrer Jacken hochschlugen und ihre Mützen tief ins Gesicht zogen.

»Wen besuchen wir zuerst?«, wollte Larson wissen.

»Ich möchte gerne mit einem von Karhus Befürwortern sprechen. Wäre mal eine nette Abwechslung, und außerdem gibt uns das einen anderen Blickwinkel.«

»Wen hast du da im Sinn?«

»Wie wäre es mit Petteri Nurmi?«

»Wenn ich das richtig gelesen habe, gehört er zu denjenigen, die Karhu besonders vehement verteidigt haben.«

»Und genau deswegen befragen wir ihn als Erstes.«

»Na dann mal los.«

Halla legte das Obduktionsbesteck vorsichtig auf den Beistelltisch, breitete das Tuch wieder über Körper und Gesicht des Toten und schob die Metallbahre zurück in das Kühlfach.

»Noora, hast du irgendwelche Anmerkungen?«, wollte er von seiner Assistentin wissen.

»Ich bezeuge den Wahrheitsgehalt dieser Untersuchung«, sagte sie den üblichen Spruch auf, um sicherzustellen, dass sie im Zweifelsfall als Zeugin fungieren konnte. Halla drückte auf den Aufnahmeknopf und beendete damit offiziell die Obduktion.

»Bring die Kassette bitte rauf zu Aarno«, forderte er seine Assistentin auf.

»Mache ich.«

»Und dann gönnen wir uns eine Pause.« Er brachte das Obduktionsbesteck in die vorgesehene

Kammer, wo es tiefengereinigt und für die nächste Untersuchung vorbereitet werden würde. Seine Assistentin streifte sich die Gummihandschuhe ab, wusch sich die Hände und nahm dann die Kassette. Um zu dem Kollegen zu gelangen, in dessen Zuständigkeit die Transkription der Audio-Aufnahmen lag, musste sie fast durch die gesamte Etage gehen. Sie klopfte mit der Fingerkuppe an die Plastiktür, hinter der sich Aarno befand, und drückte sie dann auf.

»Hallo«, begrüßte sie ihn.

»Noora«, grüßte er zurück.

Aarno, der in den sechziger Jahren des vorigen Jahrhunderts geboren worden war, war zusätzlich dafür zuständig, die Berichte zu sichern, zu archivieren und sie denjenigen zukommen zu lassen, die sie für ihre eigene Arbeit benötigten. Noora wusste, dass er noch zum *alten Schlag* gehörte und auf Manieren Wert legte. Das zeigte sich unter anderem darin, dass er, sobald eine Frau zu ihm kam, aufstand und sich leicht verbeugte.

»Was hast du für mich?«, fragte er lächelnd.

»Neue Obduktionsergebnisse. Scheint irgendein wichtiger Fall zu sein, zumindest hat das die Polizei gesagt.«

»Das sagen die doch immer«, meinte Aarno, winkte ab und nahm die Kassette entgegen. »Ich kümmere mich gleich darum.«

»Danke. Bis bald«, sagte Noora und verließ das kleine Büro, um sich ihren anderen Aufgaben zu widmen.

»Hey«, rief er ihr hinterher. »Was macht die Doktorarbeit?«

»Ich habe doch gerade erst mein Examen abgelegt«, erklärte sie. »Der Doktor kann noch warten.«

»Warte nicht zu lange, sonst landest du nachher in irgendeiner Hinterwäldlerklinik und versauerst da.«

»Keine Sorge, das werde ich schon zu verhindern wissen«, antwortete sie lächelnd.

»Hast du übrigens heute Abend schon etwas vor?«, wollte er wissen.

»Nein. Sag Mama bitte, dass ich gerne zum Essen komme. Und dieses Mal bin ich auch pünktlich.«

»Wir haben doch noch gar keine Uhrzeit vereinbart.«

»Achtzehn Uhr dreißig. Keine Minute früher oder später.«

»Du kennst sie einfach zu gut.«

»Sie ist schließlich meine Mutter«, erwiderte Noora. »Ich würde gerne noch etwas plaudern, aber ich muss los.«

»Lass dich von mir nicht aufhalten«, erwiderte Aarno.

Als seine Tochter das Büro verlassen hatte, widmete er sich der Kassette, indem er sie in ein Abspielgerät steckte, seine Kopfhörer aufsetzte und anfing, das Gesprochene abzutippen.

»Ich kann es einfach nicht glauben«, sagte Nurmi kopfschüttelnd, nachdem ihm die beiden Polizisten vom Tode Karhus berichtet hatten.

»Leider ist es die Wahrheit«, antwortete Valo und nahm einen Schluck von dem Kaffee, den Nurmis Frau ihnen gebracht hatte.

»Wie ist es passiert?«, wollte Nurmi wissen.

»Er wurde tot im Wald aufgefunden. Mehr möchten wir zum aktuellen Zeitpunkt nicht dazu bekannt geben. Sagen Sie, Petteri, wann haben Sie ihn zuletzt gesehen?«

»Vor zwei Wochen auf der Stadtratssitzung.«

»Seitdem nicht mehr?«

»Nein.«

»Warum nicht? Ich dachte, dass Sie gut miteinander auskommen.«

»Ich bin viel beschäftigt«, antwortete Nurmi.

»Können Sie uns etwas über die Stadtratssitzung erzählen?«

»Es ging um die Sanierung der Hauptstraßen nach Lieksa, Joensuu, Kuopio und Kajaani«, sagte er. »Sie wissen ja bestimmt, dass wir hier in Nurmes eine Art Drehkreuz für diese Städte sind.«

»Ja, das ist mir bekannt«, erklärte Valo.

»Bisher fahren die Lastwagen nur durch die Stadt durch, aber kaum jemand macht hier Halt. Darum wurde beraten, wie man die Leute dazu bringen könnte, hier etwas mehr Zeit zu verbringen. Das würde der Wirtschaft guttun, und dadurch würden wiederum Firmen und vor allem Touristen angelockt. Tuomas war der Ansicht, dass sogar einige Leute dazu gebracht werden könnten, sich hier dauerhaft niederzulassen, wenn sie bemerken, dass Nurmes ihnen etwas zu bieten hat.«

»Kein großes Thema, oder?«

»Wenn Sie wüssten ...«, gab Nurmi seufzend zurück. »Bei manchen Leuten sorgt allein das Wort *Tourismus* schon dafür, dass sie rot sehen. Es gab eine so große Diskussion, dass wir irgendwann komplett vom eigentlichen Thema abgekommen waren.«

»Erklären Sie mir das genauer.«

»Es gab einen lautstarken Streit zwischen Tuomas und Valtteri Järvinen.«

»Worum ging es dabei?«

»Järvinen warf Tuomas vor, dass er die Stadt zugrunde richten würde, wenn man sich auf den Tourismus ausrichtet. Er meinte, es sei nur eine Frage der Zeit, bis diese Leute alles kaputtmachen würden. Tuomas hingegen war der gegenteiligen Meinung.«

»Wie stehen Sie dazu?«

»Nurmes stirbt«, stellte Nurmi fest. »Die Leute werden immer älter, die jungen Menschen gehen in die Großstadt. Schauen Sie sich mal tagsüber auf den Straßen um, dann sehen Sie, was ich meine.«

Tatsächlich hatte Valo bereits kurz nach seiner Ankunft festgestellt, dass außerhalb der morgendlichen und abendlichen Stoßzeiten kaum jemand zu sehen war.

»Also sind Sie der Meinung, dass der Tourismus die Lösung ist?«, fragte er.

»Absolut! Nur so bekommt Nurmes Aufmerksamkeit, und junge Familien würden dann gerne hier wohnen wollen.«

»Finden Sie das nicht ein wenig zu simpel gedacht?«

»Mag sein«, räumte Nurmi ein. »Aber man muss nicht alles verkomplizieren. Gerade bei einfach gestrickten Menschen ist es wichtig, klare Worte zu finden. Können Sie sich vorstellen, wie zornig Järvinen wurde, als er hörte, was Tuomas vorhatte?«

»Was hatte er denn konkret vor? Welche Maßnahmen wollte er ergreifen, um seinem Ziel näher zu kommen?«

»Sein Ansatz war es, einigen hiesigen Landwirten ein Stück ihres Grunds abzukaufen und dort einen Erlebnispark zu bauen.«

»Wo sollte dieser Park denn errichtet werden?«, fragte Valo.

»Etwas nördlich an der Kuhmontie, nur ein kleines Stück außerhalb der Stadt.«

»Hört sich doch gut an«, sagte Valo.

»Finde ich auch. Aber Järvinen wurde unglaublich wütend und schrie Tuomas an, dass das nicht richtig sei. Wissen Sie, Järvinen hat sich der Tradition verpflichtet und ist der Meinung, dass es besser wäre, wieder zu der althergebrachten Lebensweise zurückzukehren.«

»Sie meinen, sich abzuschotten und so zu tun, als ginge uns das Weltgeschehen nichts an?«

»Ja, ganz genau. Verrückt, oder?«

Valo zuckte zur Antwort mit den Schultern. Er wollte jetzt keine politische Diskussion anzetteln, vor allem, da er merkte, dass Larson kurz davor war, sich zu dem Thema zu äußern.

»Erzählen Sie uns doch bitte einmal, was Tuomas für ein Mensch war«, forderte er Nurmi auf.

»Er war ein netter Kerl, zugänglich und freundlich.«

»Immer?«

»Nun ja ... Wenn es um die Stadt ging, konnte er schon sehr fordernd werden.«

»Wie meinen Sie das?«

»Tuomas nahm sich das Wohl der Stadt sehr zu Herzen. Für ihn war es wichtig, dass Nurmes eine Zukunft hat. Er konnte dann auch schon mal ausfallend werden, wenn jemand gegen seine Ideen war.«

»Vor allem, wenn es jemand war, der die Tradition erhalten wollte?«, riet Valo.

»Ja«, bestätigte Nurmi. »Tuomas war eine starke Persönlichkeit, aber Järvinen ist das ebenso.«

»Wenn Welten aufeinanderprallen, kommt es oft zu Reibungen.«

»So kann man es auch ausdrücken.«

»Aber finden Sie nicht, dass es ebenso wichtig wäre, die Identität von Nurmes zu erhalten?«, schaltete sich nun Larson ein. »Das wäre doch ein interessanter Punkt. Stellen Sie sich vor, die Stadt behält ihre Traditionen bei, macht daraus aber ein Geschäftsmodell.«

»So ähnlich wollte es Tuomas machen. Dieser Erlebnispark sollte kein klassischer Freizeitpark mit Achterbahn und dergleichen werden. Vielmehr war geplant, die Vorteile der Region sichtbar zu machen.«

»Welche sind das Ihrer Meinung nach?«

»Ruhe, Natur, Sicherheit. Waren Sie schon einmal in Kuopio?«

»Ich komme aus Helsinki«, erklärte Valo. »Ich weiß, wie das Stadtleben ist.«

»Dann wissen Sie auch, wie laut es dort sein kann. Überall, wo viele Menschen sind, nimmt die Lautstärke zu.«

»Wäre es dann nicht besser, Nurmes so belassen, wie es ist?«

»Natürlich muss man ein Gleichgewicht schaffen. Aber Stand Jetzt ist es so, dass wir hier fast schon in einem Grab wohnen. Und diese rückwärtsgewandten Typen vom Traditionsverein wollen es noch extremer haben und am liebsten zurück in die Steinzeit.«

Valo spürte, dass sich die Stimmung aufheizte, und entschied daher, die Befragung lieber zu beenden. Er trank seinen Kaffee aus, stand auf und gab Larson mit einer Geste seiner Hand zu verstehen, dass sie es ihm gleichtun sollte.

»Haben Sie vielen Dank für Ihre Zeit«, sagte er zu Nurmi.

»Gern geschehen. Wenn Sie noch etwas wissen wollen, rufen Sie mich an oder kommen Sie vorbei.«

»Das werden wir sicher tun. Guten Tag.«

»Wieder dieser Järvinen«, sagte Valo zu seiner Partnerin, als sie vor der Haustür standen.

»Es wundert mich nicht, dass er und Karhu aneinandergeraten sind«, sagte Larson. »Er ist ein starker Verfechter des alten Wegs.«

»Wie gut kennst du ihn?«

»Einigermaßen. Ich habe ihn auf der einen oder anderen Veranstaltung erlebt, aber nie persönlich mit ihm gesprochen.«

»Besuchen wir ihn doch.«

Valtteri Järvinen lebte allein in einer Hütte im Wald zwischen Nurmes und Valtimo im Nordwesten. Die kleine Siedlung war vor einigen Jahren in die Gemeinde Nurmes eingegliedert worden, was nur auf wenig Zuspruch gestoßen war, vor allem wegen der Tatsache, dass in diesem Zuge einige staatliche Einrichtungen geschlossen und nach Nurmes verlegt worden waren. Das Navigationssystem in Valos Wagen leitete sie über die Landstraße bis zu einer schmalen und nicht asphaltierten Einfahrt, die sie mehrere Kilometer nach Westen brachte. Die Straße war zwar am Morgen geräumt worden, aber noch immer lag eine geschlossene Schneedecke auf der Fahrbahn. Dies und der Umstand, dass es oft bergauf und -ab ging und die Straße obendrein sehr kurvig war, zwangen Valo dazu, sehr langsam und vorsichtig zu fahren. Dennoch rutschten sie mehrfach und wären sicher in der Böschung gelandet, hätte es der Beamte nicht geschafft, seinen Wagen unter Kontrolle zu halten.

»Warum wohnt man freiwillig mitten in der Einöde?«, fragte er unwirsch.

»Laut den Akten ist Järvinen Forstwirt und betreibt obendrein eine kleine Hühner- und Rinderfarm«, erklärte Larson.

»Und wahrscheinlich heizt er ausschließlich mit Holz.«

Seine Kollegin lächelte. »Hey, auch in den Fünfzigerjahren gab es schon Strom.«

»Wie auch immer. Wir sind da. Glaube ich zumindest.«

Das Navigationssystem hatte bereits kurz nach der Abfahrt von der Hauptstraße den Kontakt zum Satelliten verloren, was aber nicht so schlimm war, da der Waldweg über keinerlei Abzweigungen verfügte. Sie kamen vor einer klein wirkenden Blockhütte zum Stehen und stiegen aus. Aus dem steinernen Schornstein stiegen dicke, weiße Wolken auf, die davon zeugten, dass der Holzofen im Inneren des Hauses auf vollen Touren lief. Inzwischen hatte ein leichter Schneefall eingesetzt, und Valo zog sich seine Kapuze über. Mit der behandschuhten Faust klopfte er an die Eingangstür und wartete. Dann klopfte er nochmals. Wieder keine Reaktion.

»Mist«, fluchte Valo. »Er ist gar nicht zu Hause.«

»Päivä – Guten Tag«, hörten sie eine Bassstimme hinter sich sagen.

Sie drehten sich um und sahen sich einem schlanken, langbärtigen Mann Anfang sechzig gegenüber.

»Guten Tag«, grüßte Valo. »Valtteri Järvinen?«

»Der bin ich. Und Sie sind ...?

»Jussi Valo und Saari Larson, Kriminalpolizei Nurmes. Wir möchten Ihnen gerne einige Fragen stellen.«

»Selbstverständlich. Kommen Sie bitte mit, ich muss mich um meine Rinder kümmern. Dabei können wir uns unterhalten.«

Der Beamte wäre lieber in die warme Wohnstube gegangen, aber er wollte jetzt keinen Aufstand machen. In Begleitung seiner Partnerin folgte er Järvinen in den Stall, der einige Meter entfernt war und aussah, als ob er einen neuen Anstrich vertragen könnte. Ansonsten war es hier aber recht angenehm, stellte er fest ... wenn man von dem durchdringenden Geruch lebender Rinder mal absah.

»Was ist denn so wichtig, dass sich die Kriminalpolizei die Mühe macht, mich hier draußen zu besuchen? Hätten Sie nicht auch einfach anrufen können?«, fragte Järvinen, während er eine Mistgabel zur Hand nahm und einen Ballen Heu aufspießte.

»Wir ermitteln im Todesfall Tuomas Karhu«, erklärte Valo.

»Davon habe ich in der Zeitung gelesen. Schlimme Sache«, sagte Järvinen, ohne mit seiner Arbeit innezuhalten.

»Finden Sie?«

»Natürlich. Niemand hat es verdient, einsam im Wald zu erfrieren.«

»Auch nicht, wenn er gegen alles steht, an das Sie glauben?«

Die Heugabel vor sich ausgestreckt, sah Järvinen den Beamten skeptisch an. »Was wollen Sie damit andeuten?«

»Uns ist bekannt, dass Sie und Karhu, gelinde gesagt, nicht gerade die besten Freunde waren.«

»Das ist korrekt. Wenn wir miteinander ehrlich sprechen wollen, waren er und ich Feinde.«

»So kann man es sicher ausdrücken«, pflichtete Valo ihm bei.

»Trotzdem wünsche ich niemandem den Tod.«

Valo sah sich um. »Leben Sie hier allein?«

»Ja.«

»Seit wann genau?«

»Seit meine Frau vor zehn Jahren gestorben ist.«

»Das tut mir leid«, sagte Valo ehrlich.

»Mir ebenfalls«, fügte Larson hinzu.

»Danke«, antwortete Järvinen und begann, das gelockerte Heu in die Futtertröge zu schaufeln.

»Ist es nicht einsam hier?«

»Schon, aber ich mag es sogar so. Der Trubel der Stadt ist nichts für mich.«

»Aber Sie setzen sich doch sehr dafür ein, dass alles in Nurmes so bleibt, wie es ist, richtig?«

»Ja.«

»Warum tun Sie das, wenn Sie den Trubel nicht mögen?«

»Es war nicht immer so«, erklärte der alte Mann. »Noch vor vierzig Jahren war es sehr ruhig dort. Natürlich gab es schon Autos und Strom, so rückständig war man dort nicht. Aber es war … anders.«

»Jeder hatte seine Aufgabe und führte sie ohne Murren aus?«

»Ja.«

»Wo waren Sie die vergangenen drei Tage?«

»Meistens hier. Jetzt, wo der Winter begonnen hat, habe ich viel zu tun. Meine Tiere wollen versorgt werden, und das Haus heizt sich auch nicht von selbst.«

»Haben Sie keinen Strom?«

»Doch, aber der Ofen funktioniert ausschließlich mit Holz.«

Valo warf seiner Kollegin einen Seitenblick zu, der besagte *Habe ich es doch gewusst.* »Gibt es jemanden, der bestätigen kann, dass Sie hier waren?«

»Meine Tiere, aber niemanden, der sprechen könnte. Worauf wollen Sie eigentlich hinaus?«

»Tuomas Karhu ist keines natürlichen Todes gestorben«, offenbarte Valo. »Er wurde ermordet.«

»Sind Sie sich dessen ganz sicher?«

»Wenn jemand mit einer aufgeschlitzten Kehle vor mir liegt, dann ist es ziemlich eindeutig, dass nachgeholfen wurde.«

»Und jetzt denken Sie, dass ich etwas mit seinem Tod zu tun haben könnte, richtig?«

»Sagen Sie es mir«, forderte Valo ihn auf.

»Ich kann nur wiederholen, was ich Ihnen soeben gesagt habe. Ich war hier und habe mich um Haus und Hof gekümmert.«

»Ihnen ist hoffentlich klar, dass Sie ein Verdächtiger sind.«

»Warum sollte ich ihn getötet haben?«

»Sie und der Verstorbene waren miteinander im Clinch, und Sie haben niemanden, der bezeugen kann, dass Sie zum Zeitpunkt des Mordes hier waren. Das befördert Sie ins Rampenlicht.«

»Wie Sie wollen … doch ich bin unschuldig.«

»Dürfen wir uns in Ihrem Haus ein wenig umsehen?«

»Seien Sie mein Gast«, antwortete Järvinen mit ausladender Geste. »Ich habe nichts zu verbergen. Kommen Sie allein zurecht?«

»Ja«, antwortete Valo und stapfte zum Wohnhaus.

Die Einrichtung war spartanisch gehalten. Abgesehen von einem länglichen Holztisch und daran angeschraubten Bänken sah er einen aus Stein gebauten Ofen, der gleichzeitig als Herd fungierte. Auf einer Anrichte befanden sich diverse Koch-Utensilien sowie das eine oder andere Gewürz. Über dem Spülbecken aus Keramik hing der obligatorische Abtropfschrank, in welchem sich momentan zwei Teller und eine Tasse befanden. Allerdings konnte Valo keinen Kühlschrank entdecken. Das Schlafzimmer war ebenso spärlich möbliert. Neben einem Bett gab es nur einen alt aussehenden Kleiderschrank, der ihm nach einem Blick ins Innere offenbarte, dass Järvinen anscheinend nicht viel Wert auf abwechslungsreiche Kleidung legte. Im schmalen Badezimmer gab es ein Waschbecken und eine größere Wanne.

»Keine Dusche?«, fragte er sich halblaut.

»Solche Häuser haben selten so einen Luxus«, erklärte Larson, die soeben von draußen hereingekommen war.

»Wenn du dich noch mal so anschleichst, erschieße ich dich vielleicht aus Versehen«, sagte Valo.

»Tut mir leid. Das war unbedacht von mir.«

»Schon in Ordnung«, sagte er und winkte ab. »Hast du eine Ahnung, wo der Kühlschrank sein könnte?«

»Ich schätze, dass es draußen einen Kellerzugang gibt. Alte Häuser haben das meistens.«

»Und da Järvinen gerne so lebt wie im finsteren Mittelalter, verzichtet er auf den *Luxus*, nehme ich an.«

»Davon ist auszugehen«, antwortete sie schulterzuckend. »Irgendetwas Interessantes gefunden?«

»Nein.«

Valo lief wieder nach draußen und zu Järvinen. »Wir gehen jetzt. Da wir keine handfesten Hinweise haben, werden Sie nicht in Untersuchungshaft genommen. Aber seien Sie sich bewusst, dass Sie unter Beobachtung stehen. Sorgen Sie bitte dafür, dass Sie für uns erreichbar sind.«

»Ich bin aber nicht immer zu Hause. Demnächst wird wieder eine Stadtratssitzung stattfinden. Da muss ich natürlich dabei sein. Und auch sonst habe ich Termine.«

»Ich will nur nicht, dass Sie verreisen, verstanden?«

Järvinen fixierte den Beamten für einige Sekunden und nickte dann.

Valo und Larson verabschiedeten sich und gingen zurück zu ihrem Wagen, wo sie einstiegen, das Fahrzeug wendeten und sich dann auf den Rückweg nach Nurmes begaben.«

»Ich glaube nicht, dass er es war«, platzte es aus Larson heraus.

»Warum nicht?«

»Er ist dazu nicht in der Lage.«

»Wie kommst du darauf? Du sagst doch selbst, dass du ihn nur wenig kennst. Und so, wie er sich verhalten hat, tut es ihm nicht leid, dass Karhu tot ist.«

»Das schon«, gab sie zu. »Aber du musst zugeben, dass du auch nicht gerade zugänglich warst. Mein Vater hat mir, als ich noch klein war, öfter davon erzählt, wie freundlich Järvinen immer zu ihm war, und dass er stets von sich aus Hilfe angeboten hat, wenn es nötig war. Er kann zugänglich sein und respektiert andere Menschen.«

»Nurmi sagte, dass Järvinen gegenüber Karhu ziemlich ausfallend geworden ist.«

»Das würde ich darauf zurückführen, dass Karhu ein Dickkopf war. Wenn ich das richtig verstanden habe, dann war er von seiner Linie überzeugt und nicht bereit, Kompromisse einzugehen. Jedenfalls denke ich nicht, dass Järvinen zu einem Mord fähig ist.«

»Du würdest dich wundern, zu was Menschen in der Lage sind, wenn sie meinen, dass es ihnen nutzt«, erwiderte Valo. »Ich habe in Helsinki schon Leute verhaftet, die immer fröhlich und freundlich waren. *Dabei war er doch immer so höflich*, sagen die Leute im Nachhinein und sind ganz entgeistert, wenn sie erfahren, dass ihr Nachbar seine Frau getötet, zerstückelt und im Garten vergraben hat.«

»Jussi ...«

»Keine Sorge. Ich habe nicht vor, mich zum jetzigen Zeitpunkt bereits festzulegen. Järvinen ist ein Verdächtiger, weil er kein Alibi vorweisen kann, und weil er Karhu gegenüber feindlich gesonnen ist. Aber solange wir keine Beweise haben, werden wir nicht gegen ihn vorgehen. Wir prüfen weiterhin die uns zur Verfügung stehenden Fakten und bewerten sie neutral. Okay?«

Larson nickte zum Einverständnis und sah aus dem Fenster. Inzwischen waren sie wieder auf dem Zubringer in Richtung Nurmes angekommen, und Valo beschleunigte auf die vorgeschriebenen achtzig Kilometer pro Stunde. Nach einer Viertelstunde passierten sie das Ortsschild und steuerten über die Durchfahrtsstraße, die sie bis zum Revier brachte.

Zurück im Büro bat Valo seine Kollegin, nachzusehen, ob es Neuigkeiten aus der Rechtsmedizin gab.

»Ja, hier ist etwas«, antwortete sie und tippte auf ihren Monitor. »Laut dem Obduzierenden, einem gewissen Doktor Heikki Halla, stammt der Schnitt am Hals von einem Jagdmesser mit glatter Schneide, vermutlich dreißig Zentimeter Länge. Die blauen Flecken sind recht frisch und deuten auf einen Kampf hin. Ich würde also davon ausgehen, dass Karhu seinen Mörder gesehen hat. Schade, dass er uns nichts sagen kann.«

»Ganz im Gegenteil«, erklärte Valo. »Er sagt uns sogar sehr viel. Schließlich läuft längst nicht jeder mit einem großen Jagdmesser durch die Gegend. Und wenn es vorher zu einem Kampf gekommen ist, dann stehen die Chancen gut, dass auch der Täter zumindest Blessuren davongetragen hat. Hat Halla etwas gefunden, was nicht zu Karhu gehört?«

»Unter den Fingernägeln wurden tatsächlich kleine Hautstücke entdeckt. Die könnten vom Täter stammen.«

»Wurde sie schon genauer untersucht?«

»Noch nicht. Das können wir aber veranlassen.«

»Tu das bitte. Wie sieht es mit dem Todeszeitpunkt aus?«

»Halla schätzt, dass es vor zwei Tagen passierte, wahrscheinlich zwischen zweiundzwanzig Uhr abends und zwei Uhr morgens.«

»Also genau zu der Zeit, als Karhu angeblich auf Geschäftsreise war«, überlegte Valo. »Interessant. Noch etwas, das uns helfen kann?«

»Keine Knochenbrüche, keine Bissspuren irgendeines Tieres … Kleine Erfrierungen, aber laut Halla sind sie jünger als der Schnitt.«

»Okay. Warte mal, ich kriege gerade eine Mail rein.«

Der Beamte schaute auf seinen eigenen Monitor, öffnete die Nachricht und las den Text durch.

»Die Untersuchung von Koskinens Wagen ist abgeschlossen. Abgesehen davon, dass er einen Ölwechsel braucht, gibt es nichts Interessantes. Kein Hinweis darauf, dass Karhu auch nur in der Nähe des Autos gewesen ist. Ebenfalls finden sich keine Spuren auf eine Abdeckplane oder ähnliches. Normalerweise würden sich zumindest kleine Plastikpartikel oder sogar kleine Abrisse finden, denn solche Planen sind selten hochwertig. Das entlastet Koskinen zwar nicht, aber jetzt wissen wir zumindest, dass er den Toten nicht in seinem Wagen transportiert hat.«

»Wollen wir seine Wohnung durchsuchen?«, schlug Larson vor.

»Ich gehe zwar nicht davon aus, dass er ein für einen Mord benutztes Jagdmesser behalten würde, aber man kann nie wissen. Es sind schon Straftäter wegen weit geringerer Fehler überführt worden. Ich fordere einen Durchsuchungsbeschluss und ein Team an.«

»Wollen wir das nicht selbst erledigen?«

»Vertraust du deinen Kollegen nicht?«

»Doch.«

»Ich ebenfalls.«

Er öffnete eine neue E-Mail und tippte die Anforderung ein. Zusätzlich öffnete er ein Blanko-Formular und fügte alle notwendigen Daten ein, damit das Team auch definitiv zur richtigen Adresse fahren würde. In Helsinki war es ihm einmal passiert, dass jemand eine falsche Hausnummer eingetragen hatte, was zur Folge gehabt hatte, dass ein unbeteiligtes Rentnerpaar in Mitleidenschaft gezogen worden war. Der nachfolgende Entrüstungssturm, verbunden mit der Häme der Medien, war etwas, was Valo nie wieder ertragen wollte.

»Fertig«, verkündete er. »Lass uns mal zusammenfassen, was wir bis jetzt haben.«

Er lehnte sich zurück und hob für jeden Fakt, den sie hatten, einen Finger. »Wir haben einen ermordeten Mann. Seine Kehle ist aufgeschlitzt. Er wurde getötet und dann in den Wald geschafft. Wahrscheinlich wollte der Täter damit seine Spuren verwischen und hat gehofft, dass die Leiche von Wildtieren gefressen wird. Es wurden keine Fußspuren gefunden, was darauf hindeutet, dass der Täter mobil war. Allerdings hat er nicht aufgepasst, als er Karhu überwältigt hat, daher kam es zu einem Kampf. Das erklärt die fremden Hautreste unter den Fingernägeln des Opfers. Sein zweiter Fehler war, dass er den Leichnam nicht ausreichend versteckt hat. Man sollte immer damit rechnen, dass sich jemand anderes im Wald herumtreibt, sei es ein Spaziergänger oder eben ein Waldarbeiter. Was sagt uns das?«

»Dass er kein Profi ist«, erklärte Larson.

»Richtig«, antwortete Valo wie ein Lehrer. »Er kennt sich zwar allem Anschein nach mit Messern aus, und die Region ist ihm nicht fremd, aber falls er schon einmal getötet hat, dann höchstens ein Tier.«

»Denkst du, dass der Täter Karhu persönlich kannte?«

»Davon würde ich ausgehen. Die blauen Flecke deuten auf ein Handgemenge hin. Ich stelle die These auf, dass sich die beiden kannten, es zu einem Streit kam, der in eine Schlägerei und schließlich den Tod Karhus resultierte. Ich gehe sogar so weit, zu behaupten, dass sich der Täter und Karhu wegen der politischen Agenda gestritten haben. Wem würdest du zutrauen, zur Waffe zu greifen?«

»Schwierig zu sagen«, gab Larson zu. »Es gibt hier zwar einige Leute, die androhen, ihr Hab und Gut notfalls mit der Waffe zu verteidigen, aber es tatsächlich zu tun, erfordert eine gewisse Kaltblütigkeit.«

»Oder glühenden Hass«, gab Valo zu bedenken. »Viele Morde werden unter dem Einfluss von Emotionen verübt. Da wir keinen Profi vor uns haben, gehe ich davon aus, dass der Grund etwas Persönliches war.«

»Da könntest du recht haben.«

»Wir haben heute noch viel Zeit«, sagte er nach einem Blick auf seine Uhr. »Wen würdest du als Nächstes besuchen?«

»Der Stadtrat ist groß, also suche dir jemanden aus.«

Valo nickte, betrachtete die von Larson erstellte Liste und wählte nach dem Zufallsprinzip mehrere Personen aus. Dann zogen sie ihre Jacken über und verließen das Büro.

Da sich diejenigen, die sie befragen wollten, teilweise nicht in der Stadt, sondern im Umland aufhielten, dauerte es bis zum Abend, bis Valo und Larson schließlich wieder zurück auf das Revier kamen. Es war schon seit Stunden dunkel, und die Temperaturen sanken entsprechend der Jahreszeit rapide.

»Ich brauche dringend einen heißen Kaffee«, sagte Valo, dem anzusehen war, dass ihm trotz seiner guten Winterkleidung kalt war. »Ist Virtanen eigentlich gekommen und hat das Adressbuch gebracht?«

»Ich frage am Schalter nach«, bot Larson an.

»Alles klar.«

Während Larson mit dem Uniformierten am Empfangsschalter sprach, ging Valo in die Küche am Ende des Flurs, füllte zwei große Tassen mit frisch gekochtem Kaffee und belud einen Teller mit vom Dienststellenleiter täglich spendiertem Gebäck. Er balancierte den Teller in der Armbeuge, hielt die Tassen in jeweils einer Hand und ging langsamen Schrittes zurück. Vor der Bürotür musste er ein wenig hantieren, um die Verriegelung zu lösen und hinein zu gelangen. Kurz darauf erschien seine Kollegin mit einer schwarzen Mappe in der Hand.

»Heikki sagte, dass Virtanen vor etwa einer Stunde da war und das hier für uns dagelassen hat«, erklärte sie.

»Sieht nicht sehr dick aus«, antwortete Valo abschätzig.

»Umso besser. Dann sind wir schneller durch.«

»Hoffentlich steht da wenigstens etwas Neues drin«, sagte er. »Ich kann das Gerede von *Karhu ist so toll* und *Er ist der menschgewordene Teufel* langsam nicht mehr hören.«

Damit spielte er auf die Aussagen der Personen an, die sie im Laufe des Nachmittags noch besucht hatten.

»Hattest du denn wirklich etwas anderes erwartet?«, fragte Larson. »Karhu war nun einmal eine polarisierende Persönlichkeit. Entweder, man mochte ihn, oder man hasste ihn.«

Valo schob sich einen mit Marmelade gefüllten Keks in den Mund. Da es sich um Standardware aus dem nahen Supermarkt handelte, schmeckte das Gebäck mehr nach Zucker als nach irgendetwas anderem. Da er aber Hunger hatte, fand er sich damit ab. Zum Nachspülen nahm er einen Schluck von seinem Kaffee und genoss das warme Gefühl in seiner Speiseröhre.

»Dann lass mal sehen«, verlangte er und zeigte auf die Mappe.

Larson öffnete sie und zog mehrere Bögen Papier heraus. »Hier ist sein Adressbuch ... und hier sein Kalender«, erklärte sie. »Was willst du dir anschauen?«

»Den Kalender. Du gleichst bitte das Adressbuch mit deinen eigenen Notizen ab, ob sich jemand findet, den wir bisher übersehen haben.«

Valo nahm sich das erste Blatt und orientierte sich kurz. Die Einträge waren in Maschinenschrift verfasst, allerdings gab es auch einige handschriftliche Notizen, die ziemlich klein geschrieben waren, damit sie in die Felder passten. Zu allem Überfluss waren die Kopien nicht von der besten Qualität, sodass das Geschriebene teilweise recht blass war. Nicht zum ersten Mal überlegte Valo, sich eine Lesebrille zu besorgen, verschob den Gedanken aber wie üblich auf einen späteren Zeitpunkt. Er war in der Hinsicht zwar nicht eitel, aber es fehlte im schlicht die Muße dafür, sich damit zu beschäftigen. Objektiv hinderte ihn zwar nichts daran, zum nur wenige Hundert Meter entfernten Optiker zu gehen und sich untersuchen zu lassen, aber gefühlt kam ihm immer etwas dazwischen. So blieb ihm nichts anderes übrig, als das Papier dicht vor sein Gesicht zu halten und sich obendrein so zu drehen, dass kein Schatten auf den Ausdruck fiel. Larson hatte es nicht viel leichter, denn das Adressbuch war so gut wie ausschließlich handschriftlich geführt, und auch diese Kopien waren mit einem Gerät angefertigt worden, das augenscheinlich seine besten Tage schon lange hinter sich hatte.

»Wir sollten Virtanen nahelegen, einen modernen Kopierer zu besorgen«, erklärte er. »Oder zumindest keine Patronen vom Drittanbieter zu kaufen.«

»Besser, als wenn wir gar nichts hätten«, gab Larson zurück.

Valo studierte die Einträge, beginnend mit einem Monat vor dem heutigen Datum, und arbeitete sich dann langsam und konzentriert voran, während seine Kollegin mit einem Stift in der Hand dabei war, diejenigen Namen, die ihr noch nicht bekannt waren, einzukreisen.

Ein Klopfen an der Tür ließ Valo aufschauen.

»Herein«, rief er und legte seine Kopie mit der Schrift nach unten auf den Tisch.

Die Tür ging auf und ließ den Leiter der Dienststelle, Keijo Niemi, herein.

»Hallo zusammen«, sagte Niemi. »Störe ich?«

»Willst du eine ehrliche Antwort?«, gab Valo zurück.

Niemi grinste. »Ich möchte euch nicht lange aufhalten. Wie läuft die Ermittlung?«

»Wie man es nimmt. Wir kommen voran, aber wir haben noch immer nichts Handfestes.«

»Braucht ihr Unterstützung?«

»Momentan kommen wir gut allein zurecht, aber wenn wir etwas benötigen, bist du der Erste, den wir informieren. Da fällt mir ein ... Du kanntest Karhu doch recht gut, oder?«

»Wir kannten uns von einigen städtischen Veranstaltungen«, erklärte Niemi. »Aber wir waren keine Freunde, wenn du verstehst, was ich meine.«

»Was für einen Eindruck hattest du von ihm?«

»Netter Kerl, aber manchmal ziemlich stur.«

»Das haben wir heute schon öfter gehört«, antwortete Valo seufzend. »Ich habe vorhin schon zu Saari gesagt, dass es hier anscheinend niemanden gibt, der eine indifferente Haltung hat. Entweder ist man für ihn, oder man ist gegen ihn.«

»Dann bin ich wohl der Erste, dem es egal ist, was er vorhatte. Mir war und ist ausschließlich wichtig, dass die Gesetze eingehalten werden.«

»Mehr Touristen bedeuten zwangsläufig mehr Straftaten«, merkte Larson an.

»Nur, wenn man sie nicht im Zaum hält«, antwortete Niemi. »Jussi, wie ist es mit dir? Was hältst du von Karhus Ideen?«

»Ich finde, dass es Nurmes nötig hätte, in die Moderne zu kommen«, gab Valo offen zu. »Saari hingegen ist eher auf dem traditionellen Weg.«

»Aber auch nur eingeschränkt«, fügte sie hinzu.

»Schon in Ordnung, ihr braucht euch nicht vor mir zu rechtfertigen«, beschwichtigte Niemi sie. »Wir sind hier nicht in der Politik. Übrigens, Jussi, ich habe dein Formular bereits gegengezeichnet und mit dem Richter in Kuopio telefoniert. Er meinte, dass er sich gleich morgen darum kümmern wird, dass ihr bekommt, was ihr braucht.«

»Gut, danke.«

Der Dienststellenleiter nickte und überließ die beiden Beamten wieder ihrer Tätigkeit.

»Ich mag ihn«, sagte Larson unwillkürlich.

»Er gehört zum alten Schlag«, pflichtete Valo ihr bei. »Harter Hund, der Ergebnisse verlangt, aber immer fair und objektiv bleibt.«

Der Inspektor lehnte sich zurück und verschränkte die Arme hinter dem Kopf. »Gibt es jemanden in seinem Adressbuch, den wir bisher übersehen haben?«

»Wir haben noch längst nicht jeden Stadtrat befragt, aber ich bezweifle ehrlich gesagt, dass wir von denen etwas Neues erfahren können. Einen Eintrag habe ich allerdings, der uns weiterbringen könnte.«

»Wen?«

»Ein gewisser Martti Lehto.« Larson tippte den Namen in die polizeiliche Datenbank ein und betrachtete das Ergebnis. »Er ist dieses Jahr vierzig geworden und leitet ein europaweit tätiges Reiseunternehmen mit Niederlassungen in so ziemlich ganz Europa.«

»Hast du mehr Details über ihn?«

Larson warf einen weiteren Blick auf ihren Laptop. »Uni-Abschluss in Betriebswissenschaften mit dreiundzwanzig Jahren. Im Anschluss hat er ein kleines Reisebüro gegründet und sich auf Reisen innerhalb Finnlands spezialisiert. Sein Unternehmen konzentriert sich besonders auf Erlebnisreisen. Damit hat er anscheinend eine Marktlücke gefüllt und in den Folgejahren stark expandiert. Erst in Schweden und Norwegen, dann in Zentraleuropa, und er war einer der Vorreiter der touristischen Erschließung Grönlands und des Balkans. Bis zum Kriegsbeginn hat er auch Reisen nach Russland angeboten, vor allem nach Sankt Petersburg und Moskau, aber auch ins Hinterland bis ins Uralgebirge hinein.«

»Würde zu Karhus Besessenheit vom Tourismus passen. Warte mal.«

Valo betrachtete die Kalenderkopien und stellte fest, dass für fast jede Woche ein Termin mit Lehto eingetragen war.

»Karhu und dieser Lehto scheinen regen Kontakt gehabt zu haben«, erklärte er. »Ich schätze, dass sie gemeinsam das Touristenprojekt vorangetrieben haben. Wo wohnt der Typ?«

»In Helsinki. Zumindest befindet sich dort der Hauptsitz seiner Firma.«

»Die meisten Geschäftsführer wohnen nicht weit von ihrer Zentrale entfernt. Homeoffice schön und gut, aber in so einer hohen Position muss man normalerweise vor Ort sein. Hast du eine Telefonnummer?«

»Moment«, sagte sie und diktierte ihm dann eine Zahlenabfolge.

Valo tippte sie in sein Smartphone und lauschte dem Freizeichen.

»*Nordic Travel*, mein Name ist Venla, wie kann ich helfen?«, meldete sich eine jung klingende weibliche Stimme.

»Mein Name ist Jussi Valo. Guten Tag«, sagte er. »Ich möchte gerne mit Martti Lehto sprechen.«

»Tut mir leid, da kann ich Ihnen leider nicht behilflich sein«, antwortete Venla.

»Warum nicht?«

»Sie sind hier im Kundenservice. Eine Weiterleitung Ihres Anrufs zur Geschäftsführung ist technisch nicht möglich.«

»Und wer kann mir helfen?«

»Am besten rufen Sie in der Verwaltung an.«

»Habe ich doch gerade.«

»Wie ich schon sagte, haben Sie die Nummer des Kundenservice gewählt.«

»Oh«, meinte Valo. »Und Sie können mich wirklich nicht verbinden?«

»Nein, tut mir leid. Die Telefonanlage ist nur für eingehende Anrufe ausgelegt.«

»Na gut. Haben Sie denn wenigstens eine Nummer, die ich wählen kann?«

»Natürlich. Einen Moment bitte.«

Im nächsten Augenblick ertönte eine Warteschleifenmusik, die so einlullend war, dass Valo unwillkürlich überlegte, nach welchen Maßstäben heutzutage diese Musikstücke ausgewählt wurden. Auf ihn wirkte dieses angeblich deeskalierende Gedudel eher aggressionsfördernd, wobei er zugeben musste, dass sein Tabakentzug bestimmt auch eine Rolle dabei spielte. Glücklicherweise musste er nur eine halbe Minute warten, bis sich Venla wieder zuschaltete und ihm die Telefonnummer durchgab.

»Vielen Dank«, sagte er.

»Kann ich noch etwas für Sie tun?«

»Nein, danke. Schönen Abend noch.«

»Ihnen auch«, antwortete sie.

Valo legte auf und wählte die andere Nummer.

»*Nordic Travel*, Sie sprechen mit Ella Nyman.«

Der Beamte stellte sich vor. »Bin ich jetzt in der Verwaltung?«

»Ja«, bestätigte die Frau am anderen Ende der Leitung.

»Sehr gut. Ich möchte bitte mit Martti Lehto sprechen.«

»Martti befindet sich leider momentan nicht im Büro.«

»Wann ist er denn wieder da?«

»Da werden Sie sich leider etwas gedulden müssen. Er ist für zwei Wochen im Urlaub.«

»Wo finde ich ihn denn?«

»Tut mir leid, aber das darf ich Ihnen nicht mitteilen.«

»Hören Sie, ich bin von der Kriminalpolizei. Ich versichere Ihnen, dass Sie mir sagen dürfen, wo er sich befindet«, erklärte Valo mit autoritärer Stimme.

Die Frau schien für einen Moment nachzudenken. »Warten Sie bitte einen Augenblick.«

Erneut erklang die eintönige Warteschleifenmusik, was ihn unwillkürlich dazu brachte, die Augen zu verdrehen. Larson, die ihn beobachtete, verzog den Mund zu einem amüsierten Lächeln.

»Was ist nur mit den Leuten los?«, fragte er sich selbst, während er weiterhin das Telefon ans Ohr hielt.

Schließlich, nach fast zwei Minuten, meldete sich Frau Nyman wieder zurück. »Tut mir leid, dass Sie warten mussten. Ich habe gerade mit Martti gesprochen und von ihm die Erlaubnis eingeholt, Ihnen zu sagen, wo er gerade ist.«

»Das ist ungeheuer freundlich«, antwortete Valo ironisch.

»Sie müssen wissen, dass er nicht oft frei hat«, erklärte sie. »In seiner Position hat er viel zu tun und nur wenig Freizeit.«

»Ist schon in Ordnung. Also, wo kann ich ihn finden?«

»Er hält sich aktuell in Rovaniemi auf.«

»Wo genau dort?«

»Im Hotel *Arctis*. Wissen Sie, wo das ist?«

»Das werde ich schon herausfinden«, sagte er. »Vielen Dank.«

»Keine Ursache.«

»Ich wünsche Ihnen einen schönen Abend«, sagte er betont freundlich, legte auf und informierte seine Kollegin über das soeben Gehörte.

»Das sind vierhundertdreißig Kilometer«, antwortete sie. »Das schaffen wir heute nicht mehr. Wollen wir gleich morgen früh hinfliegen?«

»Von Kajaani geht kein Flug dorthin«, sagte Valo. »Der nächste Flughafen, der überhaupt etwas dorthin anbietet, ist Kuopio. Und bis wir dort und ins Flugzeug gestiegen sind, sind wir auch schon mit dem Auto in Rovaniemi angekommen. Lass uns für heute Feierabend machen und früh schlafen gehen. Morgen um sieben Uhr treffen wir uns im Revier und brechen auf.«

»Einverstanden.«

»Dann mal ab ins Bett.«

Larson klappte ihren Laptop zu. Valo nahm die Unterlagen, um sie bei sich aufzubewahren und auf die morgige Fahrt mitzunehmen.

»Geh du schon mal nach Hause«, erklärte er. »Ich kümmere mich um den Abwasch.«

»Alles klar. Dann bis morgen«, antwortete Larson und verließ das Büro.

Draußen ging ein leichter Wind, der Valo frösteln ließ und ihn dazu veranlasste, seine Jacke enger um sich zu ziehen. Glücklicherweise waren es nur wenige Meter bis zum Wagen, dessen Motor wegen des angeschlossenen Stromkabels bereits vorgewärmt war und dementsprechend anstandslos ansprang.

Valo fuhr einige Kilometer östlich, bis er etwas außerhalb der Stadt zu seinem Haus gelangte. Den Wagen parkte er in der heruntergekommenen Scheune, die früher als Kuhstall gedient hatte, schob das ebenso verschlissene Tor zu und schloss es ab. Im fahlen Licht der automatisch aufgeflammten Außenlampe betrachtete er kurz die Hasenspuren im Schnee und betrat dann seine Unterkunft, die aus insgesamt drei Zimmern bestand. Es war kalt, denn er hatte sich vorgenommen, zur Kostenersparnis so wenig wie möglich mit Strom zu heizen und sich stattdessen auf seinen Holzvorrat zu verlassen. Bevor er einen weiteren Schritt ins Haus machen konnte, sah er einen kleinen Schatten auf sich zulaufen. Im nächsten Augenblick spürte er etwas Weiches an seinem Bein.

»Sauli«, sagte er sanft, bückte sich und nahm den kurzhaarigen Kater auf den Arm.

Der dankte es ihm, indem er ihm empört ins Gesicht
miaute und den nach Fisch müffelnden Atem in die
Nase hauchte.

»Ist ja schon gut, tut mir leid. Ich hatte heute viel zu
tun«, erklärte er, während er dem Tier abwechselnd
über den Kopf strich und es hinter den Ohren kraulte.

Sauli schien davon einigermaßen besänftigt zu sein
und quittierte die Behandlung mit einem leisen
Schnurren. Mit dem Tier auf dem Arm ging er in die
Küche und setzte es auf dem Tisch ab. Den Futternapf
spülte er gründlich ab und öffnete dann die Tür des
Hochschranks, in dem er das Katzenfutter aufbe-
wahrte. Er nahm ein Tütchen heraus, riss es auf und
goss den Inhalt in den Napf, den er im Anschluss in die
angestammte Ecke in der Küche abstellte. Sofort
sprang Sauli vom Tisch und machte sich über das Fut-
ter her. Er hob den zweiten Napf auf, füllte ihn mit frischem Wasser und stellte ihn in die Nähe des Futter-
platzes. Sauli sah kurz auf, wie um zu gewährleisten,
dass alles korrekt war, und beugte sich dann wieder
über sein Essen. Valo fand, dass das Tier jetzt erst einmal gut versorgt war, ging ins Wohnzimmer und be-
fasste sich mit dem alten, aber gepflegten Holzofen. Zuerst entfernte er die Asche aus dem unterhalb des Ofens
befindlichen Auffangbehälter, legte dann einige Holzscheite hinein und entzündete sie mit einem Paraffin-
täschchen. Um das Feuer zu animieren, legte er noch
mehrere Stücke Birkenrinde dazu. Sofort loderten die
Flammen auf und fraßen gierig an dem trockenen
Holz. Während sich das Feuer im Ofen ausbreitete,
kochte er sich einen Tee und setzte sich in seinen abge-
wetzten Ledersessel, einem der wenigen Möbelstücke,

die er aus Helsinki mitgebracht hatte. Nach einigen Minuten legte er noch einmal Holz nach und genoss die sich langsam im Haus ausbreitende Wärme. Nachdem er seinen Tee ausgetrunken hatte, machte er sich bettfertig, legte als letzte Handlung des Tages nochmals einige Holzscheite nach und ging dann ins Nebenzimmer, wo ihn sein Bett bereits erwartete. Zwei Sekunden, nachdem er sich hingelegt hatte, sprang Sauli, der offensichtlich mit seiner Mahlzeit fertig war und sich nun nach Gesellschaft sehnte, auf die Decke, drehte sich drei Mal um die eigene Achse und legte sich dann wohlig schnurrend nahe Valos Gesichts hin. Er drehte sich auf die Seite, streichelte sanft die Flanke des Tiers und war schon bald eingeschlafen.

Kapitel 3

»Guten Morgen«, begrüßte Larson ihren Partner, während sie sich auf dem Beifahrersitz anschnallte. Valo war bereits vor etwa zehn Minuten angekommen und hatte den Motor laufen lassen, was bei den aktuellen Minusgraden durchaus sinnvoll war, um Motor und Innenraum nicht erkalten zu lassen.

»Morgen«, sagte er einsilbig.

»Was ist los? Hast du schlecht geschlafen?«

»Nachdem mich Sauli um drei Uhr geweckt hat, weil er es für einen guten Zeitpunkt hielt, um mir auf die Decke zu kotzen, habe ich wach gelegen«, antwortete er.

»Soll ich lieber fahren?«, bot sie an.

»Geht schon«, wiegelte er ab. »Haben wir Neuigkeiten von der Spurensicherung bekommen?«

»Warte, ich schaue nach.«

Da sie weiterhin auf dem Parkplatz des Reviers standen, hatte ihr Laptop noch eine Verbindung zum polizeilichen WLAN. Sie klappte den Computer auf und prüfte ihr Mail-Programm. Als Erstes fand sie eine Nachricht mit dem Titel *Liebe auf den ersten Klick!*, die sie direkt löschte.

»Man sollte denken, dass unser Netzwerk keinen Spam durchlässt«, kommentierte sie missbilligend.

Nach einem kurzen Blick fand sie tatsächlich eine Nachricht der Spurensicherung mit einem angehängten Dokument. Sie öffnete es mit einem Doppelklick und brachte es somit auf den Bildschirm.

»Einiges Blabla ... hier ... laut der Analyse passen die Schleifspuren zu einer Abdeckplane, wie man sie in jedem Baumarkt findet. Das wird uns nicht weiterhelfen, oder?«

»Zumindest wissen wir jetzt definitiv, wie Karhu in den Wald gekommen ist«, antwortete Valo. »Ist da irgendwo die Rede von Schuhabdrücken?«

»Nein.«

»Also bleiben wir bei der These, dass der Täter mobil war. Noch irgendetwas, was uns weiterhelfen könnte?«

»Sieht nicht so aus. Ich gewinne immer mehr den Eindruck, dass der Täter anscheinend doch ziemlich genau wusste, was er tat.«

»So scheint es«, bestätigte Valo. »Also gut, dann werden wir uns weiter auf unsere Befragungskünste verlassen.«

Er legte den Rückwärtsgang ein, wendete den Wagen und verließ den Parkplatz. Nur etwa fünf Minuten später befanden sie sich auf der Landstraße nach Norden in Richtung Kajaani. Von dort aus würden sie weiter nördlich fahren, bis sie am frühen Nachmittag schließlich Rovaniemi erreichen würden. Schon bald, nachdem sie Nurmes verlassen hatten, wich die Umgebung einem ausgedehnten Wald, wofür Finnland besonders in den nördlicheren Gebieten berühmt war. Die dicht zusammenstehenden Nadelbäume waren schwer von Schnee beladen, wodurch sich die Äste nach unten bogen, während die Birken, die bereits im Herbst ihre

Blätter verloren hatten, im Scheinwerferlicht weiß leuchteten. Glücklicherweise schneite es nicht, was es Valo gestattete, auf die erlaubten achtzig Kilometer pro Stunde zu beschleunigen. Aufgrund der frühen Uhrzeit kam ihnen nur selten ein anderes Auto entgegen.

»Schön sieht es hier aus«, sagte Larson seufzend, die aus dem Beifahrerfenster blickte und die vorüberziehende Landschaft betrachtete. »Das ist einer der Gründe, weshalb ich niemals hier weg möchte.«

»Das kann ich nachvollziehen«, sagte Valo. »Im Süden haben wir natürlich auch Schnee, aber du weißt ja selbst, wie es in der Großstadt ist. Kaum, dass es geschneit hat, sind die Räumfahrzeuge unterwegs. Die Abgase der Stadt tun ihr Übriges, um den Schnee in braunen Matsch zu verwandeln. Nicht gerade angenehm, wenn man darauf aus ist, einigermaßen sauber zu bleiben.«

»Es ist wohl doch nicht alles schlecht am Hinterland«, antwortete Larson neckend.

»Ich habe nie gesagt, dass ich es hier nicht mag. Es ist halt einfach anders.«

»Warst du schon einmal in Rovaniemi?«

»Bisher hatte ich nicht das Vergnügen. Du?«

»Als ich noch ein Kind war, sind meine Eltern mit mir fast jeden Winter zum Skifahren dort hingefahren.«

»Hat es dir Spaß gemacht?«

»Meist schon. Aber bis ich mal kapiert hatte, wie man einigermaßen sicher auf den Dingern steht, hat es etwas gedauert. Ich wollte dann lieber mit dem Schlitten fahren.«

»Ich konnte mich nie damit anfreunden, auf zwei schmalen Holzbrettern zu balancieren«, gab er zu.

»Dabei ist das doch das Wichtigste, was ein Finne können muss«, erklärte sie mit einem Augenzwinkern. »Ich muss aber zugeben, dass ich seit meiner Kindheit nicht mehr Ski gefahren bin. Langlaufen ist okay, aber einen Berg hinunterrauschen und immer darauf achten zu müssen, dass mich nicht irgendein Trottel umfährt, war mir dann doch zu stressig. Schöner fand ich immer die Autofahrten hin und zurück. Da konnte ich aus dem Fenster schauen und die Landschaft bewundern, meine Kinderbücher durchblättern, und meine Mutter hatte immer genug Essen für eine Eishockey-Mannschaft dabei.«

»Klingt wirklich angenehm«, kommentierte er.

»Und ganz besonders toll fand ich es, als mein Vater mich einmal an die Hand genommen und mir erklärt hat, dass wir den Weihnachtsmann besuchen.«

»Das hat mein Vater nie mit mir gemacht. Wir waren sowieso kaum auf Reisen. Konnten wir uns nicht leisten.«

»Das ist schade«, sagte sie bedauernd. »Was hat dein Vater für einen Beruf gehabt?«

»Er war Dockarbeiter. Damals gab es einigen Frachtverkehr in Helsinki. Lange Schichten, wenig Geld. Aber wenigstens hat es ausgereicht, um uns durchzubringen. Mir wurde erst klar, was er wirklich geleistet hat, als ich um die Fünfzehn war und unter anderem in einer Schreinerei gejobbt habe.«

»Was macht er jetzt?«

»Unter der Erde liegen«, antwortete Valo trocken.

»Das tut mir leid«, sagte sie.

»Schon in Ordnung«, erwiderte er und winkte ab. »Er war ein beeindruckender Mann. Bescheiden, ehrlich, aber er war, was die sozialen Aktivitäten anging, immer sehr selektiv. Wenn er mal Zeit hatte, hat er sich mit mir beschäftigt und mit mir gespielt, als ich noch ein kleiner Junge war. Ihm war es immer wichtig, dass es mir und meiner Mutter gut ging.«

»So ähnlich war es bei mir auch«, sagte Larson. »Wie ist es mit deiner Mutter?«

»Die lebt noch und sitzt jetzt wahrscheinlich gerade in ihrer kleinen Wohnung, wo sie Weihnachtsgeschenke strickt. Wie ist es mit deinen Eltern?«

»Die sind beide noch sehr aktiv. Mutter ist Hausfrau, Vater ist in Altersteilzeit.«

»Ist er schon so alt?«

»Sie haben mich erst bekommen, als beide die Vierzig bereits überschritten hatten.«

»Okay, das erklärt einiges.«

»Was willst du denn damit sagen?«

»Nichts Konkretes. Mich hat es nur verwundert, dass dein Vater in Altersteilzeit ist, obwohl du noch so jung bist.«

»Warst du wirklich noch nie beim Weihnachtsmann?«, wechselte sie das Thema.

»Nein.«

»Dann schlage ich vor, dass wir in Rovaniemi die Gelegenheit nutzen und diese Scharte auswetzen.«

»Falls wir dafür Zeit haben«, erklärte Valo. »Wir sind schließlich zum Arbeiten dort und wollen einen Mord aufklären.«

»Für den Weihnachtsmann ist immer Zeit«, antwortete sie mit mahnend erhobenem Zeigefinger.

Während die Kriminalbeamten den Norden Finnlands durchfuhren, machte sich ein Team der Polizei

Nurmes auf den Weg zu Mika Koskinens Wohnung. Der Durchsuchungsbeschluss war, wie Niemi es versprochen hatte, an diesem Morgen unterzeichnet und per E-Mail zurückgeschickt worden.

Das Team bestand aus vier Uniformierten und zwei Polizisten in Zivil. Mit zwei Fahrzeugen – einem Streifenwagen im typischen Weiß-Blau und einem schwarzen BMW – fuhren sie durch die Stadt und zu Koskinens Wohnung, die sich im Osten von Nurmes befand. Da Schwedisch neben Finnisch als offizielle Amtssprache in Finnland fungierte, befand sich das finnische Wort *Poliisi* auf der einen und das schwedische Äquivalent *Polis* auf der anderen Seite des Streifenwagens, während der BMW keine Aufdrucke aufwies. Die beiden Wagen parkten am Straßenrand und entließen die Beamten einen nach dem anderen.

»Lasst uns wie üblich verfahren«, erklärte der in Zivil gekleidete Teamleiter, ein stämmiger Mittdreißiger namens Santeri Lahtinen, als sich seine Leute vor der Haustür eingefunden hatten.

»Die Wohnung von diesem Koskinen ist klein und besteht aus nur zwei Zimmern. Er selbst ist nicht anwesend. Wir gehen also rein, teilen uns in Teams zu je drei Leuten auf und nehmen uns die Zimmer vor. Wenn wir etwas von Belang finden, markieren wir es und informieren die Spurensicherung.«

»Gibt es etwas, worauf wir besonders achten sollen?«, fragte einer der Uniformierten.

»Laut der Zentrale sollen wir uns auf Messer und Stichwerkzeuge konzentrieren. Aber ihr wisst ja selbst, dass auch andere Dinge interessant sein können. Noch Fragen?«

Die Beamten schüttelten unisono die Köpfe.

»Dann los«, sagte Lahtinen.

Er zog die Haustür auf und stieg die Treppe zum ersten Stockwerk empor, ging zur Appartementtür und zog einen kleinen Messingschlüssel aus der Tasche, den sie heute früh von der Hausverwaltung erhalten hatten. Er schob ihn in das Schloss und drehte ihn zwei Mal, bis die Verriegelung aufschnappte. Natürlich hatten er und sein Team, bevor sie das Haus betreten hatten, Gummihandschuhe übergezogen, damit sie keine Fingerabdrücke hinterließen. Er schob die Appartementtür auf und trat über die Schwelle.

»Hier müsste mal gelüftet werden«, kommentierte er und zog die Nase kraus.

Tatsächlich war die Luft erfüllt vom Geruch leicht angebrannten Essens und einem Duft, den Lahtinen nicht identifizieren konnte. Gefolgt von seinem Team, ging er weiter hinein.

»Petteri, Osmo, ihr kommt mit mir. Wir nehmen uns die Küche vor. Mika, Hannu, Ilkka, ihr kümmert euch um das Schlafzimmer und das Bad«, instruierte er seine Mitarbeiter.

»Du meine Güte«, sagte Osmo. »Die Wohnung könnte einen Großputz vertragen.«

Die Küche war klein und mit wenig Utensilien bestückt. Allerdings lagen diese kreuz und quer verstreut. In der Spüle stapelten sich Teller und Besteck, und mit einem Blick darauf erkannte Lahtinen, dass sie nach den Mahlzeiten nicht abgewaschen worden waren. Hier und da fand er Essensreste, die auf dem billig wirkenden Porzellan klebten. Mehrere schmutzige Gläser vervollständigten das Bild.

»Ist es in Ordnung, wenn ich das Fenster öffne?«, fragte Petteri seinen Vorgesetzten.

»Ich bitte darum«, gab Lahtinen zurück.

Während sich Petteri darum kümmerte, dass der Luftaustausch in Gang kam, rieb sich Lahtinen die Hände.

»Ziemlich kalt«, kommentierte er und betastete den ehemals weißen, aber inzwischen stellenweise grauen Heizkörper. »Dieser Koskinen heizt wohl nicht viel. Na gut, Jungs, dann mal an die Arbeit.«

Methodisch überprüften sie den schmalen Resopaltisch in der Ecke, gingen einzeln das Besteck durch und öffneten die über der Spüle angeschraubten Hängeschränke. Ebenfalls untersuchten sie den Kühlschrank, ob sich etwas Brauchbares darin befand. Zur gleichen Zeit war das zweite Team im Schlafzimmer zugange und tastete sorgfältig das Bett ab, nahm sich jedes Kissen einzeln vor und schüttelte mehrfach die Bettdecke. Im Kleiderschrank fanden sie zwei schwarze Hemden, eine Anzughose und ein dazu passendes Paar schwarze Lackschuhe, außerdem mehrere Paare zusammengerollte Socken und Unterwäsche für vier Tage. Im zweiten Schrankabteil entdeckten sie zwei Outdoor-Arbeitshosen, fanden aber in den zahlreichen Hosentaschen nichts außer einigen wenigen Fusseln. Zu guter Letzt hob Mika, der ebenfalls in Zivil gekleidet war, die Matratze an und untersuchte das Bettgestell. Um auch wirklich nichts zu übersehen, legte er sich flach auf den Boden und warf einen Blick unter das Bett.

»Nichts«, erklärte er. »Ilkka, schau du im Bad nach.«

Ilkka, der in wenigen Monaten sechzig Jahre alt werden würde und einen stattlichen Bauch vor sich herschob, tat wie verlangt und betrat das Badezimmer. Der Raum glich eher einer Abstellkammer, so schmal war er. Der Polizist betrachtete zuerst die Duschnische in der Ecke, überprüfte den Abfluss und wandte sich dann dem Waschbecken und den dort deponierten Utensilien zu. Zahnbürste, Zahncreme, ein Stück Seife und ein Handtuch waren alles, was er hier fand. Auf einem an der Wand befestigten, schmalen Brett lagen noch ein Nassrasierer und eine Dose Rasierschaum. Gemäß den Vorgaben markierte er den Rasierer mit einem Stück Klebeband, und auch die kleine Nagelschere, die hinter dem Gerät lag, wurde von ihm bedacht, da es sich um Gegenstände handelte, mit denen man jemandem ernsthafte Verletzungen zufügen konnte. Er ging auf die Knie, was ihm ein Knacken seiner Gelenke einbrachte, öffnete die Waschmaschine und tastete die Trommel geflissentlich ab.

»Osmo«, rief er dem Kollegen im Nebenzimmer zu.

Der andere Uniformierte schob seinen Kopf durch die schmale Badezimmertür. »Was ist denn?«

»Hilf mir mal mit der Waschmaschine. Ich möchte einen Blick darunter werfen.«

Osmo, der mit rund vierundzwanzig Jahren bedeutend jünger und kräftiger als sein Kollege war, fasste die Maschine an zwei Ecken und hob sie an, wobei er darauf achtete, seinen Rücken gerade zu halten. Der ältere Beamte betrachtete die Unterseite der Waschmaschine eingehend, bevor er sich wieder zurückzog.

»Nichts von Bedeutung«, kommentierte er grunzend und seine Kniegelenke reibend.

Die Beamten in der Küche waren ebenfalls nur bedingt fündig geworden. Sie hatten Markierungen an das Besteck geklebt und unter dem Kühlschrank ein Steakmesser gefunden, aber das war es dann auch schon. Als sie alle mit ihrer Arbeit fertig waren, trafen sie sich in der Küche und besprachen sich.

»Habt ihr auch wirklich überall nachgesehen?«, fragte Lahtinen sein Team und schaute jedem Einzelnen in die Augen.

»Definitiv«, antwortete Mika stellvertretend für seine Kollegen. »Hier gibt es nicht viele Ecken, wo man etwas verstecken könnte, und wir haben alles überprüft. Mehrfach.«

»Habt ihr den Spülkasten im Bad untersucht?«

»Natürlich«, sagte Ilkka.

»Nun gut. Dann rücken wir wieder ab.«

Einer nach dem anderen verließen die Polizisten die kleine Wohnung. Lahtinen schloss noch das Küchenfenster und trat dann ebenfalls in das Treppenhaus. Er zog die Tür hinter sich zu und schloss sie geflissentlich ab. Den Schlüssel würde er bei sich behalten, bis sie zurück auf dem Revier waren und er mit der Spurensicherung gesprochen hatte. Er hoffte nur, dass sein Team wirklich nichts übersehen hatte, denn sollten die Kollegen etwas Neues entdecken, würde das ihm als Teamleiter zumindest die Häme der Kollegen, wenn nicht sogar einen Rüffel seitens des Dienststellenleiters einbringen. Und obwohl er Keijo Niemi sehr schätzte, wusste er, dass sein Vorgesetzter zu jeder Zeit gründliche Arbeit verlangte.

Er setzte sich auf den Beifahrersitz des BMW, schraubte die im Fußraum liegende Thermoskanne auf und nahm einen Schluck des inzwischen zwar lauwarmen, aber immer noch schmackhaften Kaffees.

»Satana!«, fluchte Valo lautstark.

Nur hundert Meter vor ihm scherte ein verbeulter Kombi von einer Nebenstraße ein und zwang den Beamten, das Bremspedal bis zum Anschlag zu betätigen. Sowohl er als auch Larson wurden in ihre Gurte gepresst.

»Was ist denn das für ein Bekloppter?«, fragte sie, während sie sich mit den Händen am Armaturenbrett abstützte.

»Das finden wir gleich heraus«, antwortete er erzürnt.

Valo stieg wieder aufs Gas und setzte den Blinker, um den vor ihnen befindlichen Wagen zu überholen. Glücklicherweise war die Straße in diesem Abschnitt für mehrere Kilometer schnurgerade und obendrein geräumt, sodass sein Manöver gefahrlos war. Zumindest wäre es das gewesen, wenn der Kombi nicht in dem Moment, als Valos Auto fast neben ihm war, einen Schlenker nach links gemacht hätte.

»Was zum ...?«, rief Valo laut, stieg erneut auf die Bremse und hatte Mühe, seinen Wagen auf der Straße zu halten.

Er setzte sich wieder hinter den anderen Wagen und drückte eine in das Bord-Display eingelassene Taste. Umgehend schaltete sich das in die Fahrzeugfront installierte Blaulicht ein und flackerte rhythmisch. Der Fahrer des Kombis schien es erst nicht zu bemerken, wurde dann aber doch langsamer, bevor er schließlich am Straßenrand zum Stehen kam. Valo stoppte ebenfalls und schaltete den Warnblinker an. Das Blaulicht ließ er ebenfalls angeschaltet. Bevor er ausstieg, warf er einen Blick in den Rückspiegel und vergewisserte sich, dass niemand von hinten kam. Larson tat es ihm gleich und verließ ebenfalls den Wagen. Während der Beamte an die Fahrerseite des Kombi trat, flankierte sie das Auto auf der rechten Seite und hielt sich in einem gewissen Winkel zu ihrem Kollegen. Sie beide wussten, dass sie auf alles gefasst sein mussten, und waren entsprechend angespannt. Für einen kurzen Moment erinnerte sich Larson an einen Vorfall vor einigen Jahren, wo ein Kollege bei einer scheinbaren Routinekontrolle erschossen worden war. Valo klopfte währenddessen an die vordere Scheibe des Kombis und wartete, bis der Fahrer das Fenster heruntergelassen hatte.

»Guten Tag«, begrüßte er den jungen Mann.

Sofort stieg ihm der Geruch nach Alkohol in die Nase.

»Wissen Sie, warum wir Sie angehalten haben?«

»Nein, keine Ahnung«, antwortete der Fahrer leicht lallend.

»Dann helfe ich Ihnen mal auf die Sprünge. Sie haben mir vor wenigen Minuten die Vorfahrt genommen und mich dazu genötigt, unverhältnismäßig abzubremsen. Außerdem fahren Sie Schlangenlinien. Obendrein habe ich den Eindruck, dass Sie getrunken haben. Haben Sie dazu etwas zu sagen?«

»Na ja …«, antwortete der Mann langsam. »Ich habe es eilig, und anscheinend habe ich Ihre Geschwindigkeit falsch eingeschätzt. Dass ich einen Schlenker gemacht habe, liegt daran, dass ich einem Tier ausweichen wollte.«

»Hier ist aber weit und breit kein Tier zu sehen. Und warum riecht es aus Ihrem Wagen nach Schnaps?«

»Mir ist gestern eine Flasche zerbrochen.«

»So so«, sagte Valo abfällig. »Geben Sie mir bitte Ihren Führerschein. Saari«, wandte er sich an seine Kollegin, ohne den Fahrer aus den Augen zu lassen. »Tu mir den Gefallen und hole das Messgerät. Ich habe es in den Kofferraum gelegt.«

Larson ging zurück zu ihrem Wagen und wühlte für einen Moment im hinteren Teil des Autos, bevor sie mit einem etwa handgroßen Gerät zurückkam und es Valo überreichte. Im Gegenzug gab er ihr die schmale Plastikkarte, die er von dem Fahrer erhalten hatte.

»Oskari«, sagte er zu dem noch immer im Kombi sitzenden Mann. »Ich möchte, dass Sie in dieses Mundstück blasen.«

»Muss das wirklich sein?«

»Wir können auch gerne gemeinsam zum nächsten Polizeirevier fahren und die Sache dort erledigen, wenn Ihnen das lieber ist«, sagte der Beamte.

Oskari sah Valo kurz in die Augen, bevor er das Alkoholmessgerät entgegennahm, sich das Plastikröhrchen in den Mund steckte und pustete. Danach gab er es dem Beamten zurück, der einen Blick auf das Display warf.

»Null Komma Neun Promille«, las er vor. »Ich fürchte, dass das teuer werden wird.«

»Tut mir leid«, sagte Oskari leise.

»Mir auch. Aber Gesetz ist Gesetz. Warten Sie bitte einen Moment.«

Valo bedeutete seiner Kollegin, mit ihm ein Stück zurückzugehen.

»Was machen wir jetzt?«, wollte sie wissen.

»Du hast ja gesehen, wie gefährlich er fährt. Den lassen wir nicht einfach weiterfahren. Wo ist die nächste Polizeistation?«

»Etwa zehn Kilometer von hier«, antwortete sie nach einem kurzen Blick auf ihr Smartphone.

»Okay. Wir machen es so: Wir nehmen seinen Führerschein und seinen Autoschlüssel in Gewahrsam und bringen beides zum Revier. Natürlich kündigen wir unser Kommen vorher an. Dort übergeben wir die Sachen. Die Kollegen vor Ort können sich dann um die restliche Prozedur kümmern.«

»Und was ist mit ihm?«, fragte sie und zeigte auf den Fahrer.

»Den lassen wir hier.«

»Willst du ihn hier wirklich stehen lassen?«

»Er hätte ja nicht trinken müssen, bevor er losgefahren ist. Ich bin mir sicher, dass er Freunde oder Familie hat, die ihn abholen können. Außerdem ist der Motor noch warm, er wird also nicht erfrieren. Das wird ihm hoffentlich eine Lehre sein. Abgesehen von der Geldstrafe, die ihn erwartet.«

»Du bist wirklich brutal.«

»Stimmt«, erklärte Valo trocken. »Wir könnten ihn natürlich auch weiterfahren lassen. Aber was, wenn er einen Unfall baut? Stell dir mal vor, es kommt jemand zu Schaden, vielleicht sogar ein Kind. Was dann? Willst du dafür die Verantwortung übernehmen?«

»Nein«, gab sie zu. »Okay, so machen wir es.«

Valo ging zurück zur Fahrertür und erklärte dem jungen Mann die Sachlage.

»Muss das wirklich sein?«, fragte Oskari.

»Ja. Schalten Sie den Motor aus und geben Sie mir den Schlüssel. Aber ganz langsam, wenn ich bitten darf.«

Oskari machte ein bedröppeltes Gesicht, schien aber zu kooperieren. Er tat wie aufgefordert und blickte Valo mit leicht verschleiertem Blick an.

»Was mache ich denn jetzt?«, jammerte der junge Mann. »Ich habe einen wichtigen Termin, den ich nicht absagen kann.«

»Das ist leider Pech«, sagte Valo in einem Tonfall, in dem keinerlei Bedauern mitschwang. »Sie haben doch ein Handy, oder?«, fragte er.

»Ja.«

»Dann rufen Sie jemanden an, der Sie abholt.«

Oskari nickte langsam. »Eine Frage habe ich noch.«

»Und die lautet?«

»Was wird mich die ganze Sache kosten?«

»Das kommt ganz auf die Laune desjenigen an, der sich mit der Geschichte befassen wird. Sie sollten aber damit rechnen, bis zu einhundertzwanzig Tagessätze bezahlen zu müssen. Vielleicht gibt es auch ein Fahrverbot. Und wenn es ganz schlecht für Sie läuft, dann steht auch eine Freiheitsstrafe im Raum.«

Der junge Mann atmete langsam aus, während er nach und nach realisierte, was das bedeutete. Selbst, wenn er *nur* eine Geldstrafe leisten müsste, würde sich das empfindlich auf seine Finanzen auswirken, denn im Gegensatz zu manch anderen europäischen Staaten waren die Tagessätze in Finnland prozentual an das Einkommen gekoppelt.

»Ich hoffe, dass Sie daraus lernen werden«, sagte Valo und verabschiedete sich.

Larson war bereits eingestiegen, als er sich auf den Fahrersitz setzte, das Blaulicht und den Warnblinker abschaltete und sich anschickte, wieder loszufahren.

»Armer Kerl«, sagte sie.

»Da habe ich kein Mitleid. Solche Leute kenne ich aus Helsinki. Fahren wie der Henker und bedenken keinerlei Konsequenzen. Als ich erst wenige Monate im Dienst war, musste ich mal zu einem Unfall, wo ein Betrunkener eine ganze Familie in den Tod gerissen hat. Seitdem gehe ich mit äußerster Härte vor, wenn es um solche Typen geht.«

»Hat er gesagt, wo er hinwollte?«

»Er hat nur etwas von einem wichtigen Termin gefaselt. Da es mich aber nicht interessiert, habe ich nicht weiter nachgefragt.«

»Möchtest du einen Kaffee?«, fragte sie und hielt die Thermoskanne hoch.

»Gern«, antwortete er.

Larson schraubte den Behälter auf und füllte den metallenen Henkelbecher auf, bevor sie ihm den Kaffee reichte. Der Beamte trank den Becher beinahe in einem Zug aus und gab ihn ihr zurück. Sie kramte einen zweiten Becher hervor und schenkte sich ebenfalls ein.

»Wie lange brauchen wir noch bis Rovaniemi?«, wollte sie wissen.

»Laut dem Navi sind es noch etwa hundertfünfzig Kilometer. Vielleicht zwei Stunden, zuzüglich unseres Abstechers zum nächsten Revier.«

Valo legte den ersten Gang ein und lenkte den Wagen um den am Straßenrand stehenden Kombi herum, warf noch einen kurzen Blick auf den traurig blickenden Fahrer und gab dann Gas.

Durch den ungeplanten Zwischenhalt an der lokalen Polizeistation und der damit verbundenen Zeit, die sie benötigten, um die dortigen Beamten zu instruieren, brauchten sie eine zusätzliche dreiviertel Stunde, bis sie am Nachmittag endlich das Ortsschild von Rovaniemi passierten.

»Was weißt du über die Stadt?«, fragte Valo, der den Wagen vorschriftsmäßig auf vierzig Kilometer pro Stunde herunterbremste.

»Was interessiert dich?«, wollte Larson wissen.

»Erzähl mir einfach, was dir so einfällt.«

»Okay«, antwortete sie und zog die Stirn kraus, um ihrer Erinnerung auf die Sprünge zu helfen. »Rovaniemi ist die Hauptstadt der Provinz Lappland. Von vielen Menschen wird sie auch das *Tor zum Norden* genannt. Während des Zweiten Weltkriegs diente Rovaniemi als Stützpunkt für die deutsche Armee, die aber nach dem Seitenwechsel Finnlands die Stadt verließ und die Taktik der sogenannten Verbrannten Erde anwandte, um dem anrückenden Feind keine Ressourcen zu hinterlassen. Nachdem der Krieg beendet war, wurde Rovaniemi wieder aufgebaut. Wusstest du übrigens, dass die Gemeinde Rovaniemi drei Mal so groß wie Luxemburg ist und zu den flächenmäßig größten Städten der Welt zählt?«

»Nein, das wusste ich nicht. Aber wenn man die Anzahl der Einwohner betrachtet, sieht die Sache sicher anders aus«, sagte Valo.

»Insgesamt leben hier um die fünfundsechzigtausend Menschen.«

»Das ist mehr, als ich erwartet hatte. Hier oben am Polarkreis ist es nicht unbedingt gemütlich. Im Winter ist es saukalt und ständig dunkel, und wenn man Pech hat, wird man im Sommer von den Mücken gefressen.«

»Zum Ausgleich wohnt hier aber der Weihnachtsmann.«

»Das hattest du erwähnt«, antwortete Valo grinsend.

Er warf einen Blick auf sein Navigationssystem und fuhr nach rechts in eine Seitenstraße. Das Hotel *Arctis* befand sich in der Nähe des sogenannten *Arktikums*, einer Einrichtung, die sich der Erforschung der Rechte der indigenen Bevölkerung sowie der arktischen Gebiete widmete. Genau genommen handelte es sich um zwei Organisationen, die sich zum *Arktikum* zusammengeschlossen hatten: dem Arktischen Zentrum und dem Provinzmuseum von Lappland.

Der Kriminalbeamte brachte seinen Wagen vor dem Haupteingang des Hotels zum Stehen und stieg aus. Laut des Interneteintrags, den er am heutigen Morgen gelesen hatte, handelte es sich um eine Vier-Sterne-Unterkunft, was man ihr auch ansah. Der dem Haupteingang vorgelagerte Bereich war vollständig von Schnee geräumt und trocken, und in regelmäßigen Abständen standen Heizpilze, die sowohl Wärme als auch sanftes Licht spendeten. Vom Eingang eilte ein Page in Livree an seine Fahrertür. Gleichzeitig kam ein anderer, ebenfalls uniformierter junger Mann, zur Beifahrertür, öffnete sie und reichte Larson die Hand, um ihr beim Aussteigen behilflich zu sein.

»Guten Tag«, grüßte Valos Page, dessen Namensschild ihn als Tom auswies. »Willkommen im Hotel *Arctis*. Darf ich Ihnen mit Ihrem Gepäck behilflich sein?«

»Kein Bedarf, wir reisen leicht«, antwortete Valo. »Wo darf ich meinen Wagen parken?«

»Das erledige ich gerne für Sie.«

»Sehr freundlich, aber ich gebe mein Auto nicht einfach her.«

»Wie Sie wünschen. Dort um die Ecke befinden sich die Gästeparkplätze.«

»Gibt es Stromsäulen?«

»Selbstverständlich. Die Nutzung ist kostenfrei.«

»Vielen Dank. Saari, warte du hier, ich bin gleich zurück.«

Valo stieg wieder ein und fuhr nur wenige Meter, bis er eine ausgedehnte, hell erleuchtete und obendrein überdachte Parkbucht fand. Er schaltete den Motor aus und schloss den Wagen wie üblich an einen der zahlreichen Stromgeneratoren an.

Inzwischen hatte es leicht zu schneien begonnen. Er schlug den Kragen seiner Winterjacke hoch, bevor er das Auto abschloss und zurück zur Pforte ging.

»Lass uns reingehen und schauen, dass wir diesen Lehto finden«, forderte er Larson auf.

Tom öffnete ihnen die Tür und ließ sie ins Foyer hinein. Drinnen war es im Vergleich zu den Minusgraden außerhalb des Gebäudes so warm, dass Valo praktisch sofort der Schweiß ausbrach. Kurzentschlossen zog er seine Jacke aus und hängte sie sich lässig über den Arm. Ein Blick nach oben offenbarte ihm, dass es sich bei dem Eingangsbereich um einen beinahe höhlenartigen Bau handelte, mit hohen Decken und weiten Flächen. Hier und da waren niedrige Tische platziert, und in einer Ecke sah er eine gemütlich wirkende Sofaecke, auf der sich gerade mehrere Kinder fläzten, während ihre Eltern nicht zu sehen waren. Wahrscheinlich waren sie damit beschäftigt, einzuchecken, überlegte er. Gefolgt von Larson ging er zu dem breiten, aus dunklem, schwerem Holz gefertigten Empfangstresen und baute sich vor einer jung wirkenden und adrett gekleideten Dame auf. Auf dem Tresen stand ein Messingschild mit dem Namen Emilia Halonen.

»Guten Tag, mein Name ist Jussi Valo, und dies ist meine Kollegin Saari Larson«, sagte er. »Wir sind von der Kriminalpolizei und suchen einen gewissen Martti Lehto. Unseres Wissens ist er einer Ihrer Gäste.«

»Guten Tag«, antwortete sie mit einer warmen Altstimme. »Können Sie sich ausweisen?«

»Natürlich.«

Er griff in seine Hosentasche, zückte seinen Geldbeutel und zog ein schmales Plastikkärtchen hervor, das er auf den Tisch legte und zu ihr hinüberschob. Larson holte ebenfalls ihren Polizeiausweis hervor und legte ihn daneben. Die Empfangsdame warf einen eingehenden Blick darauf, bevor sie sich wieder Valo zuwandte.

»Danke. Ich sehe im Computer nach.«

Sie tippte auf der in den Tresen eingelassenen Tastatur einige Buchstaben ein und betrachtete das Ergebnis auf dem ihr zugewandten Flachbildschirm.

»Ja, Herr Lehto ist bei uns zu Gast.«

»Wir möchten gerne mit ihm sprechen. Welche Zimmernummer hat er?«

»Drei-Drei-Vier. Aber Sie werden ihn nicht antreffen.«

»Warum?«

»Weil er seinen Schlüssel heute Morgen bei uns hinterlegt hat.«

»Sie arbeiten noch mit Schlüsseln? Ich dachte, ein so modernes Hotel wie das Ihre verfügt über Magnetkarten.«

Halonen lächelte professionell. »Wir überlassen es unseren Gästen, wie sie ihre Zimmertür öffnen möchten. Herr Lehto wollte gerne einen Schlüssel, also hat er einen bekommen.«

»Wissen Sie, wann er wiederkommen wird?«

»Das hat er nicht gesagt. Wenn Sie möchten, können Sie aber gerne im Foyer auf ihn warten.«

»Es besteht nicht zufällig die Möglichkeit, dass wir auf sein Zimmer gehen können?«, fragte Valo.

»Tut mir leid. Wir leben nach der strikten Regel, dass die Privatsphäre unserer Gäste nicht gestört wird. Ohne einen amtlichen Beschluss ist es mir leider nicht möglich, Sie in sein Refugium zu lassen.«

»Refugium, hm? Meinetwegen. Dann kommen wir später wieder. Danke.«

Als sie sich außer Hörweite der Empfangsdame befanden, wandte er sich Larson zu. »Ich weiß nicht, wie es dir geht, aber ich habe ehrlich gesagt keine Lust, hier herumzusitzen und zu warten, bis sich Lehto bequemt, zurückzukommen.«

»Wir könnten uns in die Bar setzen und uns volllaufen lassen«, schlug Larson mit einem Augenzwinkern vor.

»Keine schlechte Idee, aber ich glaube, dass ich passe«, gab er lächelnd zurück.

»Wie wäre es dann mit etwas vorweihnachtlicher Stimmung? Wann hast du zuletzt so etwas wie Freude auf Weihnachten verspürt?«

»Das ist tatsächlich länger her.«

»Dann komm mal mit«, sagte sie und ging zum Ausgang. »Lass uns zur Feier des Tages ein Taxi nehmen. Denn dort, wo wir hinwollen, gibt es nicht so viele

Parkplätze. Tom«, rief sie den Pagen. »Kriegen wir hier irgendwo ein Taxi?«

»Ich rufe Ihnen gerne eins«, bot der Page an und griff in seine Hosentasche.

Er zog sein Smartphone hervor und wählte über Kurzwahl eine Nummer, sprach kurz hinein und legte dann wieder auf. »Sie werden in zwei Minuten abgeholt. Darf es noch etwas anderes sein?«

»Danke, mehr brauchen wir nicht«, antwortete sie und drückte ihm einen Zehn-Euro-Schein in die Hand.

Nur eine Minute später fuhr ein schwarzer Mercedes vor, auf dessen Dach ein gelbes Schild mit der Aufschrift *Taksi* prangte, was natürlich der finnischen Schreibweise des Wortes entsprach. Der Fahrer stieg aus und öffnete seinen Gästen die hinteren Türen. Nachdem es sich Valo und Larson im Fonds bequem gemacht hatten, fuhr er an und steuerte den Wagen auf die Hauptstraße in Richtung Norden. Ihr Weg führte sie über eine Brücke, die den Zusammenfluss der momentan zugefrorenen Flüsse Ounasjoki und Kemijoki querte. Innerhalb von weniger als zehn Minuten kamen sie zum Stillstand.

»SantaPark«, verkündete der Fahrer in gebrochenem Englisch.

»Danke, aber wir wollten eigentlich zum Weihnachtsdorf«, erklärte Larson ebenfalls auf Englisch.

Der Taxifahrer sah sie einen Moment lang an, nickte schließlich und fädelte den Wagen wieder in den Verkehr ein. Es dauerte nur weitere drei Minuten, bis er erneut stehen blieb. Die Beamtin sah aus dem Fenster und nickte.

»Hier sind wir richtig«, sagte sie. »Was schulden wir Ihnen?«

»Fifteen Euro«, antwortete der Fahrer und zeigte zur Verdeutlichung auf das Taxameter.

Larson kramte in ihrem Geldbeutel und zog einen Zwanziger hervor, den sie ihm überreichte. Da es in Finnland nicht üblich war, Trinkgeld zu akzeptieren, bekam sie einen Fünf-Euro-Schein zurück und steckte ihn ein.

»Dann mal los«, sagte sie zu ihrem Kollegen.

Beide stiegen aus und sahen sich um. Zu ihrer Linken standen mindestens ein Dutzend Busse nebeneinander aufgereiht. Manche der zugehörigen Fahrer dösten entweder gemütlich zurückgelehnt in ihren Sitzen, während andere draußen beisammenstanden, rauchten und dampfenden Kaffee tranken, während sie sich leise miteinander unterhielten. Einige der Fahrer schienen ziemlich hart gesotten zu sein, denn während er selbst dick eingepackt war, fanden sich andere, die nur einen Pullover trugen, teilweise sogar mit hochgekrempelten Ärmeln.

Am Haupteingang zum Gelände fanden sie eine in einen Holzrahmen eingefasste Schautafel mit Hinweisen auf die diversen Sehenswürdigkeiten des Joulukylä, des Weihnachtsdorfs, in dem sie sich befanden.

»Hunger?«, fragte sie ihren Partner.

Als Antwort ließ sein Bauch ein leichtes Gurgeln erklingen.

»Das bedeutet wohl *Ja*«, meinte sie grinsend. »Komm.«

Sie wandten sich nach rechts und gingen an einem im Stil einer sechseckigen Jurte erbauten Hotel vorbei, wobei sie zahlreichen Touristen ausweichen mussten, die wie aufgescheuchte Hühner umherrannten. Mehr als einmal wurde Valo angerempelt, während er hinter seiner Kollegin herging. Er bemühte sich, nicht die Fassung zu verlieren und wich so gut wie möglich aus. Schließlich, auf der anderen Seite des Hotels, erhob sich ein längliches Gebäude, welches hell erleuchtet war und in sechs Sprachen verkündete, dass es sich um ein Restaurant handelte. Die beiden Beamten putzen sich ihre Stiefel an den dafür vorgesehenen und am Boden verschraubten Bürsten ab und traten ein. Drinnen schlug ihnen eine Welle aus warmer Luft, gepaart mit dem Duft unterschiedlichster Speisen, entgegen. Erneut spürte Valo den Schweiß unter seiner dicken Jacke.

Wenn das mal keine Erkältung gibt, dachte er.

Gemeinsam traten sie an einen schmalen Schalter, hinter dem ein unverkennbar als Mitarbeiter gekleideter älterer Herr stand und sie lächelnd begrüßte.

»Einen Tisch für zwei, bitte«, sagte Larson. »Wenn es geht, an einer etwas ruhigeren Stelle.«

»Gerne«, antwortete der Mann. »Folgen Sie mir bitte.«

Sie taten wie aufgefordert und gingen weiter in das Lokal hinein. Während sie hinter dem Mitarbeiter herliefen, vernahmen sie ein Gemisch aus unterschiedlichsten Sprachen. Valo, der sich rühmte, sprachbegabt zu sein, hörte unter anderem Schwedisch, Deutsch, Französisch, Englisch und natürlich Finnisch. Aber auch einige Fetzen einer Sprache, die er nur grob als fernöstlich einordnen konnte, drangen an sein Ohr.

»Ole hyvä – Bitte sehr«, sagte der Mann und zeigte auf einen Tisch, der sich in der hintersten Ecke des Restaurants befand.

Hier war es zwar nur ein wenig leiser als im vorderen Bereich, aber man nahm, was man kriegen konnte, entschied Larson.

»Kiitos – Danke«, sagte sie, zog ihre Jacke aus und setzte sich auf die Eckbank.

Valo entledigte sich ebenfalls seines Anoraks und setzte sich ihr gegenüber, wobei er darauf achtete, nicht mit dem Rücken zum Raum zu sitzen. Während seiner Arbeit in Helsinki hatte er sich angewöhnt, immer den Überblick behalten und auf alles gefasst sein zu wollen. Larson bemerkte, dass er sich argwöhnisch umsah.

»Gibt es Probleme?«, fragte sie.

»Bisher nicht«, antwortete er. »Aber wenn ich ehrlich sein soll, bringt mich dieser Trubel nicht gerade in Weihnachtsstimmung.«

»Es ist Dezember, und natürlich kommen jetzt deutlich mehr Leute hierher als im Sommer«, sagte Larson. »Aber lass dich davon nicht stressen. Wir müssen nicht lange hierbleiben. Nur einen Happen essen, und dann schauen wir uns im Dorf um.«

»Sind da weniger Leute?«

»Wahrscheinlich nicht, aber sie verteilen sich besser.«

Valo zuckte mit den Schultern, nahm die laminierte Speisekarte zur Hand und studierte sie. Tatsächlich fand er nicht nur einheimische Speisen, sondern auch zahlreiche internationale Gerichte. Von deutscher Bratwurst über französische Küche bis hin zu asiatischen Reisgerichten war so ziemlich alles dabei, was man sich wünschen konnte. Da er aber nicht zu schwer essen wollte, um später nicht träge zu sein, entschied er sich schließlich für einen Teller Erbsensuppe, zwei mit

Butter bestrichene Kartoffelpiroggen und dazu ein Glas Limonade. Larson bestellte sich einen gemischten Salat und ein Glas Wasser. Als sich der Kellner entfernt hatte, zog sie ihr Smartphone hervor, loggte sich in das lokale Gäste-WLAN ein und prüfte ihr Postfach auf neue Nachrichten.

»Hey«, sagte sie zu ihrem Kollegen. »Die DNS-Analyse des Hautstücks ist da.«

»Zeig mal her«, verlangte Valo.

Sie gab ihm ihr Telefon und ließ ihn das Ergebnis lesen.

»Okay, allem Anschein nach handelt es sich um eine Frau«, erklärte er. »Das kann natürlich alles Mögliche bedeuten. Es könnte von seiner Ehefrau stammen, oder auch von einer Geliebten.«

»Oder der Mörder könnte weiblich sein«, warf Larson ein.

»Das ist natürlich ebenfalls nicht auszuschließen«, gab Valo zu. »Statistisch gesehen sind es zwar meist Männer, die Gewalttaten verüben, aber es gab in der Vergangenheit immer wieder Fälle, in denen eine Frau gewalttätig geworden ist. Schreib bitte dem Revier, dass sie bei Karhus Frau vorbeischauen, eine Probe nehmen und sie abgleichen. Von ihrer Schwester möchte ich ebenfalls eine Probe haben.«

»Kein Problem«, sagte sie und schrieb eine kurze Textnachricht.

Als der Kellner wenige Minuten später die gut gefüllten Teller brachte, bemerkte Valo, dass er inzwischen wirklich Hunger hatte. Sein Magen war der gleichen Meinung und knurrte erwartungsvoll. Er nahm die bereitstehende Senftube zur Hand, drückte sie fest und ließ den Inhalt auf seinen Teller fließen. Mit einem Löffel rührte er mehrfach um, bis sich alles ordnungsgemäß vermischt hatte. Die Erbensuppe war heiß und verbrannte ihm fast den Mund, aber das war ihm in diesem Moment egal. Das Essen bahnte sich langsam den Weg durch seine Speiseröhre und verbreitete eine Wärme, die er dringend benötigt hatte. Es dauerte nicht lange, bis er den Teller ausgelöffelt hatte und sich über seine Piroggen hermachte. Genussvoll kaute er und spülte immer wieder mit einem Schluck aus seinem Limonadenglas nach.

Larson indes machte sich über ihren Salat her, der so frisch schmeckte, dass sie unwillkürlich überlegte, woher er wohl stammte. Soweit sie wusste, gab es in der Region um Rovaniemi viele Gemüsebauern, aber zu dieser Jahreszeit war es praktisch unmöglich, etwas anzupflanzen, sofern man kein Gewächshaus hatte. Im Endeffekt war es aber auch zweitrangig, denn sie war zu hungrig, um sich über die unterschiedlichen Möglichkeiten – von Tiefgefrierung bis hin zum Gewächshaus – Gedanken zu machen. Als auch sie ihren Teller leer gegessen hatte, lehnte sie sich zufrieden zurück.

»Das war die beste Erbsensuppe, die ich je gegessen habe«, lobte Valo und schluckte das letzte Stück Pirogge herunter.

»Freut mich«, antwortete Larson. »Magst du noch etwas?«

»Definitiv einen Kaffee.«

Mit erhobener Hand machte sie sich bei dem Kellner bemerkbar, der kurz darauf an ihren Tisch trat, und bestellte zwei große Tassen Kaffee, für ihn schwarz, für sie mit Milch. Auch der Kaffee schmeckte vorzüglich, war belebend und sorgte bei beiden für ein wohliges Gefühl. Valo zog nun ebenfalls sein Telefon hervor und wählte die Nummer des Hotels.

»Hotel *Arctis*, Emilia Halonen, wie kann ich Ihnen helfen?«, meldete sich die Empfangsdame von vorhin.

»Jussi Valo hier. Ist Martti Lehto inzwischen eingetroffen?«

»Nein, tut mir leid.«

»Alles klar, danke«, sagte er und beendete das Gespräch. »Scheint so, als hätten wir noch einige Zeit totzuschlagen.«

»Wie wäre es mit einem Verdauungsspaziergang?«, schlug Larson vor. »Du hast bisher noch so gut wie gar nichts vom Weihnachtsdorf gesehen.«

»Soll mir recht sein.«

Valo winkte den Kellner zu sich und bat um die Rechnung. Der Mitarbeiter nahm ein locker an seinem Gürtel hängendes Gerät zur Hand und tippte kurz darauf herum, bis er dem Polizeibeamten den Apparat vorlegte.

»Ich zahle«, erklärte Larson.

Valo nickte dankend und schob ihr das Gerät hin, woraufhin sie ihre Kreditkarte an das Display hielt. Ein grünes Blinken gab kund, dass die Abbuchung erfolgreich durchgeführt worden war. Der Kellner nahm das Gerät und das dreckige Geschirr und entfernte sich. Die Beamten standen auf, zogen sich an und verließen so schnell wie möglich das schöne, aber sehr laute Lokal.

»Danke für die Einladung«, sagte er draußen.

»Keine Ursache.«

Die schneereichen Wolken hatten sich inzwischen wieder verzogen und Platz gemacht für einen ausgedehnten Sternenhimmel, der allerdings durch die zahlreichen Autoscheinwerfer und Laternen etwas getrübt wurde.

»Wohin jetzt?«, fragte er.

Larson zeigte auf den Haupteingang und stapfte los. Sie passierten den Orientierungspunkt und gingen weiter auf das Gelände, wo sie schon bald zur sogenannten *Snowman World*, einem Hotel, wo es Eisskulpturen zu bewundern gab, gelangten.

»Hast du dazu Lust?«, wollte sie wissen.

»Nein. Du?«

»Nee.«

Einige Meter weiter kamen sie zu einem größeren Platz, an dem sich vor allem Eltern und Kinder tummelten. Valo stellte sich auf die Zehenspitzen, um herauszufinden, was es dort so Besonderes gab. Umringt von Kindern in jeder Altersstufe, stand ein großer roter Schlitten auf dem Platz. An der Front waren insgesamt acht Rentiere angeschirrt, die stoisch nach vorne blickten, als könnte nichts und niemand auf der Welt ihnen etwas anhaben. Hinter dem Hauptschlitten waren noch weitere, etwas kleinere Schlitten angekoppelt. Mithilfe von Aufsehern, die wie Elfen gekleidet waren, füllten sich die Sitzreihen mit Kindern.

»Damit bin ich, als ich noch klein war, auch gefahren«, sagte Larson zu ihm.

Er warf einen kurzen Blick zu ihr und konnte sehen, wie ihre Augen vor Nostalgie leuchteten.

»Möchtest du mitfahren?«, fragte er.

»Nein, dafür bin ich zu alt«, erwiderte sie. »Und zu groß. Ich passe da gar nicht mehr rein.«

»Für die Kleinen ist es sicher ein tolles Erlebnis.«

»Schade, dass du es nie selbst erleben konntest.«

»Macht nichts, dafür hatte ich andere Sachen.«

»Was denn zum Beispiel?«

»Meine Mutter und ich haben gerne Strandausflüge gemacht. Und manchmal sind wir mit dem Boot zur Suomenlinna, der alten Seefestung, gefahren. Das war schön.«

Sie blieben noch einige Minuten stehen und schauten zu, bis sich alle Sitzreihen gefüllt hatten und sich der Schlitten in Bewegung setzte, begleitet von dem vergnügten Johlen der Kinder.

»Wo ist eigentlich der Weihnachtsmann?«, fragte er. »Sollte er nicht den Schlitten fahren?«

»Das machen seine Elfen. Er ist sicher gerade in seiner Hütte und hört sich Kinderwünsche an.«

»Lass uns doch hingehen.«

Einige Meter die Straße herunter gelangten sie an eine Blockhütte, die über und über mit bunt leuchtenden Girlanden verziert war. Ein Schild neben der Tür verkündete, dass hier der einzig wahre Weihnachtsmann wohnte. Glücklicherweise standen hier momentan nicht viele Leute an, sodass es nur etwa zehn Minuten dauerte, bis Valo und Larson das Haus betreten konnten. Drinnen fanden sie eine ebenso reichhaltige Dekoration vor wie draußen, allerdings mit dem Unterschied, dass die Lichter hier nicht flackerten und es obendrein deutlich wärmer war. An einer Wand betrachteten sie ein aus Holz gefertigtes Regal mit ungefähr neunzig Schubfächern, in denen sich Briefe türmten. Darüber stand in Druckbuchstaben vermerkt, dass es sich bei dieser Post um die Briefe an den Weihnachtsmann handelte, die von überallher auf der Welt kamen.

»Wusstest du, dass alles, was hier ankommt, gelesen und beantwortet wird?«, fragte Larson ihren Kollegen.

»Hoffentlich hat er genug Elfen, die ihn dabei unterstützen«, gab er zurück.

»Das hat er auf jeden Fall«, sagte eine Person, die trotz ihrer Verkleidung unschwer als Frau zu erkennen war. »Wir sind sehr viele, und wir helfen ihm gerne.«

»Hallo«, grüßte Valo und beschloss, sich auf das Spiel einzulassen. »Wie viele seid ihr denn?«

»Das ist ein wohlgehütetes Geheimnis unseres Volkes.«

»Schon verstanden«, sagte er lächelnd. »Wo ist denn dein Chef?«

»Komm mit«, sagte sie, winkte und ging voran in ein weiteres Zimmer.

Dort, auf einem Stuhl und neben einem Stapel Geschenke, saß im Licht einer kleinen, aber geschmackvoll geschmückten Tanne der Weihnachtsmann. Er trug, wie man es spätestens seit der berühmten Coca-Cola-Werbung kannte, einen roten Mantel mit weißen Ärmeln. Im Gegensatz zu der Werbefigur hatte dieser Weihnachtsmann aber eine grüne Hose an, während seine Füße in braunen Schnabelschuhen steckten. Auf dem Kopf prangte eine rote Mütze, die ihm bis zur Hüfte reichte und in einem weißen Bommel auslief. Das Haupthaar war lang und strahlend weiß und vereinigte sich auf Höhe des Kinns mit einem prächtigen gelockten Bart, der sich über die Brust und den gewaltigen Bauch hinunter bis zum Gürtel ergoss. Auf der Nase saß eine schmale Lesebrille, deren Gläser in glänzendem Messing eingefasst waren. Obwohl Valo wusste, dass es sich hier lediglich um eine Show handelte, spürte er die angenehme Atmosphäre, die beinahe etwas Magisches an sich hatte.

Der Weihnachtsmann unterhielt sich gerade mit einem etwa vierjährigen Mädchen, das auf seinem Schoß saß und die Finger in seinen Bart vergraben hatte. Es war sehr ruhig hier, sodass Valo die Unterhaltung mithören konnte.

»Was wünschst du dir denn zu Weihnachten?«, fragte der alte Mann mit sanfter, sonorer Stimme.

»Einen Dinosaurier, der etwas sagen kann«, antwortete die Kleine lispelnd.

»Du meinst, er soll so richtig sprechen können?«

»Nein, er soll so machen.«

Das Mädchen holte tief Luft und stieß dann ein lautes Brüllen aus, was den Weihnachtsmann kurz zurückzucken ließ, bevor er herzlich lachte.

»Hohoho, du hast ja ein vortreffliches Organ«, lobte er. »Na, ich werde sehen, was ich machen kann.«

Er warf einen kurzen Blick auf zwei seitlich stehende Erwachsene, die augenscheinlich die Eltern waren, um ihnen zu verstehen zu geben, dass es nun an ihnen lag, den Wunsch ihres Nachwuchses zu erfüllen.

»Gibt es noch etwas, was du gerne hättest?«

»Einen kleinen Bruder.«

Etwas peinlich lächelnd blickten die Mutter und der Vater erst sich und dann den Boden an.

»Ob das so einfach ist, weiß ich nicht«, erklärte der Weihnachtsmann freundlich. »Aber vielleicht können dir deine Eltern behilflich sein.«

»Danke, lieber Weihnachtsmann. Ich habe dich lieb!«

Die Kleine umarmte den alten Mann und drückte ihn fest, bevor sie von seinem Schoß rutschte und sich fröhlich zu ihren Eltern gesellte. Hand in Hand verließen sie den Raum, während das Mädchen in allen Einzelheiten erzählte, was sie gerade erlebt hatte. Die Eltern hörten geduldig zu, obwohl sie natürlich alles wussten. Schließlich waren sie ja die ganze Zeit anwesend gewesen.

»Und wen haben wir denn hier?«, fragte der Weihnachtsmann nun und begutachtete die beiden Neuankömmlinge über den Rand seiner Brille hinweg. »Ihr seht mir etwas älter aus.«

»Mein Kollege hat mir gesagt, dass er noch nie bei dir war«, erklärte Larson. »Ich hoffe, es ist in Ordnung, dass wir hier sind.«

»Selbstverständlich«, bestätigte er lächelnd. »Jeder ist willkommen. Wie heißt du?«, wandte er sich an Valo.

»Jussi.«

»Nun, Jussi, hast du denn einen Weihnachtswunsch?«

»Um ehrlich zu sein, habe ich tatsächlich einen. Aber ob du mir den erfüllen kannst ...«

»Ich werde sehen, was ich tun kann. Erzähl ihn mir.«

»Ich bin auf der Suche nach einem bösen Menschen.«

Als Antwort zog der Weihnachtsmann eine Augenbraue hoch.

»Du musst wissen, dass wir Polizisten sind und momentan in einem schwierigen Fall ermitteln.«

Der Dicke fiel nicht aus der Rolle. »Ich hoffe, dass ihr diesen bösen Menschen findet und ihn seiner Strafe zuführt. Aber ob ich da behilflich sein kann … Das ist eigentlich nicht meine Aufgabe.«

»Das weiß ich natürlich«, meinte Valo und winkte ab.

»Vielleicht hast du aber einen einfacheren Wunsch«, erwiderte er und zwinkerte Larson zu.

»Ich könnte neue Handschuhe gebrauchen. Diejenigen, die ich jetzt habe, sind schon alt und werden nicht mehr lange mitmachen.«

»Ich werde meine Elfen beauftragen, sich darum zu kümmern.«

»Danke.«

»Und wie ist es mit dir?«, wandte er sich an Larson. »Warst du denn schon einmal bei mir?«

»Ja, aber da war ich noch ein Kind. Ich heiße Saari. Was ich wirklich gerne hätte, ist eine gute Mütze. Meine ist schon recht verschlissen.«

»Auch dies werde ich meine Elfen wissen lassen.«

»Ich danke dir.«

»Sehr gerne.«

Der alte Mann warf einen Blick zwischen ihnen hindurch. »Wenn ihr nichts dagegen habt, möchte ich mich nun gerne um die anderen Kinder kümmern.«

»Natürlich. Danke für deine Zeit, lieber Weihnachtsmann«, sagte Larson.

Die Beamten verabschiedeten sich und gingen zurück nach draußen.

»Und, wie findest du es hier?«, fragte sie ihn.

»Schön«, gab er zu. »Obwohl es sich meines Erachtens um eine Touristenfalle handelt, muss ich sagen, dass es mir wirklich gut gefällt. Die Atmosphäre ist angenehm,

und dieser Weihnachtsmann spielt seine Rolle wirklich
gut.«

»Wollen wir noch einen Kaffee trinken?«

»Gern. Aber nicht wieder in diesem lauten Schuppen.«

»Keine Sorge, es gibt noch andere Restaurants hier.«

Sie fanden bald ein etwas abgelegeneres Haus, dessen
Schild am Eingang sowohl Kaffee als auch andere
Heißgetränke versprach. Drinnen setzten sie sich an
den Bartresen und gaben ihre Bestellung auf. Während
sie langsam tranken, zückte Valo erneut sein Smartphone und rief im Hotel an.

»Gut, danke«, sagte er in das Telefon, beendete das Gespräch und wandte sich an Larson. »Er ist endlich da.«

»Schön, Sie wiederzusehen«, sagte Tom, der erneut
beim Aussteigen behilflich war.

Im Foyer hielten sich Valo und Larson dieses Mal
nicht damit auf, ihre Ankunft am Empfangsschalter
kundzugeben, sondern stiegen direkt in den etwas abseits befindlichen Aufzug, der sie in die dritte Etage
brachte. Mit ihnen befand sich eine junge Familie in
der Kabine. Das Kind, ein vielleicht vierjähriger Junge,
musterte Valo, der den Blick erwiderte.

»Hey, hast du Lust auf einen Zaubertrick?«, fragte er.

Der Junge sah um Erlaubnis heischend zu seinen Eltern auf, die bestärkend nickten.

»Ja«, antwortete das Kind schließlich.

Valo ging in die Hocke, bewegte theatralisch die
Hände und sagte: »Abrakadabra, was ist da hinter deinem Ohr?«

Er griff sanft in die Haare des Kindes, ballte die Faust
und brachte sie dann wieder zum Vorschein. Um die
Spannung zu erhöhen, verharrte er einige Sekunden in

dieser Position, bevor er die Faust öffnete und ein Bonbon zum Vorschein brachte.

»Das ist für dich«, erklärte er.

Der Junge bekam leuchtende Augen und streckte die kleine Hand aus, um das Geschenk zu nehmen.

»Danke!«, sagte er mit ehrfürchtiger Stimme.

Valo lächelte. »Gern geschehen. Aber erst essen, wenn es deine Eltern erlauben.«

Das Kind nickte eifrig und strahlte jetzt über beide Wangen.

Mit einem sanften Pling verkündete der Fahrstuhl, in der dritten Etage angekommen zu sein. Die Ermittler stiegen aus, und während sich Larson bereits an dem an der Wand befestigten Wegweiser orientierte, winkte Valo seinem neuen kleinen Freund zum Abschied zu.

»Hier entlang«, sagte sie und zeigte auf das Ende eines langen Flurs, dessen Boden mit dickem Teppich ausgelegt war. Am Zimmer mit der Nummer Drei-Drei-Vier angekommen, klopfte Valo mehrfach laut und vernehmlich an. Kurz darauf wurde die Tür von innen geöffnet.

»Ja, bitte?«, fragte ein Mann mittleren Alters.

»Martti Lehto?«, wollte Valo wissen.

»Ja, der bin ich. Wer sind Sie?«

»Jussi Valo und Saari Larson, Kriminalpolizei. Wir möchten gerne mit Ihnen sprechen.«

»Jetzt sofort?«

»Ja.«

Lehto zog die Tür vollends auf und ließ die Beamten herein. Allem Anschein nach handelte es sich bei diesem Zimmer um eine der teureren Unterkünfte des Hotels. Die Einrichtung war gediegen und verfügte über ein breites Doppelbett, einen großen Wandschrank und eine Minibar. Fast direkt neben dem Eingangsbereich zweigte eine weitere Tür ab, die in ein größeres Bad führte, wie Valo mit einem Blick erkannte, bevor er Lehto seine Aufmerksamkeit zuwandte. Dieser hatte eine sportliche Figur, sein Haar war kurz geschnitten und mit Gel oder Schaum nach hinten gekämmt, und sein Gesicht war vollständig glatt. Die Haut war leicht gerötet, was Valo verriet, dass er sich erst vor wenigen Minuten rasiert haben musste. Lehto trug eine schwarze Anzughose, ein weißes Hemd und passende Schuhe. An einem Bügel hing ein Sakko, das ganz leichte Falten aufwies.

»Darf ich Ihnen etwas anbieten?«, fragte er.

»Nein, danke«, erwiderte Valo. »Wir wollen Sie nicht lange aufhalten.«

»Alles in Ordnung«, beschwichtigte Lehto ihn. »Ich habe für heute keine Termine mehr.«

»Ist ja auch schon spät.«

»Was ist denn der Grund Ihres Besuchs?«

»Wir sind von der Kriminalpolizei Nurmes und möchten mit Ihnen über Herrn Tuomas Karhu sprechen.«

»Und dafür reisen Sie extra hierher? Wir hätten auch telefonieren können.«

»Wir waren sowieso gerade in der Gegend«, log der Beamte.

»Was hat er denn angestellt, dass sich die Kripo für ihn interessiert?«

»Er ist gestorben.«

»Oh … Das wusste ich nicht.«

»Ist auch erst kürzlich passiert.«

»Wie denn, wenn ich fragen darf?«

»Wir ermitteln noch, aber es sieht so aus, als sei er gewaltsam zu Tode gekommen.«

»Oh mein Gott! Sind Sie sich sicher?«

»Ja«, antwortete Valo. »Im Zuge unserer Ermittlungen ist uns aufgefallen, dass Sie und er sich anscheinend gut kannten.«

»Wir waren Geschäftspartner«, sagte Lehto.

»Waren Sie auch Freunde?«

»Ich würde es eine gute Bekanntschaft nennen.«

»Wir haben seinen Terminkalender überprüft. Er hat sich anscheinend oft mit Ihnen getroffen. Worum ging es da?«

»Sie wissen sicherlich, dass er den Tourismus nach Nurmes bringen wollte. Und da er sich mit den Details nicht so gut auskannte, nahm er mich mit ins Boot.«

»Was sollten Sie für ihn tun?«

»Es ging darum, einen Plan aufzustellen, wie Nurmes bekannter werden könnte. Daran angeschlossen sollte ich prüfen, welche Möglichkeiten für Hotels und Erlebnis-Aktivitäten bestehen. Sie wissen ja selbst, dass es außer dem Bomba-Ressort und dem Golfplatz in Hyvärilä dort nicht viel gibt. Außerdem sollte das Konzept die Nachhaltigkeit beachten. Schließlich will heutzutage niemand mehr die Natur in Mitleidenschaft ziehen.«

»Ich verstehe. Wie oft haben Sie mit Karhu gesprochen?«

»Anfangs beinahe täglich, bis wir uns dann darauf geeinigt haben, einmal die Woche zu sprechen.«

»Warum?«

»Weil sich manche Dinge nicht sofort erledigen lassen. Es müssen Leute engagiert werden, Verhandlungen werden geführt, solche Sachen. Das kann schon mal eine Zeit lang dauern.«

»Haben Sie sich bei Ihren Gesprächen persönlich getroffen?«

»Nur etwa einmal im Monat. Es ist ein weiter Weg von Helsinki. Bei den anderen Unterredungen haben wir telefoniert.«

»Wann haben Sie Karhu zuletzt gesehen?«

»Da muss ich kurz nachdenken«, erklärte Lehto und legte die Stirn in Falten. »Vor etwa zwei Wochen.«

»Waren Sie da in Nurmes?«

»Ja.«

»Was wussten Sie über seine sonstigen Termine?«

»Nur, dass er sich öfter mit dem Stadtrat auseinandergesetzt hat.«

»Waren Sie bei den Sitzungen anwesend?«

»Hin und wieder, ja.«

»Ist Ihnen dabei etwas Besonderes aufgefallen?«

»Was meinen Sie genau?«

»Nun ja, ich denke da an Diskussionen über Ihr Projekt.«

»Ich hatte den Eindruck, dass nicht jeder damit einverstanden war, Nurmes für den Tourismus zu erschließen.«

»Das ist sehr diplomatisch ausgedrückt. Wodurch gewannen Sie diesen Eindruck?«

»Es gibt eine bestimmte Gruppe, die sich dafür einsetzt, die Stadt wieder zu dem zu machen, was sie einmal war.«

»Sie meinen die Traditionalisten?«

»Genau die. Besonders eine Person hat sich vehement gegen Tuomas gestellt. Mir fällt nur gerade der Name nicht ein.«

»Valtteri Järvinen?«, soufflierte Valo.

»Ja, genau der.«

»Was halten Sie von ihm?«

»Möchten Sie meine ehrliche Meinung wissen?«

»Selbstverständlich.«

»Dieser Järvinen ist ziemlich arrogant und tut so, als wüsste er allein, was gut für die Stadt ist und was nicht.«

»Haben Sie den Eindruck, dass er das Projekt sabotieren wollte?«, schaltete sich Larson ein.

»Ich weiß nicht, ob Sabotage das richtige Wort dafür ist«, erwiderte Lehto.

»In dem Sinne, dass er auch vor schmutzigen Tricks nicht zurückschrecken würde.«

»Das kann ich Ihnen nicht zweifelsfrei beantworten. Allerdings hat er einigen Einfluss in der Region. Er hat mehrfach angedroht, das Projekt zu stoppen, ist dabei aber nicht ins Detail gegangen, wie er das schaffen wollte.«

»Denken Sie, dass er zu einem Mord fähig wäre?«

»Das weiß ich nun wirklich nicht.«

»Und wie ist es mit Ihnen?«, fragte sie.

»*Wie bitte?*«

»Ich möchte wissen, ob Sie sich dazu in der Lage fühlen, jemanden zu töten.«

»Auf keinen Fall. Warum sollte ich so etwas tun?«

»Sagen Sie es mir.«

»Ich weiß wirklich nicht, worauf Sie hinauswollen.«

»Schon gut«, sagte Valo und legte seiner Partnerin eine Hand auf die Schulter. »Martti, haben Sie mit Karhu wirklich nur eine gute Bekanntschaft gepflegt?«

»Wenn ich es Ihnen doch sage.«

»Und Sie beide haben nie Ihre Erfolge gefeiert?«

»Das natürlich schon.«

»Erzählen Sie uns etwas darüber.«

»Nehmen Sie es mir nicht übel, aber das sind sehr private Dinge, über die ich lieber nicht mit Ihnen sprechen möchte.«

»Doch, ich nehme es Ihnen übel. Ich verrate Ihnen auch gerne, warum. Wir haben einen Toten, der höchstwahrscheinlich ermordet wurde. Wir wollen denjenigen finden, der dafür verantwortlich ist. Und wenn Sie uns nicht Rede und Antwort stehen und uns alles sagen, was wir wissen wollen, verspreche ich Ihnen, dass morgen früh eine ganze Horde von Polizisten in Ihrem Büro und in Ihrem Zuhause auftauchen und alles auf den Kopf stellen werden. Natürlich würde so eine groß angelegte Durchsuchung schnell an die Presse durchsickern. Und da Sie und Ihre Firma bekannt sind, dürfte es so enden, dass Ihr Ruf und der Ihres Unternehmens leiden. Wollen Sie das?«

Lehto mahlte mit dem Unterkiefer und schüttelte schließlich den Kopf.

»Dachte ich es mir doch«, kommentierte Valo die Geste. »Also, was haben Sie und Karhu gemacht, wenn Sie gerade nichts zu tun hatten?«

»Wir haben gemeinsam die eine oder andere Feier besucht.«

»Welche Art von Feier?«

»Sagen wir, dass es sich dabei um etwas … Delikates handelt.«

»Definieren Sie das genauer«, forderte Valo ihn ungerührt auf.

»Es ist mir etwas peinlich, darüber zu sprechen, wenn eine Frau anwesend ist.«

»Machen Sie sich um mich keine Sorgen«, erwiderte Larson. »Ich habe mehr erlebt, als Sie vielleicht glauben.«

»Also?«, hakte Valo nach.

»Es gibt hier in Rovaniemi einen Nachtklub, der nicht nur Alkohol in rauen Mengen anbietet, sondern auch die fleischlichen Gelüste bedient.«

»Sie sprechen von Prostituierten?«

»Ja«, gab Lehto zu.

»Wann waren Sie und Karhu zuletzt auf einer solchen Feier?«

»Vor vier Tagen haben wir uns getroffen und sind dann am Abend ausgegangen.«

»Sie sagten doch gerade, dass Sie ihn zuletzt vor etwa zwei Wochen gesehen haben«, merkte Valo an.

»Damit meinte ich geschäftlich.«

Der Inspektor sah sein Gegenüber missmutig an. »Ab jetzt antworten Sie bitte ganz klar und so, dass es nicht interpretierbar ist.«

Lehto nickte zum Zeichen, dass er verstanden hatte.

»Hat sich Karhu ebenfalls diesen *fleischlichen Gelüsten* hingegeben?«, fuhr Valo fort.

»Ja.«

»Wissen Sie, wer die Frau war, die ihm Gesellschaft geleistet hat?«

»Nein, ich kenne ihren Namen nicht.«

»Wie sah sie aus?«

»Ich kann mich nur noch daran erinnern, dass sie schlank war und helles Haar hatte. Ehrlich gesagt, habe ich nicht so genau hingesehen, da ich selbst … beschäftigt war. Sie wissen ja, wie das mit der Wahrnehmung ist, wenn man getrunken hat.«

Valo tat diese Bemerkung mit einem Kopfnicken ab. Er selbst war in seinem Leben mit unterschiedlichen Frauen zusammen gewesen, allerdings hatte er immer darauf geachtet, sich jederzeit seiner Umgebung bewusst zu bleiben und genau zu beobachten, was seine Freundinnen taten.

Vielleicht war das einer der Gründe, weshalb seine Beziehungen selten länger als ein halbes Jahr gehalten hatten, ging es ihm durch den Kopf. Er schob den Gedanken beiseite und konzentrierte sich wieder auf die Befragung.

»Aber Sie wissen sicher noch, wie der Nachtklub heißt, oder war da Ihre Wahrnehmung ebenfalls beeinträchtigt?«, fragte er spitz.

»Es war das *Polar Bear Night*«, antwortete Lehto.

»Haben Sie in nächster Zeit vor, zu verreisen?«

»Hin und wieder, ja.«

»Beruflich?«

»Normalerweise. Dass ich momentan privat hier in Rovaniemi bin, ist eine absolute Ausnahme. In meiner Position hat man generell nicht viel Freizeit.«

»Warum?«

»Termine mit Partnern, Vor-Ort-Besichtigungen von in Frage kommenden Reisezielen, solche Dinge.«

»Haben Sie keine Angestellten, die das für Sie übernehmen? Ich meine, Sie sind Inhaber und Geschäftsführer eines florierenden Unternehmens.«

»Das ist schon richtig, aber Sie wissen doch sicher selbst, dass es immer wieder Angelegenheiten gibt, um die man sich persönlich kümmern will oder muss.«

»Martti, ich möchte Sie bitten, Ihre Reisetätigkeiten bis auf Weiteres auf das Inland zu beschränken.«

»Warum?«, wollte Lehto wissen.

»Weil Sie für uns erreichbar sein sollen. Da wir mitten in den Ermittlungen stecken und vermutlich noch nicht alle Fakten kennen, können sich noch Fragen entwickeln, auf die wir eine Antwort wollen.«

»Sie können mich jederzeit anrufen, auch wenn ich im Ausland bin.«

»Da Sie und Karhu sich kannten, sind Sie ein wichtiger Zeuge für uns. Und da Sie einer derjenigen sind, die ihn kurz vor seinem Tod gesehen haben ...«

»... gelte ich als Verdächtiger«, vervollständigte Lehto den Satz.

»Ich sehe, dass wir uns verstehen.«

»Nun gut, ich werde schauen, was ich tun kann. Aber ich kann Ihnen nichts versprechen.«

»Dass ich *bitte* gesagt habe, war reine Höflichkeit«, erwiderte Valo. »Tun Sie es. Ansonsten haben wir andere Möglichkeiten, Sie verfügbar zu machen.«

Lehto nickte.

»Gut, dann ist ja alles klar. Vielen Dank für Ihre Zeit und Ihre Offenheit. Sie hören von uns.«

Ohne ein weiteres Wort verließen Valo und Larson das Hotelzimmer und begaben sich wieder in das Erdgeschoss.

»Einen Drink?«, fragte er seine Kollegin. »Ich zahle.«

»Gern.«

Nur einige Meter von der Rezeption entfernt gelangten sie in die Hotelbar, wo sie sich an den Tresen setzten.

»Ein alkoholfreies Bier für mich«, verlangte Valo vom Barkeeper. »Saari?«

»Für mich ein echtes«, antwortete sie.

Der Angestellte griff unter den Tresen und holte zwei Gläser hervor. Aus dem Kühlschrank hinter sich nahm er zwei Flaschen, öffnete sie und goss seinen Gästen ein.

»Auf dein Wohl«, prostete Valo seiner Partnerin zu.

Sie stießen an und tranken einige Schlucke.

»Scheint so, als hätte Karhu nicht so eine saubere Weste, wie viele denken«, sagte er.

»Feiern sind ja eine Sache, aber Nutten?«, antwortete Larson.

»Weißt du, ich bin ja eher von der pragmatischen Sorte. Solange jemand gute Arbeit leistet, ist mir sein Privatleben egal. Und wenn er sich mit käuflichen Damen einlassen will, muss er das mit seinem eigenen Gewissen ausmachen. Jetzt lass uns mal schauen, wo sich dieser *Polar Bear Nightclub* befindet.«

Larson zog ihr Smartphone aus der Tasche und wandte sich an den Barkeeper, der gerade einige Gläser wusch. »Hey, habt ihr ein Gäste-WLAN? Und wenn ja, wie lautet das Passwort?«

»Bitte bestellen Sie.«

»Haben wir doch gerade.«

»Nein, das ist das Passwort. Nur kleine Buchstaben und zusammengeschrieben.«

»Netter Trick. Danke.«

Sie verband ihr Telefon mit dem drahtlosen Netzwerk und rief die Suchmaschine auf, wo sie den Namen des Nachtklubs und die Ortschaft eingab. Innerhalb einer Millisekunde erschien der gesuchte Eintrag.

»Lentokentäntie«, las sie vor und schaltete auf die Kartenansicht. »Zwischen Flughafen und Weihnachtsdorf. Hier ist eine Telefonnummer. Wollen wir direkt anrufen?«

»Ich spreche lieber persönlich mit den Leuten wegen der visuellen Reaktion. Wann öffnet der Laden denn?«

»Um zwanzig Uhr. Also in vier Stunden.«

»Reichlich Zeit«, stellte Valo fest. »Gibt es noch eine andere Adresse? Ein Verwaltungsbüro vielleicht?«

»Steht hier nicht.«

»Na gut«, sagte er seufzend und traf eine Entscheidung. »Wir werden heute nicht mehr nach Nurmes zurückfahren. Mal sehen, ob wir hier ein Zimmer bekommen.«

Er nahm noch einen Schluck von seinem Bier und ging zurück zum Empfangsschalter. Inzwischen hatte die Empfangsdame allem Anschein nach Feierabend gemacht, denn hinter dem Tresen erwartete ihn ein schätzungsweise vierzigjähriger Mann mit schütterem Haar.

»Guten Abend«, begrüßte er den Beamten.

»Hallo. Ich möchte bitte zwei Zimmer für eine Nacht.«

Der Mitarbeiter betrachtete kurz seinen Monitor. »Wir sind leider so gut wie ausgebucht«, sagte er. »Ich habe nur noch ein Zimmer zur Verfügung.«

»Doppelbett oder zwei Einzelbetten?«

»Weder noch. Das Zimmer verfügt über ein Bett für eine Person. Ich bedaure.«

»Was wird es kosten, ein zweites Bett zu organisieren? Sie haben doch sicher Ersatzbetten zur Verfügung. Muss auch nichts Ausgefallenes sein, eine Matratze mit Kissen und Decke genügt vollauf.«

Der Mitarbeiter tippte auf seiner Tastatur herum. »Das Zimmer selbst beläuft sich auf vierhundert Euro, inklusive Frühstück. Eine zweite Schlafgelegenheit erhöht den Preis um einhundert Euro, zuzüglich dreißig Euro für das Frühstück.«

Valo betrachtete den Hotelangestellten skeptisch und überlegte. »Können Sie das Zimmer für einige Minuten zurückhalten?«, bat er schließlich.

»Ja, das ist machbar.«

Der Kriminalbeamte wandte sich ab und zog sein Smartphone aus der Tasche. Er fütterte die Online-Suchmaschine mit den Begriffen *Rovaniemi, Unterkunft, zwei Personen* und prüfte die Ergebnisse. Was ihm angezeigt wurde, war nicht gerade zufriedenstellend, denn entweder waren alle Hotels der Umgebung ausgebucht, oder es wurden horrende Preise genannt.

Der Mitarbeiter räusperte sich. »Wenn Sie gestatten, habe ich einen Tipp für Sie. Schauen Sie mal bei den privaten Inseraten, da haben Sie vielleicht mehr Glück. Meist gibt es auf *Rovanet* noch etwas.«

Valo gab den genannten Namen ein und fand sich auf einer schmucklosen, aber intuitiv gestalteten Webseite wieder. Er gab seine Anforderungen ein, scrollte durch die Ergebnisse und studierte die Einträge. Anscheinend waren die privaten Anbieter ebenso gierig wie die Hotels, denn alles, was er fand, war seines Erachtens maßlos überteuert. Als er schon entnervt aufgeben wollte, ploppte eine Meldung auf, die verkündete, dass soeben ein neues Inserat erschienen war. Er öffnete es und betrachtete die Informationen eingehend. Die kleine Wohnung, die angepriesen wurde, war zwar nicht wesentlich billiger als das Hotelzimmer, aber dafür verfügte es über zwei Zimmer, eine Küche und ein recht geräumiges Bad. Natürlich durfte auch die obligatorische Sauna nicht fehlen.

Er zog sein Smartphone heraus und wählte die Nummer seines Dienststellenleiters in Nurmes.

»Valo hier«, meldete er sich. »Ich bin mit Larson in Rovaniemi und benötige eine Unterkunft ... Ja, ich habe bereits eine gefunden.«

»Was kostet uns das?«, wollte Niemi wissen.

Valo nannte den Preis.

»Bisschen teuer, finden Sie nicht auch?«

Valo verdrehte die Augen. Er mochte solche Diskussionen nicht. »Schon, aber die Alternative ist ein noch teureres Hotel. Und im Auto zu schlafen kommt nicht infrage.«

»Das wird zwar unserer Buchhaltung nicht gefallen, aber das kriege ich schon durch. Okay, Sie haben meine Erlaubnis.«

»Herzlichen Dank«, erwiderte Valo und beendete das Gespräch.

Er rief die App auf und drückte auf *Buchen*, gab auswendig seine Kreditkartendaten ein und wartete auf die Bestätigung.

»Danke«, sagte er zum Empfangsmitarbeiter. »Ich werde das Zimmer nicht benötigen.«

»Freut mich, dass Sie etwas gefunden haben. Schönen Abend noch«, sagte der Mann lächelnd.

Als Nächstes öffnete Valo das Adressbuch in seinem Telefon und wählte die Nummer seiner Nachbarin in Nurmes. Nach dem zweiten Freizeichen wurde die Verbindung hergestellt.

»Turunen.«

»Eevi, hier ist Jussi.«

»Na, du Herumtreiber«, antwortete sie fröhlich. »Was verschafft mir die Ehre?«

»Ich weiß, dass du kein langes Drumherum magst, darum komme ich gleich auf den Punkt. Ich bin beruflich unterwegs und schaffe es heute nicht mehr nach Hause. Hast du Zeit, dich um Sauli zu kümmern?«

»Natürlich«, sagte Eevi umgehend. »Wie lang wirst du wegbleiben?«

»Ich schätze mal, dass ich morgen Abend wieder zu Hause bin, aber für den Fall, dass ich es nicht schaffe, könntest du dann noch mal nach ihm gucken?«

»Verlass dich auf mich.«

»Du bist ein Schatz«, sagte Valo aufrichtig. »Ich schulde dir was.«

»Nicht mehr als sonst«, gab sie zurück.

»Den üblichen Schnaps?«

»Und eine Tafel Schokolade. Aber eine von den guten.«

»Bekommst du. Ich danke dir.«

»Für den kleinen Sauli mache ich doch alles.«

»Willst du gar nicht wissen, wo ich bin?«

»Nein.«

Während es Valos Arbeitsbeschreibung beinhaltete, neugierig zu sein und die Nase in anderer Leute Angelegenheiten zu stecken, praktizierte Eevi Turunen das Gegenteil. Sie hatte bereits vor vielen Jahren damit aufgehört, sich mit den, wie sie es formulierte, *Belanglosigkeiten* anderer zu beschäftigen. Dies sowie ihre ehrliche Art hatte Valo sofort imponiert, als er sie kurz nach seinem Einzug kennengelernt hatte.

»Dann halte ich dich nicht länger auf«, sagte er. »Wir sehen uns.«

»Bis bald«, antwortete sie und legte auf.

Valo steckte sein Telefon ein und ging zurück zur Bar. »Die hatten hier nichts Brauchbares mehr frei«, erklärte er Larson. »Aber ich habe etwas anderes gefunden. Ist eine schicke, kleine Privat-Wohnung am Stadtrand.«

»Zeig mal her«, verlangte sie.

Er rief das Inserat auf und neigte das Display so, dass sie es sehen konnte.

»Sieht nett aus«, bestätigte sie. »Ist das auch bestimmt frei?«

»Ich habe die Bestätigung bereits bekommen. Wenn wir ausgetrunken haben, fahren wir hin, holen den Schlüssel und richten uns ein.«

Als sie nach einigen Minuten ihre Gläser geleert hatten, bezahlte Valo für sie beide und verließ mit seiner Partnerin das Hotel.

Bei der Privat-Unterkunft im Südwesten von Rovaniemi handelte es sich um ein schmales, zweistöckiges Reihenhaus, dessen Wände im für Finnland üblichen kräftigen Rot gestrichen waren. Aus dem Schornstein qualmte eine dicke Wolke weißen Rauches hervor, der sich im aufgekommenen Wind kräuselte. Im Gegensatz zum Stadtzentrum war es hier sehr ruhig, wie Valo feststellte, als er den Motor abgeschaltet hatte und ausgestiegen war. Inzwischen war das Thermometer auf minus zwanzig Grad Celsius gefallen, der Himmel war klar, und über ihnen breitete sich das Sternenzelt aus. Auf den wenigen Metern vom Auto bis zur Haustür knirschte der gefrorene Schnee unter seinen Schuhen. Er wollte gerade klingeln, als die Tür bereits von innen geöffnet wurde und ein rundes, rotwangiges Gesicht offenbarte.

»Terve – Hallo«, grüßte die Frau, der das Gesicht gehörte, mit einem fröhlichen Lächeln.

Valo und Larson grüßten auf dieselbe Weise zurück.

»Kommt herein, ihr friert euch doch alles ab«, sagte die Frau und winkte die Neuankömmlinge ins Haus.

Sie säuberten ihre Schuhe am vor dem Eingang bereitstehenden Bürstengestell und traten dann ein. Innen wurden sie von einer behaglichen Wärme empfangen. Die Stiefel stellten sie auf einer Gummimatte ab, hängten ihre Jacken an den Kleiderhaken und zogen ihre Mützen und Handschuhe aus.

»Legt eure Kleidung ruhig auf die Heizung«, sagte die Frau. »Habt ihr gut hierhergefunden?«

»Ja«, antwortete Valo.

»Ich heiße übrigens Jutta, aber das wisst ihr sicher schon.«

»Ja, ich habe deinen Namen im Inserat gesehen.«

»Möchtet ihr etwas trinken?«

»Das wäre schön, aber erst einmal hätten wir gerne die Schlüssel.«

»Ich Dummerchen«, sagte Jutta lachend. »Tut mir leid, ich mache das erst seit Kurzem und bin etwas nervös.«

Valo lächelte leicht zum Zeichen, dass alles in Ordnung war. Umständlich kramte Jutta in ihren Hosentaschen, bis sie schließlich einen Ring mit zwei Messingschlüsseln fand.

»Der Größere ist für die Haustür, der andere für den Erdkeller.«

»Du schließt den Keller ab?«

»Wir lagern dort Lebensmittel und Heizholz«, erklärte sie. »Leider gibt es heutzutage Menschen, die sich ungefragt bei anderen bedienen.«

Valo nahm den Bund entgegen und steckte ihn ein. »Ich bin froh, dass ich dein Inserat gefunden habe. Es gibt momentan kaum ein freies Zimmer.«

»Du hattest Glück«, erwiderte sie. »Derjenige, der es eigentlich gebucht hatte, ist im letzten Moment abgesprungen. Na ja, zumindest muss er einen Teil der Zahlung als Stornogebühr abdrücken.«

»Dann kannst du das ja mit unserer Zahlung verrechnen.«

Jutta sah den Beamten unsicher an.

Valo hob die Mundwinkel zu einem Lächeln. »Tut mir leid, war ein blöder Scherz. Wir zahlen natürlich den vollen Preis.«

Jetzt lächelte auch sie wieder. »Das Haus gehört selbstverständlich komplett euch«, versicherte sie. »Ich bin nur hier, um zu gucken, dass alles in Ordnung ist. Ihr sollt es ja sauber und gemütlich haben. Dann verschwinde ich jetzt mal wieder.«

»Du wohnst gar nicht hier?«

»Nein, mein Mann und ich leben in der Stadt. Er ist recht gebrechlich, müsst ihr wissen.«

»Und dann lagert ihr eure Sachen hier draußen?«

»Das ist der beste Platz. In unserer Stadtwohnung haben wir nicht viele Aufbewahrungsmöglichkeiten. Ihr könnt euch aber gerne dort bedienen, ist im Preis inbegriffen.«

»Das ist sehr lieb von dir«, sagte Larson lächelnd.

Für einige Momente standen die drei Finnen schweigend voreinander.

»Ich schätze, ihr wollt jetzt eure Ruhe haben«, ergriff Jutta wieder das Wort. »Ich bin auch gleich weg. Habe ich das übrigens richtig gelesen, dass ihr nur eine Nacht hier sein wollt?«

»So ist der Plan«, bestätigte Valo. »Aber sollten wir das Haus länger brauchen, könnten wir spontan noch eine weitere Nacht buchen?«

»Aber natürlich«, sagte Jutta fröhlich. »Die ursprüngliche Buchung sollte eine Woche dauern, es ist also genug Zeit, wenn ihr wollt. Auf dem Tisch liegt ein Zettel mit meiner Telefonnummer. Ruft einfach an oder schreibt mir eine Nachricht, wenn ihr länger bleiben wollt. Ich arrangiere dann alles.«

»Vielen Dank«, sagte Larson.

»Sehr gerne. Schönen Abend wünsche ich euch!«

»Dir auch.«

Jutta zog ihre Winterkleidung über, verabschiedete sich und verließ das Haus.

»Schauen wir uns doch mal an, was wir hier haben«, sagte Valo.

Als Erstes betraten sie die Küche und nahmen sie genauer in Augenschein. Sie waren zwar noch von ihrem frühen Abendessen im Weihnachtsdorf gesättigt, aber Valo war dennoch erfreut, zu sehen, dass der Kühlschrank mehrere Wurst- und Käsepackungen sowie einen Laib Brot beinhaltete. Außerdem fand er die eine oder andere Fertigmahlzeit vor.

»Kaffee?«, fragte Larson.

»Nur ein Wasser«, antwortete er. »Möchtest du einen Imbiss?«

»Vielleicht später.«

Sie befüllte die fast schon als altertümlich zu bezeichnende Maschine mit Wasser, legte einen Filter ein, häufte Kaffeepulver hinein und schaltete das Gerät dann an. Während die Maschine leise vor sich hin blubberte, gingen sie zurück ins Wohnzimmer und von dort aus in das schmale, aber aufgeräumte Schlafzimmer.

»Ein Doppelbett«, kommentierte Valo.

»Sag bloß, dass du noch nie mit einer Frau gemeinsam in einem Bett geschlafen hast.«

»Doch, aber das war selten mit einer Kollegin.«

»Ich kann gerne auf der Couch schlafen, die sieht gemütlich aus.«

»Nichts da«, widersprach er ihr. »Du bekommst das Bett, ich nehme die Couch.«

»Du bist ja ein richtiger Gentleman.«

»In mir stecken Qualitäten, von denen du nichts ahnst, liebe Saari«, erwiderte er mit einem Zwinkern, das Larson kichern ließ.

Valo ging zu dem aus schwerem Holz gefertigten Bettgestell, klemmte sich eine Decke und ein Kopfkissen unter den Arm und trug beides auf das mit cremefarbenem Stoff bezogene Sofa im Wohnzimmer. In einem kleinen Hochschrank fand er ein Laken, das er ebenfalls zur Couch brachte, aber noch nicht ausbreitete. Larson ging derweil in die Küche und holte eine große Porzellantasse und ein Glas aus dem Abtropfschrank. Als der Kaffee schließlich durchgelaufen war, goss sie ihn in ihre Tasse, befüllte das Glas mit Leitungswasser, stellte beides auf den schmalen Küchentisch und fand nach etwas Suchen auch Zucker und Milch.

»Essen ist fertig«, rief sie amüsiert.

Valo kam zu ihr und nahm sein Glas entgegen. »Danke.«

»Ist es nicht seltsam?«, fragte sie versonnen.

»Was genau?«

»Wir arbeiten erst seit einigen Monaten zusammen. Hättest du gedacht, dass wir so schnell gemeinsam wohnen?«

Valo verzog den Mund zu einem schiefen Grinsen. »Wenn man es so betrachtet ... Aber einen Rekord haben wir nicht aufgestellt. Ich kenne einige Paare, die schon nach einer Woche zusammengezogen sind. Und genauso schnell sind sie auch wieder auseinandergegangen, weil sie sich gegenseitig nicht ertragen haben. Da halte ich es lieber gemächlich. Ich wette übrigens mit dir, dass du bereits morgen früh genug von mir haben wirst.«

»Warum?«

»Ich schnarche.«

»Mein Vater hat auch geschnarcht. Als Kind hörte sich das für mich an, als sei ein Sägewerk bei uns eröffnet worden. Ich bin also einiges gewöhnt.«

Der Beamte lachte. »Gut, so schlimm ist es bei mir dann doch nicht.«

»Ich finde übrigens, dass wir die örtliche Polizeidienststelle über unsere Anwesenheit informieren sollten.«

»Wie kommst du darauf?«

»Ich bin zwar noch relativ neu im Geschäft, aber selbst ich weiß, dass es gar nicht gern gesehen wird, wenn man im Revier eines anderen *wildert*.«

»Da hast du natürlich recht. Okay, ich rufe gleich an.«

Er trank noch einen Schluck aus seinem Glas, holte dann sein Smartphone aus der Tasche und wählte die Telefonnummer der lokalen Polizei.

»Polizeizentrale Rovaniemi, guten Abend«, meldete sich eine junge weibliche Stimme.

»Mein Name ist Jussi Valo«, sagte er. »Ich bin Kriminalinspektor aus Nurmes und möchte gerne mit dem zuständigen Dienststellenleiter sprechen.«

»Einen Moment, ich verbinde«, antwortete die Frau.

»Iriina Marin«, meldete sich wenige Sekunden später eine andere, aber älter klingende weibliche Stimme.

»Jussi Valo, moi. Ich bin Kriminalinspektor aus Nurmes und befinde mich momentan mit meiner Kollegin Saari Larson in Rovaniemi.«

»Machen Sie hier Urlaub?«

»Schön wäre es. Wir untersuchen einen Mord, der sich kürzlich in Nurmes ereignet hat. Unsere Ermittlungen haben uns hierhergeführt.«

»Brauchen Sie Unterstützung?«

»Bisher nicht«, erklärte er. »Wir haben bereits jemanden befragt, der mit dem Opfer beruflich zu tun hatte und wollen nachher weitermachen.«

»Und wann wollten Sie mir davon erzählen?«

»Ich tue es doch gerade. Hören Sie, Iriina, wir wollen nicht einfach so in Ihrem Revier herumstromern. Wir spielen mit offenen Karten. Wenn Sie möchten, treffen wir uns und erklären Ihnen die Details.«

»Einverstanden. Kommen Sie bitte in einer halben Stunde zur Dienststelle, dann reden wir. Trinken Sie Kaffee?«

»Ja, gern.«

»Alles klar. Bis dann.«

Marin legte ohne Verabschiedung auf.

»Ist ja gut gelaufen«, kommentierte Larson.

»So knapp, wie sie geantwortet hat, glaube ich, dass sie ein Arbeitstier ist und keine Lust auf langes Gerede hat. Sie will Fakten und keine Floskeln. Gefällt mir.«

»Lass uns gleich losfahren«, sagte sie. »Es fängt wieder an zu schneien, und ich denke, dass wir nicht zu spät bei ihr sein sollten.«

»Einverstanden.«

Da der Verkehr ruhiger als angenommen war, schafften sie es, zehn Minuten früher als vereinbart am Polizeirevier anzukommen. Valo und Larson vertraten sich noch ein wenig die Beine, bis es Zeit war, das Gebäude im Zentrum der Stadt zu betreten. Am Empfangsschalter meldeten sie sich an und wurden vom dort postierten Beamten anhand einer knappen Beschreibung durch das Gebäude gelotst.

Marins Büro befand sich zwar am jenseitigen Ende des Flurs, aber da das Gebäude nicht allzu groß war, kamen die Ermittler schnell dorthin. An der mit Laminat verkleideten Tür, an deren Seite ein Schild den Namen der Kommissarin verkündete, blieben sie stehen, klopften leise an und warteten, bis von innen ein *Herein!* gerufen wurde.

»Moi«, grüßte Valo, der als Erstes eintrat.

»Moi«, erwiderte Marin.

Sie war ungefähr einen Meter siebzig groß, hatte schulterlanges, zu einem strengen Zopf gebundenes blondes Haar und – so weit der Inspektor erkennen konnte – eine athletische Figur. Marin saß hinter einem aus Resopal gefertigten Tisch und hatte die Hände auf der Ablagefläche gefaltet. Valo spürte sofort die Autorität der Frau.

Mit der ist nicht zu spaßen, schoss es ihm durch den Kopf.

Vor dem Tisch standen zwei Klappstühle bereit. Larson setzte sich auf den linken, während er auf dem rechten Stuhl Platz nahm.

»Danke, dass Sie Zeit für uns haben«, begann er das Gespräch.

»Lassen wir die Förmlichkeiten. Ich bin wütend«, erwiderte sie.

»Warum?«

»Sie wissen ganz genau, dass man nicht einfach so irgendwo hingeht, wo man keine Jurisdiktion hat und anfängt, Leute zu befragen. Wollen Sie mir wirklich weismachen, dass Sie so beschäftigt waren, dass Sie sich erst jetzt bei mir melden konnten?«

»So etwas Ähnliches wollte ich Ihnen tatsächlich auftischen, aber ich dachte mir schon, dass Sie sich damit nicht abfinden würden, also werde ich ehrlich sein.«

»Ich höre.«

Valo gab einen kurzen Abriss der bisherigen Geschehnisse und ließ dabei auch nicht aus, dass er und Larson einen Abstecher ins Weihnachtsdorf gemacht hatten. Marin betrachtete die beiden Kollegen abwechselnd, ohne eine Miene zu verziehen. Als er fertig war, lehnte er sich zurück und wartete.

»Nun gut«, sagte Marin schließlich. »Nur, um sicher zu sein: Sie haben mir nichts verschwiegen?«

»Nein.«

»Und da sind Sie sich ganz sicher?«

»Wenn ich es Ihnen doch sage. Wollen Sie mich an einen Lügendetektor anschließen?«

Sie überging die Spitze und schüttelte kurz den Kopf. »Meinetwegen. Sie sind jetzt hier, und ich werde damit umgehen. Ist ja auch nicht so, als hätten Sie großen Schaden angerichtet, also wollen wir mal die Kirche im Dorf lassen. Sie haben die Freigabe, weiterzumachen. Wenn Sie Unterstützung benötigen, lassen Sie es mich wissen. Sollte ich nicht im Büro sein, wird Sie die Zentrale zu meinem Diensthandy weiterleiten. Damit wir uns aber nicht falsch verstehen: Ich will über jeden Ihrer Schritte informiert sein. Verstanden?«

»Auch, wenn wir einen Kaffee trinken gehen?«, fragte Valo halb im Scherz.

»Belassen wir es bei Dingen, die der Ermittlung dienen. Was haben Sie als Nächstes vor?«

»Wir wollen dem Besitzer des *Polar Bear Nightclubs* einen Besuch abstatten.«

»Matias Aho?«, fragte Marin. »Bei dem sollten Sie aufpassen.«

»Warum?«

»Weil er – verzeihen Sie den Ausdruck – ein arrogantes Arschloch ist.«

»Damit kommen wir zurecht.«

»Wenn Sie das sagen … Was wollen Sie denn von ihm?«

»Wie ich schon erklärt habe, waren Tuomas Karhu und Martti Lehto Gäste bei ihm. Wir wollen von ihm wissen, wer noch dabei war.«

»Und dann?«

»Dann sehen wir weiter.«

»Soll ich Ihnen zwei meiner Leute zur Verfügung stellen?«

»Wird das nötig sein?«

»Aho ist nicht unbedingt das, was man einen unbescholtenen Bürger nennt. Im Laufe der Jahre bin ich das eine oder andere Mal mit ihm aneinandergeraten. Wir wissen, dass er Dreck am Stecken hat, aber bisher konnten wir ihm nichts Stichhaltiges nachweisen.«

»Gut zu wissen, danke«, sagte Valo. »Ich denke, dass es in diesem Fall sinnvoll ist, wenn zwei von Ihren Leuten vor seiner Tür stehen und Präsenz zeigen.«

»Wird erledigt«, erklärte sie. »Noch etwas, das ich wissen muss?«

»Nein, das ist erst einmal alles. Danke für Ihre Unterstützung.«

Valo stand auf und reichte Marin als Friedensangebot die Hand. Nach einigen Sekunden stand sie ebenfalls auf und nahm die Geste an. Nachdem sich Larson und sie ebenfalls die Hände geschüttelt hatten, verabschiedeten sich die beiden Kriminalinspektoren und verließen das Büro.

»Das ist ja noch mal gut gegangen«, kommentierte Larson.

»Sie hätte es auch auf eine Konfrontation mit uns ankommen lassen können, aber sie weiß genauso gut wie wir, dass das nur Zeitverschwendung gewesen wäre. Dafür scheint sie mir zu sehr Polizistin zu sein, als dass sie ihre Zeit mit Grabenkämpfen vergeuden würde. Wie weit ist es bis zum Club?«

»Vielleicht zehn, fünfzehn Minuten.«

»Fahren wir.«

Der Club im Norden der Stadt hatte offiziell noch nicht geöffnet, was Valo und Larson dazu nötigte, im Wagen sitzen zu bleiben und zu warten. Dieser Umstand kam ihnen allerdings in der Hinsicht zugute, dass sie sich die Details des Gebäudes, einer ehemaligen und für den aktuellen Zweck umgebauten Lagerhalle, einprägen konnten. Das gesamte Gelände war eingezäunt, und in regelmäßigen Abständen waren tragbare Laternen aufgestellt, welche die Umgebung ausleuchteten. Obwohl die große Doppeltür am Haupteingang noch geschlossen war, standen zwei stämmige Männer in schwarzen Hosen und Bomberjacken davor und rauchten. Von der Statur her ähnelten sie Preisboxern, und einer von ihnen hatte ein Tribal-Tattoo auf der rechten Gesichtshälfte. Der andere trug einen dichten Bart, der am Kinn geflochten war und wie ein dickes Tau wirkte. Zum Ausgleich hatte er keinerlei Haupthaar, wodurch sich das künstliche Licht auf seinem Kopf widerspiegelte. Auf Valo machten die beiden Männer den Eindruck, dass sie nicht lange fackeln würden, sollte ein etwaiger Störenfried versuchen, zu randalieren. In einigem Abstand zu ihnen bildeten sich mehrere Gruppen von jungen Leuten, die geduldig darauf warteten, eingelassen zu werden. Valo sah die eine oder andere Schnapsflasche kreisen und überlegte, ob die Jugendlichen bereits alt genug waren, Alkohol konsumieren zu dürfen. Da es aber heute nicht seine Aufgabe war, den Jugendschutz durchzusetzen, legte er diese Gedanken unter *Müßiges Grübeln* ab.

Um Punkt zwanzig Uhr wurden auf dem Dach der Halle mehrere Flutlichter angeschaltet und schickten ihre bunten Strahlen in den Nachthimmel.

»Wollen wir?«, fragte Larson.

»Wir wollen«, antwortete Valo.

Sie stiegen aus, gingen aber nicht auf den Eingang zu, sondern wandten sich zur Straße, wo ein Streifenwagen gut sichtbar postiert war. Der Inspektor klopfte an die Fahrerscheibe. Der Streifenpolizist ließ die Scheibe herunter.

»Passen Sie bitte auf und melden Sie uns alles, was Ihnen verdächtig vorkommt«, verlangte Valo.

»Natürlich«, bestätigte der Uniformierte. »Wir kennen den Laden, also können Sie sich auf uns verlassen.«

Der Inspektor nickte zur Bestätigung. Mit Larson neben sich ging er zum Eingangsbereich und schoben die auf Einlass wartenden Jugendlichen relativ sanft, aber bestimmt zur Seite.

»Hey Opa, was soll das?«, schimpfte ein besonders mutiger und sichtlich angetrunkener Junge.

Valo betrachtete den Jugendlichen mit einem durchdringenden Blick, der besagte: *Leg dich nicht mit mir an, Bursche.* Der Jugendliche, benebelt vom Schnaps, schien dennoch zu verstehen und zog sich zurück. Als sie bei den Türstehern ankamen, baute sich der Tätowierte vor den beiden Beamten auf.

»Hinten anstellen«, forderte er mit einer rumpelnden Stimme, die Valo unwillkürlich an das Geräusch eines Steinschlags erinnerte.

»Jussi Valo und Saari Larson, Kriminalpolizei«, sagte er selbstbewusst und zog seinen Dienstausweis hervor. »Wir wollen mit dem Chef dieses Ladens sprechen.«

Der Tätowierte schien keineswegs beeindruckt, während er die Ausweise eingehend betrachtete. Nachdem er nach einigen Sekunden anscheinend genug gesehen hatte, wandte er sich etwas ab und griff an sein Revers, wo sich, wie Valo erkannte, ein kleines Mikrofon befand. Der Türsteher brummte einige Worte in einer fremden Sprache und schien dann der Antwort zu lauschen.

»Sie dürfen eintreten«, informierte er die Kriminalpolizisten jetzt. »Drinnen wird Sie einer meiner Kollegen erwarten und zu Matias bringen. Ihre Waffen müssen Sie allerdings am Tresen abgeben.«

»Wie kommen Sie darauf, dass wir bewaffnet sind?«, fragte Valo unschuldig.

Der Tätowierte hob zur Antwort die linke Augenbraue.

»Sie können uns gerne einer Leibesvisitation unterziehen, wenn Sie das beruhigt. Aber ich muss Sie warnen, ich bin kitzelig.«

Der stämmige Mann schien darüber nachzudenken und gab dann seinem Kollegen ein Zeichen, die Tür zu öffnen. Drinnen wurden Valo und Larson von flackernden Lichtern und lauter Musik empfangen. Valo spürte, wie der harte Bass rhythmisch in seinem Bauch hämmerte. Wie angekündigt, wartete bereits ein weiterer Mitarbeiter auf sie, der den beiden Männern vor der Tür in Bezug auf Statur und martialischem Aussehen in nichts nachstand. Da die Musik so laut war, dass man kein Wort verstehen konnte, signalisierte Valo ihm, dass sie folgen würden. Ihr Begleiter führte sie zu besagtem Tresen, wo sie ihre Waffen abgaben und im Gegenzug schmale Plastikchips erhielten, auf denen Nummern eingestanzt waren. *Der Schrank*, wie Valo ihn im Geiste getauft hatte – er überragte den Inspektor um zwei Köpfe – bedeutete ihnen, dass sie ihre Arme ausstrecken sollten.

Die Beamten taten wie verlangt und ließen sich von oben bis unten abtasten. Entgegen Larsons Befürchtung passte der Hüne auf, sie nicht an delikaten Stellen zu berühren. Als er fertig war, machte er eine Geste zum Zeichen, ihm zu folgen. Er ging voran und führte die Beamten am Rand der weitläufigen Tanzfläche entlang, auf der sich bereits das eine oder andere Pärchen tummelte und zu Getto-Rap tanzte. Valo war froh darüber, schon vor mehreren Stunden gegessen zu haben, denn der Bass wummerte und hämmerte so stark, dass sich sein Bauch stetig hob und senkte. Am anderen Ende der Halle gelangten sie schließlich zu einer Stahltür, die von einem weiteren Muskelpaket bewacht wurde. *Der Brocken*, wie Valo diesen Mitarbeiter taufte, öffnete die Tür und ließ *den Schrank* sowie die Beamten ein. Als sich die Stahltür hinter ihnen schloss, atmete der Inspektor unwillkürlich auf. Hier war es deutlich ruhiger, und die wummernde Musik war nur noch leise vernehmbar. Sie wurden durch einen langen, aus rohem Beton gefertigten Flur geführt, bis sie am anderen Ende an eine weitere Stahltür gelangten. *Schrank* blieb stehen und schien auf etwas zu warten. Valo überlegte, was das sein könnte und wollte bereits fragen, als ein sonores Brummen erscholl. Anscheinend war die Tür durch ein elektronisches Schloss gesichert, das nun von innen entriegelt wurde.

»Ziemlich viel Aufwand für einen Nachtklub«, flüsterte er Larson zu.

Sie hob zur Antwort ansatzweise die Schultern, antwortete aber nicht. Valo spürte ihre Nervosität.

»Hey, kein Grund zur Beunruhigung«, sagte er. »Wir wollen nur mit ihm reden, und außerdem sind wir von der Polizei. Wir haben jedes Recht, hier zu sein.«

Die Tür schwang nach innen auf, und *Schrank* gab ihnen mit einer Geste seiner rechten Hand zu verstehen, dass sie eintreten durften. Der drei Meter in der Länge und vier Meter in der Breite messende Raum war ganz anders gestaltet als der Rest der Halle. Der Boden war mit einem dicken, burgunderroten Teppich ausgelegt, der so gut wie jeden durch Schuhe verursachten Laut schluckte. Die Wände waren von zahlreichen Gemälden gesäumt, die unterschiedliche Perspektiven auf den Nachtklub boten, während rundherum farblich zum Teppich passende Sofas aufgestellt worden waren. Auf jedem von ihnen saßen Männer, auf deren Schoß sich leicht bekleidete Frauen rekelten und den einen oder anderen Gast mit Weintrauben, Nüssen oder anderen Früchten fütterten. Hier und da sah Valo auch in knappe Ledertangas bekleidete Männer, die Getränke auf Tabletts trugen und von einem zum anderen gingen, um ihnen etwas anzubieten. Am rückwärtigen Teil des Raums, auf einem besonders breiten Sofa, saß ein Mann, der dem Inspektor direkt ins Auge sprang. Zu beiden Seiten befanden sich Frauen, die miteinander tuschelten und interessierte Blicke auf die Neuankömmlinge warfen. Der Mann selbst schien nach Valos Einschätzung höchstens Mitte Dreißig zu sein. Er trug einen dunkelgrauen Anzug mit farblich darauf abgestimmtem Hemd und schwarze Lackschuhe. An jeder Hand prangten mehrere Ringe, und um den Hals, der eher einem Baumstamm ähnelte, hing eine schwere Goldkette. Sein gesamter Kopf war glattrasiert, sodass sich das von den in die Decke eingelassenen LED-Lampen ausgestrahlte Licht auf seiner Kopfhaut spiegelte. Mit einem gelangweilten und gleichzeitig scharfen Blick betrachtete er Valo und Larson.

Der Inspektor beschloss, die Initiative zu ergreifen. »Einen netten Laden haben Sie hier«, sagte er.

»Ich bevorzuge den Begriff *Etablissement*«, gab der Mann mit erstaunlich sanfter Stimme zurück. »Ich nehme an, dass Sie bereits wissen, wer ich bin.«

»Und ich gehe davon aus, dass Ihre Gorillas Ihnen bereits gesagt haben, wer wir sind, daher sollten wir uns nicht damit aufhalten.«

»Ein Mann der Tat. Das mag ich.«

»Schön für Sie«, sagte Valo. »Wissen Sie, warum wir Sie aufgesucht haben?«

»Nein, aber ich bin mir sicher, dass Sie es mir bald sagen werden. Möchten Sie etwas trinken?«

Ohne eine Antwort abzuwarten, schnippte er mit dem Finger, woraufhin sich einer der leicht bekleideten

Männer zu Valo und Larson begab und sich ein wenig vorbeugte, während er das Tablett gekonnt balancierte.

»Danke, aber wir sind nicht zum Feiern hier«, sagte der Inspektor ablehnend. »Wir möchten mit Ihnen über die Herren Martti Lehto und Tuomas Karhu sprechen.«

»Wer soll das sein?«, fragte Aho.

»Sie waren vor nicht allzu langer Zeit ebenfalls Ihre Gäste. Einer von ihnen ist tot, und wir wollen herausfinden, wer dafür verantwortlich ist.«

»Sie verstehen sicher, dass hier täglich viele Menschen ein- und ausgehen. Ich führe nicht über jedermann Buch.«

»Ist das nicht eine Sicherheitslücke? Sie sehen mir nicht aus, als würden Sie das Wohlergehen Ihrer Kunden leichtfertig riskieren.«

Aho grinste leicht. »Als Geschäftsführer ist es meine Pflicht, das große Ganze im Auge zu behalten. Für die Details habe ich Fachleute.«

»Dann möchten wir gerne mit demjenigen sprechen, der die Gästelisten führt.«

»Wie ich bereits sagte, haben wir viele Gäste. Würden wir über jeden von ihnen Buch führen, würden wir zu nichts anderem mehr kommen.«

»Wenn Sie auch nur einigermaßen auf dem Laufenden sind, werden Sie wissen, dass Lehto und Karhu nicht zu denjenigen gehören, die sich mit Fusel besaufen und auf der Tanzfläche abzappeln, in der Hoffnung, bei irgendeiner Tussi einen Stich zu landen. Wir wissen aus verlässlicher Quelle, dass die beiden hier vor Kurzem an einer, sagen wir mal, *speziellen Party* teilgenommen haben ... mit Frauen.«

»Herr Inspektor, warum haben Sie das nicht gleich erwähnt?«, sagte Aho. »Gäste dieser Art genießen natürlich gewisse Vorzüge. Unter anderem den Schutz ihrer Privatsphäre. Sie werden also bestimmt verstehen, dass ich Ihnen nicht einfach so Informationen über diese Männer geben darf.«

»Schon klar«, antwortete Valo nickend. »Dann werden wir wohl mit einem Durchsuchungsbeschluss wiederkommen müssen. Das wird natürlich einige Unannehmlichkeiten für Sie mit sich bringen. Der Laden wird bis zum Ende der Durchsuchung geschlossen, und da wir äußerst gründlich vorgehen, dürfte das sicherlich mehr als eine Woche dauern. Das dürfte sich wiederum negativ auf Ihre Bilanz auswirken, ganz zu schweigen von Ihrer Reputation, wenn sich herumspricht, dass Ihnen die Polizei auf die Füße getreten ist. Nicht, dass wir irgendetwas herumerzählen würden, aber Sie wissen ja, wie schnell so etwas an die Öffentlichkeit gerät. Schade. Ich hatte gehofft, wir könnten auf dem kurzen Dienstweg miteinander kooperieren.«

»Sie drohen mir«, stellte Aho fest.

»So etwas würde ich niemals tun«, antwortete Valo betont freundlich. »Ich führe Ihnen lediglich die Tatsachen vor Augen. Da Sie Ihre Wahl aber nun getroffen haben, verabschieden wir uns für heute.«

Der Inspektor wandte sich langsam ab und wollte gerade zur Tür gehen, als Aho ihn zurückhielt.

»Warten Sie«, sagte er. »Ich bin mir sicher, dass wir eine Einigung finden werden.«

Innerlich lächelte Valo, bewahrte nach außen hin aber seine Fassung, als er sich umdrehte und zu Aho zurückkehrte.

»Das ist schön«, sagte er.«

»Was genau möchten Sie wissen?«

»Wir wollen eine Auflistung sämtlicher Gäste der vergangenen drei Monate, die auf die eine oder andere Weise mit Karhu zu tun hatten. Außerdem möchte ich die Namen und Adressen jedes Mitarbeiters, der bei den Partys, an denen er teilgenommen hat, zugegen war. Selbiges gilt für Lehto. Und wenn ich Jeder sage, meine ich damit wirklich jeden. Verstehen wir uns?«

»Das wird aber etwas dauern.«

»Sie haben bis morgen früh Zeit. Ansonsten kommen wir mit einem Beschluss wieder.«

»Was springt für mich dabei heraus?«, wollte Aho wissen.

»Die Dankbarkeit der finnischen Kriminalpolizei. Und die Gewissheit, dass Sie uns einen unschätzbaren Dienst erwiesen haben.«

»Davon kann ich mir aber nichts kaufen.«

»Ehre ist nicht käuflich.«

»Ich habe einen Gegenvorschlag«, sagte Aho. »Sie pfeifen diese Hündin namens Iriina Marin zurück und sagen ihr, dass sie mich in Ruhe lassen soll. Dann kommen wir ins Geschäft.«

Ohne mit der Wimper zu zucken, sagte Valo: »Einverstanden.«

Larson warf einen erstaunten Blick zu ihm und wollte bereits etwas sagen, aber Valo hielt sie mit einer Geste zurück und murmelte ein *Später*.

Aho lächelte. »Es ist schön, mit Ihnen Geschäfte zu machen, Herr Inspektor. Einer meiner Leute wird sich um alles kümmern.«

»Liefern Sie die Daten ins Präsidium und lassen Sie sie auf meinen Namen hinterlegen. Wie wäre es jetzt mit dem Drink?«

»Marin wird dir den Hals umdrehen«, sagte Larson sichtlich empört, nachdem sie den Nachtklub verlassen hatten und auf dem Parkplatz standen.

»Lass das meine Sorge sein«, erwiderte Valo.

»Machst du das eigentlich öfter?«

»Was genau?«

»Kollegen die Tour zu vermasseln und mit Kriminellen zu verhandeln.«

»Ich habe keine Ahnung, was dieser Aho hier treibt, und es interessiert mich auch nicht. Ich will Karhus Mörder schnappen, und das sollte auch dein Antrieb sein. Manchmal müssen dafür die Regeln nun mal etwas gebeugt werden.«

»Du meinst gebrochen«, erwiderte sie.

»Saari, hätte ich mit ihm nicht diesen Deal vereinbart, würden wir jetzt mit leeren Händen dastehen. Bis der Durchsuchungsbeschluss fertig wäre, hätte Aho sicher längst alle Informationen vernichtet. Dann hätten wir unsere Zeit verschwendet, und wahrscheinlich würden wir uns dann in einer Sackgasse befinden. Willst du wirklich einen Mörder davonkommen lassen?«

»Nein«, gab Larson zu.

»Ich ebenfalls nicht. Hey, es gefällt mir auch nicht, und ich habe jetzt schon Angst davor, was Marin mit mir anstellen wird, aber das war die einzige Möglichkeit, in unserem Fall voranzukommen.«

Larson schien einige Sekunden darüber nachzudenken, bevor sie sich schließlich geschlagen gab. »Okay, aber nur dieses eine Mal«, lenkte sie resigniert ein.

»Beim nächsten Mal, wenn du das Recht *beugst*, kannst du allein weitermachen.«

»Verstanden. Unterstützt du mich denn gegenüber Marin?«

»Damit sie mich auch gleich zerfleischt?«

»So weit wird sie nicht gehen.«

»Dein Wort in Gottes Ohr ... Woher wusstest du eigentlich, dass sich Aho auf den Deal einlassen würde?«

»Wusste ich nicht«, gab Valo zu. »Aber ich habe in Helsinki mehrfach mit Leuten wie ihm zu tun gehabt. Nach außen hin tun sie immer ganz hart, als ob ihnen niemand etwas anhaben könnte, aber in ihrem Inneren haben sie Angst, bei irgendwas erwischt und ins Gefängnis gesteckt zu werden.«

»Hat ja anscheinend funktioniert. Auch wenn ich der Meinung bin, dass es nicht richtig war, Marin in den Rücken zu fallen.«

»Wollen wir jetzt weiter darüber diskutieren oder den Fall voranbringen?«

»Lass uns lieber mit Marin reden. Aber du erklärst ihr, was du mit Aho besprochen hast!«

»Sie haben WAS getan?«, fragte Marin gefährlich leise, als Valo seinen Kurzbericht abgeschlossen hatte.

Die Beamten waren zurück zur Zentrale gefahren, nur um festzustellen, dass die Dienstellenleiterin nicht mehr zugegen war. Daraufhin waren sie zu ihrer Unterkunft gefahren und hatten sie angerufen.

»Es war die einzige Möglichkeit, seine Kooperation zu erhalten«, verteidigte Valo sein Vorgehen.

»Und jetzt wollen Sie sicher von mir hören, dass alles in Ordnung ist, nehme ich an?«

»Nun ...«

»Sie kommen in mein Revier, bitten mich um eine Zusammenarbeit, und im nächsten Moment pissen Sie mir ins Gesicht? Wissen Sie eigentlich, was Sie angerichtet haben? Seit Monaten sind wir hinter diesem Kerl her, und bald hätten wir genug gegen ihn in der Hand gehabt! Und Sie haben nichts Besseres zu tun, als mein Vertrauen zu missbrauchen und mich zu verarschen! Ich sollte Sie dafür an das nächste Kreuz nageln und im Stadtzentrum für alle sichtbar auspeitschen lassen!«

»Ich hatte keine andere Wahl.«

»Die gibt es immer, Sie verdammter Idiot!«, echauffierte sie sich. »Zum Beispiel hätten Sie mit mir Rücksprache halten können, bevor Sie unsere Arbeit torpedieren und mich wie einen Trottel dastehen lassen. Was glauben Sie, wird die Staatsanwaltschaft sagen, wenn ich denen mitteilen muss, dass alles für die Katz war?«

»Sie müssen dem Deal nicht folgen, das wissen Sie.«

»Natürlich weiß ich das«, gab sie zurück. »Und dann? Werden Sie dann allen erzählen, dass ich es war, die dafür gesorgt hat, dass ein Mörder laufen gelassen wurde?«

»Hören Sie mir bitte einen Moment zu.«

»Nein, Sie hören mir jetzt zu, und zwar ganz genau. Sie werden Ihre Ermittlungen durchführen und sich dann aus Rovaniemi verpissen. Wenn ich Sie hier noch einmal sehe, können Sie sich darauf gefasst machen, dass ich Ihnen so dermaßen in die Eier trete, dass sie Ihnen zum Mund rausfallen werden.«

Valo wollte noch etwas erwidern, aber da war die Verbindung bereits unterbrochen.

Larson sah ihn über den Rand ihrer Kaffeetasse hinweg an. »Wenn du mir die Bemerkung gestattest, das hast du dir verdient.«

Der Inspektor erwiderte ihren Blick, antwortete aber nichts. Ihm war klar, dass er seine Kompetenzen überschritten und wissentlich einem Kollegen geschadet hatte. Er hätte gerne so getan, als würde ihm das nichts ausmachen, aber damit hätte er sich selbst belogen. Um sich abzulenken, trank er einen Schluck von seinem Kaffee.

»Was machst du heute Abend noch?«, fragte er Larson.

»Ich werde ins Bett gehen. War ein langer Tag. Und du?«

»Ich glaube, ich werde noch ein wenig zocken.«

Er zeigte auf die Spielkonsole, die sich in einer Ecke des Wohnzimmers unter dem Flachbildfernseher befand.

»Bist du gar nicht müde?«, wollte sie wissen.

»Doch, aber wenn ich spiele, bringt mich das auf andere Gedanken.«

»Du meinst, du willst dein Gewissen betäuben?«

»So in etwa«, gab er zu. »Immer noch besser als Betrinken.«

Larson schaute auf die kleine Spielesammlung, die sich neben der Konsole befand.

»Weißt du was? Ich glaube, ich kann auch eine Runde vertragen.«

»Ist das so etwas wie ein Friedensangebot?«

»Nein, es ist das Angebot, dich von mir fertigmachen zu lassen.«

»Dann zeig mal, was du draufhast.«

Kapitel 4

Larson blickte schläfrig auf ihr Smartphone. Sieben Uhr dreißig. Sie streckte sich, schwang die Beine über den Bettrand und stand auf, um ins Wohnzimmer zu tappen. Ein Blick auf ihren Kollegen offenbarte ihr, dass er noch tief und fest schlief. *Kein Wunder*, dachte sie, denn die gestrige *eine Runde* hatte darin resultiert, dass sie verloren und daraufhin auf eine Revanche gepocht hatte. Valo hatte die Herausforderung nur zu gerne angenommen, und bis sie schließlich ins Bett gegangen war, war es weit nach Mitternacht gewesen. In der angrenzenden Küche setzte sie Kaffeewasser auf und begutachtete den Inhalt des Kühlschranks. Am Ende entschied sie sich für ein Brot, das sie reichlich mit Schinken und Käse belegte. Als der Kaffee durchgelaufen war, goss sie ihre Tasse voll und trank in kleinen Schlucken, da das Gebräu so heiß war, dass es ihr fast die Zunge verbrannte. Nachdem sie ihr Frühstück beendet hatte, ging sie ins Bad, erledigte ihre Morgentoilette und zog sich im Schlafzimmer an. Ein Blick aus dem Fenster offenbarte ihr, dass es wieder zu schneien begonnen hatte. Sie wollte gerade ihren Kollegen wecken, als ihr Smartphone vibrierte. Sie nahm es zur Hand und stellte fest, dass sie eine Kurznachricht erhalten hatte. Darin stand, dass Aho Wort gehalten und die gewünschten Informationen geliefert hatte. Unterzeichnet war die Nachricht von einem Polizisten namens Sami Turpeinen. Sie erinnerte sich, dass sie am Vortag, als sie bei Iriina Marin gewesen waren, ihre Nummer hinterlegt hatte. Anscheinend hatte dieser Turpeinen den Auftrag erhalten, sie zu kontaktieren. Larson überlegte, ob sie Valo wecken wollte, entschied sich aber dagegen. Sie wollte lieber allein ins Präsidium fahren und sehen, was Sache war. Vielleicht konnte sie auch gleich etwas Diplomatie betreiben. Per App bestellte sie sich ein Taxi, zog sich ihre Winterkleidung über und verließ das Haus.

»Guten Morgen«, begrüßte sie den Schalterbeamten. »Ich bin hier, um etwas abzuholen. Auf den Namen Saari Larson oder Jussi Valo.«

Der Uniformierte zog eine Schublade auf und schob ihr dann einen schmalen Umschlag hinüber.

»Danke«, sagte sie.

Mit dem Umschlag in der Hand ging sie in eine ruhige Ecke des Empfangsbereichs, riss ihn auf und griff hinein. In dem Brief befand sich ein schmaler USB-Stick. Sie betrachtete ihn für einige Sekunden und ging dann noch einmal zum Schalter.

»Haben Sie einen Computer, den ich benutzen kann?«, fragte sie.

»Dritte Tür links«, beschied er ihr, ohne aufzusehen.

Larson ging die wenigen Schritte und öffnete die angewiesene Tür. In dem rechteckigen, etwas stickigen Raum befanden sich mehrere Terminals, die allesamt mit einem Flachbildschirm, einem Laptop und dazugehöriger Peripherie ausgestattet waren. An einer Pinnwand an der entfernten Seite hing ein Post-it, auf dem der Zugang für Gäste notiert war. Sie setzte sich auf einen freien Platz, schaltete das Gerät an und identifizierte sich mit den notierten Zugangsdaten. Den Stick schob sie in die seitlich für diesen Zweck angebrachte Buchse und wollte gerade den Datei-Ordner öffnen. Stattdessen ploppte ein kleines Fenster auf und verkündete, dass sie nicht die erforderlichen Rechte habe, um externe Datenträger öffnen zu dürfen.

»Hmmm«, meinte sie.

Mit ihr war ein anderer Beamter im Zimmer, der konzentriert auf seinen eigenen Laptop starrte.

»Entschuldigung«, rief sie hinüber.

»Ja?«, erwiderte der Beamte.

»Können Sie mir vielleicht helfen?«

»Worum geht es denn?«

»Ich möchte diesen USB-Stick öffnen, aber anscheinend erlaubt das der Computer nicht.«

»Sicherheitsmaßnahme«, erwiderte der Mann. »Sie ahnen nicht, wie oft wir hier in der Vergangenheit Computerviren bekommen haben, weil irgendjemand meinte, einen ungesicherten Stick benutzen zu müssen.«

»Und wie kann ich den jetzt öffnen?«, fragte Larson ungeduldig.

»Warten Sie, ich rufe jemanden von der IT.«

Er klappte sein Smartphone auf, wählte eine Nummer aus der Kurzwahlliste und wandte sich ab. Nach einigen Sekunden für Larson unverständlichen Gemurmels schien er das Gespräch beendet zu haben und sah sie an.

»Es wird gleich jemand kommen und sich um Sie kümmern.«

»Danke«, erwiderte sie.

Wie versprochen erschien kurz darauf eine junge Frau und trat zu ihr.

»Sind Sie diejenige, die einen externen Stick öffnen will?«, fragte sie ohne einleitende Begrüßung.

»Ja«, antwortete Larson.

»Was ist da drauf?«

»Das will ich ja herausfinden. Der Stick wurde für mich heute Morgen abgegeben. Ich brauche die Daten für meine Ermittlung.«

»Dann wollen wir mal sehen«, erwiderte die Frau und beugte sich über den Laptop.

Sie rief die Eingabeaufforderung des Computers auf und tippte nacheinander mehrere Befehle ein. Kurz darauf richtete sie sich wieder auf.

»Fertig. Der Stick ist sauber«, verkündete sie.

»Vielen Dank. Wie heißen Sie?«

»Minka.«

»Ich heiße Saari.«

»Brauchen Sie sonst noch etwas?«

»Nein, das ist es erst einmal.«

Die junge Frau nickte und ging wieder, woraufhin sich Larson dem Laptop zuwandte. Endlich konnte sie den Stick öffnen und fand in der Übersicht eine einzelne Excel-Datei mit dem Titel *Party*. Mit einem Doppelklick der linken Maustaste öffnete sie die Datei und betrachtete die Auflistung. Zu ihrer positiven Überraschung hatte sich Aho oder einer seiner Leute die Mühe gemacht, die verzeichneten Namen alphabetisch zu ordnen, was es ihr sehr leicht machte, Tuomas Karhu zu finden. Sie wollte gerade weiter nach Martti Lehto suchen, als sich die Zimmertür erneut öffnete und Iriina Marin eintrat.

»Was machen Sie hier?«, fragte sie.

Anscheinend wird hier nicht gerne gegrüßt, dachte Larson. »Ich arbeite ein wenig.«

»Ohne Ihren Kollegen?«

»Der schläft noch. Wir hatten gestern Abend einen harten Kampf.«

»Aha«, meinte Marin nur.

Sie bediente sich eines Tonfalls, der offenbarte, dass es sie nicht sonderlich interessierte, wo Valo steckte und was Larson mit *Kampf* meinte.

»Hören Sie, Iriina. Es tut mir leid, was Jussi getan hat. Ich bin mir sicher, dass Sie viel Arbeit damit hatten, Beweise gegen Aho zu sammeln.«

»Entschuldigung angenommen«, antwortete Marin unumwunden. »Ich habe mich gestern über Sie beide erkundigt, nachdem Sie mein Büro verlassen hatten. Obwohl Sie Partner sind, gehe ich davon aus, dass die Initiative von ihm ausging. Laut seiner Akte wäre das nicht das erste Mal. Solche Typen wie er haben nur einen Partner, weil sie dazu verpflichtet sind. So, wie ich ihn einschätze, würde er Sie am liebsten irgendwo im Kinderparadies abladen und allein arbeiten.«

Larson musste vor sich selbst zugeben, dass sie auch bereits diesen Gedanken gehabt hatte. Andererseits hatte sie Valo während ihrer bisherigen Zusammenarbeit als durchaus zugänglichen Typen kennengelernt. Und außerdem schien er ihr zu vertrauen, denn warum sonst sollte er sie in die Ermittlungen miteinbeziehen?

»Er ist ... vorsichtig«, antwortete sie diplomatisch. »Ich weiß nicht allzu viel über seine Vergangenheit, aber von dem, was ich erfahren konnte, hat er in seiner bisherigen Dienstzeit zwei Partner auf gewaltsame Art und Weise verloren.«

»Wie auch immer«, wiegelte Marin ab. »Ich werde jedenfalls einen Teufel tun und mich dafür entschuldigen, was ich gestern zu Valo gesagt habe. Aber Sie haben nichts damit zu tun, dass unsere Ermittlungen gegen Aho nun für die Katz sind, oder?«

»Nein, ich war davon genauso überrumpelt wie Sie.«

Marin blickte Larson lange in die Augen, wie um sich davon zu überzeugen, dass sie die Wahrheit sagte. Schließlich nickte sie.

»Freunde?«, fragte Larson.

»Freunde«, sagte Marin. »Also, was hast du da?«

»Als wir gestern bei Aho waren, haben wir von ihm eine Gästeliste angefordert. Wir wollen wissen, mit wem Karhu unterwegs war.«

»Um herauszufinden, ob der Mörder dabei war?«

»Ja, denn bei Karhus Obduktion wurde fremde DNS sichergestellt. Die Analyse der Rechtsmedizin hat ergeben, dass sie zu einer weiblichen Person gehört.«

»Schade, dass man weder die Haarfarbe noch das Alter oder sonst etwas aus der DNS einer Person lesen kann«, antwortete Marin. »Lass mich raten. Ihr wollt jetzt von allen weiblichen Party-Gästen eine DNS-Probe nehmen und mit derjenigen, die bei eurem Opfer gefunden wurde, abgleichen.«

»Ganz genau. Das könnte uns den entscheidenden Hinweis geben.«

»Oder euch genauso gut auf eine falsche Fährte locken.«

»Das ist natürlich ebenfalls möglich«, gab Larson zu. »Aber zumindest hätten wir dann jemanden, den wir unter Druck setzen könnten. Und wenn diese Person tatsächlich nichts mit unserem Fall zu tun hat, kann sie uns möglicherweise einen Tipp geben.«

»Warum legt ihr Aho nicht einfach Daumenschrauben an?«

»Würde das denn etwas nützen?«

»Früher oder später bestimmt.«

»Falls wir bei den Frauen nicht fündig werden, ist das sicher immer noch eine Option.«

»Meinetwegen. Es ist eure Ermittlung«, erklärte Marin. »Weißt du was? Gib mir alle weiblichen Personen, die auf dieser Liste verzeichnet sind, und ich werde meine Leute instruieren, die Proben für euch zu organisieren.«

»Das würdest du tun?«

»Wenn sich herausstellt, dass der Mörder aus Rovaniemi stammt, dann ist es sowieso meine Aufgabe, mich zu involvieren. Also kann ich das auch sofort tun.«

»Danke!«

Marin hob den Zeigefinger. »Damit wir uns aber richtig verstehen: Das tue ich für dich, nicht für deinen Kollegen. Wenn ich den noch einmal sehe, reiße ich ihm die Eier ab.«

»Einverstanden«, sagte Larson lächelnd.

Zurück an ihrer Unterkunft bezahlte sie den Taxifahrer und ging leise ins Haus. In weiser Voraussicht hatte sie bei ihrem Aufbruch am Morgen den Hausschlüssel mitgenommen, schob ihn jetzt vorsichtig ins Schloss und öffnete leise die Tür. Am Küchentisch fand sie ihren Kollegen vor.

»Na, endlich ausgeschlafen?«, fragte sie ihn.

»Geht so«, antwortete er.

Valo nippte an seiner Kaffeetasse und verzog das Gesicht. »Heiß!«

Er pustete mehrfach auf die Tasse, in dem Versuch, das Gebräu zumindest ein wenig abzukühlen.

»Wo warst du eigentlich?«, fragte er.

»Ich habe mit Marin eine Friedenspfeife geraucht.«

»Aha.«

»Sie ist immer noch stinkwütend auf dich wegen der Nummer, die du gestern abgezogen hast«, erklärte Larson. »Aber sie ist ein Profi. Wir haben uns unterhalten, und sie hat mir ihre Hilfe angeboten. Unser neuer Freund hat uns einen USB-Stick geliefert, auf dem alles drauf ist, was wir brauchen. Marin wird sich um die DNS-Proben kümmern.«

»Das ist gut.«

»Was hältst du davon, wenn wir uns, bis das erledigt ist, mit einigen der männlichen Gäste unterhalten? Da könnten wir sicher etwas herausfinden.«

»Ich weiß nicht ...«, antwortete Valo. »Ich bin der Meinung, dass wir so wenig Wirbel wie möglich machen sollten. Ich möchte nicht, dass diejenigen, die mit dem Fall zu tun haben, scheu werden. Lass uns lieber auf die Proben warten. Wenn zumindest eine davon mit den Spuren an Karhu identisch ist, wissen wir, wen wir wirklich aufs Korn nehmen müssen.«

»Wie du meinst.«

»Was wir aber tun können, ist, die Analyse der gefundenen DNS anzufordern. Per Datenübertragung oder

Server-Zugriff sollte das kein Problem sein. Wir könnten es natürlich auch auf die altmodische Weise machen und hinfliegen, wenn wir die Proben hier bekommen haben, aber das würde uns zu viel Zeit kosten. Frag mal bitte Marin, ob es hier in der Gegend eine Rechtsmedizin gibt. Die können das bestimmt übernehmen.«

»Jawohl, Sir.«

»Und dann suchen wir uns eine Apotheke. Ich glaube, ich brüte gerade eine Erkältung aus.«

»Bist wohl nichts gewöhnt, du Großstadt-Cowboy«, neckte Larson ihn. »Ich gehe duschen.«

Valo setzte erneut seine Tasse an die Lippen und stellte mit Freude fest, dass sich die schwarze Flüssigkeit inzwischen weit genug abgekühlt hatte, dass er sich nicht mehr den Gaumen verbrennen würde. Im nächsten Augenblick kitzelte es in seiner Nase, und er schaffte es gerade noch, den in seinem Mund befindlichen Kaffee herunterzuschlucken, bevor er auch schon lautstark nieste. Reflexartig hob er den linken Arm ans Gesicht.

»Gesundheit«, schallte es aus dem Badezimmer.

»Danke«, rief er zurück.

Das hatte er gerade noch gebraucht, dass er inmitten einer Ermittlung krank wurde. Mithilfe eines auf der Anrichte bereitliegenden Küchentuchs putzte er sich die Nase, griff dann nach seinem Telefon und wählte.

»Turunen.«

»Hier ist Jussi.«

»Na, du Herumtreiber.«

»Alles gut mit Sauli?«

»Klar. Ich war gestern Abend da und habe ihn versorgt. Da er mich aber nicht wieder gehen lassen wollte, bin ich spontan über Nacht geblieben.«

»Danke.«

»Keine Ursache.«

»Wie geht es dir?«

»Alles wie immer«, erklärte sie.

»Hör mal, ich werde allem Anschein nach noch länger nicht zu Hause sein. Könntest du dir vorstellen ...«

»Ja«, antwortete Turunen knapp.

»Ist noch genug Holz im Haus?«

»Ja, es ist noch was da. Ansonsten hole ich etwas. Und wenn ich es gar nicht mehr schaffe, sage ich Marko Bescheid.«

»Das ist lieb von dir.«

»Du weißt ja, wie ich bin.«

»Danke noch mal. Ich muss leider weitermachen.«

»Bis bald.«

Als Nächstes rief er bei Jutta an und informierte sie darüber, dass sie das Haus noch mindestens eine weitere Nacht benötigen würden. Fröhlich wie eh und je versicherte sie ihm, dass dies überhaupt kein Problem sei und sie alles arrangieren würde. Zu guter Letzt telefonierte er mit dem Revier in Nurmes und erkundigte sich, ob irgendetwas für ihn oder Larson zu tun sei.

»Nein, alles ruhig«, informierte ihn der Beamte. »Das Team, das in Koskinens Wohnung war, hat leider nichts Brauchbares gefunden. Die Spurensicherung hat das bereits bestätigt.«

»Also eine Sackgasse«, kommentierte Valo mürrisch. »Danke.«

Er beendete das Gespräch und trank etwas Kaffee, während er dem leisen, aus dem Badezimmer kommenden Geräusch des Duschwassers lauschte. Zumindest hatte er die Hoffnung, dass sich ihnen eine neue Spur eröffnen würde, wenn die DNS-Proben genommen und ausgewertet worden waren. Der Gedanke, dass die Ermittlungen vollkommen zum Erliegen kommen würden, sollten die DNS-Proben kein Ergebnis bringen, schlich sich in seinen Kopf. Unwirsch schüttelte er ihn wieder ab und verbannte ihn in die hinterste Ecke seines Gehirns.

Er war gerade dabei, sich einen neuen Kaffee einzuschenken, als Larson aus dem Bad trat. Sie trug einen flauschigen Mantel, der allem Anschein nach für Gäste bereitgelegt war, und rieb sich die Haare mit einem Handtuch trocken. Valo nahm zur Kenntnis, dass zwischen ihnen beiden anscheinend eine solche Vertrautheit herrschte, dass sie sich nicht genierte, sich ihm so privat zu zeigen. Dennoch wandte er sich dezent ab, um nicht den Eindruck zu erwecken, dass er sexuelles Interesse an ihr hätte.

»Irgendetwas Neues?«, fragte sie, während sie sich ihm gegenüber setzte und sich einen Kaffee eingoss.

»Nein. Koskinen scheint sauber zu sein. Das Team hat außer Staubfusseln nichts gefunden.«

»Wäre auch zu einfach gewesen«, kommentierte sie und nahm ihr Smartphone zur Hand.

Einige Sekunden lang tippte sie eine Nachricht in den Messenger, schickte sie an Marin und rief dann die öffentliche Suchmaschine auf.

»Die nächste Apotheke ist gar nicht weit entfernt«, sagte sie. »Nur wenige Hundert Meter. Komm, lass uns zu Fuß gehen. Etwas frische Luft wird dir guttun.«

»Lass mich noch eben austrinken, dann können wir los«, antwortete Valo.

Mittlerweile hatte der Schneefall wieder nachgelassen, und die Wolken am zu dieser Jahreszeit immer nächtlichen Himmel hatten sich großenteils verzogen. Während das Thermometer weiter absank und bald die Minus Zwanzig Grad Celsius-Marke erreicht haben würde, gingen die Ermittler neben der Autostraße entlang, stets darauf achtend, nicht auszurutschen. Mehr als einmal mussten sie sich zwischen einer Hecke und einem parkenden Auto hindurchzwängen, da es einige Autofahrer nicht für nötig hielten, auf die Fahrbahnbegrenzung zu achten. Schließlich erreichten Valo und Larson die Apotheke, deren automatische Eingangstür sich mit einem sanften Bimmeln öffnete.

»Ich warte draußen«, erklärte Larson.

Valo wurde von einem Schwall warmer und stickiger Luft empfangen, die ihn unwillkürlich dazu veranlasste, den Atem anzuhalten. Drinnen herrschte nicht viel Kundenverkehr. Ein Mann mittleren Alters, der den für Apotheker üblichen weißen Kittel trug, kam auf ihn zu.

»Huomenta – Guten Morgen«, sagte er. »Wie kann ich Ihnen helfen?«

»Ich fürchte, dass ich eine Erkältung bekomme«, antwortete Valo und zog zur Unterstreichung seiner Aussage geräuschvoll die Nase hoch.

»Husten Sie? Haben Sie Kopfschmerzen? Fieber?«

»Weder noch. Meine Nase kitzelt ständig und mein Hals ist etwas rau.«

»Sie können zwar Ibuprofen oder Paracetamol einnehmen, aber das wird gegen einen Schnupfen nicht helfen. Da hilft nur, sich ordentlich auszukurieren, bevor sich die Erkältung festsetzt«, erklärte der Apotheker.

»Würde ich ja gern, aber ich habe gerade viel Arbeit. Können Sie wirklich nichts machen?«

»Nein, tut mir leid. Aber wie wäre es mit einem Erkältungstee? Ich habe hier zum Beispiel Ingwer-Zitrone oder Lindenblüten. Das beruhigt den Hals und lässt Sie leichter atmen.«

»Gibt es die auch mit Kaffeegeschmack?«, fragte Valo.

»Das wäre natürlich eine gute Idee, aber bisher leider nicht«, antwortete der Apotheker trocken.

»Eine Marktlücke ... Na gut, ich nehme den Lindenblütentee.«

»Gern«, sagte der andere. »Darf es sonst noch etwas sein?«

»Taschentücher, wenn Sie haben.«

Der Apotheker nahm eine der Teepackungen aus dem Regal, ging hinter den Tresen, zog eine Packung Taschentücher hervor und legte alles auf den Tresen. »Die Tücher gehen aufs Haus.«

Er scannte den Barcode der Teepackung ein und nannte dann die Rechnungssumme. »Möchten Sie eine Tüte?«

»Wenn es hilft, dass ich schneller gesund werde ...«, kommentierte Valo.

»Noch ist die Wissenschaft nicht so weit«, antwortete der Apotheker.

Valo zog seine Kreditkarte, bezahlte und steckte seinen Einkauf in die kleine Papiertüte.

»Danke«, sagte er.

»Ich danke Ihnen«, antwortete der Apotheker. »Schönen Tag noch.«

Valo verließ das Geschäft und gesellte sich zu seiner Partnerin.

»Schon was von Marin gehört?«, fragte er.

»Während du da drinnen rumgeschäkert hast, hat sie sich tatsächlich zurückgemeldet. Es gibt hier wirklich eine Rechtsmedizin, die dazu fähig ist, DNS-Proben zu prüfen. Die sind allerdings am anderen Ende der Stadt. Fahren wir lieber dahin?«

»Gesünder wäre das«, antwortete Valo und nieste.

Nur wenige Minuten später saßen sie im Auto und bahnten sich ihren Weg durch Rovaniemi bis in den im Westen gelegenen Stadtteil Kolpene. Dort befand sich das Zentralkrankenhaus, in dem auch die Rechtsmedizin untergebracht war.

Valo und Larson stellten den Wagen auf dem Besucherparkplatz ab und betraten den Empfangsbereich, wo sie zielstrebig zum nächsten freien Schalter gingen.

»Hallo«, sagte er. »Wie kommen wir zur Rechtsmedizin?«

»Fahren Sie mit dem Aufzug in den Keller«, erklärte der Mitarbeiter. »Wenden Sie sich dann nach links und gehen Sie den Gang entlang, bis Sie an eine Tür gelangen. Sie können sie nicht verfehlen.«

»Danke.«

Der Lift befand sich am anderen Ende des Empfangsbereichs. Aufgrund zahlreicher anderer Besucher mussten sie allerdings einige Minuten warten, bis sie an der Reihe waren. Währenddessen sah sich Valo um.

»Kein Wunder, dass hier niemand hinwill«, kommentierte er. »Die Wände sind hässlich und sehen aus, als hätten sie seit Jahren keinen frischen Anstrich mehr bekommen. Und es stinkt nach Desinfektionsmittel.«

»Das sind die Auswirkungen der Sparmaßnahmen«, antwortete Larson.

»Ich kann gut nachvollziehen, dass sich viele Leute lieber einem Privatarzt anvertrauen und die Kosten dafür selbst tragen, als sich auf das öffentliche Gesundheitssystem zu verlassen«, sagte Valo. »Weißt du noch, wie es während der Pandemie war? Überall Applaus und ganz viel Zuspruch für das Krankenhauspersonal. Wenn ich mich recht erinnere, hat Niinistö sogar mehr als einmal versprochen, dass in Zukunft mehr Geld investiert werden sollte, um die Leute angemessen zu bezahlen und die Arbeitszeiten erträglicher zu machen. Aber kaum war die Seuche vorbei, schon war das alles kein Thema mehr.«

»Und jetzt sparen sie noch mehr als vorher«, pflichtete Larson ihm bei.

Mittlerweile waren sie bis zur Aufzugtür vorgerückt und traten in die nächste freie Kabine, die sie ins Untergeschoss brachte. Dort angekommen, folgten sie dem von Leuchtstoffröhren erhellten Flur und lauschten dem Quietschen ihrer Sohlen auf dem gebohnerten Linoleumboden. Schließlich gelangten sie an eine Milchglastür mit der Aufschrift *Pathologie und Rechtsmedizin*. Daneben befand sich ein großer, in die Wand eingelassener Schalter. Larson drückte darauf und ließ dadurch ein sonores Summen ertönen. Beinahe umgehend wurde die Tür von innen geöffnet. Ein älterer Mann mit Hornbrille blickte sie irritiert an.

»Sie sind nicht vom Pizzaservice«, stellte er fest.

»Offensichtlich nicht«, antwortete Valo. »Wir sind von der Kriminalpolizei.«

Zur Bestätigung holte er seinen Dienstausweis hervor und hielt ihn dem Mann unter die Nase. Larson tat es ihm gleich. Der Rechtsmediziner betrachtete kurz die Ausweise und blickte die Beamten dann über den Rand seiner Brille hinweg an.

»Was verschafft mir die Ehre?«

»Wir ermitteln in einem Todesfall und möchten gerne mit Ihnen darüber sprechen.«

»Ich kenne Sie nicht. Sind Sie neu hier?«

»Sozusagen«, erklärte Valo. »Wir kommen aus Nurmes. Unsere Ermittlungen haben uns hierhergeführt.«

»Dann kommen Sie mal herein. Vergessen Sie nicht, Ihre Hände zu desinfizieren. Wir haben hier strikte Regeln, was die Hygiene betrifft.«

»Sieht man«, antwortete Valo mit einem abschätzigen Blick auf die ungepflegt wirkenden Wände.

Er und Larson traten nacheinander ein und wuschen sich gründlich die Hände am Waschbecken, welches sich beinahe direkt hinter der Tür befand. Zumindest das Becken sah ordentlich geputzt aus, fand Valo. Der ältere Mann beobachtete sie eingehend.

»Wie heißen Sie?«, wollte Valo wissen.

»Petteri Mäkinen«, antwortete der Rechtsmediziner. »Ich leite die Abteilung.«

»Dann sind wir bei Ihnen genau richtig. Wie ich schon sagte, ermitteln wir in einem Todesfall. Momentan gehen wir zumindest von Totschlag aus, vielleicht auch von Mord. Bei dem Opfer wurden DNS-Spuren sichergestellt. Iriina Marin von der örtlichen Polizei kümmert sich um die Beschaffung von Vergleichsproben.«

»Ich kenne sie. Sehr kompetent«, sagte Mäkinen. »Aber was habe ich damit zu tun?«

»Wir möchten, dass Sie die Proben miteinander abgleichen.«

»Das würde ich gerne machen, aber ich habe viel um die Ohren. Sie werden sich hinten anstellen müssen.«

»Das ist leider nicht möglich«, antwortete Valo. »Es ist von imminenter Bedeutung, dass wir schnellstens ein Ergebnis kriegen.«

»Tut mir leid, aber daran kann ich nichts ändern.«

»Was ist denn so wichtig, dass es nicht warten kann?«

»In jüngster Zeit sind einige Leute in der Region unerwartet verstorben, und das Gesundheitsamt will sichergehen, dass es sich nicht um eine neue Seuche handelt. Das hat oberste Priorität. Falls sich herausstellt, dass ein Virus umherkreist, springt vielleicht ein Applaus für uns heraus. Oder sogar ein kostenloses Mittagessen, wenn die da oben besonders spendabel sind.«

Larson unterdrückte ein Grinsen.

»Wenn Sie Ihren Fall vorgezogen haben wollen, können Sie das gerne mit dem zuständigen Manager vom Gesundheitsamt ausfechten. Ich würde allerdings nicht davon ausgehen, dass er gewillt ist, sich mit Ihnen zu einigen.«

»Warum?«

»Weil diese Typen ausnahmslos bürokratische Sesselfurzer sind.«

»Wissen Sie, wie er heißt und wo ich ihn finde?«

»Keine Ahnung, wer da momentan entscheidet. Die wechseln ihre Zuständigkeiten wie andere Leute ihre Unterwäsche. Die Zentralstelle ist in Oulu.«

Von Rovaniemi waren es über zwei Stunden Fahrt bis dorthin, wie Valo wusste.

»Wer hat das Opfer eigentlich untersucht?«, wechselte Mäkinen das Thema.

»Heikki Halla aus Kuopio«, sagte Larson.

»Der alte Heikki?«

»Kennen Sie ihn?«

»Wir haben gemeinsam studiert«, erklärte der Rechtsmediziner. »Wilde Zeit, das kann ich Ihnen sagen. Wie auch immer«, sagte er und winkte ab, als er bemerkte, dass die Beamten offensichtlich keine Lust auf Studiengeschichten hatten. »Ein Vorschlag zur Güte: Heikki soll seine DNS-Daten auf unseren Server hochladen. Wenn die Vergleichsproben eintrudeln, werde ich versuchen, Sie irgendwo dazwischenzuschieben. Es kann aber dauern, bis ich dazu komme.«

»Mehr können wir für den Augenblick wohl nicht verlangen«, sagte Valo. »Oder würde es etwas ändern, wenn wir Ihnen eine Pizza besorgen?«

»Interessanter Vorschlag, aber meine Anweisungen sind leider eindeutig. Wenn Sie aber wider Erwarten bei dem Sesselfurzer durchkriegen, dass Ihr Fall priorisiert wird, lege ich sofort los, wenn alle Daten hier sind.«

Valo und Larson verabschiedeten sich, gingen zurück zum Aufzug und fuhren hoch ins Erdgeschoss. Der Ermittler spürte ein leichtes Brummen im Bauch.

»Kaffee?«, schlug er seiner Kollegin vor.

»Gern.«

Es dauerte nur zwei Minuten, bis sie in der Cafeteria ihre Getränke bekommen und sich an einen Tisch gesetzt hatten.

»Dann finden wir doch mal heraus, wen wir bedrohen müssen, damit unser Fall vorgezogen wird«, erklärte Valo und zog sein Smartphone aus der Tasche.

Flugs hatte er die Telefonnummer des Gesundheitsamtes in Oulu gefunden und startete den Anruf. Während er langsam seinen Kaffee trank, der eher nach gefärbtem Wasser schmeckte, lauschte er der automatischen Ansage, die ihn um Geduld bat. Schließlich erreichte er eine Mitarbeiterin und schilderte ihr, was er benötigte. Nach einer weiteren Wartezeit gelangte er endlich zum für Rovaniemi zuständigen Kollegen.

»Jussi Valo, Kriminalpolizei«, sagte er. »Ich ermittle in einem Todesfall und bin gerade in Rovaniemi bei der Rechtsmedizin. Man sagte mir dort, dass man aktuell keine Zeit hätte, sich mit meinem Fall zu beschäftigen. Das ist für mich nicht akzeptabel, und ich möchte von Ihnen, dass Sie dafür sorgen, dass meine Ermittlung Priorität bekommt.«

»Sie ahnen nicht, was hier los ist«, antwortete der Mitarbeiter, ein Mann namens Kimi Halonen, seufzend. »Jeden Tag ruft hier mindestens eine Person an und verlangt etwas von mir. Diesen Leuten sage ich genau das, was ich jetzt auch Ihnen mitteile: Die öffentliche

Gesundheit hat absolute Priorität. Oder wollen Sie dafür verantwortlich sein, dass wir ein zweites Virus wie Corona haben?«

»Ob sich die Leute frei bewegen dürfen oder nicht, ist mir egal«, gab Valo kund. »Ich will einem Mörder auf die Schliche kommen.«

»Und ich will, dass sich die Bevölkerung nicht schikaniert fühlt.«

»Glauben Sie denn ernsthaft, dass eine neue Seuche im Anmarsch ist?«

»Vor der Pandemie hätte ich es verneint, aber inzwischen liegen die Dinge anders.«

»Damit gebe ich mich aber nicht zufrieden.«

»Das ist Ihr Problem, nicht meins.«

»Ich kann auch den Gesundheitsminister anrufen, wenn es das ist, was Sie wollen.«

»Wenn Sie ihn überhaupt zu sprechen bekommen – was ich bezweifle –, was wollen Sie ihm sagen? Dass das Wohl Vieler weniger wert ist als Ihre Ermittlung? Glauben Sie wirklich, dass Sie damit durchkommen?«

»Sie werden schon sehen.«

»Da bin ich schwer gespannt«, antwortete Halonen ironisch. »Wenn Sie mich jetzt bitte entschuldigen, ich habe zu arbeiten.«

Valo wollte noch etwas erwidern, aber da hatte sein Gesprächspartner bereits aufgelegt. Leise fluchend steckte er das Telefon wieder weg.

»Ist ja super gelaufen«, merkte Larson an.

»Fang jetzt nicht so an«, gab Valo zurück.

»Wir können sowieso nichts machen, bis Marin die DNS-Proben zusammen hat. Ich werde jetzt mal bei Halla durchklingeln. Vielleicht kann er etwas tun.«

»Mach das.«

Larson tippte eine Nummer in ihr Telefon und hielt es sich ans Ohr.

»Heikki Halla?«, fragte sie. »Saari Larson, Kriminalpolizei. Sie haben kürzlich Herrn Tuomas Karhu untersucht … Ganz genau. Haben Sie Zeit, die gefundene DNS mit anderen Proben abzugleichen? … Wunderbar! Sie bekommen so schnell wie möglich einen Datensatz rübergeschickt. Wenn Sie die dann abgleichen könnten … Danke, Sie sind ein Schatz! Bis bald.«

Sie beendete das Gespräch und sah Valo triumphierend an. »Wenn man vor Ort nicht weiterkommt, sucht man sich eben eine Alternative.«

Valo kam nicht umhin, seine Kollegin zu bewundern. Dass er nicht selbst auf diese Idee gekommen war, zeigte, dass sein Verstand nicht zu hundert Prozent funktionierte. Kein Wunder, denn seine Nase kitzelte ständig und lenkte ihn ab.

»Wie lange dauert es deiner Erfahrung nach, bis wir die Proben haben?«, fragte Larson in seine Gedanken hinein.

»Kommt ganz darauf an, wie schnell die Einladungen an die Probanden rausgehen und ob sich alle einfinden«, erklärte er. »Wenige Tage bis zu zwei Wochen.«

»Können wir in der Zeit nichts tun, was uns weiterbringt?«

»Zumindest nicht hier«, sagte Valo.

»Warum drehen wir Matias Aho nicht einfach mal ordentlich durch die Mangel und stellen seinen Laden auf den Kopf?«

»Weil wir mit ihm einen Deal abgeschlossen haben.«

»Zu dem du nicht berechtigt warst«, erinnerte Larson ihn. »Außerdem würdest du damit sicher bei Iriina punkten.«

»Ich werde darüber nachdenken«, sagte er ausweichend.

»So leicht kommst du mir nicht davon, mein Lieber. Bisher habe ich dich machen lassen, was du wolltest, aber das kann so nicht weitergehen. Außerdem ist es auch mein guter Ruf, der darunter leidet. Als ich heute früh auf dem Revier war, haben die Leute nur das Nötigste gesagt und mich spüren lassen, dass ich unerwünscht bin. Ich habe keine Lust darauf, dass das zur Gewohnheit wird, nur weil du meinst, dich aufführen zu müssen, als gehöre dir der Laden.«

Valo beobachtete Larson und nahm dabei jede Mimik-Veränderung wahr. Schließlich seufzte er. »Du hast mit allem recht, was du sagst. Mein Benehmen tut mir leid. Wenn du möchtest, dann ruf Marin an und bespreche alles mit ihr.«

»Warum machst du das nicht selbst?«

»Weil sie kaum mit mir reden wird.«

»Okay.«

Larson zückte erneut ihr Smartphone und rief die Dienststellenleiterin an.

»Hallo Iriina, Saari hier. Haben Sie Lust, Aho einen Besuch abzustatten? ... Ja, ich weiß, dass mein geschätzter Kollege Mist gebaut hat, aber das war sein Deal, nicht Ihrer. Sie sagten, dass Sie fast genug für eine formelle Anzeige beisammen haben. Wenn jetzt noch der Verdacht auf Beihilfe zu einem Mord dazukommt, dürfte das doch sicher eine Razzia rechtfertigen, oder? ... Klar ist das ein Risiko für Ihre eigenen Ermittlungen, aber ... Okay, so machen wir es.«

Larson beendete das Gespräch. »Morgen Abend«, erklärte sie knapp.

»Gut gemacht«, lobte Valo sie. »Ich informiere Mäkinen über die Planänderung.«

»Sie schon wieder«, begrüßte ihn der Rechtsmediziner an einer Pizza kauend. »Haben Sie etwas vergessen?«

»Sobald Sie die Proben bekommen haben, möchte ich, dass Sie sie auf Ihren Server hochladen. Halla wird sich um den Abgleich kümmern.«

»Einverstanden. Wenn Sie mit ihm sprechen, sagen Sie ihm einen schönen Gruß von mir. Er soll weniger saufen.«

»Wie meinen Sie das?«

»Nur ein Scherz unter uns Leichenfledderern«, erwiderte Mäkinen. »Wenn man täglich mit Toten zu tun hat, entwickelt man einen gewissen Sinn für Humor, der für Außenstehende manchmal nur schwer nachzuvollziehen ist.«

Valo nickte, überließ den Rechtsmediziner seiner Mahlzeit und gesellte sich zu seiner Partnerin in der Cafeteria.

»Fertig?«, fragte er Larson.

»Immer.«

Die Vorbereitungen für die Razzia waren in Rekordzeit durchgeführt worden. Während sich die abkommandierten Polizisten besprachen und auf den Einsatz vorbereiteten, standen Valo und Larson etwas abseits und beobachteten das Geschehen.

»Ich muss sagen, dass Marin ihre Leute wirklich im Griff hat«, sagte er anerkennend.

»Man muss sie nur machen lassen und ihr nicht in die Parade fahren«, gab Larson trocken zurück.

»Das wirst du mir noch jahrelang unter die Nase reiben, oder?«

Zur Antwort ließ sie ein Lächeln aufblitzen.

Marin, die anscheinend soeben ihre letzten Anweisungen erteilt hatte, kam auf die beiden Inspektoren zu und wandte sich demonstrativ an Larson.

»Wir sind bereit. Wie sieht es bei Ihnen aus?«, wollte sie wissen.

»Wir können los.«

Marin nickte, drehte sich zu ihren Leuten um und hob den Zeigefinger, den sie über sich kreisen ließ, zum Zeichen, dass sie aufbrechen sollten. Die zwanzig Uniformierten stiegen in ihre Streifenwagen und fuhren los.

»Möchten Sie bei uns mitfahren?«, fragte Larson.

»Ich habe meinen eigenen Wagen.«

»Gut, dann sehen wir uns gleich.«

Mit insgesamt fünf Streifenwagen und zwei Zivilfahrzeugen fuhren sie durch die Stadt und kamen schon bald vor dem *Polar Bear Nightclub* zum Stehen. Mit geübten Bewegungen stiegen die Uniformierten aus und verteilten sich über das Gelände. Die auf Einlass wartenden Jugendlichen schienen vollkommen überrumpelt zu sein und stoben auseinander, während sich die Polizeieinheiten ihren Weg durch sie hindurchbahnten. Marin, Larson und Valo waren dicht hinter ihnen. Vor den Türstehern kamen sie zum Halten.

»Polizei Rovaniemi«, verkündete Marin mit fester Stimme. »Dies ist eine Durchsuchung.«

»Haben Sie einen Beschluss?«, wollte derjenige wissen, den Valo gestern als *Schrank* getauft hatte und der anscheinend heute Dienst an der Tür hatte.

Marin zog ein gefaltetes Stück Papier hervor und hielt es dem stämmigen Mann unter die Nase. Der kniff die Augen zusammen und studierte das Schreiben eingehend. Schließlich schien er fertig zu sein und sah Marin an.

»Kommen Sie herein«, sagte er.

Drinnen war die Party noch nicht gestartet, daher war die Deckenbeleuchtung voll aufgedreht. Geschäftig gingen Angestellte hin und her, um den Club vorzubereiten. Als mehrere Uniformierte hereinkamen und sich verteilten, schauten sie erstaunt auf.

»Bleiben Sie alle, wo Sie sind, und fassen Sie nichts an«, verkündete einer der Polizisten laut und vernehmlich.

Die Angestellten taten, wozu sie aufgefordert waren, während sich die Uniformierten weiter in das Gebäude hineinbegaben.

Marin, Valo und Larson kamen hinter ihnen herein und gingen direkt zu der Tür, die in den Backstage-Bereich führte. Dort war der Tätowierte postiert. Anscheinend hatte er bereits über Funk die Information erhalten, dass die Polizei hier war, und öffnete daher ungefragt die Tür. In Begleitung von zwei Polizisten gingen Marin, Valo und Larson hindurch und bis in den Raum, in dem die Kriminalbeamten aus Nurmes gestern mit Matias Aho gesprochen hatten. Der Inhaber des Klubs saß auf seinem Stammplatz auf der Couch und schien allein zu sein.

»Schön, Sie wiederzusehen«, sagte er. »Und da ist ja auch Frau Marin«, stellte er fest. »Meine Leute haben mich darüber informiert, dass Sie eine Durchsuchung durchführen. Sie werden verstehen, dass ich etwas irritiert bin. Ich dachte, wir hatten einen Deal.«

»Dieser *Deal* war zwischen Ihnen und Valo und von mir nicht autorisiert«, antwortete Marin. »Entsprechend sehe ich mich nicht daran gebunden. Wenn Sie nun bitte aufstehen und sich umdrehen wollen.«

Aho erhob sich und wandte ihnen den Rücken zu, woraufhin einer der Beamten vortrat und ihn einer Leibesvisitation unterzog. Nachdem er fertig war, trat er seitlich zurück, behielt Aho aber im Auge.

»Was darf ich der Polizei heute Gutes tun?«, fragte der Club-Inhaber.

»Sie können uns sagen, welche Drogen hier kursieren«, antwortete Marin. »Außerdem möchte ich, dass Sie uns erklären, warum Sie Minderjährige in Ihren Diensten haben. Und wenn wir schon dabei sind, können Sie uns auch direkt sagen, warum Sie Tuomas Karhu haben ermorden lassen.«

Ahos Augenlider zuckten bei der letzten Anschuldigung. »Ich könnte jetzt von meinem Schweigerecht Gebrauch machen, aber das würde die Sache nur unnötig in die Länge ziehen. Die einzigen Drogen, die hier in Gebrauch sind, sind alkoholische Getränke. Natürlich wird jeder Gast ausweislich überprüft, bevor er etwas bekommt. Wir halten uns an die geltenden Gesetze. Was den Vorwurf der Beschäftigung Minderjähriger angeht, kann ich Sie ebenfalls beruhigen. Meine Angestellten haben allesamt das achtzehnte Lebensjahr beendet. Die einzigen Leute, die noch nicht volljährig sind, arbeiten stundenweise für mich und dürfen nur Aufgaben übernehmen, die mit dem Gesetz in Einklang stehen. Und was Karhu angeht: Wovon zum Teufel reden Sie da eigentlich?«

Marin warf Larson einen Blick zu. Sie verstand den Wink und übernahm das Gespräch.

»Wir haben Grund zu der Annahme, dass Sie den Tod von Tuomas Karhu zu verantworten haben. Aus einem Grund, den Sie uns mitteilen werden, hatten Sie Streit mit ihm und haben ihn ermorden lassen.«

»Wie kommen Sie auf diesen Unsinn? Er und ich hatten keinerlei Meinungsverschiedenheiten. Er war ein gern gesehener Gast und hat seine Rechnungen immer pünktlich bezahlt. Außerdem hat er sich jederzeit vorbildlich benommen, wenn er hier war.«

»Ihre Aussage wird natürlich überprüft werden«, gab Larson zurück.

Nun schaltete sich Marin wieder ein. »Meine Leute werden sich in Ihrem Club ganz genau umsehen. Ich erwarte von Ihren Leuten die volle Kooperation. Wenn sich jemand weigert oder auf irgendeine Art und Weise versucht, etwas zu vertuschen, mache ich Sie persönlich dafür verantwortlich. Bis meine Kollegen fertig sind, wird Ihr Laden geschlossen bleiben. Haben Sie das verstanden?«

»Voll und ganz«, erwiderte Aho. »Kommen Sie dann für meine finanziellen Einbußen auf?«

»Ich bin mir sicher, dass ein Geschäftsmann Ihres Kalibers für derartige Fälle ausreichende Rücklagen gebildet hat«, sagte Marin süffisant. »Wenn Sie uns nun bitte entschuldigen wollen.«

Sie fasste Larson sanft an der Schulter und führte sie einige Meter abseits. »Aho ist ein harter Brocken«, erklärte sie leise. »Falls er wirklich mit dem Mord an Karhu zu tun hat, wird es lange dauern, bis er das zugibt.«

»Davon gehe ich aus«, antwortete Larson. »Nichtsdestotrotz sollten wir nichts unversucht lassen.«

»Natürlich. Wollen Sie die Befragung leiten?«

»Das überlasse ich lieber Jussi. Er hat mehr Erfahrung mit solchen Typen.«

»Passen Sie nur auf, dass er nicht wieder irgendeinen beschissenen Deal anbietet.«

»Natürlich.«

Marin wandte sich Aho zu. »Da Sie heute Abend sowieso nichts zu tun haben werden, können Sie uns auch auf das Revier begleiten. Dort werden wir uns unterhalten.«

Der Club-Inhaber lächelte. »Nichts lieber als das.«

Die Polizei von Rovaniemi verfügte über mehrere Verhörzimmer im Tiefgeschoss. Matias Aho saß bereits seit einigen Minuten allein in einem davon, während sich Valo auf das Verhör vorbereitete. Auf seinen Wunsch hin würde auch Larson anwesend sein. Zu ihnen hatte sich der hiesige Verhörexperte, ein langjähriger Polizist namens Matti Järvi, gesellt, um auf die Gestik und Mimik des Club-Inhabers zu achten, sich aber ansonsten zurückzuhalten.

Vor der Tür sah Valo seine Begleiter an. »Bereit?«, fragte er.

Järvi und Larson nickten.

Er schloss die Tür auf und trat ein. »Wie geht es Ihnen?«, begann er einleitend.

»Hyvin – Gut«, antwortete Aho. »Abgesehen davon, dass ich von Ihnen enttäuscht bin.«

»Warum?«

»Weil ich dachte, dass Sie ein Ehrenmann sind und sich an Absprachen halten.«

»Schade, dass ich Ihren Anforderungen nicht genüge«, gab Valo zurück. »Danke übrigens für die Daten.«

»Im Gegensatz zu anderen Personen in diesem Raum halte ich mich an Vereinbarungen.«

»Wie meine Kollegin bereits vorhin sagte, stehen Sie im Verdacht, den Mord an Tuomas Karhu in Auftrag gegeben zu haben.«

»Und wie ich Ihnen bereits erklärt habe, habe ich mit seinem Tod nicht das Geringste zu tun.«

»Warum sollten wir Ihnen glauben?«

»Weil *ich* ein Ehrenmann bin. Wenn ich mit jemandem im Streit liege, regele ich das wie ein Mann.«

»Erklären Sie mir das genauer.«

»Ich bin zuallererst Geschäftsmann. Wenn mir jemand Geld schuldet, treibe ich es auf die übliche Weise ein.«

»Mit einem Schlägertrupp?«

Aho grinste. »Ich habe einen guten Anwalt für solche Angelegenheiten.«

»Kommt wohl öfter vor, oder?«

»Hin und wieder«, gab Aho zu. »Es gibt immer wieder jemanden, der knapp bei Kasse ist.«

»Was tun Sie denn, wenn jemand trotz anwaltlicher Aufforderung nicht bezahlt?«

»Das kann schon mal bis zur Pfändung gehen, aber glücklicherweise ist das äußerst selten der Fall. Generell bezahlen meine Gäste ihre Rechnungen.«

»Nehmen wir an, jemand Ihrer Kunden benimmt sich daneben. Was passiert dann?«

»Dann wird er hinausgeworfen und erhält Hausverbot. Meine Leute sind instruiert, selbstständig zu handeln.«

»Werden sie dabei handgreiflich?«

»Was haben Sie eigentlich genau im Sinn?«, fragte Aho.

»Ich habe in meiner Zeit bei der Polizei immer wieder mit Leuten zu tun, die der Ansicht sind, dass das Gesetz für sie nicht gilt und sie tun und lassen können, was sie wollen.«

»Und für Sie bin ich einer dieser Leute?«

»Möglicherweise.«

»Sie wissen so gut wie ich, dass Sie nichts gegen mich in der Hand haben. Der einzige Grund, warum ich hier sitze, ist, dass Sie keine Ahnung haben, wer Karhu ermordet hat. Sie klammern sich an jeden Strohhalm, den Sie finden können. Sie können mich hier nicht festhalten. Meine Aussage steht, und ich werde nicht davon abweichen, denn sonst würde ich lügen. Und das wäre sicher nicht von Vorteil für Sie. Wenn Sie nichts weiter als haltlose Anschuldigungen gegen mich vorzubringen haben, möchte ich jetzt gerne gehen. Sie haben schon mehr als genug meiner kostbaren Zeit verschwendet.«

»Meinetwegen«, sagte Valo. »Aber ob Sie gehen dürfen, liegt nicht in meiner Hand. Ich schätze, dass Iriina

Marin gerne noch das eine oder andere Wort mit Ihnen wechseln möchte.«

»Natürlich, Herr Inspektor«, antwortete Aho und schaffte es, Valos Titel wie eine Beschimpfung klingen zu lassen.

Valo öffnete die Tür und ließ Larson sowie Järvi hinausgehen. Bevor er selbst das Zimmer verließ, warf er Aho noch einen letzten Blick zu.

»Harter Brocken«, kommentierte Järvi. »Er hat seine Mimik und Gestik voll unter Kontrolle. Da ist nichts, was darauf hindeuten würde, dass er lügt.«

»Aber auch nichts, das zeigt, dass er die Wahrheit sagt, nehme ich an?«

Järvi schüttelte den Kopf.

»Schöne Scheiße«, fluchte Valo leise. An den Polizisten gewandt, fügte er hinzu: »Danke, dass Sie sich die Zeit genommen haben.«

»Keine Ursache. Brauchen Sie mich noch?«

»Nein, vorerst nicht.«

»Was machen wir jetzt?«, fragte Larson, als sie allein waren.

»Hier können wir erst einmal nichts ausrichten«, sagte ihr Partner. »Lass uns nach Hause fahren.«

»Es ist aber schon ziemlich spät. Bis wir in Nurmes sind, ist es tiefste Nacht. Wollen wir nicht lieber morgen Vormittag nach Hause fahren?«

»Das schaffen wir schon.«

»Lass mich noch kurz mit Iriina sprechen. Sie soll wissen, was wir erfahren haben. Auch, wenn es nur herzlich wenig ist.«

»Wie du meinst. Ich bin draußen.«

Während Valo den Wagen warmlaufen ließ, ging Larson zu Marin und gab ihr eine Kurzfassung des Verhörs. Dann verabschiedete sie sich und gesellte sich zu ihrem Partner. Ohne weitere Worte verließen sie den Parkplatz des Reviers, fuhren aus dem Ort hinaus und auf die Landstraße nach Süden.

Obwohl die Straßen frei waren und es keinen Neuschnee gab, kamen sie erst weit nach Mitternacht in Nurmes an. Valo fühlte sich wie gerädert. Die Erkältung war nicht abgeklungen, und mittlerweile lief seine Nase stetig. Bisher hatte er sich zusammenreißen können, aber jetzt merkte er, dass seine Kräfte immer mehr nachließen. Er lieferte Larson vor ihrer Haustür ab und fuhr dann die restlichen Kilometer nach Hause, wo er das Auto wie üblich in die Garage stellte, an das Stromkabel anschloss und ins Haus ging. Noch während der Fahrt hatte er Eevi über seine Rückkehr informiert, und die gute Seele hatte es sich nicht nehmen lassen, das Haus zu heizen und sogar etwas für ihn zu kochen. Obwohl er Hunger verspürte, brachte er es nicht über sich, jetzt etwas zu essen. Stattdessen stellte er den Topf mit der noch immer warmen Kartoffelsuppe in den kalten Vorraum, zog sich aus und ging ins Bett. Dass Sauli nicht zu sehen war, nahm er zwar wahr, war aber zu erschöpft, um sich weiter damit zu beschäftigen. Das Tier würde schon noch auftauchen. Kaum, dass er sich hingelegt hatte, war er bereits eingeschlafen.

Ruckartig wachte er auf. Er hatte geträumt, dass ein wilder Bär vor ihm stünde und ihn anbrüllte, bevor er ihm die riesigen Pranken in den Hals rammte. Valo blinzelte mehrmals. Ihm stand der Schweiß auf der

Stirn und rann ihm in die Augen. Mit dem Arm wischte er sich über das Gesicht und starrte in die Dunkelheit. Plötzlich hörte er ein Geräusch! Ein Fauchen, das ihn daran erinnerte, wie sich sein Kater einmal verhalten hatte, als er einen Schatten gesehen hatte, mit dem er nichts hatte anfangen können. Noch immer schlaftrunken, stand er langsam auf. Er ging zum Fenster und zog die Vorhänge zurück. Da momentan Vollmond war, konnte er die dunklen Konturen der umliegenden Bäume gut erkennen. Und da war noch etwas. Etwas Kleines. Tatsächlich, das war Sauli! Und über ihm ...

»Satana!«, fluchte Valo laut und war mit einem Mal hellwach. Er rannte in den Wohnraum, zog sich schnell seine Haushose und seine Winterjacke über, schlüpfte in die immer bereitstehenden Arbeitsstiefel und rannte nach draußen.

»Hey!«, brüllte er, als er seine Katze erreichte.

Sauli lag auf dem Rücken und war soeben im Begriff gewesen, als Abendessen eines Luchses zu enden. Die Wildkatze schien sich in den Hals des armen Tieres verbissen zu haben, als Valo beherzt eingriff und den Luchs mit beiden Händen packte. Das Wildtier war zu überrascht, um auf diese plötzliche Attacke zu reagieren. Valo hob den Luchs auf und schleuderte ihn im hohen Bogen davon. Er nutzte die Gunst der Stunde, brach flugs einen dünnen Ast ab und fuchtelte damit vor der erschrockenen Wildkatze herum. Ängstlich wegen dieses neuen und viel größeren Gegners entschied sich der Luchs, sich nicht auf einen Kampf einzulassen und lieber davonzulaufen.

»Und komm ja nicht wieder, du Mistvieh!«, brüllte ihm Valo hinterher.

Er warf den Ast zur Seite und beugte sich zu seiner Katze hinunter. »Sauli«, hauchte er besorgt.

Vorsichtig betastete er das Tier und stellte schließlich erleichtert fest, dass sein geliebter Begleiter auf den ersten Blick keine schlimmeren Verletzungen davongetragen zu haben schien. Dennoch wollte Valo auf Nummer Sicher gehen, daher schob er vorsichtig seine Arme unter den Kater und hob ihn sanft hoch. Sauli ließ ein klägliches Maunzen ertönen und vergrub seinen Kopf in Valos Armbeuge.

»Ist ja gut, das wird schon wieder ...«, sagte er leise.

Das Tier wie ein menschliches Neugeborenes haltend, ging er zurück ins Haus und legte den Kater auf dem Bett ab. Dass Valo eine Spur aus Schnee quer durch die Zimmer verteilte, interessierte ihn in diesem Moment herzlich wenig. Mit der einen Hand die Katze streichelnd, mit der anderen sein Smartphone bedienend, rief er den Bereitschaftstierarzt an und erklärte ihm in knappen Worten, was vorgefallen war. Da es sich bei dem Arzt um einen guten Bekannten handelte, versprach dieser, umgehend vorbeizukommen und Sauli zu untersuchen.

Es dauerte nur rund zwanzig Minuten, bis die Türklingel erscholl.

»Ich bin gleich wieder da«, versprach Valo seinem Kater, der inzwischen ganz ruhig dalag und ihn aus geweiteten Augen beobachtete.

»Danke, dass du so schnell gekommen bist«, begrüßte er den Tierarzt, einen dickbäuchigen Mittfünfziger namens Tuomas Korhonen.

»Kein Problem, dafür bin ich ja da«, beschwichtigte er ihn. »Wo ist denn der kleine Patient?«

Valo führte den Arzt ins Schlafzimmer.

»Dann wollen wir mal sehen«, erklärte Korhonen und tastete den Kater vorsichtig ab.

Sauli ließ die Prozedur stillschweigend über sich ergehen und begann sogar, leise zu schnurren. Nach kurzer Zeit hatte Korhonen die Untersuchung beendet und sah Valo an. »Nichts Schlimmes. Ein paar Kratzer und ein gehöriger Schreck. Nichts, von dem er sich nicht bald erholt haben wird. Aber du solltest dich darum kümmern, dass Sauli vorerst nicht mehr rausgeht. Der Luchs mag zwar erst einmal verjagt sein, aber der wird sicher wiederkommen. Und dann geht es vielleicht nicht so glimpflich aus.«

»Danke«, sagte Valo. »Möchtest du einen Kaffee?«

»Ein anderes Mal vielleicht«, sagte der Arzt und winkte ab.

Valo nickte und begleitete Korhonen bis zur Tür, wo er sich von ihm verabschiedete. Zurück im Schlafzimmer setzte er sich neben Sauli und streichelte ihm sanft über den Kopf.

»Wird schon wieder gut werden«, sagte er. »Was hast du überhaupt da draußen gemacht? Du weißt doch, dass es dort kalt und gefährlich ist.«

Zur Antwort erhielt er ein leises Miau, gefolgt von einem ratternden Schnurren.

»Wie auch immer.«

Während sich Sauli wohlig ausstreckte, ging Valo durch das Haus und prüfte sämtliche Fenster, damit sein Kater wirklich keinerlei Möglichkeit hatte, erneut auszubüxen. Zuletzt schaltete er die Lichter aus, zog die Vorhänge im Schlafzimmer zu, zog sich aus und legte sich neben Sauli ins Bett. Er schloss die Augen, doch obwohl er sich danach sehnte, konnte Valo nicht mehr einschlafen. In seinem Körper befand sich einfach noch immer zu viel Adrenalin. Sich damit abfindend, nicht mehr schlafen zu können, knipste Valo seine Nachttischlampe an, nahm das darauf liegende Buch zur Hand und blätterte zu der Stelle, wo er zuletzt pausiert hatte. Bei dem Roman handelte sich um den dritten Teil einer Agenten-Thriller-Reihe, die in den USA spielte. Was Valo an dem Autor besonders schätzte, war die beschriebene Akribie, mit welcher der Hauptcharakter zu Werke ging. Manche Leute fanden es sicher langweilig, aber ihm gefiel es, wie detailliert die Ermittlungen beschrieben wurden, und dass sich die Action mit ruhigen Kapiteln abwechselte. Es gab zwar auch bereits die eine oder andere Verfilmung der Reihe, aber an die Bücher kamen sie für Valo nicht heran. Während sich Sauli zusammenrollte und einschlief, blieb Valo wach und las bis zum Morgengrauen.

Einige Tage später befanden sich Valo und Larson in ihrem Büro in Nurmes und langweilten sich. Wie befürchtet, zog sich die Entnahme der DNS-Proben in Rovaniemi hin. Auch in Nurmes gab es keine neuen Erkenntnisse.

»Das ist doch Mist«, fluchte Valo. »Warum dauert das in Rovaniemi so lange?«

»Ich bin mir sicher, dass Marin tut, was sie kann«, beschwichtigte Larson ihn. »Sie kann auch nicht zaubern.«

»Das verlange ich auch nicht. Aber sie könnte wenigstens mal eine Zwischenmeldung von sich geben.«

»Ich habe mit ihr vereinbart, dass sie uns informiert, wenn alle Proben genommen wurden. Ich werde jetzt nicht versuchen, sie unter Druck zu setzen. Es reicht, wenn du ihr Feind bist, da muss ich das nicht auch noch sein.«

»Verschwörung unter Frauen gegen die Männerwelt, was?«

Larson sah ihn kritisch an. »Das war wirklich unnötig.«

»Du hast ja recht«, sagte Valo entschuldigend und stützte das Kinn auf die Hände. »Ich bin einfach nur genervt. In Helsinki gab es immer etwas zu tun, aber hier ... sitze ich mir den Hintern platt.«

»Du könntest zum Strand gehen und langlaufen.«

»Bei meinem Glück bleibe ich irgendwo stecken und muss gerettet werden. Nein, danke. Da bleibe ich lieber hier sitzen.«

»Wie geht es Sauli?«, fragte Larson, das Thema wechselnd.

Valo hatte ihr natürlich von dem nächtlichen Ereignis erzählt.

»Wieder ganz gut«, antwortete er. »Glücklicherweise hat er keine ernsthaften Verletzungen davongetragen. Wenn ich nicht den Kampflärm gehört hätte ...«

»Ist ja noch mal gut gegangen. Hast du den Luchs inzwischen gefunden?«

»Nein, ich habe aber auch nicht gesucht. Ich bin schließlich kein Jäger. Aber wenn mir das Vieh noch mal über den Weg läuft, murkse ich es ab.«

»Du weißt, dass diese Tiere unter Artenschutz stehen, oder? Und außerdem glaube ich, dass er einfach Hunger hatte. Da war Sauli eben eine leichte Beute.«

»Dann soll er sich einen Hasen suchen, aber nicht meine Katze.« Valo seufzte und stand auf. »Ich gehe mir mal die Beine vertreten, sonst schlafe ich hier noch ein.«

Er zog seine Jacke, seine Mütze und Handschuhe über und verließ das Polizeigebäude durch den Hintereingang. Am Vortag war eine Frostwelle über Nurmes hereingebrochen und hatte das Thermometer auf mehr als Minus dreißig Grad Celsius getrieben. Es herrschte zwar kein Wind, aber es war so eisig, dass sich auf Valos Augenbrauen sofort Frost bildete. Das Polizeigebäude befand sich nahe des Pielinen-Sees, an dessen Ufer sich wiederum ein Fußweg entlangschlängelte. Nur wenige Menschen trauten sich bei diesen extremen Temperaturen nach draußen, aber nachdem seine Erkältung inzwischen wieder abgeklungen war, konnte er problemlos einige Kilometer gehen. Um nichts zu riskieren, hatte er sich im örtlichen Kleidergeschäft einen Gesichtsschutz aus Baumwolle gekauft, den er sich jetzt umband. Während er am See entlang ging, achtete er auf eine gleichmäßige Atmung, denn wie er wusste, konnte der Frost seinen Lungen Schäden zufügen, wenn er es übertrieb. Valos Weg führte ihn nach Süd-Osten in Richtung des Sägewerks, einem der größten Arbeitgeber der Region. Wie immer herrschte dort Hochbetrieb, denn die Leute wollten heizen, und da die Stromkosten momentan sehr hoch waren, wichen die Menschen nach Möglichkeit auf Holz aus, um ihre Öfen zu befeuern. Während einer kurzen Pause, die er nutzte, um auf den gefrorenen See hinauszublicken, spürte er in seiner Tasche eine Vibration. Umständlich fummelte er sein Smartphone heraus und warf einen Blick auf das Display. Larson hatte ihm soeben eine Nachricht geschickt, dass er schnellstmöglich zum Revier zurückkommen sollte. Valo schrieb ein kurzes *OK*, steckte das Telefon wieder ein und ging auf direktem Wege zurück. Im Gebäude wurde er von einer wohligen Wärme empfangen.

»Was gibt es denn?«, fragte er seine Partnerin, während er seine Winterkleidung abstreifte und aufhängte.

»Halla hat sich aus Kuopio gemeldet«, antwortete sie. »Er sagte, die Proben aus Rovaniemi seien gestern eingetroffen. Er hat sie bereits untersucht.«

»Warum haben wir davon nichts erfahren?«

»Weiß ich nicht, ist mir aber auch egal.«

»Was hat er herausgefunden?«

»Keinerlei Übereinstimmung«, antwortete sie. »Er wird noch einen schriftlichen Bericht abliefern, aber da wird dasselbe, nur in Langform, drinstehen.«

»Mist«, fluchte Valo. »Und er ist sich wirklich sicher?«

»Halla sagte, er habe keine Zweifel.«

»Sind wir denn überzeugt davon, dass wirklich alle Frauen, die auf dieser Party waren, getestet wurden?«

»Ich gehe davon aus.«

»Das heißt, dass du es nicht weißt. Rufe bitte Marin an und erkundige dich.«

Larson scrollte das Adressbuch in ihrem Smartphone durch, bis sie die Nummer gefunden hatte, und drückte auf *Anrufen*. Nur drei Sekunden später meldete sich die Dienstellenleiterin aus Rovaniemi.

»Hallo Iriina, Saari hier. Wie geht es dir?«

»Alles wie immer«, antwortete Marin. »Und dir?«

»Soweit gut«, gab Larson zurück. »Hör mal, ich habe gerade aus Kuopio erfahren, dass die DNS-Proben geprüft worden sind. Allem Anschein nach gibt es keine Übereinstimmung. Jetzt fragen wir uns hier, ob wirklich alle Frauen von der Liste abgehakt worden sind. Weißt du etwas darüber?«

»Lass mich mal eben nachsehen«, bat Marin.

Einige Sekunden lang herrschte Schweigen.

»Okay, hier ist die Liste. Moment ... Shit.«

»Was ist denn?«

»Tatsächlich sind meinen Leuten gleich zwei Frauen durch die Lappen gegangen. Die sind wohl nicht zur Proben-Entnahme erschienen. Ich kümmere mich sofort darum.«

Valo machte mit seinen Händen eine *T*-Geste, was bedeutete, dass er etwas sagen wollte.

»Warte bitte mal kurz«, erklärte Larson und stellte ihr Mikrofon auf Stumm. »Was ist denn?«, wollte sie von ihrem Kollegen wissen.

»Lass dir die Namen und Adressen dieser Frauen geben ... und Fotos, wenn vorhanden. Wir fahren selbst hin.«

»Iriina? Schick mir bitte gleich die Daten der beiden. Wir wollen selbst hinfahren.«

»Bist du dir sicher? Es ist schweinekalt hier.«

»Schon in Ordnung, wir sind nicht aus Zucker.«

»Alles klar«, bestätigte Marin. »Du bekommst in zwei Minuten eine Mail von mir.«

»Ich danke dir. Halt die Ohren steif.«

»Bei der Kälte ist das nicht schwierig. Bis bald.«

Larson beendete das Gespräch und öffnete das ebenfalls in ihr Smartphone integrierte Mail-Postfach. Währenddessen goss Valo für sie beide Kaffee in die bereitstehenden Tassen.

»Hab sie«, erklärte Larson.

Valo warf einen Blick auf seine Uhr. »Wenn wir jetzt sofort losfahren, sind wir am frühen Abend da. Ich sage Jutta Bescheid, dass wir die Bude wieder nutzen möchten.«

Als er die Vermieterin des kleinen Hauses in Rovaniemi anrief und ihr seinen Wunsch schilderte, war sie hellauf begeistert und versprach, alles für ihre Ankunft vorzubereiten. Nachdem die beiden Ermittler ihren Kaffee ausgetrunken hatten, zogen sie sich an und machten sich auf den Weg.

»Bist du dir sicher, dass die Karre durchhält?«, fragte Larson vom Beifahrersitz aus.

Je nördlicher sie kamen, desto schneller wurde es dunkel. Zusätzlich war ein starker Wind aufgekommen, der den am Straßenrand aufgetürmten Schnee stetig auf die Fahrbahn wehte und es erschwerte, das Auto auf der Straße zu halten.

»Kein Problem, der Wagen hat schon Schlimmeres erlebt«, antwortete Valo.

Aufgrund der geringen Sicht fuhr er mit lediglich knapp fünfzig Kilometern pro Stunde und folgte der sich durch den Wald schlängelnden Landstraße. Hin und wieder wurden sie von anderen Autos überholt, aber das störte Valo nicht. Er ließ sich nicht provozieren, und verspürte seinerseits keine Lust, diese Möchtegern-Rennfahrer zur Rechenschaft zu ziehen. Für ihn war es nur wichtig, dass sie nach Rovaniemi kamen.

Es dauerte fast drei Stunden länger als geplant, die Stadt am Nordpolarkreis zu erreichen. Eingepackt wie Arktisforscher, stiegen sie aus und stapften durch den Schnee ins Haus. Jutta hatte sie darüber informiert, dass sie dieses Mal nicht anwesend sein würde, aber den Schlüssel für sie über dem Türstock deponiert zu haben. Valo streckte sich und nahm den Bund herunter. Nachdem er die Tür umständlich geöffnet hatte, traten sie beide ein. Im Ofen prasselte ein gemütliches Feuer und verbreitete eine wohlige Wärme, und auf dem Herd stand ein geschlossener Topf. Auf dem Küchentisch fanden sie einen Zettel vor.

Liebe Saari, lieber Jussi,
ich habe für euch Lachssuppe gekocht. Ich hoffe, dass sie noch warm ist. Lasst es euch schmecken!

»Lieb von ihr«, sagte Larson. »Ich hatte schon ewig keine Fischsuppe mehr.«

Während sie den Herd anschaltete, um das Essen aufzuwärmen, kümmerte sich Valo darum, dass der Tisch gedeckt wurde. Als das Essen fröhlich dampfte, schaufelten sie sich jeweils mehrere Kellen auf ihre Teller und stellten sie auf dem Tisch ab.

»Hast du Durst?«, fragte er seine Partnerin.

»Aber sowas von«, entgegnete sie.

Valo öffnete den Kühlschrank und fand eine ungeöffnete Flasche Limonade sowie zwei große Dosen Bier.

»Zucker oder Alkohol?«, wollte er wissen.

»Ich kann jetzt definitiv ein Bier vertragen.«

Er nahm die Dosen heraus, stellte eine vor Larson ab und zog die Lasche seiner eigenen Dose auf.

»Kippis – Prost«, sagte er.

Larson trank mehrere große Schlucke, stellte die Dose auf den Tisch und rülpste vernehmlich.

»Anteeksi – Entschuldigung.«

Als Antwort ließ er ebenfalls einen Rülpser erklingen, der ihrem in nichts nachstand.

Genüsslich aßen sie ihre Mahlzeit weiter. Da sie seit ihrem Aufbruch in Nurmes nichts gegessen hatten, nahmen sie sich noch zwei weitere Portionen. Als sie sich endlich sattgegessen hatten, lehnten sie sich entspannt zurück und streichelten über ihre Bäuche.

»Ich fühle mich, als wäre ich schwanger«, sagte Larson seufzend.

»Kaffee?«

»Ja, gern.«

Während er das Gebräu aufsetzte, ging sie ins Wohnzimmer, ließ sich auf die Couch fallen und streckte sich aus. Nur wenige Minuten später war der Kaffee fertig. Valo goss zwei Tassen voll und brachte beide zu dem niedrigen Tisch, der vor dem noch immer prasselnden Ofen stand. Da seine Partnerin das Sofa vollständig in Beschlag nahm, setzte er sich in den daneben postierten Sessel.

»Ich gehe schlafen, ich bin absolut fertig«, erklärte Larson. »Aber dieses Mal nehme ich die Couch.«

»Nichts da, du bekommst das Schlafzimmer«, antwortete Valo. »Ich hatte allerdings gehofft, dass wir noch ein wenig an der Konsole zocken könnten.«

»Kannst du gerne machen, aber ich bin raus für heute.«

»Ich muss zugeben, dass ich auch total durch bin«, sagte Valo nun. »Dann mal gute Nacht.«

»Schlaf gut.«

Beim morgendlichen Kaffee besprachen sie, wie sie heute vorgehen wollten.

»Sollen wir uns aufteilen? Jeder nimmt sich eine Frau vor?«, schlug Larson vor.

»Das würde uns zwar Zeit sparen, aber wir sollten lieber zusammenbleiben«, antwortete Valo. »Wir wissen nicht, wie die beiden drauf sind. Da sollten wir uns lieber gegenseitig den Rücken freihalten.«

Seine Kollegin nickte zustimmend.

Wenig später standen sie vor ihrer ersten Anlaufstelle, einer Frau namens Minttu Salo, die laut der von Marin bereitgestellten Daten im Zentrum von Rovaniemi in einer kleinen Mietwohnung lebte. Es war noch immer frostig, aber zumindest hatte sich der Wind beruhigt. Mit einer behandschuhten Hand drückte Valo die Klingel.

»Hallo?«, meldete sich eine Frauenstimme aus der Gegensprechanlage.

»Minttu Salo? Mein Name ist Jussi Valo. Ich bin von der Kriminalpolizei. Bei mir ist meine Kollegin Saari Larson. Wir möchten uns gerne mit Ihnen unterhalten.«

»Habe ich mir etwas zuschulden kommen lassen?«

»Das möchten wir lieber direkt mit Ihnen besprechen. Lassen Sie uns herein?«

»Einen Moment bitte.«

Mit einem Summen öffnete sich die Tür. Valo drückte sie auf und ließ Larson eintreten, bevor er ihr folgte. Im Treppenhaus biss ihnen der starke Geruch von Reinigungsmittel, vermischt mit dem zweifelhaften Aroma verbrannten Essens, in die Nase. Valo wünschte sich für einen Moment seine Erkältung zurück, denn dann hätte er diese stinkende Mischung nicht ertragen müssen. In der zweiten Etage fanden sie die bereits geöffnete Eingangstür zu Salos Wohnung. Gemäß den Vorschriften wiesen sie sich zuerst aus, bevor sie das kleine Appartement betraten. Die Behausung war sauber und aufgeräumt. Mit einem kurzen Blick stellte Valo fest, dass es hier so gut wie keinen Nippes gab.

»Schöne Wohnung«, kommentierte er.

»Ich lebe nach dem Prinzip *Was keinen Nutzen hat, brauche ich nicht*«, erklärte Salo. »Kommen Sie herein.«

Im Wohnzimmer, das augenscheinlich auch gleichzeitig das Schlafzimmer darstellte, setzten sich die Inspektoren und die Hausherrin an einen schmalen Tisch.

»Wohnen Sie allein?«, wollte Larson wissen.

»Ja. Meine Arbeit lässt keine Beziehung zu.«

»Was arbeiten Sie denn?«

»Ich begleite Geschäftsmänner.«

Valo nickte zum Zeichen, dass er verstanden hatte, was Salos Berufsbeschreibung beinhaltete. »Wie ich schon sagte, sind wir von der Kriminalpolizei. Wir ermitteln derzeit in einem Fall, bei dem wir Ihre Hilfe brauchen. Kennen Sie einen Mann namens Tuomas Karhu?«

»Nein, wer ist das?«

»Er ist der Bürgermeister von Nurmes. Und da er vor einigen Tagen in Rovaniemi war, dachten wir, dass Sie ihm vielleicht bei Ihrer ... Arbeit begegnet sind.«

»Der Name sagt mir nichts. Es kann aber natürlich sein, dass er unter einem Pseudonym aufgetreten ist.«

»Ist das üblich in Ihrer Branche?«

»Es kommt durchaus vor.«

»Warten Sie, ich zeige Ihnen ein Foto.«

Valo öffnete die Bildergalerie seines Telefons, suchte ein aktuelles Porträtfoto von Karhu heraus und zeigte es der Frau.

»Nein«, sagte Salo und schüttelte den Kopf. »Kenne ich nicht.«

»Sind Sie sich sicher?«

»Ja.«

»Waren Sie kürzlich auf einer Party im *Polar Bear Night*?«

»Ja.«

»Kennen Sie Matias Aho persönlich?«

»Sie meinen den Inhaber? Ich habe das eine oder andere Mal mit ihm gesprochen, aber normalerweise bekomme ich meine Aufträge von einem seiner Mitarbeiter.«

»Warum sind Sie eigentlich nicht der polizeilichen Aufforderung zur Entnahme einer DNS-Probe gefolgt?«

»Sie meinen, dass das ein echter Brief war?«

»Definitiv war er das.«

»Oh«, meinte sie. »Das tut mir leid. Wissen Sie, meine Freunde spielen mir manchmal Streiche. Da dachte ich natürlich, dass es nur ein Scherz war und habe den Brief einfach weggeworfen.«

»Das ist zumindest eine Erklärung«, befand Valo. »Minttu, wir wären Ihnen sehr verbunden, wenn Sie sich unverzüglich auf dem Revier einfinden würden.«

»Das lässt sich einrichten. Worum geht es bei Ihrem Fall eigentlich?«

»Das darf ich Ihnen leider nicht sagen. Damit wir uns aber nicht missverstehen: Sie sind verpflichtet, der polizeilichen Ladung unverzüglich nachzukommen. Ansonsten müssen wir Sie in Gewahrsam nehmen.«

»Verstanden. Ich werde noch heute Nachmittag hingehen.«

»Danke. Kennen Sie übrigens eine Frau namens Minna Ahonen?«

»Ja, die kenne ich tatsächlich.«

»Arbeitet sie im selben Metier wie Sie?«

»Ja.«

»Wie gut kennen Sie sich?«

»Wir unterhalten uns manchmal. Wir sind aber keine Freunde.«

»Sind Sie Konkurrentinnen?«

»Das wäre zu hart ausgedrückt«, erklärte Salo. »Wir sind Bekannte und stehen in gesundem Wettbewerb.«

»Alles klar. Wir haben noch einiges zu tun, darum werden wir jetzt gehen. Sollten Sie bis heute Abend nicht im Revier aufgetaucht sein, kommen wir aber wieder und eskortieren Sie persönlich dorthin.«

Salo nickte zum Zeichen, dass sie verstanden hatte.

Valo und Larson gingen zurück nach draußen und setzten sich in den Wagen, wo er den Motor anschaltete und die Heizung auf volle Stufe stellte.

»Wohin jetzt?«, fragte er.

»Minna Ahonen wohnt nahe des Flusses, nur wenige Kilometer von hier entfernt.«

Valo ließ sich von Larson durch die Stadt lotsen und fand praktisch direkt vor Ahonens Adresse einen Parkplatz. Ebenso wie Salo lebte sie in einem mehrstöckigen Mietshaus, dessen Fassade zwar gepflegt, aber schmucklos war. Sie stiegen aus und traten zur Eingangstür. Nach mehrfacher Betätigung der Hausklingel erhielten sie allerdings keine Reaktion.

»Scheint nicht zu Hause zu sein«, sagte Valo.

Er sah sich für einen Moment um und zeigte dann mit dem Finger auf die andere Straßenseite.

»Lass uns in das Café dort gehen und auf sie warten. Da haben wir eine gute Sicht und können schnell reagieren, wenn sie zurück kehrt. Außerdem ist mir kalt und ich habe Hunger.«

Sie wechselten die Straßenseite und gingen zum Eingang des dem Mietwohnhaus gegenüberliegenden Lokals. Ein Blick auf die auf eine Kreidetafel geschriebene Notiz rief in Valo direkt Sympathie hervor, denn laut des kurzen Texts wurde hier Frühstück für Spätaufsteher angeboten. Sie traten ein und wurden sofort von einer Kellnerin empfangen, die Valo auf ungefähr zwanzig Jahre schätzte. Ihr Namensschild verkündete, dass sie Raija hieß.

»Was darf es denn für euch sein?«, fragte sie mit glockenheller Stimme und einem echt wirkenden Lächeln, das ihrem Namen – im Finnischen bedeutete er *Die aufgehende Sonne* – alle Ehre machte.

»Einen Tisch für zwei mit Kaffee und dem Spätfrühstück«, antwortete er.

»Gern. Setzt euch gleich hier hin. Die Jacken könnt ihr an der Garderobe aufhängen.«

»Wenn es dir nichts ausmacht, möchten wir sie lieber bei uns behalten.«

»Okidoki«, sagte die Kellnerin fröhlich. »Da hinten ist das Buffet«, erklärte sie und zeigte auf den rückwärtigen Teil des Raums. »Nehmt euch einfach, was ihr möchtet.«

»Danke.«

Valo und Larson hängten ihre Winterkleidung über die Stuhllehnen und gingen gemeinsam zum Buffet, um sich das Angebot näher anzusehen. Was sie fanden, ließ ihnen das Wasser im Mund zusammenlaufen: Es gab gekochte Eier, Speck, eine reichhaltige Auswahl an Brot, dazu Schinken und Salami. Außerdem standen mehrere Arten von Käse und Joghurt zur Auswahl. Abgerundet wurde das Buffet von geschnittenen Karotten, Obstsalat und Mais. Zwei Gartöpfe aus Aluminium erregten Valos besondere Aufmerksamkeit. Er schob nacheinander die Deckel zurück und grinste. In einem der Töpfe befand sich Kartoffelpüree mit Würstchen, in dem anderen lagen Schweinefleischscheiben in Soße. Er nahm sich einen Teller vom Stapel und begann, sich Püree aufzutragen. Dem zweiten Behälter entnahm er zwei Fleischstücke. In der einen Hand den Teller balancierend, in der anderen sein Besteck haltend, ging er zurück zum Tisch und stellte alles ab. Der zweite Gang zum Buffet war nötig, um Kaffee zu holen. Als seine Kollegin ebenfalls fertig war und ihren Teller mit Eiern und Speck abgestellt hatte, machten sie sich über das Essen her.

»Das schmeckt fantastisch!«, sagte Larson anerkennend zwischen zwei Bissen. »Wir sollten öfter hierherkommen.«

»Sobald wir den Fall gelöst haben, werde ich Niemi um eine Versetzung für uns beide bitten«, scherzte Valo.

»Ich glaube, dass Marin da noch ein Wörtchen mitzureden haben wird«, merkte Larson an. »Und eher wird die Hölle zufrieren, als dass sie zustimmen wird. Zumindest, was dich betrifft. Mich wird sie sicher mit offenen Armen empfangen.«

»Reib es mir nur unter die Nase«, kommentierte Valo.

»Wie willst du das eigentlich wieder geradebiegen?«

»Weiß ich noch nicht«, antwortete er ehrlich.

»Schau mal da drüben«, wechselte Larson das Thema. »Ist sie das?«

Valo folgte ihrem Blick auf das gegenüberliegende Haus, wo gerade eine Frau damit beschäftigt war, in ihrer Handtasche zu wühlen.

»Kann ich so nicht beurteilen. Ist zu dick eingepackt«, antwortete Valo. »Ich gehe mal rüber.«

Er zog sich hastig seine Jacke über und verließ schnellen Schrittes das Lokal.

»Moi – Hallo«, begrüßte er die Frau.

»Sprechen Sie mit mir?«, fragte sie und sah zu ihm auf.

Jetzt erkannte er, dass es sich nicht um Minna Ahonen handeln konnte. Die Frau, die ihm gegenüberstand, war deutlich älter, außerdem passten die Gesichtszüge nicht.

»Entschuldigung, ich habe Sie mit jemand anderem verwechselt«, sagte er. »Wohnen Sie hier?«

»Ja.«

»Kennen Sie vielleicht eine gewisse Minna Ahonen?«

»Sie ist meine Nachbarin. Wer sind Sie?«

»Ich heiße Juha«, log er. »Ich bin ein alter Schulfreund von Minna und zufällig in der Gegend. Wissen Sie, wann sie wieder zu Hause ist?«

»Nein«, sagte die Frau. »Sie ist oft unterwegs. Und auch, wenn wir Nachbarn sind, erzählt sie mir nicht alles«, fügte sie hinzu.

»Macht ja nichts.«

»Wollen Sie, dass ich ihr etwas ausrichte?«

»Nein, das ist schon in Ordnung. Ich möchte sie überraschen. Wir haben uns viele Jahre nicht gesehen.«

»Na gut, wenn Sie meinen. Es kann aber dauern, bis sie nach Hause kommt. Manchmal bleibt sie sogar mehrere Tage weg.«

»Danke für die Auskunft. Schönen Tag noch«, sagte er und ging zurück ins Café.

»Fehlalarm?«, fragte Larson.

»Ja. Sie ist eine Nachbarin, aber sie hat im Endeffekt keine Ahnung von Ahonen und weiß nicht, wann sie wieder da ist.«

»Da wir momentan nichts anderes zu tun haben, können wir es uns leisten, hier zu warten. Es gibt schlechtere Orte.«

»Da hast du recht«, stimmte Valo zu. »Noch Kaffee?«

»Gern.«

»Bringst du mir einen mit?«

Larson hob eine Augenbraue. »Dein Humor ist in letzter Zeit nicht gerade gut.«

»Sorry«, sagte er. »War ein blöder Witz. Ich hole ihn natürlich. Etwas zu essen dazu?«

»Wenn du schon so fragst ... Das Fleisch sieht gut aus.«

»Dein Wunsch ist mir Befehl.«

Er ging hinüber zum Buffet, nahm sich eine Schüssel mit Obstsalat und einen Teller mit Fleisch, goss frischen Kaffee in zwei saubere Tassen und balancierte dann alles gekonnt zu ihrem Tisch hinüber.

»Das Buffet wird geschlossen«, sagte Raija zu den beiden Beamten.

Ein Blick auf die Uhr offenbarte Valo, dass es bereits nach Mittag war.

»Darf ich euch noch etwas bringen?«, fragte die Kellnerin.

»Habt ihr eine Speisekarte?«

»Klaro.«

Raija griff neben sich in eine Anrichte und nahm zwei schmale Ordner zur Hand, die sie vor ihren beiden Gästen auf den Tisch legte. Sie bestellten daraufhin Kaffee und etwas Kuchen.

»Den backen wir hier selbst«, erklärte Raija.

»Dann schmeckt er bestimmt doppelt so gut«, antwortete Valo.

»Seid ihr auf Urlaub hier?«

»So etwas Ähnliches«, erklärte er vage, da er ihr nicht auf die Nase binden wollte, was sie wirklich in Rovaniemi taten.

Die Kellnerin erwiderte nichts, machte aber auch keine Anstalten, sich zu entfernen.

»Der Kaffee?«, fragte Valo schließlich.

»Ja, natürlich. Ich bin gleich wieder da.«

Nur eine Minute später kam sie mit einer Kaffeekanne in der Hand zurück und schenkte ihren Gästen ein. Danach verschwand sie hinter einer Perlengardine und erschien kurz darauf mit zwei Kuchentellern.

»Der sieht gut aus«, fand Larson, nahm ihren Löffel, trennte ein Stück damit ab und schob es in den Mund. »Hmmm ...«, machte sie genüsslich, was bei Raija ein erneutes strahlendes Lächeln hervorrief.

Valo biss ebenfalls ein Stück ab und genoss den Geschmack der zarten Schokolade auf seiner Zunge. »Wirklich fantastisch«, sagte er.

»Freut mich, dass er euch schmeckt. Ich lasse euch mal wieder allein. Wenn ihr etwas braucht, ruft einfach nach mir.«

Valo nickte.

Beim nächsten Mal, als er auf die Uhr blickte, stellte er mit leichtem Erschrecken fest, dass es inzwischen fast Abend geworden war.

»Wollt ihr hier eigentlich übernachten?«, fragte Raija.

»Das hatten wir eigentlich nicht vor, aber bei dem guten Essen hier überlegen wir uns das noch mal«, scherzte Valo.

»Versteht mich nicht falsch. Ich finde es schön, dass es euch hier so gut gefällt, aber das passiert ziemlich selten, dass unsere Gäste den ganzen Tag an diesem Ort verbringen. Wenn ich es genau betrachte, ist es sogar noch nie vorgekommen.«

»Würden wir in Rovaniemi wohnen, würden wir wahrscheinlich jeden Tag hier sein«, sagte Larson.

»Ich bin gleich wieder da«, entschuldigte sich ihr Kollege und ging auf die Toilette.

Als er zurückkam, sah er aus dem Augenwinkel eine Bewegung am Fenster.

»Saari«, rief er mit halblauter Stimme.

Als sich seine Partnerin zu ihm umwandte, machte er eine Kopfbewegung zur Seite, um ihr zu verdeutlichen, was er von ihr wollte. Larson schaute hinaus. Auf der gegenüberliegenden Seite, am Eingang zum Miethaus, standen eine junge Frau im Pelzmantel und ein etwas älterer Mann, der einen Arm um ihre Taille gelegt hatte. Larson zog ihr Smartphone hervor und rief Ahonens Foto auf.

»Das ist sie!«, erklärte sie Valo.

»Bist du sicher?«

»Ziemlich.«

»Und wer ist der Typ da?«

»Woher soll ich das wissen?«

»Lass es uns herausfinden.«

Valo beeilte sich, bei Raija zu bezahlen, während Larson bereits ihre Jacke überzog.

»Paljon kiitoksia kaikesta – Vielen Dank für alles«, rief Valo der Kellnerin beim Hinausgehen zu.

Sie beeilten sich, die Straße zu überqueren, und gelangten gerade noch rechtzeitig zur Haustür, die bereits im Begriff war, zuzufallen. Valo stemmte sich dagegen und ließ Larson hinein, bevor er ihr folgte. Am Rande nahm er wahr, dass das Treppenhaus hell erleuchtet und in Pastellfarben gestrichen war, bevor er sich dem auf dem oberen Absatz stehenden Paar zuwandte.

»Minna Ahonen?«, fragte Valo.

Die Frau drehte sich überrascht zu ihm um. »Ja? Wer sind Sie?«

»Jussi Valo. Meine Kollegin heißt Saari Larson. Wir möchten mit Ihnen sprechen.«

»Tut mir leid, ich bin gerade … beschäftigt. Kann das nicht bis morgen warten?«

»Nein, kann es nicht.«

»Sagen Sie mal«, mischte sich der Mann ein. »Wer denken Sie, dass Sie sind, dass Sie einfach so hier hereinplatzen?«

Zur Antwort schob Valo seine Jacke zurück und zog seinen Dienstausweis hervor. Der Mann, der gerade noch so forsch aufgetreten war, wurde umgehend ruhig und trat einen Schritt zurück.

»Wer sind Sie?«, fragte Valo den Mann.

»Er ist ein Kunde«, erklärte Ahonen stellvertretend.

»Dann muss ich Sie leider enttäuschen«, erklärte der Inspektor. »Das *Geschäft* mit Minna wird heute nicht mehr zustande kommen. Es sei denn, Sie können etwas beitragen.«

»Ich weiß von gar nichts«, sagte der Mann kleinlaut.

»Das werden wir noch sehen. Saari, nimm bitte seine Personalien auf.«

Larson tat wie aufgefordert und ließ sich von dem Mann den Ausweis zeigen, den sie mit ihrem Handy abfotografierte.

»Danke für Ihre Kooperation«, sagte Valo. »Sie dürfen jetzt gehen.«

Der Mann schien zuerst unschlüssig, ob er auf sein Recht als *Kunde* bestehen sollte, beließ es dann aber dabei und stieg die Stufen hinab.

»Minna, nach Ihnen«, erklärte Valo.

»Was wollen Sie eigentlich von mir?«

»Wir benötigen Ihre Mithilfe bei einer Ermittlung. Bevor Sie fragen: Es duldet keinen Aufschub. Wir können uns entweder hier im Treppenhaus unterhalten, wo jeder mithören kann, oder wir gehen in Ihre Wohnung. Wie ist es Ihnen am liebsten?«

Ahonen sah Valo mehrere Sekunden in die Augen, bevor sie eine Entscheidung traf. »Kommen Sie mit.«

Sie schloss die Tür zu ihrer Wohnung auf und ließ die Beamten ein. Drinnen war es durchaus geräumig, dachte Valo. Es befanden sich nur wenige Möbel hier, die gleichzeitig so drapiert waren, dass sie dem objektiv betrachtet kleinen Raum das Gefühl von Weite verliehen. Ahonen zog ihren Mantel aus und hängte ihn fein säuberlich auf einen Kleiderbügel. Sie trug, was für diese Jahreszeit ungewöhnlich war, ein Kleid und halbhohe Lederstiefel.

»Ziehen Sie sich bitte die Schuhe aus«, verlangte sie, während sie sich ihre Stiefel abstreifte. »Ich will nicht, dass der Boden nass wird.«

Valo und Larson folgten der Aufforderung und zogen sich außerdem ihre Jacken aus. Das Zimmer war durch einen Deckenfluter erleuchtet und dieser gab ihm ein angenehmes Ambiente.

»Worum geht es?«, fragte Ahonen schließlich.

Valo bemerkte im Geiste, dass sie weder ihn noch seine Kollegin aufgefordert hatte, sich zu setzen.

»Wir möchten von Ihnen wissen, in welchem Verhältnis Sie zu Tuomas Karhu stehen.«

»Dazu möchte ich Ihnen nichts sagen«, erwiderte sie unumwunden.

»Warum nicht?«

»Weil ich grundsätzlich keine Auskünfte über meine Kunden gebe.«

»Sie kennen ihn also«, merkte Valo an.

»Das war Ihnen sicherlich schon vorher bekannt, sonst hätten Sie mich nicht aufgesucht.«

»Wie ich das sehe, haben wir hier zwei Möglichkeiten«, ergriff Larson das Wort. »Entweder, wir unterhalten uns ganz ungezwungen, oder Sie blocken weiter und wir organisieren einen Durchsuchungsbeschluss. In der Zwischenzeit kommen Sie in Untersuchungshaft. Eigentlich sind wir sowieso schon berechtigt, Sie zu verhaften, denn Sie sind einer polizeilichen Aufforderung nicht gefolgt.«

»Welche soll das bitte sein?«

»Sie wurden kürzlich schriftlich eingeladen, sich für einen DNS-Test einzufinden.«

»Davon weiß ich nichts«, behauptete Ahonen.

»Das glaube ich aber doch«, antwortete Larson. »Legen Sie es denn wirklich darauf an, verhaftet zu werden? Ich kann mir vorstellen, dass es sich nicht sonderlich gut auf Ihre ... Karriere auswirken würde, wenn Ihre Kunden erfahren, dass Sie mit der Polizei zu tun hatten. Aber das ist natürlich Ihre Entscheidung. Warum sind Sie der Aufforderung nicht gefolgt?«

»Weil ich ... weil ich Angst hatte.«

»Aha, und weshalb?«

»Ich bin in der Vergangenheit schon mehrfach mit der Polizei aneinandergeraten, und das war niemals erfreulich.«

»Und darum haben Sie beschlossen, die Einladung einfach zu ignorieren? War Ihnen denn nicht klar, dass Sie noch viel mehr Ärger kriegen würden, wenn Sie nicht zu dem Termin erscheinen?«

»Doch, aber ich hatte gehofft, dass ich ...«

»Sie haben gehofft, dass man Sie vergisst, nehme ich an?«, fragte Larson.

»Irgendwie schon«, erwiderte sie.

»Setzen Sie sich bitte«, übernahm Valo die Initiative und nahm selbst Platz. »Noch einmal zurück zu meiner Eingangsfrage. Was haben Sie mit Tuomas Karhu zu tun?«

»Er ist einer meiner Kunden.«

»Das sagten Sie bereits. Wie oft hat er Ihre Dienste in Anspruch genommen?«

»Etwa alle zwei Monate.«

»Wann haben Sie ihn zuletzt gesehen?«

»Das war vor vielleicht drei Wochen. Im *Polar Bear Nightclub* finden regelmäßig Feiern statt, an denen er teilnimmt. Ich bin auch immer dort.«

»Gutes Geld?«

»Durchaus.«

»Wie laufen diese Feiern normalerweise ab?«

»Ich und noch einige andere Frauen kommen dorthin, später trudeln dann die Männer ein. Jeder der Gäste sucht sich eine von uns aus, und wir verbringen den Abend miteinander.«

»Klingt irgendwie wie eine Versteigerung«, merkte Larson an.

»Nein, so ist das nicht«, antwortete Ahonen. »Wir haben selbstverständlich auch ein Mitspracherecht. Wenn uns ein Mann nicht gefällt, können wir natürlich ablehnen.«

»Und das resultiert nicht in Repressalien?«

»Nein. Matias kümmert sich darum, dass wir uns frei entscheiden dürfen. Ich habe selbst bereits den einen oder anderen Mann abgelehnt.«

»Hat sich Karhu immer für Sie entschieden?«

»Ja.«

»Wie ist er so als Mensch?«

»Er ist ein netter Mann. Immer Kavalier, niemals zudringlich. Aber warum interessieren Sie sich eigentlich so für ihn?«

»Er ist tot, und wir wollen seinen Mörder finden.«

Ahonen antwortete nicht, aber ihr Blick besagte, dass sie überrascht war.

»Wie ist das passiert?«, wollte sie schließlich wissen.

»Sagen *Sie* es uns.«

»Äh ... Wie bitte?«

»Bei seiner Leiche wurden DNS-Spuren sichergestellt. Wir gehen davon aus, dass sie von Ihnen stammen. Also, wie kommt es, dass sich Ihre DNS unter seinen Fingernägeln befand?«

»Nun ... ich ... Ich schätze, dass es daran liegt, dass ich mit ihm intim war.«

»Definieren Sie *intim*.«

»Wir hatten Sex miteinander.«

»Wo?«

»Hier, in meiner Wohnung.«

»Ging es dabei vielleicht etwas rauer zu?«

»Sie meinen, ob ich eine Domina bin? Solche Dienste biete ich nicht an. Und Tuomas ist ... war diesen Praktiken sowieso abgeneigt. Er wollte es immer gerne sanft.«

»Könnte es nicht sein, dass er es beim letzten Mal doch etwas härter haben wollte, und dann ist ein Unfall passiert?«

»Definitiv nicht!«, verneinte sie vehement.

»Sie behaupten also, dass er nach dem Geschlechtsverkehr wohlauf war?«

»Wenn ich es Ihnen doch sage!«

»Haben Sie Zeugen dafür?«

»Ich weiß nicht, worauf Sie abfahren, aber ich dulde keine Zuschauer, wenn ich mich mit meinen Kunden beschäftige.«

Valo warf einen Blick zu seiner Kollegin, die fast unmerklich nickte.

»Minna Ahonen, Sie werden verdächtigt, Tuomas Karhu ermordet zu haben. Sie werden verhaftet und zur weiteren Befragung aufs Revier gebracht, wo Sie vorerst verbleiben werden. Wenn Sie sich widersetzen, sind wir befugt, Gewalt anzuwenden.«

»Aber ... Ich habe ihn nicht getötet!«, entfuhr es ihr.

»Das wird sich zeigen«, erklärte Valo. »Kommen Sie ohne Widerstand mit?«

Ahonen schien vollkommen entgeistert von dieser plötzlichen Wendung zu sein und sank in ihrem Sessel zusammen. Valo betrachtete das als Zustimmung.

»Saari, kümmere dich bitte um sie. Ich möchte nicht, dass mir später vorgeworfen wird, jemanden misshandelt zu haben, weil ich ein Mann bin.«

Larson nickte und stand auf. »Minna, kommen Sie bitte mit.«

Perplex, wie sie war, stand die Frau langsam auf, ließ sich von der Polizistin die Arme auf den Rücken legen und Handschellen anlegen. Während Larson der Frau den Mantel über die Schultern legte, zog sich Valo ebenfalls an und übernahm dann Ahonens Überwachung, damit sich auch seine Kollegin ankleiden konnte. Schließlich öffnete er die Tür und ging voraus. Draußen nahmen sie Ahonen in die Mitte und brachten sie zu Valos Wagen, setzten die Frau auf den Rücksitz und stiegen dann selbst ein.

»Sag bitte Marin Bescheid, dass wir eine Zelle brauchen«, verlangte er von Larson.

Per Messenger sandte sie eine Nachricht an die Kriminalinspektorin, während er den Wagen in den Verkehr einfädelte.

Zurück auf dem Revier wurden die beiden Beamten von Iriina Marin empfangen.

»Hallo Iriina«, begrüßte Larson die Inspektorin mit einem Lächeln.

»Alles gut bei dir?«, fragte Marin.

»Klar. Hast du eine Zelle für uns vorbereitet?«

»Wie versprochen. Komm, ich führe dich und unseren Neuankömmling hin.«

Valo bemerkte natürlich, dass Marin ihn weder begrüßt noch eines Blickes gewürdigt hatte. Während er Marin in den hinteren Bereich der Polizeistation folgte, neigte er seinen Kopf zu seiner Partnerin.

»Seit wann duzt ihr euch?«

»Seitdem wir in Ruhe miteinander gesprochen haben«, erwiderte Larson.

Valo wollte nachhaken, bekam aber nicht mehr die Möglichkeit dazu, weil sie bereits den Zellenbereich erreicht hatten. Ein alter und dickbäuchiger Uniformierter saß auf einem unbequem aussehenden Holzstuhl und blickte von seiner Zeitung auf.

»Wir haben einen neuen Gast«, verkündete Marin und zeigte auf Minna Ahonen.

»Kein Problem, wir haben noch genug Zellen frei«, antwortete der Beamte.

Er stand umständlich auf, wuchtete seinen Körper ein Stück des aus rohem Beton gebauten Gangs hinab und holte dann seinen Schlüsselbund heraus, um eine der Gittertüren zu öffnen. Die Zelle war karg und verfügte lediglich über ein ungemütlich aussehendes Bett mit einer dünnen Matratze, einen schmalen, mit Nägeln am Boden befestigten Holztisch und ein Waschbecken.

»Wenn Sie auf die Toilette müssen«, erklärte Marin, »dann rufen Sie einen meiner Leute.«

Ahonen nickte langsam und ging dann ohne Widerstand in die Zelle hinein. Larson schloss die Handschellen auf und nahm sie an sich. Der Beamte schob die Gittertür zu und schloss sie mit lautem Knacken ab.

»Brauchst du noch etwas?«, wollte die Inspektorin von Larson wissen.

»Im Moment nicht, danke.«

»Iriina, darf ich kurz mit Ihnen unter vier Augen sprechen?«, meldete sich Valo zu Wort.

Marin betrachtete ihn aus kalten Augen.

»Ich glaube, dass es wichtig ist«, flüsterte ihr Larson zu.

»Na gut, aber nur zwei Minuten«, erklärte Marin schroff.

»Länger wird es auch nicht dauern.«

»Ich hole mir derweil einen Kaffee«, sagte Larson und ließ die beiden allein.

Der dicke Polizist watschelte zurück zu seinem Stuhl und widmete sich wieder seiner Zeitung.

»Also, was wollen Sie von mir?«, fragte die Inspektorin schroff.

»Ich möchte Sie um Entschuldigung bitten. Dass ich Ihre harte Arbeit, was Matias Aho angeht, sabotiert habe, war nicht richtig.«

»Weiter.«

»Ich wollte unseren Fall voranbringen. Ich habe mich von dem Gedanken leiten lassen, dass mir eine schnelle Lösung vielleicht dabei hilft, aus der Provinz weg und wieder in die Hauptstadt zu kommen. Dabei habe ich wohl den Bogen überspannt. Es tut mir leid. Nehmen Sie meine Entschuldigung an?«

Valo streckte die rechte Hand aus. Marin betrachtete ihn für eine gefühlte Ewigkeit, behielt dabei aber einen gleichbleibenden Gesichtsausdruck. Schließlich hob sie ebenfalls die Hand und ergriff die seine.

»Entschuldigung akzeptiert«, sagte sie bekräftigend. »Für dieses Mal kommen Sie davon. Aber auch nur, weil ich mit Aho ein interessantes Gespräch hatte.«

»Inwiefern?«, wollte Valo wissen.

»Meine Leute haben bei der Durchsuchung einige interessante Dinge gefunden, die jemand, der so *rechtschaffen* ist wie Aho, nicht besitzen sollte.«

»Verraten Sie mir, um was es sich dabei handelt?«

»Um Drogen«, erklärte Marin. »Und zwar nicht so etwas vergleichsweise Harmloses wie Ecstasy oder Ähnlichem. Ich spreche von Heroin und Kokain.«

»Das dürfte ihm einige Jahre im Knast einbringen.«

»Davon ist auszugehen. Übrigens, wenn Sie noch mal irgendeine Dummheit machen, die mich oder meine Leute negativ beeinflusst, reiße ich Ihnen den Kopf ab und scheiße Ihnen in den Hals.«

»Das ist nur fair«, erklärte Valo lächelnd.

»Was haben Sie mit dieser Frau hier eigentlich vor?«

»Sie steht im Verdacht, Tuomas Karhu umgebracht zu haben. Wir wollen sie weiter befragen und herausfinden, ob sie für den Tatzeitpunkt ein Alibi hat.«

»Und wenn sie eins hat?«

»Dann sehen wir weiter.«

»Klingt für mich, als wären Sie verzweifelt.«

»Und wenn das so wäre?«, fragte Valo herausfordernd.

»Hey, das ist nicht meine Angelegenheit«, wiegelte Marin ab. »Was halten Sie davon, wenn Matti Järvi die Befragung durchführen wird?«

»Ich weiß nicht … Ich führe Verhöre gerne lieber selbst durch.«

»Ganz, wie Sie wollen. Matti ist allerdings der Beste, den Sie kriegen können. Und so, wie Sie aussehen, können Sie jede Hilfe gebrauchen.«

Valo überlegte. »In Ordnung«, sagte er schließlich. »Versuchen können wir es ja mal. Wann kann er denn anfangen?«

»Sobald er weiß, worum es geht. Kommen Sie mit, dann können Sie ihn gleich selbst instruieren.«

Valo folgte Marin aus dem Zellentrakt hinaus. Ihr Weg führte sie an Larson vorbei, die ihren Kaffee bekommen hatte und an der Wand lehnte. Valo erklärte ihr, was sie vorhatten. Mit seiner Partnerin im Schlepptau folgte er Marin bis ans andere Ende des Reviers, wo sie kurz an die halb geöffnete Bürotür klopfte und dann eintrat.

»Iriina, was verschafft mir die Ehre deines Besuchs?«, fragte Järvi.

Er saß an seinem Schreibtisch und schien bis gerade eben in einige Akten vertieft gewesen zu sein.

»Matti, du kennst Jussi Valo und Saari Larson aus Nurmes«, stellte Marin die beiden Beamten vor.

Järvi erhob sich und kam um den Schreibtisch herum. »Schön, Sie wiederzusehen«, sagte er. »Was kann ich für Sie tun?«

»Wir haben eine Eskort-Dame verhaftet, die unter Verdacht steht, Tuomas Karhu ermordet zu haben. Bisher streitet sie alles ab, aber wir wollen sichergehen, dass sie uns keinen Blödsinn erzählt hat.«

»Ihr denkt also, dass sie ihren Freier getötet hat?«, hakte Järvi nach.

»Wie ich schon sagte, hegen wir zumindest die Vermutung. Sie hat bereits zugegeben, mit Karhu regelmäßig verkehrt zu haben. Außerdem wurde DNS unter seinen Fingernägeln gefunden. Wir wissen es noch nicht mit Sicherheit, aber sie könnte von ihr stammen.«

»Ich werde sehen, was ich tun kann«, versprach Järvi. »Ich werde aber kein Geständnis erzwingen.«

»Natürlich nicht«, pflichtete Valo ihm bei. »Aber ich möchte, dass Sie sie nach allen Mitteln der Kunst bearbeiten.«

»Lassen Sie das mal meine Sorge sein. Ich mache diesen Job nicht erst seit gestern.«

»Alles klar. Wann können Sie anfangen?«

»Habe ich bereits.«

Auf Valos fragenden Blick hin lächelte Järvi dezent. »Sie wissen bestimmt selbst, dass man bei einem Verhör nichts überstürzen sollte. Ich kenne viele Kollegen, die wie ein Sturm hereinbrechen, Angst verbreiten und dabei nicht beachten, dass unter Druck stehende Menschen oftmals komplett abblocken. Andere hingegen haben so viel Angst, dass sie alles zugeben, was man von ihnen wissen will, damit es endlich aufhört. Ich dagegen praktiziere die Art, ruhig, besonnen und neutral an eine Befragung heranzugehen. Dazu gehört, dass ich mich, bevor ich mit den Verdächtigen spreche, entspanne und meditiere. Währenddessen wartet die zu verhörende Person allein mit sich und ihren Gedanken. Glauben Sie mir, das wirkt oftmals Wunder.«

»Wenn Sie das sagen«, antwortete Valo skeptisch. »Ich gehöre eher zu der *Vollgas-Fraktion*, wenn Sie verstehen, was ich meine.«

»Meine Methode mag nicht die Schnellste sein«, gab Järvi zu, »aber bisher hat sie noch immer zum Erfolg geführt.«

»Hoffen wir, dass Ihre Quote dieses Mal nicht leidet«, gab Valo halb im Scherz zurück. »Sie sagen uns Bescheid, wenn Sie etwas Brauchbares erfahren, okay?«

»Natürlich.«

Valo, Larson und Marin verließen Järvis Büro und gingen zurück in den Empfangsbereich des Reviers.

»Ich habe noch einiges zu tun«, erklärte die Inspektorin. »Die Staatsanwaltschaft möchte einen ausführlichen Bericht zu Aho, damit Anklage erhoben werden kann. Brauchen Sie noch etwas von mir?«

»Wir hätten sehr gerne eine DNS-Probe von Ahonen«, antwortete Valo.

»Werde ich organisieren.«

»Können wir ein eigenes Büro bekommen?«, fragte Larson.

»Es dürfte sicher einen freien Konferenzraum geben. Fragt mal drüben am Empfang nach.«

»Danke«, sagte Larson und wandte sich ihrem Partner zu. »Kaffee?«

»Lieber Tee«, sagte Valo.

In diesem Moment vibrierte sein Smartphone. Es war die Zentrale in Nurmes.

»Valo hier … Ja? … WAS ist passiert? … Wann? … Wir sind gerade in Rovaniemi. Schicken Sie jemanden, der sich darum kümmert, bis wir da sind … Alles klar. Danke.«

Seine Kollegin sah ihn fragend an, während er das Telefon zurück in seine Hosentasche steckte. Sein missmutiger Blick ließ sie Schlimmes vermuten.

»Was ist los? Ist Sauli wieder etwas passiert?«, wollte sie wissen.

»Nein. Koskinen ist tot!«

»Wie bitte?«

»Er wurde am Strand nahe Lieksa aufgefunden. Irgendwelche Touristen haben ihn in einem Eisloch entdeckt und daraufhin die Polizei angerufen. Angeblich war er vollkommen nackt.«

»Perkele«, entfuhr es Larson.

»Das kannst du laut sagen. Ich habe nicht alle Details erfahren können, aber es steht zu befürchten, dass er nicht freiwillig baden gegangen ist.«

»Das heißt, wir haben jetzt zwei Opfer?«

»Davon ist auszugehen.«

»Dann ist Ahonen wohl fein raus«, behauptete Larson.

»Soweit würde ich nicht gehen. Sie ist immer noch verdächtig, Karhu getötet zu haben. Und was Koskinen angeht: Er war derjenige, der Karhus Leiche entdeckt hat. Möglicherweise musste er deswegen sterben.«

»Wir sollten Järvi darüber informieren. Vielleicht kann er herausfinden, ob Ahonen einen Helfer hat.«

»Ich übernehme das«, mischte sich Marin ein.

»Wir fahren noch heute Nacht zurück nach Nurmes«, entschied Valo. »Ich will nicht, dass irgendjemand dort Unsinn baut und uns den Fall versemmelt.«

»Sind Sie sicher, dass Sie sich das antun wollen?«, fragte Marin. »Es ist wieder ein Schneesturm angekündigt worden.«

»Lieber schleiche ich durch einen Sturm, als dass ich hier sitze und warte«, erklärte Valo fest.

»Dann lassen Sie sich nicht aufhalten.«

»Komm, Saari, auf gehts.«

Zum Glück für die beiden Beamten entpuppte sich der angekündigte Sturm als schwächer als erwartet. Außerdem zog er nach Norden, was ihnen in die Hände spielte, da sie ihr Weg beinahe genau nach Süden führte. Auf halbem Wege waren sie endlich aus dem Sturm heraus.

»Ich brauche eine kurze Pause«, sagte Valo und lenkte den Wagen auf den nächsten Rastplatz.

Er ließ den Motor laufen, schaltete in den Leerlauf und stieg dann aus. Larson verließ ebenfalls den Wagen.

»Wow«, entfuhr es ihr.

Die Wolkendecke hatte sich vollständig verzogen, und nur wenige Wolkenfetzen trieben träge dahin. Valo legte seinen Kopf in den Nacken.

»Siehst du das?«, fragte er leise.

Beinahe direkt über ihnen schien der Himmel in Flammen zu stehen. In einer Mischung aus Grün und Rot waberte das Firmament.

Man konnte zwar im Norden Finnlands regelmäßig das Polarlicht sehen, aber in dieser Intensität kam es nur vergleichsweise selten vor. Natürlich kannten sie beide die wissenschaftliche Erklärung für dieses Phänomen, aber das machte es nicht weniger magisch.

»Meine Oma hat mir, als ich noch klein war, immer erzählt, dass es die Geister der Natur sind, die sich versammeln und die Verstorbenen begrüßen«, sagte Larson mit ehrfürchtiger Stimme. »Als sie starb, war ich erst zehn. Ich habe mir dann vorgestellt, dass sie dort oben ist und tanzt.«

»Klingt sehr schön«, antwortete Valo.

Obwohl ihnen die Kälte unter die Jacken fuhr, blieben sie noch einige Minuten auf dem Parkplatz und genossen das Schauspiel.

»Ich könnte hier noch ewig bleiben«, murmelte sie schließlich.

»Ich auch«, pflichtete er ihr bei. »Auch wenn das bedeutet, dass wir erfrieren und uns zu den Geistern gesellen. Wir sollten weiterfahren.«

Larson nickte und warf noch einen letzten Blick auf das wabernde Licht, bevor sie sich gemeinsam mit ihrem Kollegen abwandte.

»Gut gefahren«, lobte Larson ihn, als der Wagen vor ihrer Wohnung zum Stehen gekommen war.

»Danke.«

»Ich bin hundemüde«, sagte sie und gähnte zur Unterstreichung ausgiebig. »Und du?«

»Ich bin noch zu aufgedreht, um ein Auge zuzumachen«, antwortete Valo. »Ich werde auf das Revier fahren und mich mit Koskinen beschäftigen.«

»Brauchst du dabei meine Unterstützung?«

»Nein, ich denke nicht. Schlaf dich ruhig aus. Morgen werde ich dir alle Informationen geben, die wir bis dahin haben.«

»Okay. Dann gute Nacht.«

»Schlaf gut.«

Larson stieg aus und schloss die Beifahrertür. Valo fuhr den kurzen Weg zur Polizeistation und war nicht zum ersten Mal überrascht, wie still es um diese Zeit – es war kurz nach Mitternacht – in der Stadt war. Nirgendwo war ein Fußgänger zu sehen, und auch die Straßen waren verlassen. In den umliegenden Häusern brannte kein einziges Licht, sodass ausschließlich die Straßenlaternen etwas Beleuchtung spendeten. Aus Energiespargründen brannte nur jede zweite Laterne, und selbst diese waren heruntergedimmt. Lediglich am Eingang des Reviers brannten zwei Lampen und tauchten die Umgebung in beinahe blendendes Licht. Am Empfangsschalter schoben wie üblich zwei Beamte die Nachtschicht.

»Mika, Valtteri«, grüßte Valo sie. »Nicht viel los, was?«

Valtteri, der Dienstältere der beiden Beamten, sah kurz von ihrem Kartenspiel auf.

»Jussi, was treibt dich hierher?«, fragte er.

»Die Arbeit, wie immer.«

»Ich wünschte, dass hier etwas mehr los wäre«, seufzte Mika. »Aber selbst die Einbrecher machen wohl einen Bogen um die Stadt. Von wegen *Das Verbrechen schläft nie*. Ist in Helsinki sicher anders, oder?«

Valo nickte zur Bestätigung. »Da leben ja auch deutlich mehr Menschen. Und da die Einwohner reicher sind, lohnt es sich auch mehr. Bis später.«

Er ging den dezent erleuchteten Flur entlang zu seinem Büro, schloss die Tür auf und schaltete das Deckenlicht ein. In der Gemeinschaftsküche setzte er einen frischen Kaffee auf, wartete, bis das Wasser durchgelaufen war und goss sich eine Tasse ein. Im Büro schaltete er seinen Computer ein und rief den vorläufigen Bericht zu Koskinen auf. Wie ihm bereits am Telefon erklärt worden war, war der Waldarbeiter von einer Gruppe Touristen entdeckt worden, die auf dem zugefrorenen See langlaufen gewesen waren. Sie hatten Koskinen nackt in einem halb zugefrorenen Eisloch entdeckt. Da er offensichtlich bereits tot gewesen war, hatten sie geistesgegenwärtig nicht versucht, ihn herauszuholen, sondern die Polizei verständigt und vor Ort darauf gewartet, dass die Einsatzkräfte kamen und sich um die Angelegenheit kümmerten. Der Kollege, der die ersten Untersuchungen durchgeführt hatte, hatte veranlasst, den Leichnam aus dem Loch zu ziehen und ihn dann untersucht. Auf Koskinens Rücken hatte er eine tiefe Wunde entdeckt, die seiner Meinung nach von einer Stichwaffe stammte. Da Valo den Kollegen gut kannte und seine Erfahrung schätzte, ging er davon aus, dass dieser Recht hatte.

»Also war es kein Unfall«, murmelte Valo in die Stille des Zimmers hinein.

Mehr als diese Informationen gab es noch nicht, denn bis die Rechtsmedizin die Leiche untersuchen würde, musste sie erst einmal vollständig aufgetaut sein. Das und die Tatsache, dass das Eisloch nicht vollständig zugefroren war, verriet Valo, dass Koskinen eher einige Stunden als Tage im Wasser gewesen war. Er lehnte sich zurück, verschränkte die Arme hinter dem Nacken und dachte nach. Koskinen hatte Tuomas Karhus Leiche in einem Wald gefunden. Jetzt war er selbst tot. Minna Ahonen kam für den Tod des Waldarbeiters höchstwahrscheinlich nicht in Frage, obwohl es natürlich möglich war, dass sie nach Nurmes gefahren und ihn umgebracht hatte und dann wieder zurück nach Rovaniemi gefahren war. Zeitlich war das durchaus möglich. Aber welches Motiv sollte sie haben? Wollte sie ihre Spuren verwischen? Karhus Leiche war bereits entdeckt und sichergestellt worden. Wollte sie einen Zeugen beseitigen, damit es keine belastbaren Aussagen gegen sie gab? Was würde ihr das bringen, wenn sich herausstellen sollte, dass die DNS wirklich von ihr stammte?

Valo stand auf, schaltete erst den Computer und dann das Licht aus und verließ das Büro. Da er nicht schlafen konnte, entschied er sich, einen späten Drink zu sich zu nehmen. Zu seinem Glück hatte die kleine Kneipe um die Ecke immer noch geöffnet. Er drückte die Eingangstür auf und ging hinein. Obwohl seit einigen Jahren in allen Lokalen Finnlands ein striktes Rauchverbot herrschte, konnte er sofort erkennen, dass man diese Regel hier eher als unverbindliche Richtlinie betrachtete. Die Luft war nebelverhangen und geschwängert vom Duft unterschiedlichster Tabaksorten. Valo störte das nicht, denn er war nicht so zartbesaitet wie manch andere. Außerdem hatte er bis vor wenigen Wochen noch selbst geraucht und war entsprechend mit dem Geruch vertraut. Allerdings musste er zugeben, dass es nüchtern betrachtet weniger ein Geruch, sondern eher ein Gestank war.

Im Lokal gab es nur drei Tische, und an jedem saß ein einzelner Mann mit einem Drink vor sich. Die Stimmung konnte man nur als trüb bezeichnen, aber das war auch nicht weiter verwunderlich. Um diese Tageszeit fand sich hier selten jemand, der Freude am Leben verspürte. Valo trat weiter in das Lokal hinein und ging zum Tresen, wo ein dickbäuchiger Mann mit schulterlangem, zu einem Pferdeschwanz gebundenem Haar gerade damit beschäftigt war, einige Biergläser zu reinigen.

»Moi Keke«, grüßte er den Wirt.

»Hallo Jussi«, antwortete der Dicke mit einem vollen Bariton. »Was treibt dich denn zu dieser Stunde hierher?«

»Gedanken.«

»Was darf es sein?«

»Das Übliche.«

Keke nickte, stellte einen Stamper vor den Beamten und goss eine kristallklare Flüssigkeit hinein. Wie Valo wusste, handelte es sich dabei um einen vom Wirt selbst gebrannten Schnaps auf Basis von Blau- und Preiselbeeren, vermengt mit Sanddorn. Er setzte das Glas an die Lippen und trank es in einem Zug aus. Der Alkohol war stark und brannte sich die Kehle und die Speiseröhre hinab.

»Noch einen«, verlangte er.

Keke goss nach und sah zu, wie Valo den Drink zu sich nahm.

»Hast du schon von Koskinen gehört?«, fragte er den Beamten.

»Woher weißt du davon?«

»Die Stadt ist klein«, antwortete Keke und schüttelte den Kopf. »Schlimme Sache, im Eis zu erfrieren. Ich kann das nicht verstehen. Die Leute wissen doch, dass es immer gefährlich ist, auf dem See zu sein, egal, wie kalt es ist. Außerdem war er nackt. Wollte wahrscheinlich ein Eisbad nehmen und hat sich überschätzt.«

»Hat er das denn öfter gemacht?«

»Wüsste ich jetzt nicht. Er war zwar hin und wieder hier und hat sich betrunken, aber ich bin nicht so viel mit ihm ins Gespräch gekommen. Und dann noch die Sache mit Karhu ... Schon merkwürdige Zufälle.«

»Das kannst du laut sagen«, erwiderte Valo. »Wie gut kanntest du Karhu?«

»Relativ. Hin und wieder hat er hier etwas getrunken, aber nie viel.«

»War er dann in Begleitung?«

»Nein. Zumindest habe ich nie jemanden bei ihm gesehen. Kein Wunder, so, wie er sich verhalten hat.«

»Was meinst du damit genau?«, hakte der Beamte nach.

»Du weißt ja, dass er die Stadt *voranbringen* wollte. Soweit ich weiß, hat er sich damit nicht gerade viele Freunde gemacht. Einige meiner Stammkunden haben sich regelmäßig darüber beklagt, dass er sie unter Druck setzen wollte, um ihnen ihr Land abzukaufen.«

»Was wollte er damit anstellen?«

»Irgendeinen Freizeitpark bauen oder so etwas. Hat mich nicht sonderlich interessiert. Aber was ich weiß, ist, dass er mit Järvinen oft heftig gestritten hat. Stand jedenfalls so in der Zeitung, und meine Gäste haben das bestätigt. Vor allem hat er sich ordentlich mit Osmo Nurminen angelegt.«

Valo sah auf. In Nurminens Waldgrundstück war Karhus Leiche gefunden worden, und er selbst hatte erst kürzlich mit ihm gesprochen.

»Um was ging es denn da genau?«

»Karhu wollte ihn davon überzeugen, seinen Wald mitsamt Grundstück herzugeben. Aber Osmo hat sich vehement geweigert. Ich musste dann und wann sogar dazwischengehen, um eine Schlägerei zu vermeiden.«

»Interessant«, murmelte Valo. »Hast du die beiden rausgeworfen?«

»Ich habe Karhu zumindest nahegelegt, nicht mehr hier aufzukreuzen. Ich habe nichts gegen ihn persönlich, aber Osmo ist einer meiner treuesten Gäste und genießt einen gewissen Status hier.«

»Schon verstanden. Hat Nurminen dir etwas erzählt? Oder hast du irgendetwas mitbekommen?«

»Er war an dem Abend so betrunken, dass er ausfällig geworden ist und meinte, er würde Karhu umbringen, wenn er ihm noch einmal in die Quere käme.«

»Hast du das der Polizei gemeldet?«

»Nein«, sagte Keke. »Ich habe es abgetan als das Gefasel eines Besoffenen. Ich kenne Osmo gut genug, dass ich weiß, dass er so etwas niemals tun würde.«

»Du hättest trotzdem die Polizei informieren müssen«, sagte Valo scharf. »Mit solchen Aussagen ist nicht zu spaßen. Egal, ob sie von einem Betrunkenen kommen oder nicht.«

»Ich meine ja nur ...«

Valo winkte mürrisch ab.

»Trinkst du noch einen?«, wechselte Keke das Thema.

»Nein, danke.«

Valo zog seinen Geldbeutel hervor, aber der Wirt hob ablehnend die Hände. »Lass mal, die gehen aufs Haus.«

»Danke. Also dann, wir sehen uns.«

Der Inspektor stand auf und musste sich für einen Moment am Tresen festhalten. Der Alkohol schien stärker als in seiner Erinnerung gewesen zu sein. Hinzu kam, dass er ihn auf leeren Magen getrunken hatte. Er atmete mehrfach tief ein und aus, bis das leichte Schwindelgefühl wieder abgeebbt war und machte sich dann auf den Weg zum Ausgang.

»Warte mal eben«, sagte Keke. »Mir fällt gerade ein, dass Koskinen vorgestern hier gewesen ist. Er saß mit Nurminen an einem Tisch, und die beiden haben sich ziemlich rege unterhalten.«

»Weißt du noch, worüber?«

»Keine Ahnung«, meinte der Wirt. »Ich hatte anderes zu tun, als zu lauschen.«

»Schon gut. Danke.«

Es war inzwischen etwa drei Uhr morgens. Trotz dieser nächtlichen Uhrzeit entschloss sich Valo, der Sache mit Nurminen und Koskinen umgehend auf den Grund gehen zu wollen. Hierfür würde er aber Unterstützung benötigen, um sich den Rücken freizuhalten. Er nahm sein Smartphone zur Hand, wählte Larsons Nummer und hielt sich das Telefon ans Ohr.

»Jussi ... Weißt du, wie spät es ist? Was ist los?«, fragte seine Kollegin schlaftrunken.

»Tut mir leid, dass ich dich wecke«, entschuldigte er sich. »Aber es ist wichtig. Kann ich vorbeikommen?«

Larson kannte ihren Kollegen zu gut, um nachzufragen, ob es unbedingt jetzt sein musste, und bestätigte stattdessen. »Gib mir zwanzig Minuten zum Wachwerden«, verlangte sie.

»Natürlich. Bis gleich.«

Er beendete das Gespräch, schob seine Hände in die Taschen und ging los.

Auf die Sekunde genau zwanzig Minuten später stand er in Larsons Wohnzimmer.

»Das hat ja nicht lange gedauert, dass du meine Hilfe brauchst«, sagte sie ironisch.

Sie saß auf der Couch und nippte an ihrem dampfenden Kaffee. Obwohl Valo sie aus dem Schlaf gerissen hatte, sah sie aus wie aus dem Ei gepellt. Ihre Frisur saß perfekt, ihr Hosenanzug schien frisch gebügelt zu sein.

»Tut mir leid, aber ich habe etwas erfahren, was uns wahrscheinlich bedeutend weiterhelfen wird«, erwiderte er.

»Dann lass mal hören.«

In den kommenden Minuten erklärte er ihr im Detail, was Keke ihm über Nurminen, Koskinen und Karhu erzählt hatte. Als er fertig war, sah er seine Kollegin erwartungsvoll an.

»Denkst du, dass Osmo unseren Bürgermeister umgebracht hat?«, fragte sie.

»Klingt ziemlich plausibel, meinst du nicht?«

»Irgendwie kann ich das nicht glauben. Osmo ist ein netter Kerl. Manchmal etwas ungehobelt, zugegeben, aber ein herzensguter Mann. Ich habe dir ja erzählt, wie er zu mir war, als ich noch ein Kind war. Was machen wir denn jetzt?«

»Wir fahren hin und befragen ihn noch einmal. Aber dieses Mal lassen wir ihn nicht vom Haken.«

Ein Blick in ihr Gesicht ließ ihn innehalten. »Hör mal, ich weiß, dass dir Nurminen viel bedeutet, aber du solltest davon nicht deine Sicht auf die Dinge beeinflussen lassen. Wenn er Karhu und Koskinen wirklich ermordet hat, müssen wir ihn zur Rechenschaft ziehen. Vielleicht ist Ahonen wirklich unschuldig. Wenn sich herausstellt, dass Nurminen nichts mit der Tat zu tun hat, dann verspreche ich dir, dass ich dich auf den Knien rutschend um Verzeihung bitten werde. Einverstanden?«

»Okay«, sagte sie nach einer kurzen Bedenkzeit.

»Gut. Danke. Ich hätte dich wirklich nur ungern von dem Fall abgezogen.«

»Hättest du das wirklich gemacht?«

»Ja«, gab er unumwunden zu. »Ich verstehe, dass es schwierig ist, wenn persönliche Gefühle im Spiel sind, und ich hätte es dir nicht übel genommen.«

»Wir ziehen das durch«, bestätigte sie mit starker Stimme.

»Übrigens gibt es noch einen Grund, weshalb ich dich brauche.«

»Und der wäre?«

»Du musst das Auto fahren.«

»Warum?«

»Weil ich getrunken habe.«

Von ihrer Wohnung aus war es nur ein kurzer Fußmarsch bis zum Revier-Parkplatz, wo sich Valos Wagen befand. Larson stieg ein und betrachtete für einige Sekunden das Armaturenbrett, um sich mit den Funktionen vertraut zu machen. Ihr Partner hatte sich auf den Beifahrersitz begeben und sah ihr zu.

»Möchtest du, dass ich dir etwas erkläre?«, fragte er.

»Nein, danke. Ich komme schon klar«, erwiderte sie.

Sie schob den Sitz ein wenig nach vorne und richtete Innen- und Außenspiegel auf ihre Körpergröße ein. Auf der digitalen Anzeige erschien die Frage, ob sie die maximale Geschwindigkeit einstellen wolle und ob sie den Spurhalteassistent benötigte.

»Ich wusste gar nicht, dass man die Maximalgeschwindigkeit einstellen kann«, sagte sie.

»Ist ziemlich praktisch«, erklärte Valo. »Und deutlich besser als der Tempomat, wenn du mich fragst. Das dämliche Ding geht immer automatisch auf die eingestellte Höchstgeschwindigkeit, wenn man nicht aktiv auf die Bremse tritt. Ist ganz besonders lustig, wenn man hinter einem Traktor herfährt und nicht überholen kann.«

»Gibt es einen Abstandshalter? Der würde ja dann gut passen.«

»Nein, nicht bei diesem Modell. Übrigens empfehle ich, den Spurhalte-Assistent abzuschalten. Bei der aktuellen Schneelage gerät das Ding durcheinander, weil es den Fahrbahnrand nicht korrekt erkennt. Hat mich schon mal fast in eine Schneewehe brettern lassen.«

Larson stellte die Assistenzsysteme entsprechend ihren Wünschen ein, veränderte noch mal die Neigung der Außenspiegel und startete dann den Wagen. Zu ihrer Freude fand sie eine Lenkradheizung, die sie sofort aktivierte. Ein letzter Griff ging zum Drehschalter zu ihrer Linken, um die Scheinwerfer zu aktivieren. Um die Batterie bei einem Kaltstart nicht zu sehr zu strapazieren, hatte sich Valo angewöhnt, das Fahrlicht auszuschalten, wenn es nicht gebraucht wurde. Larson legte den Rückwärtsgang ein, sah sich gründlich zu allen Seiten um und setzte dann langsam zurück und fuhr auf die Hauptstraße des Ortes, die sie auf die Landstraße in Richtung Süden führen würde.

Sie genoss es, selbst zu fahren, vor allem, weil Nurmes zu dieser Zeit wie ausgestorben war und sie sich voll und ganz auf die Straße konzentrieren konnte, ohne befürchten zu müssen, dass jemand unvermittelt auf die Fahrbahn sprang. Nur zu oft war es in der Vergangenheit bereits vorgekommen, dass ein Kind unachtsam gewesen und mit dem Fahrrad einfach auf die Straße gefahren war. Bisher war es glücklicherweise immer glimpflich ausgegangen. Außerhalb der Ortschaft beschleunigte sie sanft auf die vorgeschriebenen achtzig Kilometer pro Stunde und schaltete das Fernlicht an.

Valo lehnte sich zurück und schloss für einen Moment die Augen. Der Alkohol machte ihn träge, und am liebsten hätte er jetzt eine Zigarette geraucht. Um den Drang zu bekämpfen, fing er an, die Finger zu verknoten und wieder zu öffnen.

»Alles okay?«, fragte Larson, die die Bewegung aus dem Augenwinkel sah.

»Ist schon gut, mir ist nur gerade nach Rauchen zumute.«

Seine Partnerin nickte verstehend.

Unvermittelt trat sie so stark auf die Bremse, dass es sie und Valo in ihre Gurte presste.

»Satana«, entfuhr es ihm.

Er wollte Larson schon ermahnen, als er den Grund für ihre Vollbremsung erkannte. Nur wenige Meter vor ihnen stand ein Elch auf der Fahrbahn. Dem Geweih nach zu urteilen, handelte es sich um ein männliches Jungtier, vermutete Valo. Das Tier machte keinerlei Anstalten, von der Straße zu gehen, sondern sah die beiden Polizisten mit einem Blick an, der zu besagen schien: *Ich bin stärker als ihr, ihr könnt mir gar nichts.*

Larson drückte auf die Hupe, um dem Elch zu verstehen zu geben, dass er sich bewegen solle. Das stattliche Tier ließ sich davon allerdings überhaupt nicht beeindrucken.

»Schau mal, ob du langsam um ihn herumfahren kannst«, verlangte Valo.

»Das sollte ich lieber nicht tun«, entgegnete sie.

»Warum nicht?«

Anstatt verbal zu antworten, zeigte sie auf die Baumgrenze zu ihrer Linken. Am Rand des Scheinwerferkegels erblickte Valo einen weiteren Elch, dieses Mal ein Weibchen. Auch dieses Tier schien sich nicht bewegen zu wollen.

»Ich glaube, wenn wir jetzt losfahren, wird der Bulle wütend«, erklärte Larson. »Als ich noch klein war, habe ich mal einen Elchangriff miterlebt. Die Viecher sind unglaublich stark und gefährlich, wenn man sie reizt.«

»Okay, dann warten wir eben hier«, beschloss Valo seufzend.

Larson ließ den Motor laufen und schaltete die Warnblinkanlage ein, um etwaige nachkommende Fahrzeuge rechtzeitig auf die Situation aufmerksam zu machen.

Sie mussten fast zehn Minuten verharren, bis sich die Elchkuh in Bewegung setzte und sich zu ihrem Kumpan gesellte. Der Elchbulle sah Larson und Valo noch einmal eindringlich an und trottete dann in den Wald, seinem Weibchen hinterher.

»Das sind schon schöne Tiere«, kommentierte Valo.

Larson antwortete nicht, sondern schaltete den Warnblinker aus und fuhr dann langsam an. Aus Erfahrung wusste sie, dass sich noch weitere Elche in der Gegend befinden konnten, darum fuhr sie bewusst mit reduzierter Geschwindigkeit weiter. Schließlich erreichten sie die Einfahrt zu Nurminens Grundstück und bogen ab. Kurz darauf kam das Haus in Sichtweite. Der Besitzer schien bereits wach zu sein, denn aus den Fenstern drang Licht. Larson brachte den Wagen zum Stehen und schaltete erst das Fahrlicht und dann den Motor aus.

»Lass mich mit ihm sprechen«, bat Larson.

»Warum?«

»Weil ich ihn kenne und weiß, wie ich mit ihm umgehen kann.«

»Na gut«, entschied Valo und stieg aus.

Noch immer hatte er den Drang, sich eine Zigarette anzuzünden, kämpfte ihn aber nieder. Gemeinsam gingen sie zur Haustür, und seine Partnerin klopfte laut und vernehmlich, während er sich im Hintergrund hielt. Als sich im Inneren nichts rührte, rüttelte sie versuchsweise an der Tür und ging dann zu einem Fenster, um hineinzuspähen.

»Keine Spur von ihm«, sagte sie. »Die Tür ist auch verriegelt.«

Sie ging einige Meter zur Garage, schob mühsam einen schweren Torflügel auf und schaute hinein. »Sein Auto ist hier.«

»Dann suchen wir ihn eben. Weit kann er ja nicht sein.«

Valo öffnete den Kofferraum und förderte zwei Stabtaschenlampen hervor. Eine reichte er Larson, die andere behielt er für sich selbst. Er knipste seine Lampe an und leuchtete auf seine Handfläche. Als Nächstes hielt er sie knapp unter Augenhöhe vor sich und ließ sie ein wenig umherwandern. Seine Kollegin tat es ihm gleich, und kurz darauf waren sie abmarschbereit.

»Er wird sicher entweder Holz hacken«, sagte Larson, »oder er überprüft seine Fallen.«

»Welche Fallen?«, hakte Valo nach.

»Osmo möchte so autark wie möglich leben«, erklärte sie. »Du weißt ja, dass er zu denjenigen gehört, die die alten Zeiten hochhalten und sich nicht darauf verlassen wollen, dass der Supermarkt alles für sie bereitstellt.«

»Das heißt, er jagt Tiere?«

»Ja.«

»Hat er einen Jagdschein?«

»Soweit ich weiß, hat er einen.«

»Das ist trotzdem nicht gesetzeskonform«, merkte Valo an. »Die Regeln besagen ausdrücklich, welche Tiere man in welchen Mengen und zu welchen Zeiten töten darf. Allein dafür, dass er sich anscheinend nicht daranhält, hätte er schon eine Strafe verdient. Seit wann weißt du davon?«

»Schon mein ganzes Leben«, gab sie zu.

»Und du hast nicht in Erwägung gezogen, ihm die Konsequenzen seines Handelns aufzuzeigen?«

»Doch, schon, aber ...«, druckste sie herum.

Valo machte eine abwinkende Handbewegung. »Darüber unterhalten wir uns später. Jetzt müssen wir ihn erst einmal finden. Schau mal, hier führt ein Pfad in den Wald hinein.«

Tatsächlich handelte es sich um einen schmalen, ausgetretenen Weg, an dessen Flanken sich aufgeschaufelter Schnee befand. Valo ging in die Hocke und betrachtete den Boden.

»Schuhabdrücke«, erkannte er. »Sehen recht frisch aus. Ich glaube, dass er hier entlang gegangen ist.«

Valo lief voran, seine Partnerin direkt dahinter. Sie folgten den Spuren weiter in den Wald hinein, dessen Bäume so dicht beieinanderstanden, dass man glauben konnte, man sei in einem urzeitlichen Wald gelandet. Links von sich nahm Valo eine Bewegung wahr und schwenkte die Taschenlampe dorthin. Gerade noch sichtbar rannte ein Eichhörnchen über die geschlossene Schneedecke und sprang hastig einen Baum hinauf. Auf einem Ast blieb es sitzen und keckerte, als ob es die Menschen ermahnen wollte, nicht in sein Territorium einzudringen. Valo tat das meckernde Tier mit einem Schulterzucken ab und konzentrierte sich wieder auf den sich vor ihm schlängelnden Weg. Er wollte gerade weitergehen, als er ein schwaches, aber regelmäßiges Klopfen hörte. Er lauschte.

»Was ist?«, fragte Larson leise.

»Hörst du das?«

»Was denn?«

»Ein Klopfen. Hör mal genau hin.«

Larson schob den Rand ihrer Mütze ein wenig nach oben, um ihre Ohren freizulegen und legte den Kopf schief.

»Jetzt höre ich es auch«, gab sie schließlich kund.

»Sind das Axthiebe?«

»Möglich.«

Valo schritt aus und ging einige Meter, bevor er erneut innehielt. »Das kommt ungefähr von dort«, sagte er und zeigte mit dem freien Arm nach links.

Er verließ den Pfad und stapfte in den tiefen, unberührten Schnee. Umgehend versank er fast bis zur Hüfte, und nur mit Glück konnte er sein Bein wieder befreien.

»Wir bleiben lieber auf dem Weg«, kommentierte er.

Sie gingen weiter im Gänsemarsch voran, aber alle paar Meter blieben sie stehen und lauschten auf das Klopfen, das stetig lauter wurde. Valo spürte, wie ihm das Adrenalin in die Adern schoss. Obwohl er bewaffnet war, musste er vor sich selbst zugeben, dass er den stillen, dunklen Wald unheimlich fand. Unwillkürlich kamen ihm die Erinnerungen an die zahlreichen Gruselgeschichten ins Gedächtnis. Die meisten hatten davon gehandelt, dass sich ein Kind im Wald verläuft und Monstern begegnet. Er schüttelte diese Gedanken ab, schob das Kinn vor und stapfte weiter.

Hinter einem besonders knorrig aussehenden Baum machte der Pfad einen abrupten Knick nach links und schien sie nun direkt auf das Klopfen zuzuführen. Kurz sah er sich nach hinten um, um sich zu vergewissern, dass Larson noch immer bei ihm war. Nach einigen Minuten schienen sich die Bäume schließlich etwas zu lichten, und vor ihnen nahmen sie einen schwachen Lichtschein wahr. Valo spielte mit dem Gedanken, die Taschenlampen auszuschalten, um nicht gesehen zu werden, aber dann hätte er sich ausschließlich darauf verlassen müssen, dass sich seine Augen schnell genug an das geringe Licht anpassten, damit er nicht gegen einen tief hängenden Ast stieß oder mit dem Fuß irgendwo hängen blieb. Auf keinen Fall wollte er riskieren, sich mitten im Wald zu verletzen und Hilfe zu benötigen.

Nach einigen weiteren Minuten gelangten sie an den Rand einer kleinen Lichtung, in deren Mitte eine flackernde Laterne stand. Daneben befand sich ein Mann, der gerade im Begriff war, seine Axt niedersausen zu lassen und einen Baumstamm zu spalten.

»Osmo Nurminen?«, fragte Valo.

Der Mann hielt in der Bewegung inne, sah auf und kniff unwillkürlich die Augen zusammen.

»Wer ist da?«, fragte er.

»Jussi Valo und Saari Larson.«

»Was macht ihr denn zu so früher Stunde hier?«

»Das könnten wir Sie auch fragen.«

Nurminen warf erst einen Blick auf seine Axt, dann auf den Baumstamm vor ihm und dann wieder zu den Neuankömmlingen.

»Ist das nicht offensichtlich? Ich mache Heizholz.«

»Warum so früh?«, wollte Valo wissen.

»Ich bin Frühaufsteher«, antwortete Nurminen, als sei es das Normalste der Welt, quasi mitten in der Nacht im Wald zu sein und Holz zu hacken. »Und was machen Sie hier? Saari?«

»Wir möchten mit dir noch einmal über Tuomas Karhu sprechen«, übernahm Larson das Gespräch.

»Und über Mika Koskinen«, fügte Valo hinzu.

»Was soll denn mit dem alten Mika sein?«

»Er wurde gestern tot aufgefunden.«

»Aha«, war alles, was Nurminen dazu sagte.

»Und da er derjenige war, der Karhus Leiche entdeckt hat, dachten wir, dass du vielleicht mehr darüber weißt.«

»Warum sollte ausgerechnet ich etwas wissen?«, fragte Nurminen.

»Wie gut kanntest du Koskinen?«, fragte sie.

»Nicht besonders.«

»Soweit wir wissen, hast du vorgestern Abend mit ihm getrunken und dich mit ihm unterhalten. Worum ging es dabei?«

»Ach, nichts von Belang«, sagte Nurminen ausweichend.

»Ist das nicht ein seltsamer Zufall?«, fragte Valo. »Sie unterhalten sich mit einem Mann, und kurz darauf ist er tot.«

»Wie meinen Sie das?«

»Osmo«, mischte sich Larson wieder ein. »Es ist wirklich wichtig, dass du uns sagst, was du mit Koskinen zu tun hattest.«

»Er ist ein Bekannter, mehr nicht.«

»Bist du dir ganz sicher?«

»Absolut«, erwiderte Nurminen.

»Wo warst du gestern?«

»Hier. Ich habe mich um das Haus gekümmert.«

»Gibt es dafür Zeugen?«

»Du weißt doch, dass ich allein wohne und selten Besuch bekomme.«

»Ich sage Ihnen jetzt, was ich denke«, sagte Valo. »Ich glaube, dass Sie Karhu umgebracht haben. Er wollte Ihr Grundstück kaufen und hat Sie unter Druck gesetzt. Und weil Koskinen seine Leiche entdeckt hat, dachten Sie, dass es eine gute Idee wäre, auch ihn zu beseitigen.

Aber wissen Sie was? Es werden andere kommen. Sie können noch so lange an den alten Traditionen festhalten und so tun, als seien Sie im neunzehnten Jahrhundert, aber das ändert nichts an den Tatsachen. Der Fortschritt ist nicht aufzuhalten, nur weil Sie sich das wünschen. Wie viele Menschen müssen noch sterben, damit Sie das begreifen?«

Mit jedem Wort, das Valo sagte, bemerkte er, dass sich in Nurminens Blick langsam etwas veränderte. Die Fassade der Ruhe, die er bis dahin aufrechterhalten hatte, bekam immer mehr Risse, und der Polizist konnte sehen, wie sich die über viele Jahre aufgestaute Wut an die Oberfläche kämpfte. Er beschloss, noch eine Schippe draufzulegen.

»Osmo«, fuhr er fort. »Sie werden nicht jünger. Sie haben keine Nachkommen. Es gibt niemanden, der Ihre Lebensweise fortführen wird, wenn Sie einmal nicht mehr sind. Sie werden irgendwann in einem Altersheim enden und noch zu Lebzeiten mitansehen müssen, wie sich alles verändern wird, und Sie werden nichts dagegen tun können. Der Wald, Ihr Haus, alles wird verschwinden und Platz machen für die Zukunft. Und was wollen Sie dann tun? Im Bett liegen und zetern, während Ihnen ein Pfleger Beruhigungsmittel injiziert? Was ist, wenn Sie vom Staat entmündigt und enteignet werden? Was wollen Sie mit demjenigen machen, der Ihnen das antut?«

»Ich töte ihn!«, schrie Nurminen. »Und Sie auch!«

Er hob seine Axt und rannte mit einer Schnelligkeit, die Valo ihm nicht zugetraut hätte, auf ihn zu. Der Polizist schaffte es gerade noch, dem Hieb auszuweichen und spürte den Luftzug, den das herabsausende Axtblatt verursachte. Er warf sich zur Seite in den Schnee und rollte sich gekonnt ab. Larson indes war zu perplex, um auf diese plötzliche Wendung zu reagieren und stand einfach nur da. Valos jahrelanges Training übernahm jetzt die Kontrolle. Schnell zog er seine Dienstwaffe und brachte sie in Anschlag, konnte aber nur einen ungezielten Schuss abgeben. Nurminen schrie auf und ließ das Beil fallen. Mit Befriedigung registrierte Valo, dass er seinen Gegner trotz der Ungenauigkeit seines Schusses an der Schulter getroffen hatte. Nurminen stolperte rückwärts, fing sich aber wieder und rannte in den Wald. Valo stand auf und ging zu Larson hinüber.

»Hey«, sagte er. »Alles in Ordnung?«

»Ich weiß nicht ...«, murmelte sie.

Er erkannte, dass seine Kollegin einen Schock erlitten hatte. Da er aber jetzt keine Zeit hatte, behutsam mit ihr umzugehen, hob er die Hand und verpasste ihr kurz entschlossen eine Ohrfeige. Dies schien den gewünschten Effekt zu erzielen, denn ihre Augen fokussierten sich jetzt auf ihn.

»Wofür war das denn?«, fragte sie erbost.

»Ich brauche dich im Hier und Jetzt«, antwortete er. »Wir müssen Nurminen schnappen. Komm schon!«

Larson schien sich gut genug gefangen zu haben und nickte. Valo rannte los und folgte seinem Gegner in den Wald hinein, die Taschenlampe vor sich auf den Boden gerichtet. Im Lichtkegel fand er eine schmale, aber unverkennbare Blutspur, sowie Schuhabdrücke, die zwischen die Bäume führten. Der Schnee reichte ihm hier bis zu den Knien, was es nicht gerade leichter machte, hindurchzukommen. Ein Blick über seine Schulter offenbarte ihm, dass seine Kollegin in wenigen Metern Entfernung folgte. Schon bald wurde er etwas langsamer, denn die eiskalte Luft machte sich in seinen Lungen breit und erschwerte ihm das Atmen. Würde er es jetzt übertreiben, konnte es passieren, dass er kollabierte.

Nurminen ist verwundet, sagte er zu sich selbst. *Er wird nicht weit kommen.*

»Saari, ruf die Zentrale an«, verlangte er. »Die sollen uns Verstärkung schicken.«

Während seine Kollegin seinem Auftrag nachging, bahnte er sich langsam einen Weg durch den hohen Schnee. Je weiter er kam, desto abschüssiger schien ihm das Gelände zu werden. Valo, der sich direkt nach seiner Versetzung nach Nurmes die lokale Geografie eingeprägt hatte, kombinierte daraus, dass sie sich dem nahe gelegenen Pielinen-See nähern mussten. Zur Bestätigung seiner Vermutung machte der Wald nur wenige Minuten später Platz für eine weite, von Schnee bedeckte Fläche. Die Blut- und Schuhspuren führten geradewegs auf die Ebene hinaus. Er wandte sich kurz um und fand Larson, die sich einige Dutzend Meter hinter ihm befand. Grimmig machte er einen Schritt auf die Ebene hinaus.

»Nurminen!«, rief er laut.

Das Echo seiner Stimme schallte über den See.

»Geben Sie auf! Sie haben keine Chance!«

Das Eis war so dick, dass es ihn problemlos tragen konnte, und der Schnee leistete seinen Beitrag, dass Valo nicht ausrutschte. Er ging vorsichtig weiter und folgte der Blutspur. Larson holte bald auf und leuchtete mit ihrer Lampe in die Ferne. Beinahe hundert Meter entfernt machten sie eine aufrechtstehende Silhouette aus. Valo verengte die Augen zu schmalen Schlitzen, zog seine Waffe und richtete sie auf den Mann, während er sich ihm mit langsamen Schritten weiter näherte.

Nurminen hatte es anscheinend aufgegeben, wegzulaufen, und stand nun beinahe wie ein Mahnmal auf der weiten Ebene.

»Sie können nicht entkommen«, sagte Valo. »Wo wollen Sie denn hin? Selbst, wenn Sie es schaffen sollten, Saari und mich zu überwältigen, werden Sie nicht weit kommen. Die Verstärkung ist bereits unterwegs, und früher oder später werden Sie gefasst werden. Wenn Sie jetzt aufgeben, garantiere ich Ihnen, dass Sie ein faires Gerichtsverfahren erhalten.«

»Fair für wen?«, entgegnete Nurminen schnaufend.

Er hielt eine Hand auf die Schusswunde gepresst, was das Blut freilich nicht davon abhielt, hinauszusickern und sich über seine Finger und seine Kleidung zu ergießen. Die Lache am Boden wurde zusehends größer.

»Wenn die Wunde nicht bald versorgt wird, wirst du sterben«, sagte Larson mit echter Besorgnis in der Stimme.

»Und wenn schon«, antwortete der Verletzte.

»Ich glaube Ihnen nicht, dass Ihnen Ihr eigenes Leben egal ist«, sagte Valo.

»Osmo«, mischte sich Larson erneut ein. »Ich bitte dich, gib auf. Du bist mir wichtig. Ich möchte, dass du die Chance bekommst, deinen Standpunkt öffentlich kundzutun. Jeder soll wissen, was wirklich passiert ist und was Karhu getan hat. Ich glaube, wenn man die Wahrheit kennt, wirst du viel Zuspruch bekommen.«

»Saari«, antwortete Nurminen seufzend. »Ich habe mein ganzes Leben lang gekämpft, und niemand hat mir geholfen. Und so wird es auch sein, wenn ich verhaftet werde. Ich werde verurteilt werden, und alles, wofür ich hart gearbeitet habe, wird mir weggenommen werden. Das will ich nicht erleben müssen.«

Langsam nahm er die Hand von der Wunde und schob sie hinter seinen Rücken. Als er sie wieder hervorzog, meinte Valo, im Schein der Taschenlampe ein Blitzen wahrzunehmen. Noch bevor sein Gehirn bewusst erkannte, dass Nurminen ein Jagdmesser in der Hand hatte und im Begriff war, es nach ihm zu werfen, krachte neben ihm ein Schuss. Nurminen stand noch für einen Moment aufrecht da und sah sein Gegenüber beinahe bedauernd an, bevor er zusammensackte und nach hinten umkippte. Valo, dessen Ohren von dem künstlichen Donnerhall klingelten, blickte langsam zu Larson hinüber. Sie hatte ihre eigene Waffe gezogen und hielt sie ausgestreckt vor sich. Er ging zu ihr hinüber, streckte den Arm aus und legte ihn auf ihre Waffenhand. Mit sanftem Druck schaffte er es schließlich, dass sie ihre Pistole senkte.

»Es ist vorbei«, sagte er sanft.

Larson, über deren Wangen Tränen herabflossen, antwortete nicht.

Kapitel 5

»Wenn wir die Blutung nicht stoppen, stirbt er uns weg«, sagte Valo, während er hektisch versuchte, Nurminens Jacke zu öffnen.

Als er es endlich geschafft hatte, den verhakten Reißverschluss zu lösen und ihn nach unten zu ziehen, stellte er fest, dass sich auf Nurminens Hemd bereits ein Blutfleck gebildet hatte, der stetig größer wurde und den unter ihm befindlichen Schnee rot tränkte. Der Inspektor fummelte an den Hemdknöpfen herum, verlor dann aber die Geduld und riss kurzerhand den Stoff auf. Das feuchte Hemd schob er zur Seite und betrachtete kurz die Schusswunde. Soweit er erkennen konnte, war das Blut recht hell, was darauf hindeutete, dass Larson kein lebenswichtiges Organ getroffen hatte.

»Saari!«, rief er. »Ich könnte hier etwas Hilfe gebrauchen.«

Als sie nicht reagierte, sah er zu ihr auf. Sie stand einfach nur da und beobachtete ihn mit glasigen Augen.

»Verdammt, er stirbt, wenn du mir nicht hilfst!«

Er sprang auf, ging zu ihr und schüttelte sie. Mit einem Ruck schien sie aufzuwachen und fixierte ihn.

»Hilfst du mir jetzt, oder was?«, wollte er wissen.

»Ja«, antwortete sie leise.

»Komm her«, forderte er sie auf und ging wieder auf die Knie. »Press deine Hände auf die Wunde.«

Nach einigen Augenblicken tat sie wie verlangt und kniete sich ebenfalls hin. Valo riss ein Stück von Nurminens Hemd ab und schob es unter Larsons Hände. Dann machte er sich daran, ein weiteres Stück Stoff abzureißen und es um die behelfsmäßige Kompresse zu binden.

»Drück weiter drauf und lass nicht nach«, sagte er zu seiner Partnerin.

Er stand auf, zog sein Smartphone aus der Jackentasche und wählte die Eins-Eins-Zwei.

»Inspektor Valo hier«, meldete er sich sachlich. »Ich habe einen Verwundeten und brauche umgehend ärztliche Unterstützung ... Schussverletzung im Bauch und in der Schulter ... Keine Ahnung, irgendwo auf dem See. Können Sie nicht mein Telefon orten? ... Okay. Und schicken Sie uns auch ein Polizeiteam. Gut.«

Er beendete das Gespräch und ging wieder in die Hocke. Erst jetzt bemerkte er, dass seine Hände mit Blut besudelt waren. Er wischte sie im Schnee ab und legte sie dann auf Larsons Finger.

»Du kannst jetzt loslassen«, sagte er ruhig. »Ich löse dich ab.«

Langsam zog sie ihre Hände weg und hielt sie sich vor ihr Gesicht. Valo hätte ihr gerne Trost gespendet, aber dafür hatte er im Moment keine Zeit.

Rund zwanzig Minuten später hörten sie in einiger Entfernung ein rhythmisches Knattern. Als es anschwoll, konnte Valo in der Distanz mehrere kleine, tanzende Lichter erkennen.

»Das ist hoffentlich die Verstärkung«, sagte er zu sich selbst und wandte sich an Larson. »Löse mich mal bitte ab«, verlangte er.

Sie presste ihre Hände erneut auf den inzwischen blutdurchtränkten Verband, während Valo aufstand und seine Taschenlampe hob. Er richtete sie auf die Lichter und schaltete seine Lampe mehrfach an und aus. Zu seiner Zufriedenheit schien sein Bemühen zu fruchten, denn nun kamen die Lichter direkt auf sie zu. Keine zwei Minuten später kamen drei Schneemobile nur wenige Meter neben ihnen zum Halt. Kaum, dass sie stehen geblieben waren, sprangen die Neuankömmlinge von ihren Sitzen und stapften zu dem Schauplatz des Geschehens.

»Machen Sie bitte Platz«, verlangte ein junger Mann in den unverkennbaren Farben eines Sanitäters.

Valo nahm Larson bei der Schulter und führte sie einige Meter abseits, während sich ein zweiter Ersthelfer zu seinem Kollegen begab. Der Inspektor konnte nicht genau erkennen, was die beiden taten, aber es war ihm auch egal. Ihm war nur wichtig, dass sie Nurminen retteten, denn er brauchte ihn lebend.

»Gut, dass ihr so schnell gekommen seid«, sagte er zu einem anderen Mann, der die Winteruniform der Polizei trug.

»Sind Sie beide in Ordnung?«, wollte er wissen.

»Ein paar Blessuren, aber nichts Ernstes«, erwiderte Valo und winkte ab.

»Sie sollten trotzdem mit uns kommen und sich untersuchen lassen.«

»Was passiert jetzt mit ihm?«, fragte der Inspektor und zeigte auf Nurminen.

»Wir kümmern uns um ihn. Es ist bereits ein Hubschrauber angefordert, der ihn nach Kuopio bringen wird.«

»Warum dort hin? Das ist doch ein weiter Weg.«

»Die Uni-Klinik ist die einzige Einrichtung der Region, bei der Schussverletzungen ausreichend behandelt werden können. Bedanken Sie sich bei unserem Ministerpräsidenten.«

»Saari, wir können hier im Moment nichts mehr tun«, wandte er sich an seine Kollegin. »Komm, wir fahren nach Nurmes.«

»Ich werde mit ihm fliegen«, erklärte sie.

»Nein, das wirst du nicht«, gab Valo zurück. »Du brauchst jetzt erst einmal Ruhe.«

»Ich fliege mit Osmo, und dabei bleibt es!«

Valo wollte weiter protestieren, aber ein Blick in Larsons entschlossene Augen ließ ihn innehalten. »Na gut«, gab er klein bei. »Aber lass dich untersuchen. Ich brauche dich noch.«

Larson nickte, erwiderte aber nichts.

»Passen Sie auf sie auf, ja?«, verlangte er von dem Uniformierten. »Sie sind für ihre Sicherheit verantwortlich.«

»Kein Problem«, erklärte der Polizist.

Valo legte Larson noch einmal die Hand auf die Schulter und stieg dann auf den Beifahrersitz eines der wartenden Schneemobile. Er warf noch einen letzten Blick auf seine Kollegin, bevor der Fahrer des Fahrzeugs den Motor anließ und sich mit Valo entfernte.

Die Ellbogen auf die Tischplatte gestemmt und den Kopf in die Hände gelegt, döste Valo vor sich hin. Als es an seiner Bürotür klopfte, schreckte er auf.

»Herein!«, rief er.

Keijo Niemi, der Dienststellenleiter von Nurmes, steckte den Kopf herein.

»Guten Morgen. Wie geht es Ihnen?«, fragte er.

»Wie man es nimmt«, antwortete der Inspektor.

»Erklären Sie mir das.«

»Ich bin gerade dabei, einen vorläufigen Bericht über die jüngsten Ereignisse anzufertigen.

Die Kurzfassung lautet, dass wir Osmo Nurminen noch einmal besucht haben, um ihn zu den Morden an Karhu und Koskinen zu befragen. Er hat daraufhin die Flucht ergriffen, wir haben ihn verfolgt, und er wurde angeschossen. Jetzt ist er in der Uni-Klinik Kuopio und wird operiert.«

»Wo ist Saari?«

»Sie ist mitgeflogen.«

»Warum das denn?«

»Ich vermute, dass sie sich schuldig fühlt. Sie war es, die Nurminen mit einem Bauchschuss zur Strecke gebracht hat. Sobald ich mit dem Bericht fertig bin, fahre ich ihr hinterher.«

»Nehmen Sie es mir nicht übel, aber auf mich wirken Sie so, als würden Sie gleich einschlafen«, erklärte Niemi. »Seit wann haben Sie nicht mehr geschlafen?«

»Vielleicht vierundzwanzig Stunden.«

»Dann gehen Sie jetzt nach Hause und legen Sie sich hin. Der Bericht kann warten. Sie nützen niemandem, wenn Sie wegen Schlafmangels zusammenbrechen.«

»Schlafen kann ich, wenn ich tot bin«, erwiderte Valo.

An der hochgezogenen Augenbraue seines Vorgesetzten erkannte er, dass sein Versuch, stark zu wirken, keinerlei Wirkung auf den anderen hatte.

»Das war kein freundlicher Rat«, bekräftigte Niemi.

»Wie Sie befehlen«, sagte Valo.

Er klappte seinen Laptop zu und stand auf.

»Schlafen Sie gut«, wünschte ihm Niemi und verließ das Büro.

Einige Stunden später stand Valo vor der automatischen Eingangstür der Uni-Klinik Kuopio und wartete, bis sie sich geöffnet hatte. Drinnen orientierte er sich kurz, ging zum Empfangsschalter und wies sich aus. Von der dort stationierten Frau ließ er sich den Weg zur Intensivstation erklären. Am Ende eines langen Korridors fand er Larson auf einer Bank sitzend vor. Ihr gegenüber stand ein Polizist in Uniform und musterte jeden, der ihm oder der Tür, an der er stand, zu nahekam.

Valo wies sich kurz bei ihm aus und setzte sich dann neben seine Kollegin.

»Wie geht es ihm?«, fragte er.

»Den Umständen entsprechend«, antwortete Larson. »Er hat die Operation überstanden und liegt jetzt im künstlichen Koma. Die Kugel hatte keine lebenswichtigen Organe getroffen, aber er hat trotzdem viel Blut verloren. Der Arzt meinte, dass Osmo nur überlebt hat, weil wir so schnell gehandelt haben.«

»Ist jemand bei ihm?«

»Die örtliche Polizei hat jemanden abgestellt, der rund um die Uhr bei ihm im Zimmer ist.«

»Und wie geht es dir?«, wollte Valo wissen.

»Ich bin in Ordnung«, erwiderte sie einsilbig.

»Komm schon«, ermahnte er sie. »Ich möchte dir nicht zu nahetreten, aber du siehst wirklich fertig aus. Und das liegt nicht nur an den Ringen unter deinen Augen, die jeden Panda neidisch machen würden.«

»Nun ja ... Ich war drauf und dran, jemanden zu töten, der wie ein Familienmitglied für mich war. In dem Moment, als ich abgedrückt habe, wollte ich sogar, dass er stirbt. Ich hätte nie gedacht, dass es einmal so weit kommen würde.«

Valo nahm ihre Hand und umfasste sie sanft. »Manchmal passieren Dinge, mit denen wir nicht gerechnet haben«, erklärte er. »Unsere Aufgabe ist es dann, zu entscheiden, wie wir damit umgehen wollen. Du musstest eine Wahl treffen, und meines Erachtens hast du dich richtig entschieden. Du hast mir das Leben gerettet.«

»Ich weiß nicht, ob ich das noch einmal tun kann.«

»Vielen Dank auch«, sagte er ironisch, fuhr dann aber ernst fort. »Ich bin jedenfalls froh, dass du dich für mich entschieden hast. Er hätte mich umgebracht, wenn du nicht gehandelt hättest. Und wer weiß, vielleicht hätte er dich in seiner Wut sogar auch noch getötet.«

Larson sah ihm in die Augen und setzte gerade zu einer Erwiderung an, als ein älterer Mann im für Ärzte charakteristischen weißen Kittel und Stethoskop zu ihnen trat. Sein schulterlanges Haar war zu einem strengen Knoten gebunden. Gemeinsam mit seinem vollen und leicht ergrauten Bart verlieh ihm dies das Aussehen eines alternden Hippies, dachte Valo süffisant.

»Herr Doktor«, begrüßte er den Arzt.

»Nennen Sie mich Antti«, erwiderte er.

»Wie sieht es mit Nurminen aus?«

»Er wird noch eine Weile im Koma bleiben müssen«, erklärte der Arzt. »Aber er wird überleben.«

»Gut. Können Sie eingrenzen, wann er wieder ansprechbar sein wird?«

»Es kann entweder Stunden oder auch Tage dauern. Der Körper macht in solchen Dingen, was er will, da sollte man nicht versuchen, etwas zu erzwingen. Vielleicht wacht er auch gar nicht mehr auf, aber das ist ziemlich unwahrscheinlich.«

»Hoffen wir, dass es nicht so weit kommt«, antwortete Valo. »Informieren Sie uns bitte sofort, wenn er ansprechbar ist. Und instruieren Sie Ihre Leute, dass die Wache rund um die Uhr bei ihm zu bleiben hat und in keinem Fall hinausgeschickt werden darf.«

»Solange er nicht im Weg steht«, antwortete der Arzt.

»Selbstverständlich. Ich werde dafür sorgen.« Valo wandte sich an den Wachhabenden. »Sie haben gehört, was der Arzt gesagt hat?«

»Ich werde meinen Kollegen entsprechend instruieren«, erwiderte der Polizist.

»Danke«, sagte Valo. »Saari, wir können im Moment nichts tun, außer zu warten. Ich finde, dass wir uns etwas Zerstreuung verdient haben. Was möchtest du tun?«

»Mich zu Hause im Bett verkriechen und nicht wieder rauskommen«, antwortete sie.

»Vielleicht sollten wir etwas unternehmen, was etwas mehr Abwechslung bringt. Ich habe da eine Idee.«

»Ist das dein Ernst?«, fragte Larson, die Arme in die Hüften gestemmt und eine gehörige Portion Skepsis in der Stimme.

Zur Antwort grinste Valo unverhohlen. »Gib es zu, damit hattest du nicht gerechnet.«

»Weil ich seit mindestens dreizehn Jahren aus dem Alter raus bin«, erwiderte sie.

Ihr Blick fiel erneut auf das hohe halbrunde Eingangstor, auf dessen Spitze in zwei Meter großen Lettern der Name *LEIKIN ILO* in unterschiedlichen Farben prangte. Auf einem wiederum auf Augenhöhe angebrachten und deutlich kleineren Schild waren die beiden Wörter in andere Sprachen übersetzt worden. Unter anderem stand dort auf Deutsch *Spielfreude*. Larson hatte schon einmal im Gespräch mit Freunden von diesem Indoor-Spielplatz gehört, war aber selbst noch nie dort gewesen.

»Zum Spielen ist man nie zu alt«, dozierte Valo. »Es gibt viele Studien darüber, dass man geistig länger fit bleibt, wenn man regelmäßig spielt.«

»Ich werde da nicht reingehen«, meinte Larson.

»Warum nicht? Sag bloß, dass es dir peinlich ist.«

»Es ist eher ...«

»Komm schon, du warst doch diejenige, die mit mir unbedingt in das Weihnachtsdorf wollte. Wenn das nicht ein eindeutiges Zeichen dafür ist, dass du dich für kindliche Dinge interessierst, dann weiß ich auch nicht weiter. Versuche es wenigstens. Wenn es dir keinen Spaß macht, verspreche ich dir, dass ich einen Monat lang jede deiner Mahlzeiten bezahle.«

»Hmmm«, meinte sie. »Wirklich jede?«

»So wahr ich Jussi Marco Valo heiße.«

Zur Unterstreichung seines Versprechens legte er feierlich die rechte Hand aufs Herz.

»Na gut«, entschied sie.

Valo lächelte sie erneut an, nahm sie dann sanft am Arm und führte sie durch das Eingangstor hindurch.

Sie wurden von einem Hinweisschild erwartet, welches verkündete, dass man seine Schuhe am Eingang lassen sollte. Hierfür gab es extra eine Vielzahl von Spinden. Larson und Valo streiften sich ihre Winterstiefel ab, suchten sich den Spind mit der Nummer Dreiundsechzig aus und stellten ihre Schuhe hinein. Zusätzlich legten sie Valos Autoschlüssel dazu und schlossen dann ab. Ihre Jacken hängten sie an dafür vorgesehene Haken und merkten sich, wo sie waren. Am Ticketschalter saß eine junge, blonde Verkäuferin und schien gerade in ihren Computer vertieft zu sein, als die beiden Inspektoren zu ihr traten.

»Zwei Erwachsene bitte«, sagte Valo.

»Keine Kinder?«, fragte sie.

»Brauchen wir denn welche, um Spaß zu haben?«

»Nein«, antwortete sie mit einem etwas irritierten Lächeln. »Es ist nur ziemlich selten, dass jemand ohne Kind hierherkommt. Um genau zu sein, ist das noch nie passiert.«

Die Verkäuferin tippte auf einen Flachbildschirm. »Zwanzig Euro bitte«, erklärte sie.

Valo zog seinen Geldbeutel hervor, legte seine Kreditkarte auf das Lesegerät und wartete, bis die Zahlung bestätigt worden war. Die Verkäuferin riss von einem schmalen Drucker die Quittung ab und legte sie vor sich auf den Tresen. Zu guter Letzt holte sie zwei Papier-Armbänder hervor.

»Mit denen kommen Sie raus und wieder rein«, erklärte sie, während sie erst Larson und dann Valo die Bänder um die Handgelenke klebte. »Einfach dort an den Scanner halten.«

»Verstanden«, bestätigte Valo. »Wie lange haben wir Spielzeit?«

»Vier Stunden.«

»Wunderbar, das dürfte reichen«, antwortete er und bedankte sich noch einmal.

Die beiden Inspektoren hielten ihre Armbänder an den Scanner und traten durch die Drehschranke. Direkt dahinter befanden sich drei Waschbecken sowie ein Seifen- und ein Desinfektionsmittelspender. Valo und Larson wuschen sich ausgiebig die Hände und trockneten sie mit Papiertüchern ab. Durch eine zweite Tür gelangten sie in den Spielbereich.

»Du meine Güte«, entfuhr es Larson.

Die Halle maß rund zweihundert Meter in der Länge und fünfzig Meter in der Breite, während die Decke bestimmt dreißig Meter über ihnen aufragte, und war quasi vollgestopft mit Spielgeräten unterschiedlichster Machart. Sie sah Schaukeln, Sandkästen, Klettergerüste, und in der Ferne konnte sie einen hoch aufragenden Turm erkennen, der zweifelsohne der Startpunkt für eine lange und sich mehrfach windende Rutsche war. Natürlich durfte auch eine Hüpfburg nicht fehlen, die rund zwanzig Meter Durchmesser besaß. Das freudige Johlen und Lachen zahlreicher Kinder drang an ihr Ohr.

»Wo möchtest du zuerst hin?«, fragte Valo.

»Ich weiß nicht so genau ... Ich glaube, ich möchte jetzt erst einmal schaukeln.«

Seite an Seite bahnten sie sich einen Weg durch die umherlaufenden Kinderscharen und mussten ein ums andere Mal ausweichen, wenn eine besonders übermütige Gruppe von einem Spielgerät zum nächsten rannte. Larson kam nicht umhin, sich über das Verhalten einiger Erwachsener zu amüsieren, die mit teils missmutigem Blick ihrem Nachwuchs hinterher schlurften.

Als ob sie nicht wüssten, wie viel Energie ihre Kinder haben, dachte sie belustigt.

Als sie schließlich an den Schaukeln angekommen waren, sah Larson, dass alles besetzt war.

»Warten wir?«, fragte Valo.

»Ja.«

Die Wartezeit wurde drastisch verkürzt, als ein junges Mädchen mit zusammengebundenen dunkelblonden Haaren, das gerade besonders hoch schaukelte, sie bemerkte. Die Kleine bremste ab und winkte dann Larson zu sich.

»Hallo«, sagte sie zu dem Mädchen.

»Hallo«, erwiderte dieses. »Möchtest du auch mal?«

»Sehr gerne, aber es ist gerade nichts frei. Da muss ich warten.«

»Du musst gar nichts«, erklärte das Kind mit ernstem Gesichtsausdruck. »Aber wenn du möchtest, kannst du meine Schaukel haben.«

»Wirklich? Es macht dir nichts aus?«

»Nein. Ich habe sowieso noch nicht alles ausprobiert.«

Das Mädchen stieg ab und stellte sich neben die Schaukel.

»Wie heißt du?«, wollte Larson wissen.

»Anna. Und du?«

»Saari.«

»Wie eine der Erwachsenen im Kindergarten«, sagte Anna fröhlich.

Larson nahm auf der Schaukel Platz.

»Soll ich dich anschubsen?«, bot Anna an.

»Danke, aber das schaffe ich schon«, gab Larson amüsiert zurück.

Sie tat einige Schritte rückwärts, um Schwung zu holen und hob dann die Beine. Schon bald hatte sie eine gute Höhe erreicht und fröhlich schwang sie vor und zurück, während Anna sie interessiert beobachtete.

»Macht es Spaß?«, rief sie Larson zu.

»Total«, antwortete sie und lächelte unterstreichend.

»Kannst du noch höher?«

»Vielleicht. Ich probiere es.«

Larson nahm weiteren Schwung und schaffte es schließlich, fast auf Augenhöhe mit dem Tragebalken zu kommen, der immerhin vier Meter über dem Boden war.

»Wow!«, rief das Mädchen vergnügt.

Nach einigen weiteren Minuten ließ sich Larson langsam ausschaukeln und kam schließlich zum Stillstand. Sie stieg ab und ging gemeinsam mit Anna etwas zur Seite, damit ein anderes Kind die Schaukel übernehmen konnte.

»Wo sind eigentlich deine Eltern?«, fragte sie das Kind.

In diesem Moment trat ein Mann mittleren Alters zu ihnen. Sein Haar war kurz geschnitten, und um seinen Mund herum befand sich ein dichter Bart. Er war leicht untersetzt, aber nicht dick, was ihm das Aussehen eines zwar schlanken, aber untrainierten Mannes gab.

»Hey«, sagte er zu dem Mädchen.

»Papa!«, rief sie und umarmte ihn. »Guck mal, das ist Saari.«

Larson bemerkte, dass Anna in eine andere Sprache gewechselt hatte.

»Eine neue Freundin?«, wollte der Papa wissen.

»Ja.«

»Moi«, begrüßte sie der Mann auf Finnisch. »Minä olen Soni – Ich bin Soni.«

»Moi«, grüßte Larson zurück.

»Mein Papa ist Deutscher«, erklärte das Mädchen, nun ebenfalls wieder auf Finnisch.

»Aha«, gab die Inspektorin zurück. »Woher kommt ihr?«

»Ursprünglich aus München«, antwortete Soni. »Wir wohnen erst seit vier Jahren in Nurmes.«

»So ein Zufall, da kommen Jussi und ich auch her«, erklärte Larson und zeigte auf ihren Partner, der sich etwas abseits hielt und das Geschehen beobachtete. Wie es für finnische Männer üblich war, nickte Soni ihm nur kurz zu. Valo erwiderte den stummen Gruß.

»Kommen Sie öfter hierher?«, fragte Larson.

»Etwa zwei Mal im Jahr«, antwortete Soni. »Sie wissen ja selbst, dass es in Nurmes außer einer Handvoll Spielplätze und dem Strand nicht viel für Kinder gibt. Und Sie?«

»Ist mein erstes Mal.«

»Soll ich dir die Hüpfburg zeigen?«, fragte Anna.

»Nur, wenn es deinem Papa nichts ausmacht.«

»Papa, darf ich?«

»Natürlich. Ich komme aber mit.«

Das Mädchen nahm Larson an der Hand und führte sie aus dem Schaukelbereich heraus und zur Hüpfburg, auf der sich Kinder jedes Alters tummelten.

»Guck mal, was ich kann«, sagte Anna, stieg auf das Spielgerät und hopste wie ein Grashüpfer herum.

»Ihre Tochter ist ein nettes Mädchen«, sagte Larson zu Soni.

»Ich weiß«, erwiderte er.

»Ich hoffe, dass es Ihnen wirklich nichts ausmacht, dass ich mit Ihrer Tochter spiele.«

»Alles in Ordnung, solange Sie sich benehmen«, erklärte er.

»Da kann ich Sie beruhigen«, erwiderte Larson. »Ich bin Polizeibeamtin und Jussi ist mein Kollege.«

»Saari, komm!«, rief Anna zu ihr herüber.

»Die Pflicht ruft«, sagte sie achselzuckend und stieg auf die Hüpfburg.

Darauf achtend, kein Kind zu behindern, sprang sie mehrfach hoch und machte schließlich sogar einen Salto.

»Holla die Waldfee!«, entfuhr es dem Mädchen auf Deutsch. »Das will ich auch können.«

»Ich zeige dir, wie es funktioniert«, bot Larson an.

Anna beobachtete sie aufmerksam und versuchte ein ums andere Mal, hoch genug zu springen, um ebenfalls eine Luftrolle zu schaffen. Doch trotz ihres Elans gelang es ihr nicht. Schließlich gab sie auf und setzte sich brütend neben die Hüpfburg.

»Ist schon in Ordnung«, sagte ihr Vater und kniete sich vor sie.

»Ich will das aber auch können«, erwiderte Anna schmollend.

»Das wirst du auch«, erklärte Soni ernst. »Mach noch etwas Pause und dann versuche es noch einmal. Du weißt doch, dass es manchmal Übung braucht, bis man etwas kann.«

»In Ordnung.«

Nach einer weiteren Minute stand das Mädchen wieder auf und stieg erneut auf das Hüpfgerät. Larson nahm sie an den Händen und sprang mit ihr auf und ab.

»Und jetzt vorbeugen!«, rief sie dem Kind zu.

Anna tat wie verlangt, während Larson sie an den Händen hielt. Und dieses Mal klappte es.

»Sehr gut!«, feuerte Soni sie an.

Das Mädchen quietschte vergnügt und machte gleich noch eine zweite Luftrolle.

»Toll!«, stimmte Larson mit ein.

Nach einem dritten Salto erklärte Anna, dass sie nun genug habe und runter wolle. Larson nickte, verließ mit ihr die Hüpfburg und gesellte sich mit dem Kind zu Annas Vater.

»Papa, hast du gesehen?«, fragte sie mit strahlenden Augen.

»Habe ich. Super gemacht!«

Anna wandte sich wieder an Larson. »Danke«, sagte sie. »Soll ich dir noch etwas zeigen?«

»Ich glaube, ich werde jetzt erst einmal eine Pause machen«, antwortete sie.

»Aber das ist ganz cool! Da brauchst du auch nicht viel zu tun, sondern kannst sitzen.«

»Na gut.«

Das Mädchen nahm sie erneut bei der Hand und führte sie nun unter einigen Klettergerüsten hindurch bis ans hintere Ende der Halle.

»Tataa!«, rief Anna und streckte wie ein Zirkusdirektor theatralisch den Arm aus.

Larsons Blick fiel auf eine lange und mit zahlreichen Kurven bestückte Bahn, die zu beiden Seiten von Metallschienen eingegrenzt wurde. Am Startplatz, der durch eine karierte Linie markiert wurde, standen vier Karts.

»Papa, haben wir noch Münzen?«

»Ich habe gerade erst welche geholt. Saari, möchten Sie auch?«

»Gerne. Danke.«

»Jussi, was ist mit Ihnen?«, wandte er sich an den Inspektor, der wenige Meter abseitsstand.

»Nein, danke«, antwortete er.

»Komm schon, du Feigling«, sagte Larson. »Oder hast du etwa Angst, von einem Kind besiegt zu werden?«

Valo lächelte in sich hinein, wahrte aber seine emotionslose Fassade. »Ich habe vor nichts Angst«, erklärte er mit gespielt fester Stimme.

»Beweise es.«

Der Inspektor setzte eine ernste Miene auf, nahm von Soni eine Münze entgegen und suchte sich ein Kart aus. Die anderen taten es ihm gleich, und schon bald waren sie startbereit.

»Kolme! Kaksi! Yksi! – Drei! Zwei! Eins!«, rief Anna.

Alle warfen ihre Münzen in das dafür an den Karts befestigte Fach, und mit einem aus Lautsprechern schallenden Brummen erwachten die Fahrzeuge zum Leben. Anna und Soni drückten sofort das Gaspedal durch, während sich Larson noch kurz mit dem Kart vertraut machte, bevor auch sie losfuhr. Valo hingegen schien Probleme zu haben, denn seine Münze fiel immer wieder durch den Schacht heraus. Schließlich schaffte er es doch noch und stieg auf das Gaspedal.

»Ich hole euch noch ein«, rief er. »Macht euch auf etwas gefasst!«

Zur Antwort lachte Anna nur und lenkte ihr Kart gekonnt in die erste Kurve, dicht gefolgt von ihrem Vater und Larson. Obwohl Valo ein guter Autofahrer war, hatte er Schwierigkeiten, sein Fahrzeug zu kontrollieren und stieß ein ums andere Mal an die Streckenbegrenzung. Das Mädchen hingegen schien die volle Kontrolle zu haben und hielt sogar die Ideallinie. Dennoch holte ihr Vater langsam, aber stetig auf.

Nachdem sie die Start- und Ziellinie zum dritten Mal überquert hatten, schalteten sich die Karts ab.

»Yay!«, rief Anna fröhlich und stieß triumphierend die Arme in die Höhe.

Direkt hinter ihr kam Soni zum Stehen. »Fast hätte ich dich gehabt«, sagte er lächelnd.

»Man kann nicht immer gewinnen«, belehrte sie ihn.

»Das war ein gutes Rennen«, lobte er.

Nun kam auch Larson an und stellte ihr Fahrzeug ab, während Valo noch immer auf der Strecke war und sich langsam näherte.

Als alle versammelt waren, beugte sich Soni zu seiner Tochter hinunter.

»Wir werden gleich gehen«, erklärte er. »Unsere Spielzeit ist fast vorbei.«

»Jetzt schon?«, fragte Anna.

»Leider ja. Aber wir kommen bald wieder hierher, versprochen.«

»Ist gut. Moikka – Tschüss, Saari. Vielleicht sehen wir uns ja mal wieder.«

»Das würde mich sehr freuen«, sagte Larson ehrlich und reichte dem Kind die Hand.

Anna ergriff sie und schüttelte sie kurz, bevor sie sich zu ihrem Vater gesellte.

»Bis zum nächsten Mal«, sagte Soni und ging mit seiner Tochter in Richtung Ausgang.

»Nettes Kind«, sagte Larson zu Valo.

»Finde ich auch«, stimmte er zu. »Was möchtest du jetzt tun?«

»Ich brauche eine Pause«, gab sie zu. »Gibt es hier etwas zu trinken?«

»Folge mir.«

In einem groß angelegten Nebenraum befanden sich mehrere Sitzplätze und eine lange Theke, an der einige Mitarbeiter damit beschäftigt waren, die Bestellungen der Gäste entgegenzunehmen. Sie orderten einen großen Teller mit Pommes, zwei Behälter mit Ketchup und zwei Tassen Kaffee, die sie fast umgehend bekamen. Zum Glück für sie fanden sie schnell einen freien Tisch und ließen sich nieder. Das Tablett mit den Lebensmitteln stellten sie in die Mitte des Tisches.

»Und, gefällt es dir hier?«, wollte er wissen.

»Ich muss zugeben, dass es eine tolle Idee war, hierherzukommen«, antwortete sie.

»Gut«, sagte er, tunkte ein Pommes-Stäbchen in den Ketchup und biss ab. »Wollen wir noch länger hierbleiben?«

»Ich habe noch nicht alles ausprobiert«, zitierte sie das Mädchen lächelnd und nahm ebenfalls von den

Pommes. »Und bei den anderen Spielgeräten machst du auch mit, das ist ein Befehl.«

»Ich gebe mich geschlagen«, erwiderte er und hob gespielt die Hände.

Larson setzte eine ernste Miene auf. »Danke, dass du mich hierhergebracht hast.«

»Gewöhne dich nicht dran«, sagte er mit einem ironischen Unterton.

»Ich meine es ernst. Mir wäre es nicht in den Sinn gekommen, ausgerechnet hier Ablenkung zu finden. Wahrscheinlich würde ich ohne dich noch immer im Krankenhaus sitzen, vor mich hinbrüten und darüber nachdenken, dass ich beinahe einen guten Freund umgebracht hätte.«

»Dafür hast du mich gerettet«, erinnerte Valo sie. »Ohne dich hätte er mich wahrscheinlich getötet und im See versenkt. Dann hätten wir jetzt drei Leichen und noch immer keinen Täter.«

Larson dachte gerade über diese Worte nach, als ihr Partner ein Vibrieren in seiner Hosentasche spürte. Er zog sein Telefon heraus und nahm den Anruf an.

»Jussi Valo ... Das ging aber schnell ... Wir können vorbeikommen, wir sind sowieso gerade in Kuopio ... Warten Sie einen Augenblick.«

»Wer ist das?«, wollte sie wissen.

»Halla von der Rechtsmedizin. Er hat die DNS-Probe von Minna Ahonen bekommen und analysiert.«

»Das ging aber schnell«, echote sie unbewusst Valos vorherige Aussage.

»Bist du bereit, wieder zu arbeiten?«

»Wenn die Pflicht ruft, stehe ich stets zur Verfügung«, erklärte sie leicht wehmütig.

In Wirklichkeit hätte sie gerne noch mehr Zeit hier verbracht.

»Doktor Halla?«, sagte Valo in sein Telefon. »Wir können in einer Stunde bei Ihnen sein ... Alles klar. Bis dann.«

Er beendete das Gespräch. »Tut mir leid, dass wir nur so kurz hier waren.«

»Ist schon in Ordnung«, sagte Larson. »Wir können ja später noch einmal herkommen.«

»Wir haben immer noch genug Zeit, um zumindest aufzuessen«, erklärte Valo und schob sich ein weiteres Pommes-Stäbchen in den Mund.

Nachdem sie zu Ende gegessen hatten, brachten sie ihr Geschirr zu dem dafür vorgesehenen Schiebewagen und gingen dann zurück zum Eingang, um ihre Sachen zu holen.

»Freut mich, Sie persönlich kennenzulernen«, sagte Halla, als die beiden Beamten bei ihm vorstellig geworden waren.

»Die Freude liegt auf unserer Seite«, erwiderte Valo. »Doktor Halla, was haben Sie für uns?«

»Bitte nennen Sie mich Heikki«, antwortete der Doktor. »Die Kollegen in Rovaniemi hatten es wohl ziemlich eilig und haben heute früh die Probe geschickt. Da ich nichts anderes zu tun hatte, habe ich sie mir gleich angeschaut und mit derjenigen verglichen, die ich bei Ihrem Mordopfer gefunden habe. Dabei habe ich ...«

»Bitte überspringen Sie die Details«, forderte Valo ihn auf.

»Also, die bei Karhu gefundene DNS gleicht derjenigen von Minna Ahonen wie ein Ei dem anderen.«

»Sie sind also identisch?«

»Ja«, bestätigte Halla.

»Sie haben nicht zufällig eine Ahnung, wie alt die DNS ist, die bei Karhu gefunden wurde?«

»Nein, das lässt sich bedauerlicherweise nicht herausfinden.«

»Gibt es noch etwas, das wir wissen sollten?«

»Nein, das ist alles.«

»In Ordnung. Vielen Dank für Ihre Hilfe. Wir schulden Ihnen etwas.«

»Schon gut«, erwiderte Halla. »Gute Jagd weiterhin.«

Im Eingangsbereich zur rechtsmedizinischen Abteilung nahm Valo seine Partnerin zur Seite.

»Was würdest du daraus machen?«, fragte er.

»Ahonen sagte, dass sie regelmäßig mit Karhu intim war. Soweit ich weiß, ist er ein gepflegter Mann, also gehe ich davon aus, dass er sich regelmäßig duscht, zumindest alle zwei Tage. Und ich kann mir vorstellen, dass er sich nach dem Sex ebenfalls wäscht, sonst hätte seine Frau bestimmt längst den Duft einer anderen bemerkt. Dass Ahonens Haut unter seinen Nägeln gefunden wurde, deutet für mich schwer darauf hin, dass er nur kurz vor seinem Tod mit ihr zusammen war.«

»Das sehe ich auch so«, bestätigte Valo. »Interessant finde ich, dass sie nichts davon gesagt hat, als wir mit ihr gesprochen haben.«

»Denkst du, dass sie etwas verbirgt?«

»Sie hat uns zumindest verschwiegen, dass sie erst vor wenigen Tagen mit ihm gevögelt hat. Laut ihr ist das letzte Treffen fast drei Wochen her. Ich glaube kaum, dass sich Karhu seitdem nicht mehr gewaschen hat.«

»Wir sollten sie unbedingt noch einmal befragen.«

»Das werden wir. Sage bitte Iriina Bescheid, dass Ahonen unter keinen Umständen aus der Haft entlassen werden darf.«

Larson tat wie aufgetragen und schrieb eine Kurznachricht über ihr Smartphone. »Fahren wir heute noch zurück nach Nurmes?«

»Ich bin ziemlich platt«, sagte Valo. »Seit Rovaniemi habe ich nur wenig geschlafen.«

»Dann schlage ich vor, dass wir uns hier in Kuopio eine Unterkunft suchen. Ich übernehme das.«

»Gern. Aber lass uns dieses Mal keine Privatunterkunft nehmen. Ich habe jetzt Lust auf ein richtig gutes Hotel mit anständigen Betten und Frühstücksbuffet.«

»Und wer bezahlt das?«

»Der Staat«, erwiderte Valo lakonisch. »Ich denke, dass wir es uns verdient haben, angenehm zu logieren und uns an den herrlich dargebotenen Speisen zu laben.«

»Wenn du noch geschwollener redest, bekomme ich noch Angst vor dir«, antwortete sie lächelnd.

Die kommenden zehn Minuten verbrachte sie damit, die Hotelauswahl in Kuopio zu prüfen, bis sie schließlich ein Haus gefunden hatte, das ihr zusagte. Sie wählte die Nummer und hielt sich ihr Smartphone ans Ohr.

»Saari Larson«, stellte sie sich vor. »Ich benötige für heute Nacht zwei Einzelzimmer ... Ja, mit Frühstück ... Das andere Zimmer ist auf den Namen Jussi Valo ... Alles klar, vielen Dank.«

Sie beendete das Gespräch und wandte sich ihrem Partner zu.

»Check-in ist ab sechzehn Uhr«, sagte sie zu ihm und sah kurz auf ihre Uhr. »Wir können also sofort hin.«

»Fein«, antwortete er.

Das Hotel befand sich nur wenige Kilometer entfernt in der Nähe des Strands zum Kallavesi-See, der die Stadt an drei Seiten umschloss. Als Valo sein Zimmer am Ende des Flurs in der zweiten Etage betrat, fiel sein Blick sofort auf das ausladende Bett. Mit Larson hatte er vereinbart, dass sie sich in einer Stunde im Hotelrestaurant treffen wollten.

Genug Zeit, um kurz die Augen zu schließen und mich etwas auszuruhen, dachte er.

Doch kaum hatte er sich die Schuhe abgestreift und sich hingelegt, brach sich seine Erschöpfung Bahn. Schon wenige Sekunden später war er eingeschlafen.

»Gut geschlafen?«, fragte Larson ihn, als er sich zu ihr an den Frühstückstisch gesetzt hatte.

»Wie ein Baby«, antwortete er.

»Also ständig aufwachend und schreiend, weil die Hose voll ist?«

»Nein«, sagte er grinsend. »Eines der pflegeleichten Babys. Tut mir leid, dass ich es gestern nicht mehr zum Essen geschafft habe. Ich war einfach hundemüde.«

»Das hat man dir auch angesehen. Kaffee?«

»Du kannst Gedanken lesen.«

Valo ging zu dem reichhaltigen Frühstücksbuffet hinüber und schenkte sich aus einer Warmhaltekanne eine große Tasse ein. Zurück an ihrem Tisch nippte er versuchsweise von dem Gebräu und stellte überrascht fest, wie stark das Getränk war. Normalerweise war er es von Hotels gewöhnt, dass der Kaffee zwischen *mild* und *gefärbtes Wasser* schmeckte.

»Hast du schon etwas von Iriina gehört?«, fragte er.

»Ja. Sie hat mir versichert, dass Ahonen gut verwahrt ist. Anscheinend hat ihr Anwalt deswegen einen ziemlichen Aufstand gemacht, aber du kennst ja Iriina.«

»Ich kann mir lebhaft vorstellen, wie sie ihn zu Kleinholz verarbeitet hat«, stellte Valo grinsend fest. »Ich möchte nicht in seiner Haut gesteckt haben. Wie ist das Frühstück hier?«

»Ziemlich gut«, lobte Larson. »Schau doch mal rüber. Ich warte hier.«

Wenige Minuten später kam er mit einem großen Teller zurück, auf dem sich Rührei mit Speck türmte. Dazu hatte er sich eine Schüssel mit Blaubeer-Joghurt mitgebracht und drapierte alles vor sich.

»Schaffst du das allein?«, fragte sie grinsend.

»Sieh mir zu«, erwiderte er und begann, sich sein Frühstück mit großem Elan reinzuschaufeln.

Larson, die bereits einige Scheiben Brot mit Wurst und Käse gegessen hatte, begnügte sich damit, sich Kaffee nachzuschenken und ihren Kollegen dabei zu beobachten, wie er seine Mahlzeit genoss. »Ich habe übrigens einen Anruf aus dem Krankenhaus bekommen«, sagte sie. »Osmo ist aufgewacht.«

Valo hielt beim Kauen inne. »Warum sagst du mir das erst jetzt?«, wollte er wissen. »Wir müssen sofort hin.«

»Der Doktor sagte, er sei stabil, aber nicht wirklich ansprechbar. Die Nachwirkungen des Komas.«

»Trotzdem sollten wir so bald wie möglich mit ihm sprechen. Wer weiß, wie lange er wach ist ...«

»Tut mir leid, ich hätte es dir sofort sagen sollen.«

»Beim nächsten Mal«, erwiderte er abwinkend.

Valo, dessen Teller bereits leer war, warf einen sehnsüchtigen Blick auf das Buffet.

»Ich glaube, die paar Minuten mehr oder weniger verändern nicht den Lauf der Welt«, kommentierte Larson.

Der Inspektor stand auf und holte sich Nachschub, dieses Mal bestehend aus zwei gekochten Eiern, zwei Piroggen und einigen Schinkenscheiben. Auch füllte er sich Kaffee nach und vertilgte dann sein Mahl. Als er fertig war, nahm er einen letzten Schluck aus seiner Kaffeetasse, wischte sich den Mund sauber, stand auf und sah sich um.

»Das Geschirr dürfen wir stehenlassen«, erklärte Larson. »Ich habe extra nachgefragt.«

»Okay. Gib mir zehn Minuten, ich möchte noch schnell meine Zähne putzen.«

»Und ein frisches Hemd solltest du dir auch anziehen«, belehrte sie ihn. »Du siehst komplett zerknautscht aus.«

»In Ermangelung von Wechselwäsche werde ich wohl nicht umhinkommen, so zu bleiben, wie ich bin.«

»Sag jetzt nicht, dass du nicht einmal frische Unterwäsche eingepackt hast.«

»Doch, das natürlich schon«, erklärte er.

»Dann ist ja gut. Im Übrigen würden dir eine Rasur und eine Dusche guttun.«

Valo fuhr sich über den Unterkiefer und spürte die zahlreichen Stoppeln. »Okay, machen wir eine halbe Stunde daraus«, entschied er.

»Einverstanden. Ich checke uns beide aus und warte im Foyer auf dich.«

»Hei«, begrüßte Valo den Wachhabenden, einen stattlichen Mittdreißiger in Uniform, der vor der Tür zu Nurminens Krankenzimmer stand.

»Huomenta – Guten Morgen«, grüßte der Polizist zurück.

»Irgendetwas Auffälliges?«

»Nein, alles ruhig.«

»Warum sind Sie nicht im Zimmer?«

»Mein Kollege ist dort. Wir hielten es für besser, uns aufzuteilen, um im Fall der Fälle schneller agieren zu können.«

Auf Valos skeptischen Blick hin fuhr der Uniformierte fort: »Keine Sorge, mein Kollege ist ein erfahrener Polizist. Außerdem ist er stämmig genug, dass man ihn nicht so leicht überwältigen kann.«

»Das hoffe ich für Sie beide«, erwiderte Valo mürrisch.

Er öffnete die Tür des Krankenzimmers und ließ Larson zuerst eintreten, bevor er selbst hineinging.

»Huomenta«, sagte der zweite Beamte von der gegenüberliegenden Ecke des Zimmers aus.

Ein Blick auf seine breiten Schultern überzeugte Valo davon, dass der Polizist vor der Tür nicht gelogen hatte. Es würde einige Kraft und noch mehr Mut benötigen, diesen Mann auszuschalten. Seine schlechte Laune hellte sich sogleich ein wenig auf.

»Hallo. Wie geht es unserem Patienten?«, fragte er.

»Er ist vor etwa drei Stunden aufgewacht. Ich bin kein Arzt, aber nach allem, was ich mitbekommen habe, befindet er sich in einem schlechten Zustand. Er dämmert immer wieder weg.«

»Haben Sie mit ihm gesprochen?«

»Nein.«

»Alles klar. Wenn Sie wollen, machen Sie eine Kaffeepause. Wir kommen schon mit ihm zurecht.«

»Wie Sie wünschen.«

Der Polizist verließ das Zimmer und ließ die Ermittler allein. Valo ging zur Bettkante und beugte sich über Nurminen.

»Guten Morgen«, begrüßte er ihn. »Können Sie mich hören?«

Nurminens einzige Reaktion bestand aus einem leisen Grunzen.

»Sie sind im Krankenhaus. Erinnern Sie sich? Sie haben Saari und mich angegriffen. Sie wurden daraufhin angeschossen und sind für eine Notoperation hierhergebracht worden.«

»Saa …«, murmelte Nurminen.

»Ich bin hier«, sagte Larson und beugte sich von der anderen Seite über ihn. »Es wird alles gut.«

»Können Sie sprechen?«

»Grmmm …«, machte Nurminen nur.

Valo wandte sich an seine Kollegin. »Bleib du bei ihm, ich habe kurz etwas zu erledigen.«

Auf dem Flur fand er die beiden Beamten.

»Gehen Sie bitte wieder in das Zimmer und bleiben Sie dort, bis ich zurück bin«, instruierte er denjenigen, den er erst zuvor hinausgeschickt hatte.

Der Wachmann nickte nur und tat, wie ihm aufgetragen war, während sich Valo umwandte und den Flur hinabging, bis er das für diese Abteilung zuständige Schwesternzimmer entdeckte.

Nachdem er sich ausgewiesen hatte, kam er direkt zum Thema. »Ich möchte, dass Osmo Nurminen ein Mittel bekommt, um ihn gesprächig zu machen.«

»Das geht nicht einfach so«, teilte ihm die diensthabende Pflegerin, eine ältere Dame mit kurzem Haar und fester Statur, mit. »Das darf nur der behandelnde Doktor entscheiden.«

»Okay ...«, sagte Valo seufzend und warf einen kurzen Blick auf ihr Namensschild. »Veera, ich möchte, dass Sie ihn kontaktieren und ihm mitteilen, was ich gerade gesagt habe.«

Veera, die normalerweise resolut war, schien zu spüren, wie ernst es dem Inspektor war. Anstatt sich auf einen Kampf einzulassen, griff sie zum an der Wand verschraubten und antik wirkenden Festnetztelefon, drückte die Kurzwahltaste, und gab dann eine Nummer ein.

»Doktor Kani? Hier steht Inspektor Valo vor mir und verlangt, dass wir Osmo Nurminen eine Medizin geben, um ihn ansprechbar zu machen ... Ja, das habe ich ihm auch gesagt ... Einen Moment bitte.«

Sie presste eine Hand über die Sprechmuschel und hielt Valo auffordernd den Hörer hin.

»Inspektor Valo hier«, sagte er in das Telefon. »Es ist sehr wichtig, dass wir mit Nurminen so schnell wie möglich sprechen können ... Nein, es kann nicht warten ... Tun Sie einfach, was ich verlange! ... Okay.«

Er gab der Pflegerin den Hörer zurück. Sie lauschte noch einige Sekunden lang und legte dann auf.

»Also?«, wollte der Inspektor wissen.

»Ich werde jetzt lieber nicht jedes einzelne Wort wiederholen, denn das wäre niveaulos«, erklärte Veera.

»Dann geben Sie mir die Zusammenfassung.«

»Um es kurz zu machen: Die Antwort lautet Nein. Es wäre unverantwortlich, Herrn Nurminen jetzt etwas zu geben. Das könnte seine Genesung stark beeinträchtigen.«

Valo setzte eine betont freundliche Miene auf. »Dann mal vielen Dank für Ihre freundliche Unterstützung. Ich werde Sie gerne in meinem Abschlussbericht erwähnen.«

»Tun Sie das«, erwiderte Veera kalt. »Wenn Sie mich jetzt entschuldigen würden, ich habe zu arbeiten.«

Valo wandte sich ab und ging mürrisch zurück zum Krankenzimmer. Drinnen erklärte er Larson in knappen Worten die Situation.

»Dann werden wir eben warten müssen«, erwiderte sie. »Während du dich mit dem Personal gestritten hast, habe ich weiter versucht, mit Osmo zu reden. Er bekommt kaum drei zusammenhängende Wörter heraus.«

»Perkele«, fluchte Valo. »Dann setzen wir uns wie die braven Bürger, die wir sind, hier hin, trinken Kaffee und warten darauf, dass der Kerl wieder klar im Kopf wird.«

»So ist es brav«, sagte Larson in einem Tonfall, der demjenigen ähnelte, den man bei einem Welpen benutzte.

Valo warf ihr einen scharfen Blick zu, ließ sich schwer auf einen unbequemen Plastikstuhl fallen, verschränkte die Arme vor der Brust und blickte mürrisch drein.

»Hey, du hast mir selbst immer wieder gepredigt, dass Geduld eine Tugend ist«, sagte Larson. »Tu mir bitte einen Gefallen und lass mich in Ruhe.«

Seine Kollegin grinste und ging hinaus, um Kaffee zu organisieren.

Es war bereits Nachmittag, als Osmo Nurminen endlich wach genug war, dass er zumindest einige zusammenhängende Sätze sprechen konnte. Der wachhabende Beamte hatte sich zwischenzeitlich mehrfach mit seinem Kollegen abgewechselt, stand jetzt aber weiterhin in einer Ecke des Zimmers mit vor seiner ausladenden Brust verschränkten Armen und beobachtete, wie Valo und Larson ihre Stühle zu beiden Seiten des Bettlägerigen postierten.

»Also«, begann Valo das Verhör. »Ich möchte gerne unser kürzlich so grob unterbrochenes Gespräch fortsetzen. Ich erwarte, dass Sie mir Rede und Antwort stehen und mir und meiner geschätzten Kollegin die Wahrheit sagen. Keine Lügen, keine Tricks. Ich habe nämlich eine ausgesucht schlechte Laune und bin nicht gewillt, mich auf irgendwelche Spielchen einzulassen. Verstanden?«

»Ja«, erwiderte Nurminen schwach, aber deutlich.

»Jetzt erzählen Sie uns noch einmal ganz genau, warum Sie Tuomas Karhu getötet haben.«

»Er war ein Scheißkerl.«

»Das sind viele Leute. Aber das bedeutet noch lange nicht, dass man herumrennt und sie einfach so umbringt.«

»Er wollte Nurmes modernisieren und zu einer Touristenfalle machen.«

»Das wissen wir alles schon«, erwiderte Valo ungeduldig. »Was wir nicht wissen, ist, warum Sie ihn ermordet haben.«

»Saari?«, fragte er.

»Sag uns bitte einfach, was wir wissen wollen«, antwortete sie. »Nur so können wir dir helfen.«

Nurminen atmete mehrfach tief ein und aus, um seine Kräfte zu sammeln. »Tuomas hat mich in den vergangenen Monaten immer wieder aufgesucht. Er wollte mir mein Land abkaufen, alles abholzen und eine Hotelanlage darauf errichten. Stellen Sie sich das vor! Den ganzen Wald wollte er entfernen! Und nicht nur das. Auch meine Felder sollten verschwinden. Und für was? Für einen Freizeitpark! Können Sie sich vorstellen, wie schlimm das für die Umwelt gewesen wäre? Überall Leute, die ihren Müll achtlos wegwerfen und sich darüber amüsieren, wenn ein Tier qualvoll stirbt, weil es einen Käfer nicht von einem Stück Metall unterscheiden kann?«

»Umweltschutz ist natürlich wichtig«, gab Valo zu.

»Und erst der Lärm. Hunderte, vielleicht Tausende Menschen jeden Tag, die nichts anderes können als zu schnattern und zu schreien und sich darüber aufzuregen, wenn die Limonade nicht genug gezuckert ist. Die Straßen wären verstopft mit Leuten, die ihre Autos einfach irgendwo parken und sich nicht darum scheren.«

»Das ist natürlich wirklich traurig, das gebe ich zu«, erklärte der Inspektor. »Aber glauben Sie nicht, dass es etwas drastisch ist, deswegen Menschen zu töten? Erwarten Sie wirklich, dass wir Ihnen glauben, dass Sie vollkommen selbstlos gehandelt haben? Da steckt doch mehr dahinter, und das will ich von Ihnen erfahren.«

»Ich habe mein ganzes Leben damit verbracht, dieses Land zu pflegen und zu behüten. Ich habe diese Aufgabe von meinem Vater übernommen, und davor er von seinem Vater. Unsere ganze Familie hat immer darauf geachtet, das Gleichgewicht zu bewahren.«

»Haben Ihre geschätzten Vorfahren ebenfalls Menschen ermordet, um dieses *Gleichgewicht* zu erhalten?«

Nurminen schüttelte verneinend den Kopf. »Damals war es anders«, fuhr er fort. »Jeder wusste, wo sein Platz war. Niemand kam auf die Idee, anderen etwas wegnehmen zu wollen. Wollte man sich vergnügen, hat man sich damit begnügt, was man hatte.«

»Hat Karhu Druck auf Sie ausgeübt?«

»Ja, und nicht nur auf mich. Viele andere wurden von ihm ebenfalls unter Druck gesetzt. Aber keiner hat sich getraut, gegen ihn vorzugehen. Ich war der Einzige, der gewillt war, etwas dagegen zu unternehmen. Alle anderen waren zu ängstlich. Und manche haben sich von seinem Geld und seinen Versprechungen locken lassen.«

»Als er Sie gefragt hat, ob Sie an ihn verkaufen wollen, hätten Sie auch einfach Nein sagen können«, warf Valo ein.

»Das habe ich, sogar mehrfach. Aber er wollte einfach nicht lockerlassen. Er hat sogar versucht, mir zu drohen und mich zu zwingen, an ihn zu verkaufen.«

»Inwiefern?«

»Er sagte, dass es mir noch leidtun würde, wenn ich nicht verkaufe. Er besuchte mich zuletzt fast täglich und warf mir Dinge an den Kopf, die ich jetzt nicht wiederholen möchte.«

»Und dann sahen Sie keine andere Möglichkeit mehr, als ihm ein für alle Mal den Mund zu stopfen, sehe ich das richtig?«

»Ja. Ich wollte einfach nur, dass er aufhört.«

»Warum haben Sie seine Leiche ausgerechnet in Ihr eigenes Waldstück gebracht? Gab es keine anderen Optionen?«

»Ich dachte, dass er dort nicht so bald gefunden würde. Ich war der Meinung, dass er eingeschneit werden würde, und wenn es im Frühling wärmer werden würde, würde ein Bär oder ein anderes Raubtier ihn finden. Bären sind ziemlich hungrig, wenn sie aufwachen.«

»Ist mir bekannt«, erwiderte Valo. »Zu Ihrem Pech und unserem Glück ging Ihr Plan aber leider nicht auf«, erinnerte er sich daran, wie überrumpelt Nurminen gewirkt hatte, als er erfahren hatte, dass die Leiche so kurz nach der Tat gefunden worden war. »Was ist eigentlich mit Mika Koskinen?«, fuhr Valo fort. »Warum musste er sterben?«

»Ich hatte Angst, dass er reden würde.«

»Worüber reden?«

»Wir kennen uns ein wenig und trinken manchmal zusammen. Er erzählte mir, wie er Karhu gefunden hatte und dass es sehr schade sei, dass dieser *große Mann* Nurmes nun nicht mehr helfen könnte. Er bewunderte Karhu. Stellen Sie sich das vor! Außerdem sagte er, dass er der Polizei so gut wie möglich helfen wollte.«

»Und da haben Sie gedacht, Sie könnten ihn nicht nur mundtot, sondern direkt ganz tot machen.«

Nurminen nickte.

»Ich finde es übrigens eine gute Idee, eine Leiche in einem See zu versenken«, erklärte Valo im Plauderton. »Das hätte sogar klappen können, wenn Koskinen nicht von Wintersportlern gefunden worden wäre, bevor das Eisloch komplett zugefroren war. Ich habe erfahren, dass die Gewichte, die Sie an seinen Beinen befestigt haben, nicht ausreichend schwer gewesen sind, um ihn unter Wasser zu halten. Selbst wenn das Loch komplett zugefroren wäre, hätte er immer noch gut sichtbar hervorgeragt. Vielleicht sollten Sie sich also beim nächsten Mal besser informieren, wie man eine Leiche fachgerecht entsorgt. Wobei ... Ein nächstes Mal wird es für Sie nicht geben. Sie werden wegen zweifachen Mordes angeklagt werden. Ihr Geständnis reicht aus, um Sie mindestens einige Jahrzehnte ins Gefängnis zu bringen, vielleicht sogar bis an Ihr Lebensende.«

»Warum hast du das getan, Osmo?«, mischte sich Larson ein. »Du hättest jederzeit zu mir kommen können. Wir hätten ganz bestimmt eine Lösung für dich gefunden.«

»Ich wollte dich nicht mit in die Sache hineinziehen«, erklärte Nurminen in einer Tonlage, die für Larson normalerweise fürsorglich klang, jetzt aber eher wehleidig auf sie wirkte. »Verstehe doch, es war mein Problem, nicht deines.«

»Aber ich hätte dir helfen können!«, erwiderte sie laut. »Verdammt, ich habe dir vertraut! Du warst immer für mich da, und ich hätte dir nur zu gerne etwas davon zurückgegeben. Ich dachte, wir wären so etwas wie eine Familie! Fuck you!«

Valo spürte, wie sich in seiner Kollegin die Wut aufstaute und kurz davor war, wie ein Vulkan auszubrechen. Noch bevor er reagieren konnte, stand Larson so hastig auf, dass ihr Stuhl hinter ihr polternd zu Boden krachte. Sie ballte die Faust, holte aus und ließ den Arm auf Nurminen niedersausen. Im letzten Moment wurde ihre Hand aber abrupt gestoppt. Der Wachhabende hatte blitzschnell reagiert und hielt nun Larsons Handgelenk in einem eisernen Griff. Sie atmete schnell, und Valo sah die Tränen auf ihren Wangen. Ruhig ging er zu ihr hinüber und legte ihr die Hände auf die Schultern.

»Schau mich an«, sagte er mit fester, aber nicht unsanfter Stimme.

Wie in Zeitlupe wandte sich Larson ihm zu.

»Du kannst nicht ungeschehen machen, was er dir und anderen angetan hat«, sagte Valo. »Aber wenn du ihn jetzt verprügelst, machst du dich der Körperverletzung und des Amtsmissbrauchs schuldig. Ich kann dich nicht schützen, wenn du das tust. Deine Karriere, und vielleicht auch dein Leben, wären vorbei.«

Seine Kollegin sah ihn lange an, als würde sie versuchen, das Gesagte zu verstehen.

Valo richtete seinen Blick auf den Uniformierten, der noch immer ihr Handgelenk festhielt. »Lassen Sie sie los«, verlangte er.

»Sind Sie sicher?«

»Nun machen Sie schon«, erwiderte er ungeduldig.

Der Wachhabende löste seine Hand und trat einen Schritt zurück. Larson atmete schwer und ließ ihren Arm noch für einige Sekunden in der Luft hängen, bevor alle Kraft aus ihr herauszufließen schien und sie den Arm langsam senkte. Valo zog seine Kollegin an sich. Er spürte, wie ihre heißen Tränen, die nun ungedämmt flossen, sein Hemd durchtränkten. Er hielt sie noch für einige Minuten, bevor er sie aus dem Zimmer und auf den Flur hinausführte.

»Benötigen Sie etwas?«, wollte der vor der Tür postierte Polizist wissen.

»Nein«, antwortete Valo.

Für einige Zeit saß er mit seiner Kollegin auf der Wartebank, ihren Kopf auf seine Schulter gelehnt.

Als sie sich schließlich wieder einigermaßen beruhigt hatte und ihre Augen mit einem Taschentuch trocken tupfte, schien sich etwas in ihr verändert zu haben. Sie war nach außen zwar immer tough gewesen, aber unter ihrer rauen Schale hatte stets das junge, verletzliche Mädchen geschlummert. In ihren Augen konnte Valo erkennen, dass sie seit dem Zeitpunkt, als sie Karhus Leiche entdeckt hatten, um einige Jahre gereift war. Wo sie noch vor wenigen Tagen ein gutgläubiges, mitunter sogar naives Mädchen gewesen war, war sie nun eine entschlossene Frau.

»Geht es wieder?«, fragte er.

»Ja«, antwortete sie mit leicht zittriger Stimme.

»Hör mal, wenn du möchtest, werde ich die Befragung allein weiterführen. Du kannst dich gerne etwas ausruhen.«

»Nein«, entschied sie. »Ich will dabei sein.«

Valo wusste, dass sie keinen Widerspruch dulden würde.

»Gib mir nur noch ein paar Minuten«, verlangte sie und stand auf.

Er blieb auf der Bank sitzen und wartete, bis sie von der nahen Toilette zurückkam, wo sie sich anscheinend das Gesicht gewaschen hatte. Valo stand auf und öffnete die Tür zu Nurminens Krankenzimmer. Der Uniformierte stand wieder in seiner Ecke und ließ sie nicht aus den Augen, jederzeit bereit, erneut einzuschreiten, wenn es nötig sein würde.

»So, die Pause ist vorbei«, sagte Valo laut und rieb sich dabei die Hände. »Kommen wir zu einem Thema, das mich wirklich brennend interessiert. Kennen Sie eine Frau namens Minna Ahonen?«

Bei der Erwähnung der Eskort-Dame weiteten sich Nurminens Augen. Valo, der das natürlich bemerkte, nahm sofort den Faden auf. »Ihrer Reaktion entnehme ich, dass sie Ihnen bekannt ist. Gut. Was haben Sie mit ihr zu tun?«

»Ich weiß nicht, wen Sie meinen«, versuchte Nurminen, auszuweichen.

»Das glaube ich aber doch. Falls Sie es noch nicht verstanden haben sollten: ich bin ein ausgezeichneter Inspektor und sehe nicht nur, sondern beobachte auch. Mir ist Ihre physische Reaktion auf den Namen der Frau nicht entgangen. Machen Sie es also sich und uns nicht unnötig schwer.«

»Wenn du nicht sofort mit der Sprache herausrückst, dann schwöre ich dir, dass es dir leidtun wird«, mischte sich Larson ein. »Spuck es aus!«

Valo, der befürchtete, dass seine Kollegin erneut explodieren würde, machte sich bereit, einzuschreiten. Auch der Wachmann schien sich anzuspannen, blieb aber ansonsten regungslos. Glücklicherweise schien Nurminen einzusehen, dass er keine Chance mehr hatte, den Inspektoren auszuweichen. Langsam atmete er aus und wieder ein und blickte Saari wehmütig an, bevor er sich wieder dem Inspektor zuwandte.

»Sie ist meine Freundin«, murmelte er.

»Ihre Freundin, oder *Ihre Freundin*?«

»Wir lieben uns.«

»Sehen Sie, es geht doch«, antwortete Valo. »Erzählen Sie mir, welche Rolle sie bei Karhus Tod gespielt hat.«

»Ich ... sie ...«, stotterte Nurminen.

In diesem Moment begannen seine Augenlider zu flattern.

Umgehend ertönte aus einem Gerät, das mittels Klebepads mit Nurminens Körper verbunden war, ein hoher Piepton, der so durchdringend war, dass die Beamten unwillkürlich ihre Hände auf die Ohren pressten. Das Piepen klang wie das eines Rauchmelders, war aber noch schriller. Innerhalb von wenigen Sekunden stürmten mehrere Pfleger und ein Arzt in das Zimmer. Valo und Larson gingen zur Seite, um dem Team nicht im Weg zu stehen.

»Der Puls rast!«, rief eine Schwester, während sie die Geräte kontrollierte und den Piepton leiser stellte.

»Sofortmaßnahmen einleiten!«, verlangte der Arzt mit kontrollierter Stimme. »Sie«, wandte er sich an die Ermittler. »Verschwinden Sie sofort hier!«

Valo und Larson folgten der Anweisung, während der Wachhabende nicht von seinem Platz wich, dabei aber sorgfältig darauf achtete, nicht im Weg zu stehen.

Als sie hinausgingen, konnte Valo einen kurzen Blick auf einen Pfleger erhaschen, der eine Spritze in eine der Infusionen stieß.

»Ich bekomme ihn nicht stabilisiert!«, hörte der Inspektor noch, bevor sich die Tür hinter ihm schloss.

Die Ermittler saßen auf der Bank gegenüber des Krankenzimmers und starrten ins Leere. Der Kaffee, den sie sich bereits vor einiger Zeit geholt hatten, war schon lange erkaltet und stand zu ihren Füßen. Als sich die Tür zu Nurminens Zimmer öffnete und der Arzt heraustrat, hoben Valo und Larson ihren Blick.

»Sind Sie die Inspektoren Valo und Larson?«, fragte er.

»Ja, die sind wir«, antwortete Valo.

»Timo Okkonen«, stellte sich der Mann vor.

»Wie geht es ihm?«, fragte Larson und wies mit dem Kinn in die Richtung von Nurminens Zimmer.

»Er hatte innere Blutungen. Wahrscheinlich Nachwirkungen des Bauchschusses. Wir konnten leider nichts mehr für ihn tun.«

»Er ist also tot«, stellte Valo fest.

»Bedauerlicherweise ja.«

»Wie konnte das passieren? Uns wurde gesagt, er sei stabil.«

»Leider kommt es manchmal zu unerwarteten Problemen«, erklärte Okkonen. »Wir hatten die Kugeln entfernt und die Wunden versorgt. Wir gehen davon aus, dass die Aufregung, der er ausgesetzt war, negative Auswirkungen auf den Heilungsprozess hatte.«

»Sie wollen also sagen, dass er wegen meines Verhörs gestorben ist?«

»Sozusagen.«

»Perkele«, fluchte Valo leise. »Und Sie sind sich absolut sicher, dass er tot ist?«

»So sicher, wie ich hier vor Ihnen stehe. Wenn Sie mich nun bitte entschuldigen wollen, ich habe nun einigen Papierkram zu erledigen.«

Valo wandte sich seiner Partnerin zu, bereit, sie erneut zu stützen und ihr Trost zu spenden. Als er in ihre Augen sah, schreckte er unwillkürlich zurück. In ihrem Blick lag eine Kälte, die er bisher weder bei ihr noch bei sonst irgendjemandem jemals gesehen hatte.

»Schöner Mist«, kommentierte Larson ruhig, als würde sie über das Wetter sprechen.

»Das kannst du laut sagen«, pflichtete Valo ihr bei. »Brauchst du etwas?«

»Nein, mir geht es gut.«

Der Inspektor entschloss sich, professionell zu bleiben. Larson würde schon auf ihn zukommen, wenn sie seine seelische Unterstützung brauchte, entschied er.

»Hatte er irgendwelche Angehörigen?«, fragte er.

»Nein, er war ein Einsiedler.«

»Freunde, die ihm nahestanden?«

»Nicht, dass ich wüsste«, erklärte sie kopfschüttelnd. »Zumindest, wenn wir Minna Ahonen außer Acht lassen.«

»Nun gut«, sagte Valo. »Wir werden dennoch einen Bericht anfertigen und seine Aussage schriftlich festhalten müssen. Willst du das übernehmen?«

»Kann ich machen.«

»Fürs Erste reichen einige Notizen. Wir können es später immer noch ausführlich aufschreiben. Wichtiger ist für uns im Moment unsere liebe Minna.«

»Das wird Niemi nicht gerne sehen, nehme ich an. Ich meine, Osmo ist wegen uns gestorben.«

»Das biege ich schon hin«, entgegnete Valo und zückte sein Smartphone, um die Nummer seines Vorgesetzten zu wählen.

»Niemi«, meldete sich der Dienststellenleiter.

»Jussi Valo hier. Vor einigen Minuten ist Osmo Nurminen verstorben.«

»Perkele. Was ist passiert?«

»Laut dem behandelnden Arzt gab es unvorhergesehene Komplikationen. Hören Sie, ich weiß, dass eine interne Untersuchung der ganzen Sache notwendig sein wird, schließlich ist Nurminen durch Larsons und meine Einwirkung tot. Aber ich bitte Sie, die Untersuchung aufzuschieben, bis wir den Fall gelöst haben.«

»Kommt darauf an, wie lange das dauern wird.«

»Wir haben eine äußerst vielversprechende Spur«, erklärte Valo. »Geben Sie uns noch vierundzwanzig Stunden.«

Der Inspektor hörte Niemi am anderen Ende der Leitung atmen. »Nun gut«, sagte der Dienststellenleiter schließlich. »Sie bekommen die Zeit. Aber wenn Sie es versauen ...«

»Dann können Sie meinen Hintern an den Flaggenmast vor dem Revier nageln«, antwortete Valo und beendete das Gespräch.

»Fahren wir jetzt gleich nach Rovaniemi?«, fragte Larson.

»Ich habe eine bessere Idee«, antwortete er. »Wir werden fliegen.«

Der Flughafen, der offiziell Kuopio zugeschrieben wurde, befand sich im einige Kilometer nördlich gelegenen Siilinjärvi, einer Kleinstadt mit rund zwanzigtausend Einwohnern. Der Flugplatz, der fast ausschließlich für Inlandsflüge ausgelegt und seit Jahren defizitär war, verfügte nur über eine Start- und Landebahn, und war auch sonst ziemlich unspektakulär. Was ihn allerdings auszeichnete, war die Tatsache, dass von hier aus zwei Mal täglich alle größeren Städte Finnlands angeflogen wurden. Valo und Larson parkten ihren Wagen auf dem Besucherparkplatz und gingen schnellen Schrittes über die geräumten Wege in die beheizte Halle. Nachdem er seinen Wagen elektronisch registriert und die erforderlichen Parkgebühren bezahlt hatte, gesellte er sich zu seiner Partnerin, die bereits dabei war, zwei Plätze für den nächsten Flug zu buchen. Selbstverständlich versäumte sie dabei nicht, zu erwähnen, dass sie zur Kriminalpolizei gehörten und daher berechtigt waren, Waffen zu tragen. Obwohl Rovaniemi besonders im Winter ein beliebtes Reiseziel war, ergatterten sie zwei Sitze für den Siebzehn-Uhr-Flug. Da sie sonst nichts zu tun hatten, begaben sie sich durch die Sicherheitskontrolle in den Warteraum und setzten sich dort auf bequeme Polstermöbel. Ihr Blick fiel durch die gläserne Fassade auf die Rollbahn und den dahinter liegenden Militärstützpunkt, wo gerade zwei Maschinen vom Typ *McDonnell Douglas F/A-18 Hornet* ihre Startvorbereitungen trafen.

»Als ich klein war, wollte ich immer Pilot werden«, sagte Valo versonnen.

»Warum bist du es dann nicht geworden?«, fragte Larson.

»Meine Schulnoten haben nicht ausgereicht. Ich wäre höchstens beim Bodenpersonal gelandet.«

»Das tut mir leid.«

»Muss es nicht«, sagte er achselzuckend. »Ich bin glücklich bei der Polizei. Wie ist es eigentlich bei dir? Wolltest du schon immer böse Buben jagen?«

»Nein«, antwortete sie lächelnd. »Ich wollte eigentlich Lehrerin werden.«

»Warum das denn?«

»Meine eigenen Lehrer waren toll und haben immer darauf geachtet, dass ich alles verstehe. Ich wollte Kindern das beibringen, was sie wirklich für das Leben brauchen.«

»Und woran ist es gescheitert?«

»Während des Studiums hatte ich mehrere Praktika zu absolvieren. Ich erkannte bald, dass das Schulsystem ziemlich starr ist. Und dann auch noch die besserwisserischen Eltern, die wegen jeder Note stundenlang diskutiert haben ... Also habe ich mein Studium abgebrochen und bin zur Polizei gegangen.«

»Das hat auch seine positiven Seiten«, merkte er an. »Du bist eine gute Polizistin, und außerdem hätten wir uns wahrscheinlich niemals kennengelernt. Ich arbeite nämlich sehr gerne mit dir zusammen.«

»Das Kompliment kann ich nur zurückgeben.«

In diesem Moment erwachten die in die Decke eingelassenen Lautsprecher zum Leben und verkündeten, dass das Flugzeug nach Rovaniemi nun zum Boarding bereit war. Valo und Larson standen auf, scannten ihre elektronischen Tickets per Smartphone am Kontrollschalter ein und gingen dann nach draußen, wo sie den rot-weißen Kegeln folgten, um in das kleine, von zwei Propellern angetriebene Flugzeug einzusteigen.

»Tervetuloa – Willkommen«, begrüßte sie eine in einen Hosenanzug gekleidete Flugbegleiterin mit fröhlichem Lächeln.

»Moi«, gaben Valo und Larson zur Antwort und begaben sich auf ihre Plätze, wo sie sich anschnallten.

Nur wenige Minuten später war der Flieger voll und bereit zum Abheben. Das Flugzeug rollte langsam von seinem Parkplatz auf die Startbahn, wo es kurz stehenblieb, damit der Pilot die Motoren auf vollen Schub hochfahren und Schwung nehmen konnte. Mit leichtem Ruckeln wurden die Bremsen gelöst, und die zweimotorige Maschine fuhr an. Der Krach in der Kabine war ohrenbetäubend, als das Flugzeug abhob und umgehend steil nach oben zog, nur um kurz darauf nach rechts abzukippen und eine weite Kurve zu fliegen. Als sich das Flugzeug wieder ausglich, waren sie unterwegs nach Norden. Kurz danach kam dieselbe Flugbegleiterin, die sie am Eingang begrüßt hatte, in Sicht und schob einen kleinen Wagen vor sich her.

»Möchten Sie etwas essen?«, fragte sie Valo.

»Was haben Sie denn im Angebot?«

»Heute haben wir Piroggen mit Butter oder ein Sandwich mit Schinken. Kostet jeweils nur vier Euro.«

Der Inspektor warf einen Blick auf die angebotene Mahlzeit. Wegen der winzigen Pirogge lag bereits ein bissiger Kommentar auf seinen Lippen, den er sich aber verkniff.

»Nein danke«, sagte er stattdessen höflich.

»Etwas zu trinken vielleicht? Wasser und Blaubeersaft sind kostenlos.«

»Wie ist es mit Kaffee?«

»Drei Euro fünfzig.«

»Dann nehme ich bitte ein Glas mit Blaubeersaft.«

»Für mich ein Wasser«, meldete sich Larson vom Nebensitz.

Die Flugbegleiterin goss ihnen jeweils einen Plastikbecher ein, legte eine Serviette darunter und übergab ihnen die Getränke, bevor sie sich der gegenüberliegenden Sitzreihe zuwandte.

Valo nippte an dem Saft und verzog das Gesicht. »Das schmeckt, als hätte jemand Wasser mit einem Schuss Chemie vermischt.«

»Hast du es noch nicht mitbekommen?«, fragte Larson. »Die Fluggesellschaft fährt seit Jahren einen Sparkurs. Und auf solchen Flügen wie diesem, die nichts einbringen, wird das noch extremer gehandhabt.«

»Ich habe davon gelesen«, erwiderte er. »Soweit ich es verstanden habe, gibt es sogar staatliche Zuschüsse. Wozu das Ganze? Warum werden diese Mini-Flugplätze nicht einfach geschlossen?«

»Weil die Regierung Angst hat, dass es Arbeitsplätze kosten würde. Und wahrscheinlich würde die Bevölkerung nicht gut darauf reagieren. Und das würde wiederum bedeuten, dass die Regierungsparteien nicht wiedergewählt werden würden.«

»Also mal wieder Populismus«, sagte Valo bissig. »Aber dafür am Gesundheitssystem sparen, schon klar. Solche Nebensächlichkeiten braucht ja niemand.«

»Hast du schon jemals eine Regierung erlebt, die länger als bis zur nächsten Wahl denkt?«, fragte sie spitz.

»Ich kann mich nicht daran erinnern.«

Er nahm einen weiteren Schluck von seinem Getränk und lehnte sich zurück.

Für die rund fünfhundert Kilometer bis nach Rovaniemi benötigten sie laut Flugplan nur etwas über eine Stunde. Allerdings hatte wohl niemand von der Fluggesellschaft damit gerechnet, dass es wegen des Winters zu Verzögerungen kommen konnte. Das Flugzeug wurde bereits seit einigen Minuten immer wieder durchgeschüttelt, wenn eine besonders starke Luftströmung auf den Flieger traf. Valo sah aus dem Fenster und meinte, in der Ferne bereits die Lichter des Flughafens von Rovaniemi ausmachen zu können.

Keinen Moment zu früh, dachte er, während er sich weiter an seinen Armlehnen festkrallte. Er mochte zwar das Fliegen grundsätzlich gern, aber die Turbulenzen begannen langsam, an seiner Laune zu nagen.

Mit einem Knistern erwachten die in die Kabinendecke eingelassenen Lautsprecher zum Leben.

»Verehrte Fluggäste, hier spricht Ihr Kapitän«, drang es blechern aus den Boxen. »Wie Sie vielleicht bemerkt haben, befinden wir uns im Landeanflug auf Rovaniemi. Bedauerlicherweise ist die Rollbahn momentan nicht freigegeben, da ein anderes Flugzeug Verspätung hat, aber trotzdem vor uns abgefertigt werden soll. Wir werden also eine Weile kreisen müssen. Ich bedauere dies sehr und bitte Sie im Namen unserer Fluggesellschaft um Entschuldigung.«

»Na großartig«, kommentierte Valo sarkastisch.

»Zumindest kannst du jetzt noch etwas länger die Aussicht genießen«, sagte Larson.

»Schwarz auf schwarz mit Lichtpunkten. Toll.«

»Jetzt sei nicht so mürrisch«, ermahnte sie ihn. »Wenn du dich entspannst, wirst du merken, dass es wirklich schön ist.«

»Solange das Gehoppel mal aufhört ...«

»Darf es noch ein Getränk für Sie sein?«, fragte die Flugbegleiterin, die sich soeben mit ihrem Wagen erneut zu ihrer Sitzreihe begeben hatte.

»Ich dachte, dass wir im Landeanflug sind«, erwiderte Valo skeptisch. »Sollten Sie da nicht angeschnallt sein?«

»Da es noch eine Weile dauern wird, bis wir landen, haben wir beschlossen, noch einmal Getränke auszugeben. Möchten Sie etwas? Als kleine Wiedergutmachung für die Verzögerung bekommen Sie auch gerne einen kostenfreien Kaffee.«

»Na hoffentlich ist der nicht zu heiß«, sagte der Inspektor. »Bei dem Gerüttel verschütte ich ja die Hälfte. Dann müssen Sie das Flugzeug putzen.«

Die Flugbegleiterin antwortete nichts, sondern goss ihm einen Pappbecher ein und überreichte ihn ihm.

»Die Dame?«

»Für mich auch bitte einen Kaffee.«

Als die Flugbegleiterin fertig war und sich soeben abwenden wollte, hielt Valo sie noch einmal zurück.

»Hören Sie bitte«, sagte er. »Ich wollte gerade nicht unhöflich sein. Ich bin nur etwas genervt, dass wir uns verspäten. Und das Auf und Ab des Flugzeugs macht mich wahnsinnig. Das ist aber natürlich nicht Ihre schuld. Bitte entschuldigen Sie.«

»Selbstverständlich«, antwortete sie mit einem Lächeln. »Um ehrlich zu sein, nervt mich die Verzögerung auch«, flüsterte sie ihm zu. »Und dieses Gewackel macht es mir nicht leichter, mit den Getränken zu hantieren. Aber was soll man machen?«

»Wie heißen Sie?«

»Elvira.«

»Schöner Name. Ich bin Jussi.«

»Ich würde gerne noch mit Ihnen plaudern, aber ich muss weiter. Die anderen Gäste haben auch Durst«, verabschiedete sie sich mit einem Augenzwinkern.

Valo trank vorsichtig von seinem Kaffee und hielt den Becher mit beiden Händen fest, damit er bei einer erneuten Turbulenz nicht umfiel und den für den Inspektor kostbaren Inhalt über den Boden vergoss.

Nach fast zwanzig Minuten ertönte eine weitere Durchsage, dass sie sich jetzt wirklich im Landeanflug befänden und alle Insassen zu ihren Plätzen gehen, sich anschnallen und ihre Sitze aufrecht stellen sollten. Valo spürte, wie sich das Flugzeug nach vorne neigte und die Motoren Gegenschub bekamen. Der Pilot schien mit dem Winterwetter gut vertraut zu sein, denn als sie aufsetzten, bemerkte der Inspektor nur ein leichtes Rütteln. Valo wurde in seinen Gurt gedrückt, als die Bremsen mit voller Kraft aktiviert wurden. Schließlich rollte das Flugzeug zum Gate, das sich durch zahlreiche Lichter von der nächtlichen Umgebung abhob. Als sie schließlich zum Stehen gekommen waren, erlosch das Anschnallzeichen. Ein Großteil der Passagiere sprang umgehend auf und machte sich an den Gepäckfächern zu schaffen. Während sie sich im Mittelgang stauten und auf den Ausstieg warteten, blieben Valo und Larson sitzen und beobachteten amüsiert das Schauspiel.

»Manche Dinge ändern sich nie«, kommentierte er. »Fehlt nur noch, dass die Leute zu Klatschen anfangen.«

Larson schüttelte grinsend den Kopf, deaktivierte den Flugmodus ihres Smartphones und prüfte, ob sie neue

Nachrichten erhalten hatte. Valo begutachtete sein Telefon ebenfalls, sah aber nichts von Bedeutung. Schließlich wurde der hintere Ausstieg geöffnet, und sofort kam Bewegung in die Menge. Wie an einer Perlenkette drängten sie sich durch den Gang, und hin und wieder blieb jemand mit seinem Koffer stecken, woraufhin die Nachkommenden teils wütend die Luft aus den Nasen stieben. Als sich das Flugzeug weitestgehend geleert hatte, standen auch Valo und Larson auf und gingen durch den schmalen Gang zur Tür.

»Schönen Abend noch«, wünschte Valo der Flugbegleiterin.

»Danke, Ihnen auch«, erwiderte sie. »Vielleicht sieht man sich ja mal wieder.«

Zur Antwort warf er ihr ein Lächeln zu und stieg dann aus. Draußen schlugen sie ihre Jackenkragen hoch, um sich vor dem schneidenden Wind zu schützen und gingen schnellen Schrittes über die verschneite Asphaltfläche in den Terminal. Dort angekommen, orientierten sie sich kurz und wandten sich dann in Richtung des Ausgangs, um sich dort ein Taxi zu nehmen. Zu ihrer Überraschung wurden sie von einem uniformierten Polizisten aufgehalten, der ein Schild mit ihren Namen in der Hand hielt.

»Iriina Marin schickt mich«, sagte er auf Valos verdutzten Blick hin.

»Ich habe mir die Freiheit genommen, sie über unser Kommen zu informieren«, erklärte Larson ihrem Partner.

»Danke«, sagte er.

»Hier entlang«, forderte der Polizist sie auf und ging voran.

Er führte die beiden Inspektoren nach draußen und zu einem Streifenwagen, wo sich Valo auf den Beifahrersitz setzte, während Larson im Fond Platz nahm. Kaum, dass sie sich angeschnallt hatten, fuhr der Uniformierte bereits los und fädelte sich in den Verkehr ein. Ausnahmsweise schneite es nicht, und das Sternenzelt breitete sich funkelnd über ihnen aus, während sie die nur wenige Kilometer messende Strecke vom Flughafen bis in die Innenstadt hinter sich brachten.

Im Revier wurden sie von Iriina Marin begrüßt.

»Guten Flug gehabt?«, fragte sie.

»Alles in Ordnung«, antwortete Valo stellvertretend für sich und seine Partnerin. »Zwischendurch hat es mal etwas geruckelt, aber ansonsten war es schon okay. Wenigstens haben wir kostenlosen Kaffee bekommen.«

»Da war die Fluggesellschaft ja äußerst spendabel«, erwiderte Marin sarkastisch.

»Wie geht es Ahonen?«

»Sie sitzt in ihrer Zelle und weigert sich, auch nur ein Wort zu sagen. Anscheinend hat sie außerdem beschlossen, in den Hungerstreik zu treten.«

»Aha«, kommentierte der Inspektor. »Hat Matti wenigstens irgendetwas aus ihr herausgekriegt?«

»Bisher nicht«, verneinte Marin.

»Dann wollen wir doch mal sehen, ob wir Ahonen ein wenig kitzeln können«, sagte Valo.

Zu dritt begaben sie sich in den Zellentrakt, wo sie sich beim Wachhabenden auswiesen und dann weiter zu Ahonens Zelle gingen.

»Guten Abend«, sagte der Inspektor zu der Insassin.

Ahonen wandte ihren Besuchern zwar den Kopf zu, erwiderte aber nichts.

»Sind Sie etwa stumm geworden, während wir weg waren?«, fragte er mit unschuldiger Stimme. »Ich hoffe, dass Sie wenigstens noch in der Lage sind, zu nicken, denn sonst wird das hier eine mühsame Angelegenheit. Iriina«, wandte er sich an die Abteilungsleiterin, »sind Sie bitte so freundlich und öffnen die Tür?«

»Sind Sie sicher? Sie könnte Sie angreifen.«

»Das Risiko gehen wir ein«, erklärte er.

Marin winkte dem Wachhabenden, der daraufhin einen Schlüsselbund aus der Tasche zog und die schwere Eisentür aufschloss.

»Bitte schließen Sie hinter uns wieder ab«, verlangte Valo.

Die Inspektoren traten in die schmale Zelle und postierten sich in einem Winkel von neunzig Grad zueinander, um sich im Zweifelsfall gegenseitig Deckung geben zu können, ohne Gefahr zu laufen, einander unbeabsichtigt zu verletzen.

»Haben Sie etwas gegessen?«, begann er erneut. »Sie sollten wirklich etwas zu sich nehmen, das ist sonst nicht gut für Ihre Gesundheit.«

»Ich weiß Ihre Fürsorge sehr zu schätzen«, antwortete Ahonen in einer Tonlage, die vor Sarkasmus nur so troff.

»Sieh an, Sie sind ja doch nicht stumm geworden. Wurden Sie hier gut behandelt?«

»Wie man es nimmt. Warum darf ich nicht nach Hause gehen?«

»Weil wir annehmen, dass Fluchtgefahr besteht.«

»Und das alles, weil ich nicht umgehend zu diesem dämlichen DNS-Test gekommen bin?«

»Nein. Wir haben noch andere Gründe, die ich Ihnen gleich ausführlich darlegen werde.«

»Das dürfen Sie nicht tun!«, echauffierte sie sich in einem plötzlichen Anflug von Wut. »Ich habe Rechte. Wo ist mein Anwalt?«

»Der ist wahrscheinlich gerade damit beschäftigt, die Rechtsliteratur zu studieren, um eine Möglichkeit zu finden, Sie aus der Haft zu bekommen. Das wird aber dauern. Bis dahin unterhalten wir uns miteinander.«

»Und wenn ich keine Lust dazu habe?«

»Dann bleiben Sie für einige Wochen in Beugehaft. Und falls Sie sich weiterhin weigern, zu essen, wird eine Zwangsernährung veranlasst. Ist eine eklige Sache, das kann ich Ihnen versichern.«

»Aber ich habe Ihnen doch bereits alles über Karhu gesagt, was ich weiß.«

»Gut, dass Sie auf ihn zu sprechen kommen. Er wird nämlich unser heutiges Thema sein. Wir haben erst vor wenigen Stunden etwas erfahren, das ein Schlaglicht auf Sie wirft.«

»Und was soll das bitte schön sein?«

»Saari, nimm alles auf«, verlangte er von seiner Partnerin.

Sie drückte einen Knopf auf ihrem Smartphone und bestätigte mit einem knappen »Läuft«, dass sie bereit war.

»Minna, kennen Sie einen Mann namens Osmo Nurminen?«

»Nie von ihm gehört.«

»Das dachte ich mir schon«, sagte Valo. »Dann helfe ich Ihnen mal auf die Sprünge. Osmo Nurminen hat zugegeben, Tuomas Karhu ermordet zu haben. Außerdem hat er erklärt, dass Sie seine Geliebte sind. Dies und die Tatsache, dass Ihre DNS bei Karhu gefunden wurde, wirft bei uns die Frage auf, ob Sie nicht mehr mit Karhus Tod zu tun haben, als Sie zugeben wollen.«

»Warum sollte ich mit einem Mann herummachen, der vierzig Jahre älter ist als ich?«, fragte sie unwirsch.

»Woher wissen Sie, wie alt Osmo ist?«

»Ich …«

»Sie kennen ihn doch«, stellte Valo fest.

»Ich … also …«, stotterte sie.

»Minna, was möchten Sie uns sagen?«

»Na gut«, gab sie schließlich klein bei. »Es ist wahr. Osmo und ich sind ein Paar.«

»Wo und wann haben Sie sich kennengelernt?«

»Ich war vor drei Jahren in Nurmes und habe dort Urlaub gemacht. Beim Wandern habe ich mich verlaufen und stieß zufällig auf sein Haus. Er war sehr gastfreundlich und hat mich zum Essen eingeladen. Wir kamen ins Gespräch und stellten fest, dass wir sehr viele Gemeinsamkeiten haben.«

»Welche zum Beispiel?«

»Wir beide mögen das Landleben sehr.«

»Gut. Erzählen Sie bitte weiter.«

»Es war schon später Abend, und er bot mir an, bei ihm zu übernachten und mich am nächsten Tag in die Stadt zu fahren. Ich nahm das Angebot an.«

»Und dann haben Sie mit ihm geschlafen?«

»Nein, das war erst bei einem späteren Treffen. Sie müssen verstehen, dass er ein sehr netter Mann ist, und obwohl er so viel älter ist als ich, fand ich ihn sofort attraktiv.«

Valo blickte kurz zu Larson, die beinahe unmerklich nickte und damit Ahonens Eindruck von Nurminen bestätigte.

»Wollen Sie irgendwann mit ihm zusammenleben?«

»Ich habe bereits darüber nachgedacht«, bestätigte sie.

»Lieben Sie ihn?«

»Ja.«

»Und wie vereinbaren Sie das mit Ihrer Arbeit? Ist Osmo denn überhaupt nicht eifersüchtig?«

»Doch. Um mich zu überzeugen, bei ihm zu bleiben, hat er mir bereits mehrfach angeboten, für mich zu sorgen, und will mir sogar später sein Eigentum vermachen.«

Und da erzählt er uns, dass er niemanden habe, der sein Werk nach seinem Tod fortführen würde, dachte Valo. »Klingt doch nach einem guten Deal, finden Sie nicht?«

»Ja, aber ich gehöre nicht zu denjenigen, die sich von anderen aushalten lassen. Ich will mein Geld selbst verdienen.«

»Nun, vielleicht wird es Sie interessieren, dass aus Ihrer Liaison mit Osmo Nurminen nichts mehr werden wird.«

»Warum nicht?«

»Weil er tot ist.«

Ahonen zwinkerte mehrfach und schaute abwechselnd Valo und Larson an, zweifellos in der Hoffnung, dass die Inspektoren nur einen makabren Scherz machten.

»Sie machen einen Witz, richtig? Sie wollen mich nur
ärgern.«

»Minna«, erwiderte Valo mit bedauernder Stimme.
»Es tut mir ehrlich leid, aber es ist die Wahrheit. Er ist
heute Nachmittag im Krankenhaus verstorben.«

»Nein, das kann nicht sein. Er ist doch bei bester Gesundheit!«

»Nun ja ... Vor wenigen Tagen haben wir ihn besucht
und ihn zur Rede gestellt. Er hat uns angegriffen. Wir
mussten uns wehren. Schlussendlich ist er seinen Verletzungen erlegen.«

»Mein Gott ...«, murmelte sie.

Das Gesicht in ihren Händen vergraben, begann sie
zu weinen. Valo bedeutete seiner Partnerin, Ahonen
für einige Zeit allein zu lassen und wies den Wachhabenden an, sie beide aus der Zelle herauszulassen. Er
sah sich selbst zwar gern als harten Hund, aber selbst
er hatte ein gewisses Taktgefühl und hielt es für besser,
die Frau einige Zeit allein zu lassen, um ihr die Chance
zu geben, sich mit ihrem Schmerz auseinanderzuset-
zen.

»Wie geht es ihr?«, fragte Valo den Wachhabenden,
nachdem er eine Stunde im Erdgeschoss gesessen und
gemeinsam mit seiner Partnerin einen vorläufigen Bericht verfasst hatte.

»Sie hat einige Zeit geweint«, erklärte der Uniformierte. »Jetzt sitzt sie auf ihrem Bett und starrt die
Wand an.«

»Okay. Lassen Sie uns bitte wieder in die Zelle.«

»Wenn Sie meinen ...«, antwortete der Wachhabende
und begleitete sie zu Ahonens Zelle, öffnete erneut die
Tür und ließ Valo und Larson hinein.

»Minna?«, fragte der Inspektor sanft. »Wie fühlen Sie sich?«

»Müde«, antwortete sie, ohne aufzublicken.

»Wir möchten weiter mit Ihnen sprechen. Fühlen Sie sich dazu bereit?«

»Eigentlich nicht, aber welche Wahl habe ich ...« Sie schüttelte mehrfach den Kopf, wie um ihre Gedanken zu klären. »Was möchten Sie denn wissen?«

»Was haben Sie mit Karhus Tod zu tun?«

»Wenn ich jetzt alles erzähle, wird sich das auf meine Strafe auswirken?«

»Es gibt Möglichkeiten, Ihre Strafe zu reduzieren, wenn Sie kooperativ sind«, sagte Valo. »Ich kann zwar nichts versprechen, aber ich werde ein gutes Wort für Sie bei der Staatsanwaltschaft einlegen.«

Ahonen schien zu überlegen, bis sie schließlich nickte und sich aufrecht hinsetzte. »Vor einigen Wochen habe ich Osmo wieder einmal besucht. Er erzählte mir, dass Karhu ihn seit einiger Zeit immer wieder aufsuchte und unter Druck setzte. Osmo war verzweifelt, denn er wusste nicht, wie er weitermachen sollte.«

»Was ist dann passiert?«

»Er sagte mir wortwörtlich, dass es ihm am liebsten wäre, wenn Karhu tot wäre.«

»Und dann?«

»In der Nacht konnte ich nicht schlafen. Also dachte ich nach.«

»Und da kam Ihnen die Idee, Osmos Wunsch in Erfüllung gehen zu lassen, richtig?«

»Ja«, bestätigte sie. »Ich verbrachte die ganze Nacht damit, einen Plan auszuarbeiten. Als ich Osmo beim Frühstück davon erzählte, war er zuerst schockiert und wollte nichts davon hören. Ich brachte es aber über mehrere Tage hinweg immer wieder zur Sprache, und irgendwann willigte er ein.«

In Gedanken addierte Valo den Tatbestand *Anstiftung zum Mord* zu der Liste der Vorwürfe gegen Ahonen.

»Wie sah Ihr Plan im Detail aus?«, wollte er wissen.

»Ich rief Karhu an und schlug ihm vor, ihn in Nurmes zu besuchen. Er willigte umgehend ein, und wir vereinbarten einen Treffpunkt und eine Uhrzeit.«

»Wo und wann haben Sie ihn getroffen?«

»Am fünften Dezember, so gegen siebzehn Uhr. Wir trafen uns in einer abgelegenen Waldhütte, denn er wollte natürlich nicht erwischt werden. Das hätte einen ziemlichen Skandal gegeben, wie Sie sich sicher vorstellen können.«

»Wie ging es dann weiter?«

»Wir kamen schnell zur Sache. Karhu schien es kaum erwarten zu können, mich auszuziehen und mit mir ins Bett zu gehen. Ich ließ mich natürlich darauf ein. Osmo und ich hatten ausgemacht, dass er in der Nähe warten sollte, bis ich ihm ein Signal geben würde.«

»Was für ein Signal war das?«

»Ich wollte eine brennende Kerze ins Fenster stellen.«

»Danke. Fahren Sie fort.«

»Wir hatten also Sex, und Karhu kam ziemlich schnell. Als er sich erschöpft von mir herunterrollte und sich ausruhte, zündete ich die Kerze an und stellte sie gut sichtbar auf die Fensterbank. Als Osmo nach einigen Minuten immer noch nicht aufgetaucht war, wurde ich nervös. Ich zog mich an und ging nach draußen, um ihn zu suchen.«

»Und Karhu hat das nicht irritiert?«

»Er schlief zu dem Zeitpunkt bereits. Als ich Osmo endlich fand, sagte er mir, dass er es nicht tun könnte. Ich redete mit ihm und erklärte ihm, dass es die einzige Möglichkeit wäre, dem Spuk ein Ende zu bereiten. Irgendwann überredete ich ihn schließlich, mit mir zu kommen.«

»Warum haben Sie Karhu nicht selbst umgebracht?«

»Weil ich es wichtig fand, dass Osmo eigenverantwortlich handelte.«

»Und um ihm den Mord später in die Schuhe schieben zu können«, merkte Larson gehässig an.

Ahonen ignorierte sie und fuhr fort. »Osmo hatte ein Jagdmesser dabei, das er normalerweise zum Ausweiden von Tieren nutzte. Er nahm es und schnitt Karhu die Kehle durch.«

»Das muss eine ziemliche Sauerei gewesen sein«, kommentierte Valo.

»Osmo brachte die Leiche weg, während ich mich um die Hütte kümmerte.«

»Was haben Sie mit der besudelten Bettwäsche gemacht?«

»Ich habe sie verbrannt. Und die Hütte gleich dazu.«

Mist, dachte Valo, ließ sich aber nichts anmerken. »Wie wurde die Leiche entfernt?«

»Osmo hatte ein Schneemobil. Wir legten Karhu auf eine alte Plane, wickelten ihn darin ein, und er brachte die Leiche dann weg.«

Valo nickte. »Was wissen Sie über Mika Koskinen?«

»Wer soll das sein?«

»Er ist derjenige, der Karhus Leiche entdeckt hat. Er ist nun ebenfalls tot. Haben Sie auch ihn auf dem Gewissen?«

»Nein, davon weiß ich wirklich nichts.«

»Das werden wir noch sehen«, entgegnete Valo und gab Larson mit einem Wink zu verstehen, die Aufnahme zu beenden.

»Minna Ahonen«, sagte er in offiziellem Tonfall. »Sie sind verhaftet wegen Anstiftung und Beihilfe zum Mord in mindestens einem Fall. Sie werden in Haft bleiben, bis offiziell Anklage gegen Sie erhoben wird. Natürlich wird Ihr Anwalt über den Sachverhalt umfassend informiert werden. Saari, wir haben vorerst genug gehört.«

Er rief nach dem Wachhabenden und ließ sich und seine Partnerin aus der Zelle holen.

»Das hätte ich wirklich nicht gedacht«, sagte Larson zu ihm.

»Was genau?«

»Ahonen schien mir bei unserem ersten Treffen zwar tough, aber doch irgendwie zart zu sein. Dass sie Osmo angestiftet hat ...«

»Ich habe einmal eine Studie über das Wesen von Mördern gelesen. Der Verfasser war der Ansicht, dass die allermeisten Mörder im Alltag nette, zugängliche und bisweilen auch wirklich liebevolle Menschen sind, die keiner Fliege etwas zuleide tun können. Bis irgendetwas passiert, was bei ihnen etwas durchknallen lässt.«

»Du meinst, das könnte auch bei dir passieren?«

»Da ich weder nett noch zugänglich, und schon gar nicht liebevoll bin, ist die Gefahr ziemlich gering«, antwortete er grinsend. »Bei dir wiederum würde ich mir schon mehr Sorgen machen.«

»Wer weiß, wer weiß ...«, sagte sie versonnen.

Auf seinen fragenden Blick hin erwiderte sie nichts, sondern lächelte fröhlich und ließ ihn einfach stehen.

Epilog

»Bist du fertig?«, fragte Valo seine Partnerin durch die geschlossene Tür hindurch.

»Nur noch einen Moment«, erwiderte sie.

Einige Augenblicke später öffnete Larson die Tür zum Toilettenraum und trat heraus.

»Und, wie sehe ich aus?«, fragte sie.

»Wie aus dem Ei gepellt«, antwortete Valo anerkennend.

Er ging einen Schritt auf sie zu und legte ihr eine Hand auf die Schulter, um eine kleine Staubflocke von ihrer Uniformjacke zu fegen.

»Komm, wir müssen uns beeilen«, sagte er. »Die Show geht gleich los.«

»Ich glaube nicht, dass die ohne uns anfangen werden«, gab Larson kund.

Gemeinsam gingen sie den Flur hinunter und zum Empfangsbereich des Polizeireviers von Nurmes. Draußen war es heute zwar kalt, aber die Sonne schien hell und versuchte wenigstens, die Luft zu erwärmen. Valo und Larson verließen das Revier und gingen zum Marktplatz, der nur wenige Meter entfernt war. Dort war eine große Bühne aufgebaut worden, und auf dem Platz davor hatten sich einige Menschen versammelt, die meisten davon in Uniform.

»Schön, dass ihr es einrichten konntet«, begrüßte sie ihr Dienststellenleiter Keijo Niemi. »Wir wollten schon ohne euch beginnen.«

»Das glauben Sie doch selbst nicht«, erwiderte Valo lächelnd. »Was ist denn ein guter Film ohne seine Hauptdarsteller?«

»Jetzt aber nicht mehr trödeln«, sagte Niemi ernst. »Seid ihr bereit?«

»Wir wurden bereit geboren.«

Der Dienststellenleiter warf noch einen skeptischen Blick auf den Inspektor, bevor er sich abwandte und die Bühne betrat. Nachdem er an das dort aufgestellte Podest getreten war und sich mehrfach in das Mikrofon geräuspert hatte, wurde die Menge still.

»Wir sind heute hier, um zwei unserer Kollegen zu ehren«, scholl seine Stimme über den Platz. »Sie haben es im Alleingang geschafft, nicht nur einen, sondern gleich zwei Morde aufzuklären und damit unserer Stadt einen unschätzbaren Dienst erwiesen.«

Dass Valo und Larson Hilfe anderer Personen gehabt hatten, überging Niemi. »Ich bitte nun die Inspektoren Jussi Valo und Saari Larson zu mir auf die Bühne.«

Die beiden stiegen eine schmale Treppe hinauf und postierten sich seitlich zu ihrem Dienststellenleiter.

»Inspektor Valo, Inspektor Larson, Sie haben großartige Arbeit geleistet. Ihnen ist es zu verdanken, dass die Bürger unserer Stadt nun wieder ruhiger schlafen können. Für diesen Verdienst werden Sie beide mit der Ehrenmedaille der Stadt und Gemeinde Nurmes ausgezeichnet. Meinen herzlichen Glückwunsch!«

Die Zuschauer applaudierten, als erst Valo und dann Larson ein golden glitzernder Orden an einem blauweißen Band um die Hälse gelegt wurde. Niemi applaudierte ebenfalls, bevor er die Hände mit den Handflächen nach außen hob und damit den Zuschauern kundgab, dass sie sich wieder beruhigen sollten.

»Des Weiteren«, sprach er in das Mikrofon, »werden Sie, Inspektor Larson, befördert. Ab sofort dürfen Sie sich Oberinspektor nennen.«

Larson lächelte. Noch nie zuvor hatte es jemand in so kurzer Zeit geschafft, einen höheren Rang zu erreichen.

»Inspektor Valo«, sagte Niemi. »Sie werden ebenfalls in den Rang eines Oberinspektors befördert. Meinen Glückwunsch an Sie beide.«

Erneut applaudierte die Versammlung. Valo und Larson ließen den Beifall kurz über sich ergehen, bevor sich der frisch gebackene Oberinspektor an das Mikrofon stellte.

»Vielen Dank für diese Ehre. Ich möchte aber die Gelegenheit nutzen, auch denjenigen zu danken, die uns bei der Aufklärung des Falles behilflich waren. Vor allem Iriina Marin, die das Revier in Rovaniemi leitet, war uns eine unschätzbare Hilfe. Ohne sie hätten wir es vielleicht nicht geschafft. Wie auch immer«, fuhr er fort. »Leider werden wir uns nun verabschieden müssen. Wir haben noch einen Termin.«

»Immer auf der Jagd«, kommentierte Niemi.

Valo und Larson stiegen von der Bühne, schüttelten hier und da einige Hände und gingen dann schnellen Schrittes zurück zum Revier und zu Valos Wagen.

Ihre Fahrt führte sie in den nordöstlich gelegenen Teil von Nurmes, wo sich der lokale Friedhof befand.

»Warte kurz, ich möchte das Lametta loswerden«, sagte Valo und legte seine Medaille ins Handschuhfach.

Larson tat es ihm gleich und zog dann ihr Smartphone hervor, um den Lageplan des Friedhofs aufzurufen. Als sie ausgestiegen waren, lotste sie sich und ihren Partner über die schmalen und gut geräumten Kieswege, bis sie schließlich an ihrem Zielpunkt angekommen waren. Vor ihnen ragte ein schmaler Grabstein aus dem verschneiten Boden. Er war erst kürzlich angefertigt worden, weshalb man den Namen auf dem Stein noch gut lesen konnte.

»Möchtest du für einen Moment allein sein?«, fragte Valo.

»Wenn es dir nichts ausmacht«, antwortete Larson.

Er trat einige Meter abseits. Larson faltete die Hände vor ihrem Körper und schien ein stummes Gebet zu sprechen.

Schließlich fügte sie laut hinzu: »Osmo, wir hätten alles regeln können. Aber du hast es vorgezogen, ein Mörder zu werden. Ich liebe dich trotzdem, mein Onkel. Mach es gut.«

Sie zog sich einen Handschuh aus und berührte den Grabstein kurz mit den blanken Fingerspitzen, bevor sie sich abwandte und sich zu ihrem Partner gesellte.

»Wollen wir etwas trinken gehen?«, bot er an. »Schließlich ist heute unser Ehrentag.«

»Einverstanden.«

Valos Stammkneipe hatte zwar offiziell noch nicht geöffnet, aber aufgrund der Feierlichkeiten hatte sich Keke, der Inhaber der Kneipe, dazu bereit erklärt, zumindest ihn und seine Partnerin zu bewirten.

»Da habt ihr aber einen ziemlichen Wirbel veranstaltet«, sagte er, während er drei Whisky-Gläser auf die Theke stellte und jeweils zwei Fingerbreit eingoss.

»Wie meinst du das?«, wollte Valo wissen.

»Na ja, es geschieht nicht alle Tage, dass mitten im Winter auf dem Markt etwas veranstaltet wird. Aber warum seid ihr nicht auch da draußen? Die Leute scheinen sich ja prächtig zu amüsieren.«

»Sagen wir einfach, dass wir keinen Wert auf Beweihräucherung legen«, antwortete Larson. »Wir haben unsere Arbeit getan und den Fall aufgeklärt. Von mir aus hätte man den Kram auch mit einer E-Mail erledigen können.«

»Sie sind nicht gut gelaunt«, stellte Keke fest.

»Wie kommen Sie darauf?«

»Ich sehe es an Ihren Augen. Sie haben jemanden verloren, der Ihnen nahestand.«

»Ich glaube, dass es inzwischen die ganze Stadt weiß, dass Osmo und ich uns gut kannten«, erwiderte sie. »Das ist also keine große Überraschung.«

Sie hob ihr Glas hoch, stieß mit den beiden Männern an und kippte den Whisky hinunter. Als sie ihr Glas auf den Tresen knallte, goss Keke ungefragt nach.

»Was passiert eigentlich mit dieser ... Wie hieß sie noch?«, wollte er wissen.

»Minna Ahonen«, antwortete Valo. »Sie befindet sich momentan im Gefängnis und wird schon bald vor Gericht erscheinen müssen.«

»Dann hoffen wir mal, dass sie ordentlich verurteilt wird.«

»Das werden wir sehen.«

»Und was steht bei euch als Nächstes an?«

»Dies und jenes«, antwortete der Inspektor vage. »Lässt du mich bitte einen Augenblick mit Saari allein?«

Keke nickte und ging in ein Hinterzimmer.

»Was soll denn diese Heimlichtuerei?«, wollte sie wissen.

»Ich habe gestern einen Brief bekommen. Aus Helsinki. Dort wird demnächst eine Stelle frei. Der Revierleiter hat sie mir angeboten.«

»Willst du wieder zurück?«

»Ich denke zumindest darüber nach.«

»Was gibt es denn großartig darüber nachzudenken? Du hast mir doch immer wieder gesagt, dass du dich hier langweilst. *Nurmes ist tiefste Provinz*, hast du gesagt.«

»Das stimmt schon«, gab er zu.

»Also, was hindert dich?«

»Ich muss zugeben, dass es mir hier gut gefällt.«

»Wie bitte?«, fragte sie.

»Ja, die Stadt ist ein verschlafenes Nest. Und ja, die Leute hier sind so rückständig, dass selbst ein Steinzeitmensch im Vergleich dazu noch modern ist. Aber in den vergangenen Tagen habe ich bemerkt, dass es hier Menschen gibt, die mir etwas bedeuten.«

»Wer denn zum Beispiel?«

»Da ist auf jeden Fall Eevi, meine Nachbarin. Sie ist ziemlich direkt, aber dabei liebevoll. Sie hat mich noch nie im Stich gelassen, wenn es darum ging, Sauli zu versorgen. Und natürlich gibt es dich. Ich arbeite wirklich gerne mit dir zusammen, und du hast einen tollen Charakter.«

»Ist das alles, was gut an mir ist?«, erwiderte sie keck und strich sich durch ihr blondes Haar.

»Du siehst natürlich auch sehr gut aus, aber das ist für mich nicht die Hauptsache«, erklärte er lächelnd. »Obwohl du erst seit Kurzem bei der Kriminalpolizei bist, hast du bewiesen, dass du der Aufgabe mehr als gewachsen bist. Es hat schon einen Grund, weshalb du so schnell zum Oberinspektor befördert worden bist. Ich möchte unsere Zusammenarbeit nur ungern aufgeben.«

»Tja, mein Freund, dann hast du eine schwere Wahl zu treffen«, sagte sie. »Entweder du gehst nach Helsinki und löst weltbewegende Fälle, oder du bleibst hier im Winterschlaf, siehst mich aber zum Ausgleich jeden Tag.«

Valo nahm einen Schluck von seinem Whisky und ließ ihn langsam seine Kehle hinuntergleiten.

»Eine schwierige Wahl«, kommentierte er. »Was würdest du denn an meiner Stelle tun?«

»Ich würde um nichts in der Welt aus Nurmes abhauen. Aber ich habe meine Gründe dafür. Tut mir leid, aber diese Entscheidung kann ich dir nicht abnehmen. Du bist ein erwachsener Mann. Aber mal so betrachtet: Selbst, wenn du nach Helsinki zurückgehst, wäre ich ja nicht aus der Welt.«

Der Inspektor nickte.

»Wann musst du dich denn entschieden haben?«, wollte sie wissen.

»Nicht vor Januar«, antwortete er.

»Dann hast du ja noch ein paar Tage Zeit. Hey, wie wäre es, wenn du Weihnachten mit mir und meinen Eltern verbringst? Sie würden sich sicher freuen, den Mann kennenzulernen, der ihre Tochter so auf Trab hält.«

»Meinst du wirklich?«

»Sicher«, erklärte sie. »Und keine Sorge. Sie werden dich nicht mit unangenehmen Fragen löchern.«

»Ich weiß nicht so recht ...«

»Überlege es dir. Noch einen Drink?«

»Da sage ich nicht Nein.«

»Saari, es hat geklingelt«, rief ihre Mutter aus der Küche. »Öffnest du bitte?«

»Kyllä äiti – Ja Mama!«, sagte Larson.

Sie war gerade damit fertig geworden, den Tisch zu decken, wischte sich nun die Hände an einem Küchentuch ab und ging zur Eingangstür. Mit geübten Bewegungen entriegelte sie das Schloss und schob die aus schwerem Fichtenholz gefertigte Tür auf.

»Hei – Hallo«, sagte sie lächelnd.

»Darf ich reinkommen?«, fragte Valo. »Ich friere mir hier draußen den Hintern ab.«

Larson öffnete die Tür weiter und ließ ihren Partner herein. »Hast du dir die Schuhe abgestreift? Meine Eltern mögen es nicht, wenn Schnee ins Haus kommt.«

»Natürlich«, erwiderte er und zeigte auf seine dicken, aber sauberen Stiefel.

»Du kannst deine Jacke gleich hier aufhängen«, erklärte sie und zeigte auf ein schmales Brett, in das mehrere Kleiderhaken gebohrt waren.

Larson deutete auf die Plastiktüte, die an der Hand ihres Partners baumelte. »Was ist da drin?«, wollte sie wissen.

»Das verrate ich noch nicht«, antwortete er.

Als er sich seiner Winterkleidung entledigt hatte, führte ihn Larson in das Wohnzimmer. Valo sah sich um und war überrascht, wie geräumig es wirkte. Dies lag nicht zuletzt daran, dass es hier nur wenige, aber dafür sehr geschmackvolle Möbel gab, die zwar alt waren, aber keineswegs abgenutzt wirkten. An den Wänden hingen zahlreiche eingerahmte Fotos, die Larson in verschiedenen Altersstufen zeigten. Mal schien sie vor einem Kindergarten zu stehen, mal vor einem Schulgebäude. Valo erkannte, dass es sich um die so genannte *Porokylä*-Schule handelte, die er bereits in der Realität mehrfach gesehen hatte. Ein weiteres Foto zeigte sie und ihren Vater beim Angeln. Er lächelte, als er erkannte, dass sie einen mindestens einen Meter großen Fisch in die Höhe hielt.

»Das war mein erster Fang«, erklärte sie stolz.

»Ziemlicher Brocken«, sagte Valo anerkennend.

»Jussi, schön, dass Sie hier sind«, sagte Larsons Mutter, die gerade aus der Küche herausgekommen war.

Sie trug ein knöchellanges, geblümtes Kleid, das ihre schlanke Figur sanft umfloss. Ihr langes, weißes Haar hatte sie locker zurückgebunden, damit es ihr bei den Vorbereitungen nicht im Weg war. Valo trat auf sie zu und schüttelte ihre Hand. Dabei bemerkte er, dass ihr Händedruck fest war.

»Danke, dass Sie mich eingeladen haben«, antwortete er.

»Sehr gerne. Ich heiße Moona. Setzen Sie sich bitte, das Essen ist gleich fertig. Saari, wo ist dein Vater?«

»Ich habe nicht die geringste Ahnung«, erwiderte sie.

»Hat mich jemand gerufen?«, fragte eine Bassstimme aus dem Hintergrund.

Die beiden Frauen und Valo drehten sich unisono in die Richtung, aus der die Stimme erschollen war. Auf dem Treppenabsatz, der zur oberen Etage führte, stand ein drahtig aussehender Mann.

»Lars«, stellte sich der ältere Mann vor. »Schön, Sie kennenzulernen.«

Valo bemerkte, dass Larsons Vater einen fast unhörbaren Akzent hatte. Er schüttelte Lars´ angebotene Hand.

»Ich hoffe, dass Sie mir verzeihen, aber Sie sind kein Finne. Woher stammen Sie?«, wollte er wissen.

»Aus Dänemark«, antwortete der ältere Mann offen. »Ich bin vor vielen Jahren als Sommerarbeiter nach Finnland gekommen. Eigentlich wollte ich nur einige Monate bleiben, aber Moona war anderer Meinung.«

»Ihr Finnisch ist ziemlich gut.«

»Ich hatte ja auch mehrere Jahrzehnte Zeit, es zu lernen«, sagte Lars lächelnd. »Aber wenn ich vorher gewusst hätte, wie schwierig die Sprache ist, hätte ich Moona nach Dänemark abgeschleppt.«

»Das hättest du sicher nicht«, erklärte sie in gespielter Empörung.

»Setzen Sie sich doch bitte«, wiederholte er die Aufforderung seiner Frau. »Möchten Sie etwas zu trinken?«

»Haben Sie Wasser?«

»Junger Mann, wenn wir etwas im Überfluss haben, dann ist es Wasser.«

Valo grinste innerlich wegen der Tatsache, dass jemand, der nur rund zwanzig Jahre älter war als er, ihn als *jungen Mann* titulierte.

»Erzählen Sie doch mal etwas über sich«, verlangte Lars. »Wo kommen Sie her und warum sind Sie in Nurmes?«

»Isä! – Vater!«, ermahnte Larson ihn.

»Schon gut«, sagte Valo abwinkend.

»Nein«, erklärte Moona. »Jetzt setzt ihr euch erst einmal hin. Das Essen ist gleich fertig, und dann schlagen wir uns die Bäuche voll. Für Fragen ist später noch mehr als genug Zeit.«

Als sich die Männer und Larson an den Tisch gesetzt hatten, kam Moona aus der Küche und hielt ein riesiges Tablett in der Hand. Valo bekam große Augen, als er den dampfenden Schinken erblickte. Er schätzte, dass das Fleisch mindestens sechs Kilo wog. Gekonnt stellte Moona das Tablett in der Mitte des Tisches ab und ließ kurz ihren Blick schweifen, um festzustellen, ob noch etwas fehlte. Offensichtlich zufrieden, setzte sie sich an ihren Platz.

»Jussi, möchten Sie den Schinken anschneiden?«, fragte sie.

»Sehr gerne«, sagte er.

Er nahm ein langes Tranchier-Messer sowie eine Gabel mit zwei Zinken zur Hand, stach in den Braten und schnitt gekonnt mehrere dicke Scheiben ab, die er seinen Gastgebern auf die Teller drapierte, bevor er auch für sich ein Stück abschnitt.

»Möchten Sie Brot?«, fragte Moona und hielt ihm einen Korb mit frisch gebackenen Semmeln unter die Nase.

Dankend nahm er sich eine heraus, griff dann zur Butter und strich etwas davon darauf. Zu guter Letzt nahm er die Senftube und drückte reichlich von deren Inhalt auf seinen Teller.

»Lassen Sie es sich schmecken«, forderte Lars ihn auf.

Valo schnitt sich ein Stück der Schinkenscheibe ab, tunkte sie in den Senf und schob den warmen Bissen in den Mund. Genussvoll schloss er die Augen.

»Vorzüglich!«, lobte er.

Moona lächelte bescheiden und tat es ihm dann gleich. Auch Larson und ihr Vater machten sich über ihre Mahlzeit her. Valo schnitt regelmäßig weitere Scheiben von dem Schinkenbraten ab und füllte die Teller der Larsons wieder auf, während sie sich angeregt, aber über eher belanglose Dinge unterhielten.

Irgendwann lehnte sich Larson zurück und hielt sich die Hand vor den Mund. Aus ihrem Mundwinkel drang ein kleiner Rülpser. »Ich bin pappsatt«, erklärte sie.

Auch ihre Mutter schien inzwischen gesättigt zu sein, denn als Valo ihr ein weiteres Stück Schinken abschneiden wollte, lehnte sie dankend ab.

»Mehr für uns«, verkündete Lars. »Oder schwächeln Sie etwa?«

»Um nichts in der Welt«, antwortete Valo.

»Dann mal rein damit, mein Junge.«

Schließlich waren auch die beiden Männer satt genug, dass sie sich zurücklehnten und sich sanft über die Bäuche strichen.

»Möchte jemand Kaffee?«, fragte Larson.

»Unbedingt«, erklärten ihre Eltern und Valo unisono.

Larson stand auf und ging in die Küche, um sich um das Getränk zu kümmern.

»Saari hat uns viel von Ihnen erzählt«, sagte Moona.

»Ich hoffe, dass es nur Gutes war«, entgegnete er.

»Selbstverständlich. Sie müssen wissen, dass sie eine ehrliche Person ist.«

»Das ist mir nicht entgangen. Und sie ist eine tolle Polizistin.«

»Schlimme Sache, das mit Karhu und Osmo«, wandte Lars ein. »Es war schwer für Saari, damit klarzukommen.«

»Ja, aber sie hat es mit Bravour gemeistert«, antwortete Valo. »Ich kenne Polizisten, die wären damit nicht zurechtgekommen und zusammengebrochen. Sie hingegen …«

»Lästert ihr über mich?«, fragte Larson aus der Küche.

»Natürlich«, erwiderte ihr Partner grinsend.

»Dann wollt ihr wohl doch keinen Kaffee.«

»Damit macht man keine Scherze«, ermahnte er sie gespielt. »Hier geht es um Leben und Tod. Und natürlich sagen wir nur Gutes über dich.«

»Gerade noch einmal die Kurve gekriegt. Mama, wo ist der Kuchen?«

»Im Kühlschrank, wo denn sonst?«

»Es gibt Kuchen?«, entfuhr es dem Inspektor.

»Natürlich«, sagte Moona eifrig nickend. »Was wäre Weihnachten denn ohne einen guten Kuchen?«

»Hier ist nichts«, rief Larson.

»Jussi, entschuldigen Sie mich bitte einen Augenblick.«

Moona stand auf und ging ebenfalls in die Küche. Während sich Valo und Lars leise unterhielten, betrachtete Larsons Mutter verwirrt das Innere des Kühlschranks ganz genau und musste feststellen, dass ihre Tochter recht hatte.

»Wo habe ich ihn denn …«, murmelte sie und ging im Geiste all ihre heutigen Schritte durch.

Schließlich schnippte sie mit den Fingern. »Im Keller!«

Sie ging in den Flur, öffnete eine unscheinbare Tür und lief eine schmale Treppe aus grob gehauenem Stein hinab. Als sie wiederkam, trug sie ein weiteres Tablett in der Hand, auf dem ein unglaublich großer Kuchen thronte.

»Lars, machst du bitte etwas Platz auf dem Tisch?«, bat sie ihren Mann.

Er nahm das Schinkentablett in die Hände und brachte es in die Küche.

»Haben Sie den selbst gebacken?«, fragte Valo.

»Nein, das war Saari«, erwiderte sie.

»Sieht fantastisch aus!«

»Danke«, sagte seine Partnerin, die gerade mit einer großen Kanne ins Wohnzimmer trat.

Sie goss zuerst Valo und dann ihren Eltern ein, schenkte danach auch sich ein und stellte das Gefäß auf einer Metallscheibe ab.

»Sag mal, ist das nicht ...«, wollte Valo wissen.

»Yap«, bestätigte sie. »Die Ehrenmedaille der Stadt und Gemeinde Nurmes.«

»Du bist so respektlos«, kommentierte er grinsend.

»Was sollte ich denn sonst mit dem Ding machen? Verkaufen geht schlecht, denn Erstens ist es billiges Messing mit Goldfarbe, und obendrein so hässlich, dass es niemand haben will, der auch nur einigermaßen klar bei Verstand ist. So dient sie wenigstens einem guten Zweck.«

Valo schüttelte lächelnd den Kopf, während Larson jedem ein großzügiges Stück Kuchen abschnitt.

»Seit wann wohnen Sie in Nurmes?«, fragte er ihre Eltern.

»Erst seit einigen Jahren«, erklärte Moona. »Wir hatten früher ein Stück Land etwas außerhalb, aber ich bin nicht mehr so mobil wie früher. Darum haben wir uns entschieden, das Land zu verkaufen und in die Stadt zu ziehen.«

»Ist auch recht praktisch für mich«, fügte Lars hinzu. »Mein Arbeitsweg hat sich damit um fast neunzig Prozent verkürzt.«

»Was arbeiten Sie denn, wenn ich fragen darf?«

»Ich bin Vorarbeiter im Sägewerk.«

»Saari hat erwähnt, dass Sie in Teilzeit sind.«

»Ja, glücklicherweise ist das möglich. Durch den Erlös aus dem Verkauf unseres Grundstücks haben wir ein nettes Vermögen, und ich kann mich besser meinen Hobbys widmen.«

»Angeln Sie?«

»So viel wie möglich. Ich kenne einige perfekte Stellen, wo so gut wie immer etwas zu Fangen ist. Wenn Sie wollen, nehme ich Sie im Sommer einmal mit.«

»Ich bin nicht der Typ dafür, aber vielen Dank.«

»Es geht dabei auch weniger um den Fang an sich, sondern darum, die Natur zu genießen und zur Ruhe zu kommen.«

»Das glaube ich Ihnen gern«, erklärte Valo. »Ich hoffe, dass die Mücken Ihnen dabei nicht den Spaß verderben.«

»Man gewöhnt sich an die Blutsauger«, erklärte Lars abwinkend.

»Jetzt langweile unseren Gast nicht«, warf Moona ein. »Außerdem könntest du mir mal eben in der Küche zur Hand gehen.«

Lars, der den Wink verstand, tupfte sich den Mund ab und verließ dann mit seiner Frau das Zimmer.

»Ich hoffe, dass es nicht noch mehr zu essen gibt«, sagte Valo zu seiner Partnerin. »Ich platze nämlich bald.«

»Keine Sorge, das war es.«

»Hör mal, wegen Helsinki … Ich habe eine Entscheidung getroffen.«

»Lass hören.«

»Ich werde hierbleiben.«

»Tatsächlich?«

»Ja. Es gefällt mir hier wirklich. Und wie ich kürzlich schon sagte, möchte ich die Arbeit mit dir nicht missen. Wer weiß, vielleicht passiert ja demnächst wieder etwas, was uns auf Trab hält.«

»Freut mich, das zu hören«, sagte Larson. »Ich hatte gehofft, dass du dich zum Bleiben entschließen würdest. Mit dir macht die Arbeit gleich doppelt so viel Spaß. Wäre schade gewesen, wenn ich mich an einen neuen Partner hätte gewöhnen müssen.«

»Ich habe übrigens etwas für dich«, sagte er, stand auf und ging in den Eingangsbereich.

Dort nahm er die mitgebrachte Plastiktüte und brachte sie an den Esstisch. Er zog ein Päckchen heraus und schob es zu ihr hinüber.

»Das ist für dich.«

»Das wäre doch wirklich nicht nötig gewesen«, erwiderte sie.

»Jetzt trödele nicht lange herum und öffne es.«

Mit ihrem Messer schnitt sie den Tesafilm auf und riss die Verpackung herunter.

»Das ist aber lieb von dir, danke!«, sagte sie und betrachtete den Inhalt.

»Passt sie dir?«

Sie zog das Geschenk heraus und betrachtete es von allen Seiten. Es handelte sich um eine Mütze, deren Innenfutter aus echter Schafswolle bestand, wie sie sofort erkannte. Zu beiden Seiten hatte sie herunterklappbare Ohrenwärmer, die mit einem Riemen unter dem Kinn befestigt werden konnten. Sie setzte die Mütze auf den Kopf und ging dann zum an der gegenüberliegenden Wand hängenden Spiegel, um sie ausführlich zu begutachten.

»Die ist super!«, gab sie kund.

»Freut mich. Ich hatte gehofft, dass sie dir gefällt.«

»Ich habe auch etwas für dich«, sagte sie.

Aus einer Nische, die ihm bisher nicht aufgefallen war, zog sie einen schmalen Umschlag hervor und überreichte ihn ihm.

»Was ist das?«, fragte er.

»Öffne es.«

Er riss den Umschlag auf und griff hinein. Als er seine Hand wieder herauszog, hielt er ein nagelneues Paar Winterhandschuhe aus Wildleder in der Hand.

»Wow!«, sagte er.

Er stülpte sich die dick gefütterten Handschuhe über und bewegte versuchsweise seine Finger. Dann griff er nach seiner Tasse und hob sie an, um zu testen, wie gut sein Tastsinn funktionierte. »Fühlt sich perfekt an«, erklärte er.

»Mir wurde versichert, dass die Handschuhe bis zu minus vierzig Grad Celsius isolieren und du dennoch alles spüren kannst. Und falls es nötig ist, kannst du die Kuppen aufklappen.«

»Vielen Dank!«

Unwillkürlich stand er auf und umarmte seine Kollegin. Sie erwiderte die Umarmung, wich dann auf Armeslänge zurück und sah ihrem Kollegen fest in die Augen.

»Frohe Weihnachten!«, wünschte sie ihm.

»Frohe Weihnachten!«, erwiderte er.

ENDE

Danksagung

So, wie Valo und Larson von Anfang an auf die Hilfe anderer angewiesen sind, ergeht es auch mir: Ohne die Unterstützung anderer Menschen hätte ich diesen Roman niemals anfangen, geschweige denn beenden können.

Mein Dank gilt in diesem Zusammenhang besonders:

Alisha Bionda und **Uschi Zietsch** von der Agentur Ashera für ihre unerschöpfliche Energie!

Ina Lütjen und **Elena Würtz** vom dp Verlag für das unerschütterliche Vertrauen und die wunderbare Zusammenarbeit!

Astrid Pfister, die mir in ihrer Rolle als begnadete Lektorin bei Ungereimtheiten auf die Sprünge hilft und immer Geduld mit mir hat!

Sandra Bongartz-Lehrmann, die mir stets unverblümt um die Ohren haut, wenn das Manuskript völlig Banane ist!

Selbstverständlich hatten noch viele weitere Personen ihren Anteil daran, diesen Roman zu dem zu formen, was er jetzt ist. Da die namentliche Erwähnung aller Beteiligten vermutlich länger als der eigentliche Roman ist, sage ich auf diesem Wege: Vielen Dank euch allen, ihr seid fantastisch!

Mein allergrößter Dank gilt Dir, geschätzter Leser! Ohne Dich würde weder dieses Werk noch sonst eines von mir existieren. Schön, dass es Dich gibt!